# AGORA E SEMPRE

**Da autora:**

*Agora e sempre*
*Algo maravilhoso*
*Alguém para amar*
*Tudo por amor*
*Dois pesos, duas medidas*
*Doce triunfo*
*Em busca do paraíso*

**Dinastia Westmoreland:**

*Whitney, meu amor*
*Até você chegar*
*Um reino de sonhos*

# JUDITH MCNAUGHT

## AGORA E SEMPRE

*Tradução*
Cristina Laguna Sangiuliano Boa

7ª edição

BERTRAND BRASIL
Rio de Janeiro | 2024

Título original: *Once and Always*

Imagens de capa: lakelandvista/Shutterstock (castelo) e Irina Alexandrovna/Shutterstock (mulher)

Texto revisado segundo o novo
Acordo Ortográfico da Língua Portuguesa

2024
Impresso no Brasil
*Printed in Brazil*

CIP-BRASIL. CATALOGAÇÃO NA PUBLICAÇÃO
SINDICATO NACIONAL DOS EDITORES DE LIVROS, RJ

M429a
7ª ed.

McNaught, Judith
Agora e sempre / Judith McNaught ; tradução Cristina Laguna Sangiuliano Boa. – 7ª ed. – Rio de Janeiro: Bertrand Brasil, 2024.
; 23 cm.

Tradução de: Once and always
ISBN 978-85-286-2397-0

1. Romance americano. I. Boa, Cristina Laguna Sangiuliano. II. Título.

19-55083

CDD: 813
CDU: 82-31(73)

Meri Gleice Rodrigues de Souza – Bibliotecária – CRB-7/6439



Direitos exclusivos de publicação em língua portuguesa somente para o Brasil adquiridos pela:
EDITORA BERTRAND BRASIL LTDA.
Rua Argentina, 171 – 3º andar – São Cristóvão
20921-380 – Rio de Janeiro – RJ
Tel.: (21) 2585-2000

Atendimento e venda direta ao leitor:
sac@record.com.br

A meu pai, que sempre me fez sentir
que se orgulhava de mim,
e
a minha mãe, que me ajudou a alcançar as realizações
que o fizeram sentir-se orgulhoso.

Que bela equipe vocês formam!

# 1

*Inglaterra, 1815.*

— Ah, aí está você, Jason — disse a beldade de cabelos negros ao ver o reflexo do marido no espelho sobre a penteadeira. Com olhar desconfiado, examinou o homem alto e atraente que se aproximava; então, voltou sua atenção para as diversas caixas de joias espalhadas à sua frente. Com as mãos ligeiramente trêmulas e um sorriso forçado, retirou uma espetacular gargantilha de brilhantes de uma das caixas e entregou a ele. — Ajude-me com isto, por favor — pediu.

O marido olhou com reprovação para os colares de rubis e esmeraldas que já enfeitavam o decote ousado do vestido.

— Não acha que toda essa exibição de joias e de seu corpo é um tanto vulgar para uma mulher que pretende se passar por uma grande dama?

— O que *você* sabe sobre vulgaridade? — retrucou Melissa Fielding, com irreverência. — Este vestido é a última tendência da temporada — acrescentou, atrevida. — Além disso, o Barão Lacroix gosta tanto dele que me pediu para usá-lo no baile desta noite.

— Sem dúvida ele não quer ter trabalho com uma porção de botões quando for despi-la, mais tarde — replicou o marido, sarcástico.

— Exatamente. Afinal, como todo francês, ele é muito impetuoso.

— Infelizmente, ele não tem um tostão.

— Lacroix me acha bonita — provocou Melissa, a voz ligeiramente trêmula pela irritação contida.

— Ele tem razão. — Jason Fielding olhou a esposa de cima a baixo, examinando com profundo desprezo o lindo rosto de pele alva, os olhos verdes levemente amendoados, os lábios vermelhos e carnudos e os seios fartos, exibidos de forma convidativa pelo decote do vestido de veludo escarlate. — Você é linda, ambiciosa e... imoral. — Dando meia-volta, ele saiu do quarto e parou. Sua voz gélida indicando implacável autoridade. — Antes de sair, vá se despedir do nosso filho. Jamie é pequeno demais para entender que você não passa de uma vagabunda. Ele sente sua falta quando você está ausente. Partirei para a Escócia em uma hora.

— Jamie! — sibilou Melissa, furiosamente. — Ele é tudo que importa para você... — Sem se dar ao trabalho de negar a acusação, o marido caminhou em direção à porta e a raiva de Melissa explodiu: — Quando você voltar da Escócia, não estarei mais aqui! — ameaçou.

— Ótimo — disse ele sem se deter.

— Desgraçado! — vociferou, a voz trêmula pela raiva reprimida. — Vou contar ao mundo quem você realmente é e, então, vou embora. Nunca mais voltarei. Nunca!

Com a mão na maçaneta, Jason virou-se para encará-la, impassível.

— Vai voltar, sim — zombou —, assim que ficar sem dinheiro.

Quando a porta se fechou atrás dele, os olhos de Melissa brilharam em triunfo.

— Nunca mais voltarei, Jason — disse ela em voz alta para o quarto vazio —, porque nunca vou ficar sem dinheiro. Você mesmo vai me dar tudo o que eu quiser...

— Boa noite, milorde — cumprimentou o mordomo em um sussurro estranho e tenso.

— Feliz Natal, Northrup — respondeu Jason de maneira automática, enquanto tirava a neve das botas e entregava a capa molhada ao mordomo. O último encontro com Melissa, ocorrido duas semanas antes, surgiu em sua mente, mas ele afastou a lembrança depressa. — O mau tempo me custou um dia extra de viagem. Meu filho já foi para a cama?

O mordomo pareceu petrificado.

— Jason... — um homem corpulento de meia-idade, com a pele bronzeada e envelhecida como a de um marinheiro experiente, chamou da porta que separava o hall de entrada de mármore de um dos vários salões, fazendo um sinal para que Jason se juntasse a ele.

— O que está fazendo aqui, Mike? — perguntou Jason, com ar surpreso, observando perplexo quando o homem mais velho fechou cuidadosamente a porta do salão — Jason — disse Mike Farrell com a voz tensa —, Melissa se foi. Ela e Lacroix embarcaram para Barbados, logo depois de sua partida para a Escócia. — Fez uma pausa, esperando por alguma reação, mas não houve nenhuma. Então, respirou fundo e continuou: — Levaram Jamie com eles.

Uma fúria selvagem ardeu nos olhos de Jason, transformando-os em caldeirões de ódio.

— Vou matá-la por isso! — declarou, já se virando para a porta. — Vou encontrá-la e matá-la...

— É tarde demais para isso — a voz desolada de Mike interrompeu os passos apressados de Jason. — Melissa já está morta. O navio naufragou durante uma tempestade, três dias depois de ter deixado a Inglaterra. — Desviou os olhos da terrível agonia que já contorcia as feições de Jason, antes de acrescentar: — Não houve sobreviventes.

Em silêncio, Jason caminhou até a mesinha de canto, pegou uma garrafa de cristal de uísque e encheu um copo. Bebeu o líquido de um só gole e se serviu de mais uma dose, o olhar perdido no vazio.

— Ela deixou isto para você. — Mike Farrell entregou duas cartas, cujos lacres já haviam sido violados. Como Jason não fez menção de apanhá-las, Mike explicou: — Já as li. Uma das cartas é um pedido de resgate, endereçado a você, que Melissa deixou em seu quarto. Ela pretendia trocar Jamie por dinheiro. A outra foi escrita com a intenção de expor você. Ela a entregou a um lacaio, com instruções para que fosse enviada ao *Times*, depois que ela tivesse partido. No entanto, quando Flossie Wilson descobriu que Jamie tinha sido levado, imediatamente interrogou os criados sobre as ações de Melissa na noite anterior e o lacaio entregou a carta a ela, em vez de levá-la ao *Times*. Flossie não conseguiu informá-lo de que Melissa havia levado o menino. Por isso, mandou me chamar e me entregou as cartas. Jason — falou Mike com a voz rouca —, eu sei quanto o amava. Sinto muito. Eu...

Jason ergueu lentamente o olhar em padecimento para o quadro pendurado acima da lareira. Em agonizante silêncio, ele ficou observando o retrato de seu filho, um menininho robusto, com um sorriso angelical no rosto e um soldadinho de madeira nas mãos.

O copo que Jason segurava se despedaçou entre seus dedos. Mas ele não chorou. Havia muito que a infância de Jason Fielding lhe secara todas as lágrimas.

*Portage, Nova York, 1815.*

A neve rangia sob suas botas quando Victoria Seaton abriu o portão de madeira branco que dava para o jardim da pequena casa onde ela nascera. Seu rosto estava corado e os olhos brilhavam quando os ergueu para observar o céu estrelado, com a alegria inocente de uma garota de 15 anos, no Natal. Sorrindo, cantarolou as últimas notas de um dos cânticos natalinos que entoara a noite inteira, junto aos demais fiéis. Então, dirigiu-se para a casa, que já se encontrava às escuras.

Sem querer acordar os pais ou a irmã mais nova, abriu a porta da frente com cuidado e entrou na ponta dos pés. Tirou a capa, pendurou-a no cabide ao lado da porta e virou-se. Parou repentinamente, surpresa. O luar entrava pela janela junto ao patamar no alto da escada, iluminando o corredor, onde seus pais estavam de pé diante da porta do quarto de sua mãe.

— Não, Patrick! — A mãe lutava para se desvencilhar dos braços do marido. — Eu não posso! Simplesmente, não posso!

— Não me negue isso, Katherine — implorou Patrick Seaton. — Pelo amor de Deus, não...

— Você prometeu! — argumentou Katherine, tentando desesperadamente libertar-se dos braços do marido. Ele abaixou a cabeça para beijá-la, mas ela virou o rosto depressa, e suas palavras saíram entrecortadas pelo choro aos soluços. — Você prometeu, no dia em que Dorothy nasceu, que não me pediria isso de novo. Você me deu sua palavra!

Imobilizada pela surpresa e pelo horror da cena, Victoria se deu conta de que jamais vira seus pais se tocarem, nem de forma provocativa nem gentilmente. Porém, não fazia ideia do que o pai estava pedindo e que a mãe negava com tamanha veemência.

Patrick finalmente libertou a esposa, deixando os braços caírem ao lado do corpo.

— Desculpe — murmurou friamente.

Katherine correu para o quarto e fechou a porta. Em vez de ir para o próprio quarto, Patrick deu meia-volta e desceu a escada estreita, passando a poucos centímetros da filha, quando alcançou a entrada de serviço da casa.

Victoria colou-se à parede, com o terrível pressentimento de que a segurança e a paz de seu mundo haviam sido ameaçadas pelo que acabara de testemunhar.

Com medo de que a notasse caso tentasse se aproximar da escada e terminasse por descobrir que ela havia testemunhado aquela cena tão íntima e humilhante, observou enquanto ele se sentava no sofá e olhava fixamente para as brasas na lareira. Uma garrafa de uísque, que passara anos na prateleira da cozinha, estava agora na mesa à sua frente, ao lado de um copo pela metade. Quando Patrick se inclinou para apanhar o copo, Victoria virou-se e, cautelosamente, pôs o pé no primeiro degrau.

— Eu sei que você está aí, Victoria — falou, a voz desprovida de emoção, sem olhar para trás. — Não faz o menor sentido fingirmos que você não presenciou o que acabou de acontecer entre mim e sua mãe. Por que não vem sentar-se junto ao fogo? Não sou o bruto que você deve estar imaginando.

A compaixão pelo pai deu um nó na garganta de Victoria e ela, imediatamente, se sentou ao lado dele.

— Não acho que seja um bruto, papai. Jamais pensaria algo assim.

Ele bebeu um longo gole de uísque de seu copo.

— Também não deve culpar sua mãe — advertiu, as palavras levemente arrastadas, como se ele estivesse bebendo desde muito antes de ela chegar.

Com o raciocínio prejudicado pelo efeito do álcool, examinou a expressão em choque no rosto da filha e concluiu que ela estava supondo muito mais da cena que havia testemunhado do que, na realidade, acontecera. Apoiando o braço nos ombros dela, num gesto reconfortante, tentou tranquilizá-la. Porém, o que disse em seguida apenas a deixou mais preocupada.

— Não é culpa de sua mãe, nem minha. Ela não consegue me amar e eu não consigo deixar de amá-la. É simples assim.

Abruptamente, Victoria teve a confortável segurança da infância substituída pela fria e aterrorizante realidade dos adultos. Boquiaberta, olhou para o pai, enquanto o mundo parecia desmoronar em torno dela. Sacudiu a cabeça, tentando negar a coisa horrível que ele havia dito. Claro que sua mãe amava seu maravilhoso pai!

— O amor não pode ser forçado a existir — disse Patrick Seaton, confirmando a terrível verdade, sem desviar o olhar amargurado do copo. — Não se trata de algo que passe a existir por nossa vontade. Se fosse assim, sua mãe me amaria. Ela acreditava que aprenderia a me amar, quando nos casamos. Eu também. Nós *queríamos* acreditar. Mais tarde, tentei me convencer de que não fazia diferença se ela me amava ou não. Eu disse a mim mesmo que o casamento poderia ser bom, mesmo assim.

As palavras seguintes foram pronunciadas com tamanha angústia que partiram o coração de Victoria.

— Fui um tolo! Amar alguém e não ser correspondido é como viver no inferno! Nunca deixe que a convençam de que poderá ser feliz ao lado de alguém que não ama você.

— Eu... não vou deixar — murmurou Victoria, lutando para conter as lágrimas.

— E jamais ame alguém mais do que essa pessoa a ama, Tory. Não se permita fazer isso.

— Não... não farei. Prometo — sussurrou Victoria novamente. Incapaz de conter a piedade e o amor explodindo dentro de si, Victoria olhou para o pai com lágrimas transbordando de seus olhos e pôs sua delicada mão no rosto dele. — Quando eu me casar, papai — confidenciou —, escolherei alguém *exatamente* como você.

Ele sorriu com ternura, mas não respondeu. Em vez disso, ele disse:

— Não foi de todo ruim, minha filha. Sua mãe e eu temos Dorothy e você para amar. E esse amor, nós compartilhamos.

O CÉU COMEÇAVA A CLAREAR quando Victoria saiu de casa depois de uma noite de insônia. Com uma saia de montaria azul-marinho e uma capa vermelha, retirou seu pônei do estábulo e montou sem dificuldade.

Menos de dois quilômetros depois, ela chegou ao riacho que corria ao lado da estrada principal, a qual levava ao vilarejo, e desmontou. Desceu cautelosamente pela margem escorregadia, coberta de neve, e sentou-se em uma pedra plana. Com os cotovelos apoiados nos joelhos e o queixo nas palmas das mãos, pôs-se a observar a água cinzenta que corria lentamente por entre os blocos de gelo.

O céu se tornou amarelo e, então, rosado, enquanto ela permanecia ali, tentando recuperar a alegria que costumava sentir toda vez que assistia ao amanhecer.

Um coelho saiu correndo das árvores ao lado, um cavalo resfolegava e se movia furtivamente pela margem íngreme. Os lábios de Victoria curvaram-se num sorriso, um segundo antes de uma bola de neve passar zunindo sobre seu ombro direito. Desviando-se rapidamente para a esquerda, ela falou, sem se virar:

— Sua mira é péssima, Andrew.

Um par de botas marrons reluzentes parou ao seu lado.

— Acordou cedo, hoje — comentou Andrew, sorrindo para a pequena e jovem beldade sentada na pedra. Os cabelos ruivos, salpicados de fios dourados, parcialmente presos por um pente de tartaruga no topo da cabeça, caíam sobre os ombros como uma cascata ondulante. Os olhos, ligeiramente puxados nos cantos, eram de um azul ainda mais intenso que o dos amores-perfeitos, emoldurados por cílios longos e espessos. O nariz pequeno, perfeito, enfeitava os contornos delicados das faces coradas e saudáveis, realçando a discreta porém intrigante fenda que lhe marcava o queixo.

A promessa de beleza já se encontrava gravada em cada linha e em cada traço do rosto de Victoria, embora fosse óbvio a qualquer observador que sua beleza estava destinada a ser mais exótica do que frágil, mais viva do que intocada, assim como era evidente a teimosia no ângulo do queixo e a alegria em seus olhos brilhantes. Naquela manhã, porém, aqueles lindos olhos não exibiam o brilho costumeiro.

Victoria se inclinou e apanhou um punhado de neve com as mãos cobertas pelas luvas. Com um gesto automático, Andrew se abaixou, mas, em vez de atirar nele a bola de neve, como normalmente faria, Victoria a jogou no riacho.

— O que há com você, olhos azuis? — perguntou ele em tom de provocação. — Está com medo de errar?

— Claro que não — disse Victoria com um longo suspiro.

— Dê-me espaço para sentar ao seu lado.

Ela obedeceu e, ao estudar sua expressão triste, ele inquiriu, preocupado:

— Por que está tão desanimada?

Victoria sentiu-se tentada a contar tudo a ele. Aos 20 anos de idade, cinco anos a mais do que ela, Andrew era muito mais maduro do que seria possível esperar. Era o filho único da mulher mais rica do vilarejo, uma viúva de saúde aparentemente delicada, que depositava nos ombros dele toda a responsabilidade pela administração da imensa mansão e dos quatrocentos mil hectares de terra cultivada em sua fazenda.

Colocando o dedo delicadamente sob o queixo, Andrew forçou-a a encará-lo.

— Conte-me o que aconteceu — disse ele, gentilmente.

Aquele segundo pedido era mais do que o coração partido de Victoria poderia suportar. Andrew era seu amigo. Ao longo dos anos, haviam aprendido a conhecer um ao outro, e ele a ensinara a pescar, nadar, atirar e trapacear nos jogos de cartas, alegando que tal conhecimento era importantíssimo para que *ela* descobrisse de pronto se alguém estava trapaceando. Victoria o recompensara tornando-se ainda melhor que ele em cada uma dessas atividades. Eram amigos e ela sabia que podia confiar nele com relação a quase tudo. Ainda assim, não seria capaz de expor a Andrew a intimidade de seus pais. Por isso, decidiu conversar sobre a outra questão que a preocupava: a advertência dada por seu pai.

— Andrew, como é possível saber se alguém nos ama de verdade?

— Com o amor de quem você está preocupada?

— Do homem com quem vou me casar.

Se fosse alguns anos mais velha, um pouco mais experiente, Victoria teria sabido interpretar a ternura que iluminou os olhos castanho-dourados de Andrew, antes de ele rapidamente desviar o olhar.

— Você será amada pelo homem com quem se casar — prometeu ele. — Dou-lhe minha palavra.

— Mas ele deve me amar pelo menos tanto quanto eu o amar.

— Ele irá.

— Talvez, mas como vou *saber* se ele realmente me ama?

Andrew lançou-lhe um olhar penetrante e desconfiado.

— Algum dos rapazes da vizinhança foi pedir sua mão a seu pai? — perguntou quase com raiva.

— Claro que não! — bufou. — Eu tenho apenas 15 anos e papai faz questão que eu espere até fazer 18, para saber o que quero.

Ele baixou os olhos até o queixo empinado de Victoria e riu baixinho.

— Se seu pai só quer garantir que você saiba o que quer, pode lhe dar permissão para se casar amanhã mesmo. Você sabe o que quer desde os 10 anos de idade.

— Você tem razão — concordou ela com inocente franqueza, antes de indagar: — Andrew, você nunca se pergunta com quem vai se casar?

— Não — respondeu ele com um leve sorriso, voltando a fixar os olhos no riacho.

— Por que não?

— Porque eu já sei quem ela é.

Surpresa diante dessa revelação inesperada, Victoria dirigiu-lhe um olhar curioso.

— Verdade? Conte-me quem é! É alguém que eu conheço?

Como ele permaneceu calado, Victoria lançou um olhar pensativo e começou deliberadamente a compactar uma grande bola de neve entre as mãos.

— Está pensando em enfiar essa neve por dentro da gola do meu casaco? — inquiriu ele, observando-a e achando graça.

— Claro que não — respondeu ela, com um brilho malicioso no olhar. — Eu estava pensando em fazermos uma aposta. Se a minha bola de neve chegar mais perto daquele rochedo do outro lado do que a sua, você terá de me contar quem é ela.

— E se a minha pontaria for melhor? — desafiou ele.

— Nesse caso, você pode escolher o seu prêmio — disse Victoria, com ar magnânimo.

— Cometi um erro grave ao ensiná-la a apostar — concluiu Andrew com um sorriso, sucumbindo ao charme ingênuo de Victoria.

Andrew errou o alvo por poucos centímetros. Victoria fixou os olhos na rocha, em total concentração, e então a atingiu em cheio, com força suficiente para derrubá-la.

— E cometi outro erro, ainda mais grave, quando a ensinei a atirar bolas de neve — admitiu.

— Eu já sabia, antes de você me ensinar — anunciou Victoria com petulância, colocando as mãos nos quadris. — Agora, trate de me contar com quem pretende se casar.

Enfiando as mãos nos bolsos, Andrew sorriu para aquele rosto encantador.

— Com quem *você* acha que eu pretendo me casar, olhos azuis?

— Não sei — respondeu ela com seriedade —, mas espero que ela seja muito especial, pois você é.

— Ela é muito especial — garantiu ele em um tom suave. — É tão especial que pensei nela durante todo o tempo que passei na escola, no inverno. Na verdade, estou muito feliz por ter voltado para casa, pois posso vê-la com mais frequência.

— Da maneira como fala, ela parece ser muito boa — comentou Victoria, sentindo-se subitamente zangada com a desconhecida.

— Eu diria que ela está mais para "encantadora" do que para "muito boa". Ela é doce, corajosa, bonita, autêntica, gentil e teimosa. Todos que a conhecem a amam.

— Bem, então, por Deus, por que não se casa com ela de uma vez e põe um ponto-final na concorrência? — indagou Victoria, visivelmente irritada.

Andrew sorriu e, em uma rara demonstração de intimidade, afagou-lhe os cabelos sedosos.

— Porque — murmurou com a voz terna — ela ainda é jovem demais. O pai dela quer que ela espere até completar 18 anos para que saiba o que quer.

Os olhos de Victoria se arregalaram enquanto ela examinava a bela figura de Andrew.

— Está falando de mim? — inquiriu, incrédula.

— Você — confirmou ele com um sorriso solene. — Só você.

O mundo de Victoria, ameaçado pelo que ela vira e ouvira na noite anterior, subitamente voltou a parecer seguro e reconfortante.

— Obrigada, Andrew — murmurou com timidez. E, então, em uma de suas mais rápidas transformações de menina para jovem encantadora e gentil, acrescentou suavemente: — Será maravilhoso me casar com o meu amigo mais querido.

— Eu não deveria ter mencionado minhas intenções para você antes de falar com seu pai a respeito. E não posso fazer isso pelos próximos três anos.

— Papai gosta muito de você — assegurou Victoria. — Ele não vai fazer nenhuma objeção, quando o momento finalmente chegar. Como ele poderia ser contra, quando vocês dois são tão parecidos?

Alguns minutos mais tarde, Victoria montou seu pônei, sentindo-se alegre e animada. Porém, seu entusiasmo desapareceu no momento em que ela abriu a porta dos fundos e se dirigiu ao cômodo aconchegante que tinha a dupla função de cozinha e local das reuniões familiares.

Sua mãe estava inclinada sobre o fogão, preparando panquecas. Tinha o cabelo puxado para trás em um coque arrumado e usava um vestido simples, mas muito limpo e impecavelmente passado. Pendurados em ganchos presos ao lado e acima do fogão, havia um sortimento ordenado de panelas, tachos, peneiras, facas e funis, tudo arrumado, limpo, harmonioso, assim como sua mãe. Seu pai já estava sentado à mesa, tomando uma xícara de café.

Olhando para eles, Victoria se sentiu constrangida, triste e profundamente zangada com a mãe, por ela negar ao seu maravilhoso pai o amor que ele queria e de que tanto precisava.

Uma vez que os passeios matinais de Victoria eram bastante comuns, os dois não estranharam a sua chegada. Ambos a fitaram, sorriram e disseram bom dia. Victoria retribuiu o cumprimento do pai e sorriu para sua irmã mais nova, Dorothy, mas não conseguiu olhar para a mãe. Então, começou a pôr a mesa com todos os pratos e talheres, uma formalidade considerada por sua mãe inglesa "necessária para uma refeição civilizada".

Enquanto se ocupava de sua tarefa, Victoria sentia-se pouco à vontade e enjoada, mas, quando tomou seu lugar à mesa, a hostilidade que sentia por sua mãe começou a dar lugar a um sentimento de pena. Observou Katherine Seaton, que tentava de várias maneiras compensar o marido, conversando alegremente com ele, servindo-lhe mais café quente, leite e pães recém-tirados do forno, ao mesmo tempo que se esmerava no preparo das panquecas, que constituíam o café da manhã preferido de Patrick Seaton.

Victoria comeu em silêncio, a mente buscando com certo desespero uma maneira de consolar o pai pelo casamento sem amor.

A solução ficou clara no momento em que ele se levantou, anunciando a intenção de cavalgar até a fazenda dos Jackson, a fim de verificar como estava o braço quebrado da pequena Annie.

— Vou com você, papai — anunciou Victoria, pondo-se de pé. — Já faz algum tempo que venho pensando em pedir que me ensine a ajudá-lo. No seu trabalho, quero dizer.

Tanto o pai como a mãe dirigiram-lhe olhares surpresos. Afinal, Victoria jamais havia manifestado qualquer interesse por medicina. Na verdade, até aquele momento, ela não passara de uma criança alegre e despreocupada, cujos principais interesses eram divertir-se e ocasionalmente aprontar alguma. Ainda assim, nenhum dos dois fez qualquer objeção.

Victoria e o pai sempre se deram muito bem. Daquele dia em diante, tornaram-se inseparáveis. Ela o acompanhava aonde quer que ele fosse, embora ele se recusasse terminantemente a permitir que ela o auxiliasse no tratamento de pacientes do sexo masculino, mas mostrava-se muito feliz com a ajuda da filha em qualquer outra circunstância.

Nenhum dos dois jamais mencionou o assunto triste que haviam discutido naquela fatídica noite de Natal. Ao contrário, preenchiam o tempo que passavam juntos com conversas tranquilas e brincadeiras inocentes. Apesar da tristeza em seu coração, Patrick Seaton era um homem que apreciava o valor do riso.

Victoria havia herdado a beleza exótica da mãe, e o bom humor e a coragem do pai. Agora, aprendia a desenvolver a compaixão e o idealismo com ele também. Quando garotinha, ela conquistara com facilidade a simpatia dos habitantes do vilarejo com sua beleza, alegria e seu sorriso irresistível. Aqueles que antes gostavam da menina alegre agora adoravam a jovem de fibra, madura, que se preocupava com suas dores e se empenhava em diminuir-lhes o sofrimento.

# 2

— Victoria, tem certeza de que sua mãe nunca mencionou o Duque de Atherton ou a Duquesa de Claremont?

Victoria afastou as lembranças dolorosas do funeral de seus pais e ergueu os olhos para o velho médico de cabelos brancos sentado do outro lado da mesa da cozinha. Como amigo mais antigo de seu pai, o Dr. Morrison havia assumido a responsabilidade de cuidar do futuro das meninas, bem como de tratar dos pacientes do Dr. Seaton até a chegada de um novo médico.

— Tudo o que Dorothy ou eu já sabíamos era que a mamãe fora separada de sua família na Inglaterra. Ela nunca falava deles.

— É possível que seu pai tivesse parentes na Irlanda?

— Papai cresceu em um orfanato. Não tinha nenhum parente — levantou-se, inquieta. — Posso lhe servir um café, Dr. Morrison?

— Pare de se preocupar comigo e vá se sentar lá fora, no sol, com Dorothy — sugeriu o Dr. Morrison, com um tom de voz gentil. — Você está pálida como um fantasma.

— Tem certeza de que não precisa de nada? — insistiu Victoria.

— Preciso ser alguns anos mais jovem — replicou com um sorriso triste, enquanto afiava uma pena. — Estou velho demais para carregar o fardo dos pacientes de seu pai. Meu lugar é na Filadélfia, com um tijolo quente sob os pés e um bom livro no colo. Não faço ideia de como serei capaz de fazer tudo o que tem de ser feito nos próximos quatro meses até o novo médico chegar.

— Sinto muito — lamentou Victoria, com sinceridade. — Sei que está sendo muito difícil para o senhor.

— Está sendo bem pior para você e Dorothy — disse o velho e amável médico. — Agora, corra para fora e pegue um pouco desse sol de inverno. É raro termos um dia tão quente assim em janeiro. Enquanto isso, escreverei cartas aos seus parentes.

Uma semana se passara desde que o Dr. Morrison chegara para visitar os Seaton, quando fora chamado ao local do acidente, onde a carruagem que levava Patrick Seaton e a esposa capotara na margem de um rio. Patrick Seaton morrera no local. Katherine recobrara a consciência apenas pelo tempo necessário para tentar responder às perguntas desesperadas do Dr. Morrison com relação aos seus parentes na Inglaterra. Com um fiapo de voz, ela conseguira murmurar:

— ... vovó... Duquesa de Claremont.

Então, pouco antes de morrer, ela sussurrara outro nome: Charles. Aflito, o Dr. Morrison implorara que ela lhe desse o nome completo e, abrindo os olhos desfocados por um breve instante, Katherine suspirara:

— Fielding — tomou fôlego — ... Duque... de... Atherton.

— Ele é seu parente? — perguntara o médico com urgência.

Depois de uma longa pausa, assentiu, debilmente.

— Primo...

Agora, o Dr. Morrison tinha a árdua tarefa de localizar e contatar esses parentes, até então desconhecidos, a fim de perguntar-lhes se algum deles estaria disposto a oferecer a Victoria e Dorothy um lar. Tal tarefa tornava-se ainda mais difícil pelo fato de que, até onde o Dr. Morrison pôde verificar, nem o Duque de Atherton nem a Duquesa de Claremont faziam a menor ideia da existência das meninas.

Com determinação, o Dr. Morrison mergulhou a pena no tinteiro, escreveu a data no topo da primeira carta e hesitou, franzindo o cenho.

— Como devo me dirigir a uma duquesa? — perguntou à sala vazia.

Depois de considerável reflexão, tomou uma decisão e começou a escrever.

Cara Duquesa,

Coube a mim a infeliz tarefa de informá-la sobre a morte trágica de sua neta, Katherine Seaton, e de avisá-la de que as filhas da Sra. Seaton, Victoria e Dorothy, encontram-se temporariamente sob os meus cuidados. Entretanto, sendo um homem velho e solteiro, não posso, duquesa, continuar a cuidar das duas órfãs de maneira apropriada.

Antes de morrer, a Sra. Seaton mencionou apenas dois nomes: o seu e o de Charles Fielding. Assim, escrevo à duquesa e a *Sir* Fielding, na esperança de que um dos dois, ou ambos, possa receber as filhas da Sra. Seaton. Devo informá-los de que as meninas não têm para onde ir. Suas finanças são limitadíssimas e elas precisam urgentemente de um lar apropriado.

O Dr. Morrison recostou-se na cadeira e examinou a carta com o cenho franzido de preocupação. Se a duquesa não sabia da existência das meninas, era previsível que houvesse uma possível hesitação de sua parte em recebê-las, sem primeiro saber algo sobre elas. Tentando pensar na melhor maneira de descrevê-las, ele virou a cabeça e olhou pela janela para as jovens.

Dorothy estava sentada no balanço, os ombros magros curvados em desespero. Victoria dedicava-se, determinada, a um desenho, um esforço para conter sua dor.

O velho médico decidiu descrever Dorothy primeiro, pois ela era a mais fácil.

Dorothy é uma menina muito bonita, de cabelos loiros claros e olhos azuis. É meiga, educada e simpática. Aos 17 anos, já se encontra próxima da idade apropriada para o casamento, mas não demonstrou, até agora, nenhuma inclinação particular em relação a qualquer um dos jovens das redondezas...

O Dr. Morrison fez uma pausa e coçou o queixo, pensativo. A verdade era que muitos jovens já haviam se apaixonado por Dorothy. E quem poderia culpá-los? Ela era bonita, alegre e muito doce. Era angelical, pensou o Dr. Morrison, satisfeito por ter finalmente encontrado a palavra certa para descrevê-la.

Porém, quando dirigiu a atenção para Victoria, suas espessas sobrancelhas brancas se uniram em perplexidade. Embora Victoria fosse a sua predileta, era também muito mais difícil de descrever. Seus cabelos não eram dourados como os de Dorothy, nem eram realmente ruivos. Na verdade, apresentavam uma vívida combinação de ambos. Dorothy era uma coisinha linda, uma jovem recatada e encantadora, que virava a cabeça de todos os rapazes das redondezas. Possuía todos os requisitos para uma boa esposa:

era doce, gentil, dedicada e tranquila. Em suma, ela era o tipo de mulher que nunca iria contradizer ou desobedecer a seu marido.

Victoria, por sua vez, passara muito tempo em companhia do pai e, aos 18 anos, era extremamente inteligente, possuía uma mente ativa, além de uma tendência surpreendente a pensar por si mesma.

Dorothy pensaria quando o marido lhe dissesse para pensar e faria o que ele lhe dissesse para fazer, mas Victoria pensaria por conta própria e muito provavelmente faria o que achasse melhor. Dorothy era angelical, concluiu o Dr. Morrison, mas Victoria, não...

Estreitando os olhos por trás dos óculos, observou Victoria, que desenhava mais um do muro coberto de hera, e examinou-lhe o perfil aristocrático, tentando encontrar as palavras certas para descrevê-la. Corajosa, pensou, sabendo que ela desenhava porque preferia se ocupar a se entregar à dor do luto. E compassiva, acrescentou, recordando seus esforços para consolar e alegrar os pacientes do pai.

O Dr. Morrison balançou a cabeça, frustrado. Sendo um velho, apreciava a inteligência e o senso de humor de Victoria, admirava sua coragem, sua força e sua compaixão. Porém, se enfatizasse aquelas qualidades aos parentes ingleses da Sra. Seaton, eles certamente imaginariam uma mulher independente e pedante, para quem seria impossível encontrar um bom marido, e que se transformaria em um fardo em suas vidas. Ainda existia a possibilidade de que, quando retornasse da Europa, dentro de alguns meses, Andrew Bainbridge fosse fazer o pedido formal da mão de Victoria, mas o Dr. Morrison não tinha certeza disso. O pai de Victoria e a mãe de Andrew haviam concordado que, antes de o jovem casal ficar noivo, os sentimentos de ambos deveriam ser testados naquele período de seis meses, quando Andrew faria uma versão abreviada do *Grand Tour**.

A afeição de Victoria por Andrew havia permanecido forte e constante, até onde o Dr. Morrison sabia. Os sentimentos de Andrew, porém, estavam aparentemente oscilando. Segundo o que a Sra. Bainbridge confidenciara ao velho médico, no dia anterior, Andrew parecia estar desenvolvendo uma forte atração pela prima de segundo grau, cuja família ele estava visitando na Suíça.

---

* Viagem educacional comumente empreendida por jovens da aristocracia britânica. *(N. da T.)*

Dr. Morrison suspirou com tristeza ao olhar para as duas irmãs, que usavam vestidos pretos e simples, uma com cabelos dourados brilhantes, a outra de um cobre pálido reluzente. Apesar dos trajes sombrios, elas formavam um quadro adorável, pensou com carinho. Uma foto! Guiado por sua inspiração, resolveu o problema de descrever as meninas para seus parentes ingleses simplesmente colocando uma foto de cada uma delas em cada carta.

Uma vez tomada a decisão, terminou a primeira carta pedindo à duquesa que discutisse o assunto com o Duque de Atherton, que receberia uma carta idêntica, e lhe informassem sobre o que desejavam que ele fizesse com relação às duas. Depois de escrever a mesma carta, agora endereçada ao Duque de Atherton, redigiu um bilhete ao seu advogado, em Nova York, instruindo para que pedisse a alguém de confiança em Londres que localizasse o duque e a duquesa e lhes entregasse as cartas. Com uma pequena prece para que um dos dois nobres reembolsasse essas despesas, Dr. Morrison levantou-se e espreguiçou-se.

Do lado de fora, no jardim, Dorothy usava a ponta do pé para se balançar de um lado para outro.

— Eu ainda não consigo acreditar — murmurou com sua voz suave em um misto de desespero e excitação. — Mamãe era neta de uma duquesa! O que somos, então, Tory? Nós temos algum título?

Victoria lançou-lhe um olhar irônico.

— Sim — respondeu. — Somos "Parentes Pobres".

O que era a mais pura verdade, pois, embora Patrick Seaton fosse amado e respeitado pelos pacientes, cujas doenças ele tratara por tantos anos, aquela gente do campo raramente dispunha de recursos para pagar a ele em dinheiro, e ele nunca os pressionara a fazê-lo. Assim, eles lhe pagavam com produtos e serviços, como carnes, galinhas, peixes, consertos diversos em sua carruagem, em sua casa, pães recém-assados e cestos de frutas. Como resultado, a família Seaton jamais precisara se preocupar com comida, mas também jamais havia conseguido juntar qualquer dinheiro. A prova disso eram os remendos dos vestidos tingidos à mão, que Dorothy e Victoria usavam agora. Até mesmo a casa em que moravam havia sido cedida pelos moradores do vilarejo, assim como acontecera com o reverendo Milby. As casas eram emprestadas a seus ocupantes em troca de serviços médicos e pastorais.

Ignorando a colocação sensata da irmã quanto ao seu status, Dorothy continuou, com seu ar sonhador:

— Nosso primo é um duque e nossa bisavó é uma duquesa! Mal posso acreditar! E você?

— Sempre achei a mamãe um tanto misteriosa — replicou Victoria, com solidão e desespero, reprimindo as lágrimas que lhe haviam brotado nos olhos. — Agora, o mistério está desvendado.

— Que mistério?

Victoria hesitou, o lápis que usava para desenhar pairando sobre a prancheta:

— Só quis dizer que a mamãe era diferente de todas as outras mulheres que já conheci.

— Acho que tem razão — concordou Dorothy, calando-se.

Victoria ficou olhando para o desenho que estava em seu colo, e as linhas delicadas e curvas das rosas que ela vinha traçando a partir de suas lembranças do verão anterior se embaçaram, por causa de seus olhos marejados de lágrimas. O mistério estava desvendado. *Agora*, ela compreendia muitas coisas que a haviam preocupado e confundido. Só agora entendia por que a mãe jamais fora capaz de se sentir à vontade com as demais mulheres da região, por que sempre usava a linguagem sofisticada da sociedade inglesa, exigindo que, ao menos na presença dela, Dorothy e Victoria fizessem o mesmo. Sua herança nobre explicava a insistência de Katherine para que as filhas aprendessem a ler e a escrever em francês, além do inglês. Esclarecia também seus modos meticulosos. E explicava, ao menos em parte, a estranheza e o assombro que lhe cobriam as feições nas raras ocasiões em que ela mencionava a Inglaterra.

Talvez até explicasse sua reserva em relação ao próprio marido, a quem tratava com gentileza, mas nada além disso. Ainda assim, ela fora, na superfície, uma esposa exemplar. Katherine jamais questionara o marido, jamais se queixara das privações da vida de plebeia, jamais brigara com ele. Já fazia muito tempo desde que Victoria conseguira perdoar a mãe por não amar seu pai. Agora, dando-se conta de que a mãe provavelmente fora criada em meio ao luxo e à riqueza, sentia-se inclinada a admirar a postura digna em seus dias de pobreza.

O Dr. Morrison saiu em direção ao jardim, oferecendo um sorriso encorajador para as duas meninas.

— Já escrevi as cartas e vou enviá-las amanhã. Com um pouco de sorte, receberemos uma resposta de seus parentes dentro de três meses, talvez menos.

Sorriu para elas, satisfeito com o papel que estava tentando desempenhar em reuni-las com seus nobres parentes ingleses.

— O que acha que eles vão fazer quando receberem suas cartas, Dr. Morrison? — perguntou Dorothy.

O médico afagou-lhe os cabelos com ar paternal e, erguendo os olhos para o céu, tratou de usar a imaginação.

— Suponho que fiquem surpresos, mas não vão deixar transparecer, pois, na Inglaterra, as classes mais altas não gostam de demonstrar emoção, além de serem muito formais. Depois de lerem as cartas, enviarão mensagens cordiais um para o outro e, então, se reunirão para discutir o futuro de vocês. Um mordomo servirá o chá...

Ele sorriu ao imaginar o cenário encantador em todos os seus detalhes. Em sua mente, imaginou dois elegantes aristocratas ingleses — pessoas ricas e gentis — que se encontrariam em uma elegante sala de estar para tomar chá servido em uma bandeja de prata antes de discutirem o futuro de suas antes desconhecidas — mas já queridas — jovens parentes. Como o Duque de Atherton e a Duquesa de Claremont eram parentes distantes de Katherine, certamente seriam amigos, aliados...

# 3

— Sua Alteza, a Duquesa de Claremont — anunciou o mordomo em um tom majestoso, da porta da sala de estar em que Charles Fielding, Duque de Atherton, estava sentado.

Em seguida, o mordomo deu um passo para o lado e uma mulher idosa e imponente entrou, seguida pelo advogado de expressão atormentada. Charles Fielding olhou para ela, seus penetrantes olhos castanhos cheios de ódio.

— Não precisa se levantar, Atherton — retrucou, a duquesa com sarcasmo, olhando para o homem quando ele permaneceu deliberada e insolentemente sentado.

Completamente imóvel, ele continuou a observá-la em um silêncio gelado. Com cinquenta e poucos anos, Charles Fielding ainda era um homem atraente, com cabelos fartos e grisalhos e olhos cor de avelã, embora a doença tivesse deixado suas marcas. Ele era magro demais para seu corpo alto e seu rosto estava profundamente marcado por linhas de expressão e fadiga.

Vendo-se incapaz de provocar alguma reação, a duquesa lançou sua ira sobre o mordomo.

— Esta sala está quente demais! — queixou-se, batendo com a bengala de cabo cravejado de pedras preciosas no chão. — Abra as cortinas e deixe entrar um pouco de ar fresco — ordenou.

— Deixe-as como estão! — vociferou Charles, sua voz fervendo com a aversão que a simples visão daquela mulher provocava nele.

A duquesa lançou-lhe um olhar fulminante.

— Eu não vim até aqui para morrer sufocada — declarou em tom ameaçador.

— Então, saia.

O corpo esguio e frágil empertigou-se pela indignação.

— Eu não vim até aqui para morrer sufocada — repetiu ela entredentes. — Vim para informá-lo sobre a minha decisão no que diz respeito às filhas de Katherine.

— Diga o que tem a dizer — retrucou Charles, implacável — e, *então*, saia!

A duquesa estreitou os olhos, furiosa, e o ar pareceu mais pesado por conta da hostilidade, mas, em vez de ir embora, ela se sentou lentamente na cadeira. Apesar da idade avançada, a duquesa sentava-se ereta como uma rainha. Um turbante roxo sobre os cabelos brancos ocupava o lugar da coroa e a bengala em sua mão substituía o cetro.

Charles observou-a, surpreso e desconfiado, uma vez que estivera certo de que ela havia insistido naquele encontro apenas para ter a satisfação de dizer-lhe cara a cara que o futuro das filhas de Katherine não era da sua conta. Nem sequer lhe ocorrera que ela fosse se sentar, como se tivesse algo mais a dizer.

— Você viu o retrato das meninas — afirmou a duquesa.

Ele baixou os olhos para a foto que tinha em mãos e seus longos dedos a envolveram de maneira protetora. A dor obscureceu-lhe os olhos, fixos em Victoria. Ela era a imagem da mãe, a imagem de sua linda e amada Katherine.

— Victoria é a imagem da mãe — declarou a duquesa, subitamente.

Charles ergueu os olhos para ela, a expressão endurecendo imediatamente.

— Estou ciente disso.

— Ótimo. Assim, será mais fácil compreender meus motivos para não aceitar essa menina em minha casa. Ficarei com a outra. — Levantando-se como se houvesse encerrado o assunto, a duquesa virou-se para seu advogado: — Providencie a quantia necessária para cobrir as despesas do Dr. Morrison e o custo de uma passagem de navio para a menina mais nova.

— Sim, Alteza — assentiu o advogado com uma reverência. — Mais alguma coisa?

— Ah, sim, haverá muitas coisas *mais*! — replicou a duquesa, em um tom quase rude. — Terei de apresentar a menina à sociedade, providenciar um dote para ela, encontrar um marido adequado. Eu...

— E quanto a Victoria? — indagou Charles, ferozmente. — O que planeja fazer com a menina mais velha?

A duquesa lançou-lhe um olhar irado.

— Já lhe disse que ela me faz lembrar da mãe e que não vou aceitá-la em minha casa. Se quiser, fique com ela. Se bem me lembro, você queria a mãe mais do que qualquer outra coisa. E era óbvio que Katherine o queria também; mesmo no leito de morte, ela ainda falava o seu nome. Pode assumir a responsabilidade pela imagem de Katherine, agora. Você bem que merece ter de olhar para a menina todos os dias.

A mente de Charles ainda se recuperava dessa maravilhosa surpresa quando a velha duquesa acrescentou com arrogância:

— Case-a com quem bem entender, exceto com aquele seu sobrinho. Há vinte e dois anos, eu não permiti uma aliança entre a sua família e a minha, e continuo a proibir que isso aconteça. Eu... — como se uma ideia súbita lhe ocorresse, fez uma pausa abrupta, ao mesmo tempo que seus olhos exibiram um brilho de triunfo maligno — ... arranjarei o casamento de Dorothy com o filho de Winston! — anunciou alegremente. — Queria que Katherine se casasse com o pai dele e ela se recusou a satisfazer a minha vontade por sua causa. Ao casar Dorothy com o filho, finalmente farei a aliança com os Winston! — Um sorriso de desdém tornou ainda mais profundas as rugas em seu rosto e ela soltou uma risada de desprezo diante da expressão atormentada de Charles. — Mesmo depois de todos esses anos, eu serei a responsável pelo casamento mais esplêndido da década!

Com isso, ela saiu da sala, seguida por seu advogado.

Charles ficou olhando para ela, suas emoções variando entre amargura, ódio e alegria. Aquela velha maldita havia, inadvertidamente, lhe dado a única coisa que ele desejava mais que a própria vida. Ela lhe dera Victoria, a filha de Katherine, a imagem de Katherine. Uma felicidade incontida o invadiu, seguida imediatamente de um ódio desmedido. Aquela velha desonesta, sem coração e conivente teria uma aliança com os Winston, exatamente como sempre quisera. Não hesitara em sacrificar a felicidade de Katherine por essa aliança sem sentido e, agora, ela teria sucesso.

A raiva de Charles diante da constatação de que ela também estava prestes a obter o que sempre quisera quase apagou sua alegria pela oportunidade de ter Victoria. Então, uma ideia repentina cruzou-lhe a mente. Estreitando os olhos, ele a considerou, pensou e avaliou. Lentamente, um sorriso curvou-lhe os lábios.

— Dobson — anunciou ao mordomo. — Traga-me pena e papel. Quero escrever um anúncio de noivado. Providencie para que seja entregue ao *Times* imediatamente.

— Sim, Alteza.

Charles olhou para o velho criado com júbilo.

— Ela está enganada, Dobson — anunciou. — A bruxa velha está enganada!

— Enganada, Alteza?

— Sim, enganada! Ela não será a responsável pelo casamento mais esplêndido da década. *Eu* serei!

ERA UM RITUAL. Todas as manhãs, por volta das nove da manhã, Northrup, o mordomo, abria a pesada porta da frente da mansão de campo do Marquês de Wakefield e recebia um exemplar do *Times* das mãos de um criado que trazia o jornal de Londres.

Depois de fechar a porta, Northrup atravessava o hall de entrada e entregava o jornal a outro criado, à espera no pé da escada.

— O exemplar do *Times* para o lorde — anunciava.

O criado levava o jornal até a sala de jantar, onde Jason Fielding, o Marquês de Wakefield, geralmente tomava o seu café da manhã e lia a correspondência.

— Seu exemplar do *Times*, milorde — murmurava o criado timidamente, colocando o jornal ao lado da xícara de café do marquês e retirando seu prato.

Sem dizer uma só palavra, o marquês apanhava o jornal e o abria.

Tudo isso acontecia com o mais absoluto rigor, orquestrado e executado com a precisão de um minueto, uma vez que Lorde Fielding era um patrão exigente, que fazia questão de ter tudo funcionando em suas propriedades como máquinas muito bem azeitadas.

Os criados o temiam, tratando-o como a uma divindade assustadora e inatingível, que todos se esforçavam desesperadamente para agradar.

As fogosas beldades londrinas que Jason levava a bailes, óperas, ao teatro e, claro, para a cama sentiam o mesmo sobre ele, uma vez que ele as tratava somente com um pouco mais de calor humano do que dispensava aos criados. Ainda assim, as damas olhavam para ele com desvelado desejo, aonde quer que ele fosse, pois, apesar da atitude cínica, havia uma inconfundível aura de virilidade em Jason que fazia os corações femininos dispararem.

Seus cabelos eram negros como carvão, os olhos penetrantes, verdes como jade, os lábios grossos e sensuais. Uma força implacável parecia esculpida em cada um dos traços que constituíam o rosto bonito e bronzeado, desde as sobrancelhas retas e espessas até o queixo arrogante. Até mesmo sua compleição física era extremamente masculina, pois tinha um metro e oitenta e dois de altura, ombros largos, quadris estreitos e pernas e coxas bem musculosas. Montado em um cavalo, ou dançando em um baile, Jason Fielding destacava-se dos outros homens como um felino selvagem cercado por gatinhos domesticados e indefesos.

Como Lady Wilson-Smyth uma vez o descrevera entre gargalhadas, Jason Fielding era tão perigosamente atraente quanto o pecado e, sem dúvida, tão perverso quanto.

Tal opinião era partilhada por muitos, uma vez que quem quer que fitasse aqueles cínicos olhos verdes saberia dizer que não restava nem sequer uma fibra de inocência ou ingenuidade naquele corpo espetacular. Apesar disso, ou melhor, justamente *por causa* disso, as mulheres sentiam-se atraídas para ele como mariposas para a luz, ansiosas para provar do seu ardor, ou simplesmente se deleitar com um de seus raros sorrisos. Com sofisticação, as casadas planejavam ardis para ocupar-lhe a cama, enquanto as mais jovens, solteiras, sonhavam em ser aquela que derreteria seu coração de gelo, fazendo-o ajoelhar-se a seus pés.

Alguns dos membros mais sensatos da *ton** acreditavam que Lorde Fielding tinha razões de sobra para ser cínico em relação às mulheres. Todos sabiam que o comportamento de sua esposa, quando ela estivera em Londres, quatro anos atrás, havia sido escandaloso. A partir do momento em que pusera os pés na cidade, a belíssima Marquesa de Wakefield entregou-se a um caso de amor amplamente divulgado após o outro. Traíra o marido repetidas vezes. Todos sabiam, inclusive Jason Fielding, que aparentemente não se importava...

O criado postou-se ao lado da cadeira de Lorde Fielding, segurando um delicado bule de prata.

— Aceita um pouco mais de café, milorde?

O marquês sacudiu a cabeça e virou a página do *Times*. O criado curvou-se e começou a se afastar, pois não esperava que Lorde Fielding lhe respondesse, uma vez que o patrão raramente se dignava a falar com os serviçais. Ele não conhecia o nome da maioria deles, não sabia nada sobre eles e não se importava. Mas, ao menos, não era dado a maus-tratos, como a maioria dos nobres. Quando contrariado, o marquês se limitava a dirigir um olhar petrificado ao responsável por seu desgosto. Nunca, nem mesmo diante da mais grave provocação, Lorde Fielding levantava a voz.

---

* Como era designada a alta sociedade inglesa. *(N. da T)*

E foi justamente por isso que o criado quase derrubou o bule de café quando Jason deu um murro na mesa, com um estrondo que fez os pratos balançarem:

— *Aquele miserável!* — Num salto, olhou para o jornal aberto, o rosto exibindo fúria e descrença. — Aquele maldito, patife... Só ele seria capaz de fazer uma coisa assim!

Lançando um olhar mortal para o criado estupefato, Jason saiu da sala, apanhou a capa com o mordomo e se dirigiu para os estábulos.

Northrup fechou a porta da frente e correu até a sala de jantar, com a cauda do seu fraque batendo de um lado para o outro...

— O que aconteceu com o lorde? — inquiriu, entrando na sala de jantar.

O criado, ainda de pé ao lado da cadeira de Jason, ficou olhando fixamente para o jornal aberto, com o bule de café, esquecido, em uma das mãos.

— Acho que foi algo que ele leu no *Times* — murmurou, apontando para o anúncio do noivado entre Jason Fielding, Marquês de Wakefield, e a Srta. Victoria Seaton. — Eu não sabia que o lorde estava planejando se casar, acrescentou.

— Resta descobrir se o lorde sabia — considerou Northrup, boquiaberto.

De repente, deu-se conta de que acabara de fofocar com um subalterno. Assim, fechou o jornal com ar autoritário.

— Os assuntos particulares de Lorde Fielding não são da sua conta, O'Malley. Lembre-se disso, caso queira se manter no emprego.

Duas horas depois, a carruagem de Jason parou diante da residência londrina do Duque de Atherton. O cavalariço correu até ele, Jason jogou as rédeas, saltou da carruagem e caminhou a passos firmes até a casa.

— Bom dia, milorde — cumprimentou-o Dobson ao abrir a porta. — Sua Alteza está à sua espera.

— Aposto que o maldito está, sim — replicou Jason, feroz. — Onde ele está?

— No salão, milorde.

Jason seguiu na direção indicada com passos longos e rápidos, irado. Empurrou com força a porta do salão e se dirigiu para onde o homem de cabelos grisalhos se encontrava sentado, com ares de dignidade.

— Imagino que você — acusou sem preâmbulos — tenha sido o responsável por aquele anúncio absurdo no *Times*.

Sem se abalar, Charles demonstrou um olhar ameaçador.

— Eu mesmo.

— Pois terá de fazer um novo anúncio, desmentindo o primeiro!

— Não — declarou, implacável. — A jovem se encontra a caminho da Inglaterra e você vai se casar com ela. Entre outras coisas, quero que você me dê um neto. E quero segurá-lo em meus braços antes de partir deste mundo

— Se quer um neto — falou Jason, com ira — tudo o que tem a fazer é localizar seus outros filhos bastardos. Tenho certeza de que eles agora poderão lhe proporcionar uma *dúzia* de netos.

Charles estremeceu e sua voz baixou de tom ameaçadoramente: — Quero um neto *legítimo*, para apresentar ao mundo como meu herdeiro.

— Um neto legítimo! — retrucou Jason com sarcasmo. — Quer que eu, seu filho ilegítimo, lhe dê um neto *legítimo*? Diga-me uma coisa, se todos acreditam que eu sou seu sobrinho, como pretende reivindicar meu filho como seu neto?

— Vou reivindicá-lo como meu sobrinho-neto, mas *eu* saberei que é meu neto e isso é tudo o que importa. — Sem se impressionar com a fúria do filho, Charles concluiu, implacavelmente: — Eu quero um herdeiro seu, Jason.

Lutando para se controlar, Jason inclinou-se e apoiou as mãos nos braços da poltrona de Charles, parando a poucos centímetros do rosto do homem mais velho. Com um sussurro lento, anunciou:

— Já lhe disse antes, mas vou repetir pela última vez: nunca voltarei a me casar. Compreendeu? *Nunca voltarei a me casar!*

— Por quê? — perguntou Charles, irritado. — Não se pode dizer que você odeia as mulheres, pois todos sabem que você tem amantes e que as trata muito bem. Na verdade, todas elas parecem se apaixonar por você. As mulheres obviamente gostam de estar na sua cama, e você, obviamente, gosta de tê-las lá...

— Cale-se! — explodiu Jason.

Um espasmo de dor contorceu as feições de Charles, que levou a mão ao peito, seus dedos longos segurando a camisa. Em seguida, cuidadosamente levou as mãos ao colo.

Jason estreitou os olhos, mas, apesar de sua suspeita de que Charles estava apenas fingindo a dor, ele se forçou a permanecer em silêncio enquanto seu pai continuava:

— A jovem que eu escolhi para ser sua esposa deverá chegar dentro de três meses. Enviarei uma carruagem ao porto, para transportá-la diretamente para Wakefield Park. Por uma questão de decoro, também irei para lá, onde permanecerei até que o casamento seja realizado. Conheci a mãe dela há muito tempo e vi a semelhança de Victoria. Você não vai se decepcionar. — Ergueu o retrato. — Ora, Jason — falou com a voz subitamente macia e persuasiva —, não está nem um pouco curioso a respeito dela?

Com a tentativa de persuasão de Charles, as feições de Jason se tornaram ainda mais duras.

— Está perdendo seu tempo. Não vou aceitar isso.

— Vai, sim — garantiu Charles, apelando para a ameaça. — Se não aceitar, vou deserdá-lo. Você já gastou meio milhão de libras do seu dinheiro restaurando minhas propriedades; propriedades que jamais pertencerão a você, a menos que se case com Victoria Seaton.

Jason reagiu à ameaça com um desprezo fulminante.

— Suas preciosas propriedades podem ir para o inferno, no que me diz respeito. Meu filho está morto. Não preciso de herança alguma.

Percebendo a dor no olhar de Jason ao mencionar seu garotinho, Charles suavizou o tom de voz, compartilhando a tristeza:

— Admito que fui precipitado ao anunciar o seu noivado, Jason, mas eu tive razões para fazer isso. Talvez eu não possa forçá-lo a se casar com Victoria, mas, pelo menos, não fique contra ela. Prometo que não vai encontrar defeitos na moça. Veja, tenho um retrato dela aqui. Pode ver com os seus próprios olhos como ela é bonita... — Charles parou de falar ao ver Jason dar meia-volta e sair da sala, batendo a porta atrás de si num estrondo ensurdecedor.

Charles olhou com raiva para a porta fechada.

— Você vai se casar com ela, Jason — alertou ao filho ausente —, nem que eu tenha de fazê-lo entrar na igreja com uma arma apontada para a sua cabeça!

Olhou para cima poucos minutos depois, quando Dobson entrou carregando uma bandeja de prata com uma garrafa de champanhe e duas taças.

— Tomei a liberdade de selecionar algo apropriado à ocasião — declarou o mordomo alegremente, colocando a bandeja perto da mesa de Charles.

— Nesse caso, você deveria ter selecionado cicuta — disse Charles de forma irônica. — Jason já se foi.

— Já? — declarou o mordomo, de queixo caído. — Mas eu nem tive tempo de parabenizar o lorde pelo noivado!

— Sorte sua — comentou Charles com uma risadinha marota. — Temo que ele tivesse sido capaz de lhe partir a cara.

Quando Dobson saiu, Charles encheu uma taça de champanhe e, com um sorriso determinado, ergueu-a em um brinde solitário.

— Ao seu futuro casamento, Jason.

— SÓ VOU DEMORAR UM MINUTO, Sr. Borowski — disse Victoria descendo da carroça da fazenda, carregada com os pertences de Dorothy e dela.

— Não tenha pressa — respondeu, fumando seu cachimbo e sorrindo. — Sua irmã e eu não partiremos sem você.

— Apresse-se, sim, Tory — alertou Dorothy. — O navio não vai esperar por nós.

— Temos tempo de sobra — garantiu o Sr. Borowski. — Chegaremos à cidade antes do anoitecer, prometo.

Victoria subiu correndo os degraus da imponente casa de Andrew, que dava para a aldeia no alto da colina, e bateu à pesada porta de carvalho.

— Bom dia, Sra. Tilden — cumprimentou a roliça governanta. — Posso falar com a Sra. Bainbridge? Gostaria de me despedir e lhe entregar uma carta para que ela envie a Andrew, para que ele saiba para onde me escrever na Inglaterra.

— Vou dizer a ela que você está aqui, Victoria, mas não garanto que ela vai recebê-la — informou, sem jeito, a simpática governanta — Você sabe como ela se comporta quando não está se sentindo bem.

Victoria assentiu. Conhecia muito bem as indisposições da Sra Bainbridge. Segundo o pai de Victoria, a mãe de Andrew era uma queixosa crônica, que inventava doenças para evitar fazer qualquer coisa que ela não desejasse e manipular e controlar Andrew. Patrick Seaton dissera isso a ela, diante de Victoria, anos antes, e a mulher jamais os perdoara por isso.

Victoria sabia, assim como Andrew, que a Sra. Bainbridge era uma mulher mentirosa. Por isso, as palpitações, as tonturas e os formigamentos da mãe dele exerciam pouco efeito sobre os dois; fato que, Victoria sabia, aumentava ainda mais a desaprovação da mulher em relação à escolha de uma esposa pelo filho.

A governanta voltou com a expressão contrariada.

— Sinto muito, Victoria. A Sra. Bainbridge diz não estar em condições de recebê-la. Entregarei a ela a carta que escreveu para o Sr. Andrew. Ela me pediu para chamar o Dr. Morrison. Disse que está com um zumbido fortíssimo no ouvido — acrescentou em tom de desgosto.

— O Dr. Morrison é condescendente com as doenças da Sra. Bainbridge, em vez de mandá-la levantar da cama e fazer algo útil na vida — comentou

Victoria com um sorriso resignado, entregando a carta. Lamentou que o correio fosse tão caro e ela fosse obrigada a dar suas cartas para que a mãe de Andrew as incluísse na própria correspondência. — Acho que ela prefere a atitude do Dr. Morrison à atitude de meu pai.

— Se você quer saber — disse a Sra. Tilden, com raiva —, ela gostava do seu pai mais do que deveria. Eu chegava a me cansar de observá-la se arrumar, antes de chamá-lo no meio da noite e... — a governanta interrompeu a frase, corrigindo-se depressa: — Não que seu pai, um homem tão maravilhoso, encorajasse esse comportamento dela.

Quando Victoria se foi, a Sra. Tilden levou a carta para cima.

— Sra. Bainbridge, disse, aproximando-se da cama, aqui está a carta de Victoria para o Sr. Andrew.

— Dê-me isso e mande chamar o Dr. Morrison imediatamente — ordenou a patroa com a voz surpreendentemente forte para uma inválida. — Estou sentindo tonturas. Quando o novo médico vai chegar?

— Dentro de uma semana — disse a governanta, estendendo-lhe a carta.

Quando ela saiu, a Sra. Bainbridge ajeitou seus cabelos grisalhos na touca de renda e lançou um olhar de desgosto para a carta deixada ao seu lado sobre a colcha de cetim.

— Andrew não vai se casar com essa camponesa — declarou com arrogância à criada. — Ela não é nada! Ele me escreveu duas vezes, dizendo que a prima Madeline, da Suíça, é adorável. Contei isso para Victoria, mas a tola não me deu ouvidos.

— Acha que ele vai trazer a Srta. Madeline para casa, como sua esposa? — perguntou a criada, ajeitando os travesseiros da Sra. Bainbridge.

O rosto magro da patroa se contorceu de raiva.

— Não seja tola! Andrew não tem tempo para uma esposa. Eu já disse isso a ele. Esta propriedade é mais que suficiente para mantê-lo ocupado e, além do mais, ele tem que cuidar de mim. — Apanhou a carta de Victoria entre os dois dedos, como se estivesse contaminada, e entregou-a para a criada. — Você sabe o que fazer com isso, disse, friamente.

— Eu não sabia que podia haver tanta gente, ou tanto barulho, no mundo — comentou Dorothy, impressionada, no movimentado porto de Nova York.

Estivadores com baús sobre os ombros iam e vinham pelas plataformas de embarque, enquanto grossas correntes rangiam nas alturas, içando cargas pesadas do píer para serem transportadas a bordo. Os gritos de ordens dos oficiais dos navios misturavam-se às gargalhadas estridentes dos marujos e aos convites imorais de mulheres vestidas sem a mínima decência, espalhadas pelas docas, esperando os marinheiros desembarcarem.

— É tão empolgante — declarou Victoria, observando os dois baús que continham todos os pertences de ambas sendo carregados a bordo do *Gull* por dois estivadores grandalhões.

Embora assentisse em concordância, Dorothy parecia perturbada.

— Sim, é muito empolgante, mas fico me lembrando a todo o momento que, no final da nossa viagem, seremos separadas por culpa de nossa bisavó. Que motivo ela pode ter para recusar receber você na casa dela?

— Não sei, mas você não deve se preocupar com isso — afirmou Victoria com um sorriso encorajador. — Pense em coisas boas. Olhe para o rio East, feche os olhos e sinta o cheiro do mar.

Dorothy fechou os olhos e inspirou profundamente, mas torceu o nariz com uma careta.

— Tudo o que consigo sentir é o fedor de peixe morto! Tory, se a nossa bisavó soubesse mais sobre você, *sei* que iria querer que se juntasse a nós. Ela não pode ser cruel e insensível a ponto de insistir em nos manter separadas. Vou falar muito de você e fazê-la mudar de ideia.

— Não deve dizer ou fazer nada que possa ofendê-la — advertiu-a Victoria, gentilmente. — Ao menos por enquanto, somos totalmente dependentes dos nossos parentes.

— Não vou ofendê-la, se puder evitar — prometeu Dorothy —, mas cuidarei de deixar bem claro, de maneira sutil, que ela deve mandar chamar você logo. — Como Victoria se limitava a sorrir, sem dizer nada, depois de um momento, Dorothy disse suspirando: — Existe um consolo nesta viagem para a Inglaterra. O Sr. Wilheim falou que, com mais prática e muita dedicação, poderei me tornar uma pianista. Disse que, em Londres, será fácil encontrar excelentes professores para me orientar. Vou pedir, ou melhor, *insistir* para que nossa bisavó me permita seguir a carreira musical — concluiu Dorothy, exibindo a determinação que pouquíssimas pessoas sabiam existir por trás de toda aquela docilidade.

Victoria decidiu não enumerar os eventuais obstáculos que a irmã poderia encontrar. Com a sabedoria de alguns anos a mais, limitou-se a dizer:

— Não insista demais, querida.

— Serei discreta — concordou Dorothy.

# 4

— Srta. Dorothy Seaton? — perguntou o cavalheiro educadamente, dando um passo para o lado no momento em que três marinheiros ingleses grandalhões, com sacos pesados nos ombros, deram-lhe uma trombada e desceram do cais.

— Sou eu — disse Dorothy, a voz trêmula de medo e excitação ao olhar o homem de cabelos brancos e trajes impecáveis.

— Fui instruído por Sua Alteza, a Duquesa de Claremont, a acompanhá-la até sua casa. Onde está a sua bagagem?

— Logo ali — respondeu Dorothy — Há apenas uma mala.

Ele só teve de olhar por cima do ombro para que dois criados, também impecavelmente uniformizados, saíssem da luxuosa carruagem preta, com um brasão dourado na porta, e corressem até onde se encontrava o baú.

— Nesse caso, creio que podemos partir — informou o homem quando o porta-malas ergueu-se para o topo da carruagem.

— E quanto à minha irmã? — indagou Dorothy, apertando a mão de Victoria com evidente pavor.

— Tenho certeza de que os encarregados de levar sua irmã não tardarão. Seu navio chegou quatro dias antes da data prevista.

— Não se preocupe comigo — declarou Victoria com uma confiança que não sentia de verdade. — Estou certa de que a carruagem do duque chegará a qualquer momento. Enquanto isso, o capitão Gardiner permitirá que eu espere a bordo. Vá logo.

Dorothy envolveu a irmã num abraço bem apertado.

— Tory, prometo convencer nossa bisavó a convidá-la para ficar conosco. Estou assustada. Não se esqueça de escrever todos os dias!

Victoria ficou onde estava, observando Dorothy subir delicadamente na luxuosa carruagem. As escadas foram colocadas, o cocheiro bateu o chicote e os quatro cavalos saltaram enquanto ela acenava da janela.

Acotovelada pelo fluxo de marinheiros ansiosos por algumas doses de bebida e pela companhia de mulheres de reputação duvidosa, Victoria permaneceu no cais, com o olhar fixo na carruagem que partia. Ela nunca se sentira tão sozinha em toda a sua vida.

Passou os dois dias seguintes na solidão de sua cabine, interrompendo as longas horas de tédio apenas com breves caminhadas no convés e refeições na companhia do capitão Gardiner, um homem afável e paternal, que parecia apreciar a sua companhia. Victoria passara um tempo considerável com ele nas últimas semanas e ambos haviam compartilhado dezenas de refeições durante a longa viagem. Conhecia suas razões para ir à Inglaterra. Ela logo passou a considerá-lo um novo amigo.

Quando, na manhã do terceiro dia, nenhuma diligência chegou para levar Victoria até Wakefield Park, o capitão Gardiner resolveu as coisas por conta própria e alugou uma.

— Chegamos antes da data prevista, o que é uma ocorrência rara — explicou. — Seu primo pode levar dias para mandar alguém vir buscá-la. Preciso resolver assuntos importantes em Londres e não posso deixá-la a bordo, desprotegida. No tempo que levaria para notificar seu primo sobre a sua chegada, você pode chegar lá sozinha.

Durante horas, Victoria ficou apreciando a paisagem dos campos ingleses em todo o seu esplendor primaveril. Flores cor-de-rosa e amarelas floresciam em profusão por sebes que subiam e desciam as colinas e os vales. E, apesar dos solavancos provocados pelas pedras e raízes no caminho, o ânimo de Victoria aumentava a cada quilômetro percorrido. O cocheiro bateu na porta e, com seu rosto avermelhado, apareceu na janela dianteira.

— Estamos a menos de três quilômetros da propriedade, senhora. Se quiser...

Tudo pareceu acontecer ao mesmo tempo. A roda bateu em uma grande raiz, a carruagem foi empurrada para o lado, o cocheiro desapareceu da janela e Victoria foi arremessada ao chão. Um minuto depois, a porta se abriu e o cocheiro a ajudou a se levantar.

— Está ferida? — indagou, preocupado.

Victoria balançou a cabeça, mas, antes que pudesse pronunciar uma só palavra, ele já se virava para lançar sua ira sobre dois camponeses parados timidamente enquanto seguravam os chapéus apertados contra o peito.

— Seus idiotas! Como entram na estrada dessa maneira? Vejam o que fizeram! Quebraram o eixo da minha carruagem!

Continuou esbravejando, recitando uma ladainha de palavrões.

Delicadamente, Victoria deu as costas ao homem irado e ao seu linguajar ofensivo, e tentou sem sucesso limpar a sujeira da saia. O cocheiro deslizou para baixo da carruagem, a fim de verificar o eixo quebrado, e um dos camponeses se aproximou de Victoria, torcendo o chapéu nas mãos.

— Jack e eu sentimos muito pelo que aconteceu, senhora — disse. — Nós a levaremos até Wakefield Park, se não se importar de colocarmos o seu baú na carroça, junto com os leitões.

Grata por não ter de percorrer os quase três quilômetros restantes a pé, Victoria aceitou prontamente. Pagou ao cocheiro com parte do dinheiro que Charles Fielding enviara para as despesas de viagem e se acomodou no banco da carroça, entre os dois camponeses. A carroça, embora menos prestigiosa do que uma carruagem, era muito mais confortável de se viajar. A brisa acariciava-lhe o rosto e ela tinha uma visão ampla e irrestrita da paisagem florida.

Com sua costumeira simpatia e sem a menor presunção, Victoria não demorou a se engajar em uma animada conversa sobre agricultura. Apesar de não dominar o assunto, ela sempre ficava feliz em aprender algo novo. Evidentemente, os camponeses ingleses se opunham violentamente à implantação de máquinas agrícolas.

— Elas nos deixam desempregados — argumentou um deles, justificando sua apaixonada condenação para o que chamava de "coisas malditas".

Victoria mal ouviu o comentário, pois haviam acabado de atravessar os dois pesados portões que se abriam para os jardins cuidadosamente tratados e cercados por árvores imponentes que se estendiam em ambas as direções até onde a vista alcançava, divididos, aqui e ali, por um riacho que serpenteava com suas margens cobertas de flores cor-de-rosa, azuis e brancas.

— Parece um conto de fadas! — soltou um forte suspiro, atordoada e fascinada, o olhar percorrendo as margens cuidadosamente impecáveis do riacho e aquele panorama espetacular. — Deve ser preciso dezenas de jardineiros para cuidar de um lugar desse tamanho.

— Verdade — confirmou Jack. — O lorde emprega quarenta deles, sendo que dez cuidam só dos jardins *reais*, os jardins da casa, quero dizer. — Depois de rodarem pela estrada bem-cuidada por 15 minutos, dobraram em uma curva e Jack apontou à frente, anunciando: — Aí está Wakefield Park. Ouvi dizer que tem 160 cômodos.

Victoria respirou fundo. Sentia-se desnorteada, enquanto o estômago, completamente vazio, se contorcia pela tensão. Diante de seus olhos, estava a casa de três andares mais espetacular que ela já vira, cujo esplendor superava todas as suas expectativas. A construção de tijolos, com seus telhados pontilhados de chaminés, pairava diante dela como um palácio com degraus imponentes no terraço que levavam à porta da frente contra centenas de janelas que refletiam a luz áurea do sol.

Pararam diante da casa e Victoria afastou o olhar por tempo suficiente para que um dos camponeses a ajudasse a descer da carroça.

— Obrigada. Os senhores foram muito gentis — agradeceu e começou a subir os degraus com dificuldade, pois a apreensão deixara seus joelhos trêmulos.

Atrás dela, os dois camponeses foram até a parte de trás da carroça para pegar o volumoso baú de Victoria. Mas, quando abriram a parte traseira da carroça, os dois leitõezinhos saltaram guinchando e, com um baque surdo, caíram no chão e saíram correndo pelo gramado.

Victoria virou-se ao ouvir os gritos dos camponeses e caiu na risada ao vê-los correndo atrás dos velozes animaizinhos.

À sua frente, a porta da mansão foi aberta e um homem de expressão rígida e uniforme verde e dourado lançou um olhar indignado para os camponeses, para os leitões e, claro, para a jovem despenteada, de vestido sujo, que se aproximava.

— As entregas — falou em voz alta e ameaçadora — devem ser feitas pela porta dos *fundos.*

Erguendo o braço, ele apontou, arrogante, para o caminho que passava ao lado da casa.

Victoria abriu a boca para explicar que não estava fazendo nenhuma entrega, mas teve a atenção distraída por um dos leitõezinhos que, mudando de direção, agora corria diretamente na direção dela, perseguido por um ofegante camponês.

— Tire essa carroça, esses porcos e saia daqui imediatamente! — ordenou, furioso, o homem uniformizado.

Lágrimas provocadas pelo riso embaçaram a visão de Victoria, que se abaixou para apanhar o leitão. Rindo, tentou se explicar:

— O senhor não está enten...

Ignorando-a, Northrup virou-se para o lacaio e falou por cima do ombro:

— Livre-se de todos eles! Agora!

— O que diabos está acontecendo aqui? — perguntou um homem de cerca de trinta anos, cabelos negros, espreitando nos degraus.

O mordomo apontou para Victoria, os olhos faiscando de ira.

— Essa mulher é...

— Victoria Seaton — falou ela depressa, tentando conter o riso, quando a tensão, o cansaço e a fome ameaçavam levá-la perigosamente à histeria nervosa. Ela viu o choque estampado nas feições do homem de cabelos negros, uma vez mencionado o seu nome, e ela foi invadida, em uma fração de segundo, por um súbito ataque que resultou em uma explosão de gargalhadas.

Esforçando-se ao máximo para conter o riso, Victoria virou-se e entregou o leitão ao camponês. Então, alisou a saia empoeirada e tentou fazer uma reverência.

— Temo que tenha havido um engano — falou com a voz sufocada. — Eu vim para...

A voz gelada do homem alto interrompeu-a:

— Foi você quem se enganou em vir para cá, Srta. Seaton. Entretanto, estamos muito próximos do anoitecer para mandá-la de volta para o lugar de onde veio.

Segurando-a pelo braço, ele a puxou para dentro da casa com gestos rudes.

VICTORIA RECUPEROU A SERIEDADE no mesmo instante. A situação já não lhe parecia mais engraçada, mas, sim, terrivelmente assustadora. Timidamente, ela cruzou a porta de um hall de entrada de mármore que era maior do que toda a sua casa em Nova York. Do lado oposto à porta de entrada, duas escadas levavam aos dois andares superiores, e uma grande claraboia abobadada banhava o ambiente, filtrando a luz do sol. Victoria inclinou a cabeça para trás, ficou alguns segundos olhando o teto abobadado de vidro três andares acima. Lágrimas brotaram de seus olhos e a claraboia começou a girar num turbilhão vertiginoso, ao mesmo tempo que a angústia lhe apertava o peito. Viajara milhares de quilômetros, por mar tempestuoso e estradas esburacadas, esperando ser recebida por um cavalheiro gentil. Em vez disso, seria mandada de volta, para longe de Dorothy... A claraboia girava diante de seus olhos, formando um caleidoscópio de cores brilhantes e borradas.

— Ela vai desmaiar — preveniu o mordomo.

— Ah, meu Deus! — falou com impaciência o homem de cabelos negros, tomando-a em seus braços.

O mundo já começava a recuperar o foco para Victoria quando ele subiu os primeiros degraus da escada de mármore.

— Ponha-me no chão — pediu com a voz fraca, contorcendo-se de vergonha. — Estou perfeitamente...

— Fique quieta! — ordenou.

Chegando ao primeiro andar, virou à direita e entrou no primeiro quarto, dirigindo-se à imensa cama cercada por cortinas de seda azul e prata, suspensas por uma moldura de madeira entalhada e recuadas para os cantos com cordas de veludo prateado. Sem dizer uma palavra, deitou-a sem a menor cerimônia na colcha de seda azul. Quando ela tentou se levantar, ele a forçou a permanecer deitada, pousando as mãos em seus ombros, sem a menor delicadeza.

O mordomo entrou correndo no quarto, com a ponta do fraque batendo de um lado para o outro.

— Aqui, milorde, amoníaco — anunciou.

Milorde apanhou o vidro e aproximou-o do nariz de Victoria.

— Não! — gritou ela, tentando virar a cabeça para escapar do odor do amoníaco, mas a mão dele seguiu persistente o rosto dela. Em desespero, ela tentava agarrar o pulso dele, empurrando-o para longe de seu rosto, enquanto ele continuava a forçá-la. — O que está tentando fazer? — inquiriu. — Quer que eu beba isso?

— Excelente ideia — replicou, mal-humorado, mas diminuiu a pressão da mão que a segurava pela nuca e afastou o vidro de seu rosto.

Sentindo-se exausta e humilhada, Victoria virou-se, fechou os olhos e engoliu em seco, ao mesmo tempo que lutava para conter as lágrimas, que haviam formado um nó em sua garganta. Ela engoliu em seco novamente.

— Eu sinceramente espero — disse ele com aspereza — que você não esteja pensando em vomitar nesta cama, pois devo informá-la de que *você* mesma terá de limpá-la.

VICTORIA ELIZABETH SEATON, produto de 18 anos de uma educação cuidadosa que, até então, havia produzido uma jovem encantadora e de temperamento doce, virou a cabeça lentamente no travesseiro e observou-o com contundente animosidade.

— Você é Charles Fielding?

— Não.

— Nesse caso, faça o favor de sair desta cama, ou permita que eu saia!

Franzindo o cenho, ele examinou a jovem rebelde que o fitava com um brilho assassino nos olhos azuis. Seus cabelos espalhados sobre o travesseiro mais pareciam chamas douradas, emoldurando um rosto que parecia ter sido esculpido em porcelana por um artista. Os cílios eram incrivelmente longos, os lábios rosados eram macios e...

Abruptamente, o homem se levantou e saiu do quarto, seguido pelo mordomo. A porta se fechou atrás deles, deixando Victoria no mais absoluto silêncio.

Lentamente, ela se sentou e colocou as pernas para o lado da cama e, então, levantou-se, com medo de que a tontura retornasse. O desespero fez com que sentisse frio, mas suas pernas permaneceram firmes enquanto ela olhava em volta. À sua esquerda, cortinas azul-claras adornadas com fios prateados encontravam-se atadas por faixas delicadas, emoldurando toda uma parede de janelas gradeadas. No extremo oposto do quarto, um par de canapés listrados, também em azul e prata, formavam um ângulo aconchegante com uma lareira. A expressão "esplendor decadente" cruzou-lhe a mente, enquanto ela alisava a saia, lançava mais um olhar ao seu redor e voltava a se sentar na cama coberta com uma colcha de seda azul.

Um nó se formou em sua garganta. Desolada, Victoria cruzou as mãos no colo e tentou pensar no que fazer em seguida. Era evidente que seria mandada de volta para Nova York, como um pacote indesejado. Ora, mas, então, por que seu primo, o duque, a levara até ali? Onde ele estava? *Quem* ele era?

Victoria não poderia recorrer à irmã, ou à bisavó, uma vez que a duquesa escrevera uma carta para o Dr. Morrison deixando muito claro que Dorothy, e somente Dorothy, seria bem-vinda em sua casa. Confusa, Victoria franziu o cenho. Refletiu que, tendo sido o homem alto, de cabelos negros, quem a carregara nos braços até o quarto, talvez *ele* fosse um criado e o outro, corpulento e de cabelos brancos que abrira a porta, fosse o duque. À primeira vista, o mais velho lhe parecera um criado de alta posição, como a Sra. Tilden, governanta que sempre cumprimentava os visitantes da casa de Andrew.

Alguém bateu à porta e Victoria se levantou de um salto, antes de dizer:

— Entre.

Uma criada usando um vestido preto engomado, avental e touca brancos, entrou carregando uma bandeja de prata. Seis outras a seguiram, vestindo uniformes idênticos e parecendo marionetes, com baldes de água quente nas mãos. Em seguida, foi a vez de dois lacaios, em uniformes verdes com galões dourados, parecidos com o do homem que abrira a porta para Victoria, trazendo seu baú.

A primeira criada colocou a bandeja sobre a mesa entre os canapés, enquanto as outras desapareceram atrás de uma porta que Victoria não vira antes e os lacaios colocavam o baú ao pé da cama. Um minuto depois, todos eles deixaram o quarto, em fila indiana, fazendo Victoria pensar em soldadinhos de chumbo animados. A única criada que ficou, a mesma que trouxera a bandeja, virou-se para Victoria, que permanecera imóvel ao lado da cama.

— Eu trouxe algo para a senhorita comer — disse ela. Seu rosto simples era cuidadosamente inexpressivo, mas sua voz era timidamente agradável.

Victoria foi até o canapé, sentou-se e a visão de torradas com manteiga e chocolate quente a deixou com água na boca.

— O lorde mandou dizer que a senhorita deve tomar um banho — anunciou a criada, dirigindo-se para onde as outras haviam levado a água quente.

Victoria fez uma pausa e levou a xícara até os lábios.

— Lorde? — repetiu. — Está se referindo ao... cavalheiro... que abriu a porta quando eu cheguei? Aquele grandalhão de cabelos brancos?

— Senhor Deus, não! — ressalvou a criada em tom de surpresa. — Aquele é o senhor Northrup, o mordomo, senhorita.

O alívio de Victoria durou pouco, apenas até a criada continuar:

— O lorde é um homem alto, de cabelos negros e encaracolados.

— E *ele* mandou dizer que eu deveria tomar um banho? — indagou Victoria, furiosa.

A moça assentiu, corando.

— Bem, eu estou mesmo precisando — admitiu Victoria com certa relutância.

Depois de comer as torradas e tomar o chocolate, foi até o banheiro, onde a criada despejava sais de banho na água fumegante. Lentamente, tirou o vestido de viagem, extremamente sujo, e ficou pensando na carta breve que Charles Fielding lhe enviara, convidando-a para se mudar para a Inglaterra. Ele parecera muito ansioso para recebê-la. *Venha imediatamente, minha querida*, escrevera. *Será muito bem-vinda aqui. Esperamos ansiosos por sua chegada*. Talvez ela não fosse mandada de volta. Talvez o "lorde" houvesse cometido um engano.

A criada a ajudou a lavar os cabelos e, depois de lhe entregar uma toalha felpuda, ajudou-a a sair da banheira.

— Já guardei suas roupas e arrumei a cama, caso a senhorita deseje descansar um pouco.

Victoria sorriu e perguntou-lhe o nome.

— Meu nome? — repetiu a moça, incrédula. — Bem, é... Ruth.

— Muito obrigada, Ruth — disse Victoria —, por ter guardado minhas roupas.

Um leve rubor cobriu as faces pontilhadas de sardas de Ruth, ao mesmo tempo que ela se curvava em uma reverência, dirigindo-se à porta.

— O jantar é servido às 20 horas — informou. — O lorde não costuma obedecer aos horários do campo, em Wakefield.

— Ruth — perguntou Victoria, um pouco constrangida —, existem dois "lordes" aqui? Estou me referindo a Charles Fielding...

— Ah, está falando de Sua Alteza! — reconheceu Ruth, olhando ansiosa por cima do ombro, como se tivesse medo de ser ouvida. — Ele ainda não chegou, mas está sendo esperado ainda esta noite. Ouvi o lorde ordenar a Northrup que enviasse uma mensagem a Sua Alteza, informando-o sobre a chegada da senhorita.

— E como é... Sua Alteza? — perguntou Victoria, sentindo-se ridícula por usar aqueles títulos esquisitos.

Ruth pareceu prestes a descrevê-lo, mas mudou de ideia.

— Sinto muito, senhorita, mas o lorde não permite que os criados façam mexericos. Nem estamos autorizados a conversar com hóspedes.

Ela fez uma reverência e saiu correndo com as saias pretas engomadas a farfalhar.

Victoria ficou surpresa ao saber que, naquela casa, duas pessoas eram proibidas de conversar só porque uma era criada e a outra, hóspede. Porém, considerando seu breve contato com o "lorde", não era difícil imaginá-lo estabelecendo regras absolutamente desumanas.

Retirando a camisola do guarda-roupa, Victoria vestiu-a e se deitou. Deleitando-se com os lençóis de seda macia que lhe afagavam a pele dos braços e do rosto, fez uma prece, pedindo que Charles Fielding fosse mais gentil e simpático do que o outro lorde. Então, seus olhos se fecharam e ela adormeceu imediatamente.

# 5

A luz do sol banhou o quarto através das janelas abertas, ao mesmo tempo que a brisa suave acariciou o rosto de Victoria. Em algum lugar perto dali, os cascos de um cavalo bateram em um caminho pavimentado e dois passarinhos pousaram no parapeito da janela, iniciando imediatamente o que parecia ser uma ruidosa discussão sobre direitos territoriais. O gorjeio irado foi penetrando lentamente na mente de Victoria, despertando-a de sonhos alegres com a sua casa.

Ainda meio adormecida, ela rolou de bruços e enterrou o rosto no travesseiro. Em vez do tecido ligeiramente áspero que cobria o seu travesseiro em casa e cheirava a sol e sabão, seu rosto encontrou a maciez da seda. Percebendo que não estava em sua própria cama, com sua mãe no andar de baixo preparando o café da manhã, Victoria apertou os olhos com força, tentando recuperar os sonhos tranquilos, mas já era tarde demais. Relutantemente, ela virou a cabeça e abriu os olhos.

À luz clara da manhã, observou as cortinas em tons prata e azul em torno de sua cama como um casulo de seda e sua mente clareou. Estava em Wakefield Park. Dormira a noite inteira.

Afastando os cabelos dos olhos, sentou-se na cama e se recostou nos travesseiros.

— Bom dia, senhorita — cumprimentou-a Ruth, de pé, do lado oposto ao da cama.

Victoria quase gritou de susto.

— Desculpe! Não tive a intenção de assustá-la — explicou, apressada, a criada —, mas Sua Alteza está lá embaixo e pediu que eu perguntasse à senhorita se gostaria de tomar o café da manhã com ele.

Encorajada com a notícia de que seu primo, o duque, queria vê-la, Victoria afastou as cobertas.

— Eu passei os seus vestidos — disse Ruth, abrindo o armário. — Qual deles quer vestir?

Victoria escolheu o melhor dos cinco, um vestido de musselina preta, com decote quadrado, enfeitado com delicadas flores brancas, que ela mesma bordara durante a tediosa viagem de navio, nas mangas e na bainha. Recusando a oferta de Ruth, que se prontificou a ajudá-la a se vestir, Victoria pôs o vestido e amarrou a larga faixa preta em torno da cintura fina.

Enquanto Ruth fazia a cama e limpava o quarto impecável, Victoria sentou-se diante da penteadeira e escovou os cabelos.

— Estou pronta — anunciou ao se levantar, os olhos brilhando com a esperança do que estava por vir e a face iluminada com uma cor saudável. — Pode me dizer onde encontrar... Sua Alteza?

Os pés de Victoria afundaram no espesso tapete vermelho enquanto Ruth a conduzia pela escadaria de mármore e ao longo do vestíbulo em que dois criados permaneciam de guarda ao lado de uma porta dupla de mogno ricamente entalhado. Antes que ela tivesse tempo de respirar fundo, os criados abriram a porta com um floreio silencioso e Victoria se viu na entrada de um cômodo de, aproximadamente, vinte metros de comprimento, cujo centro era ocupado por uma imensa mesa, também de mogno, coroada por três gigantescos lustres de cristal. A princípio, pensou que o cômodo estivesse vazio, enquanto passava os olhos pelas cadeiras de espaldar alto e assento de veludo dourado, alinhadas em torno daquela mesa que parecia não ter fim. Então, ouviu o farfalhar de papel vindo da cadeira ao final da mesa. Incapaz de ver o ocupante, aproximou-se lentamente pelo lado e parou.

— Bom dia — murmurou.

Charles ergueu os olhos para fitá-la e empalideceu.

— Deus Todo-Poderoso! — exclamou, levantando-se devagar, os olhos esquadrinhando cada detalhe do rosto jovem e exótico à sua frente.

Viu Katherine, exatamente como a vira tantos anos antes. Ah, com que precisão, e com que carinho, se lembrava daquele rosto lindo, bem-desenhado, com suas sobrancelhas arqueadas e os cílios longos e espessos emoldurando os olhos da cor das mais valiosas safiras! Reconheceu aquela boca suave e sorridente, o nariz pequeno e elegante, a covinha no seu queixo de linhas obstinadas, além dos gloriosos cabelos vermelho-dourados que caíam sobre os ombros com desenfreado abandono.

Pousando a mão esquerda no encosto da cadeira, a fim de se equilibrar, ele estendeu a mão direita para ela.

— Katherine... — murmurou.

Sem saber como agir, Victoria pousou a mão na dele, sentindo os dedos longos apertarem os seus.

— Katherine — repetiu ele, com um sussurro emocionado, e Victoria viu o brilho das lágrimas em seus olhos castanhos.

— O nome de minha mãe era Katherine — falou Victoria com suavidade.

Ele apertou ainda mais a mão dela, e limpou a garganta.

— Sim, sim, claro — disse ele, sacudindo a cabeça para clarear os pensamentos.

Victoria percebeu que o duque era um homem muito alto e magro, com olhos castanho-claros que a estudavam em cada detalhe.

— Então — disse ele rapidamente —, você é a filha de Katherine.

Victoria assentiu, não muito certa de como fazê-lo.

— Meu nome é Victoria.

Uma estranha ternura iluminou os olhos dele.

— O meu é Charles *Victor* Fielding.

— Eu... compreendo — gaguejou ela.

— Não, você não compreende — corrigiu-a com um sorriso afável. Então, sem avisar, envolveu-a num forte abraço. — Bem-vinda ao lar — declarou com a voz embargada de emoção, enquanto acariciou suas costas, abraçando-a. — Bem-vinda!

E Victoria foi invadida pela estranha sensação de estar em casa.

Ele a soltou com um sorriso tímido e puxou uma cadeira para ela.

— Você deve estar faminta. O'Malley! — chamou o criado que se encontrava plantado ao lado do aparador junto à parede, carregado de travessas de prata. — Estamos famintos, os dois.

— Sim, Alteza — respondeu prontamente o criado, virando-se para servi-los.

— Peço sinceras desculpas por não haver uma carruagem à sua espera, quando chegou — voltou a se dirigir a Victoria. — Não me ocorreu que pudesse chegar antes da data, pois fui informado de que os navios que vêm da América costumam atrasar. Fez boa viagem? — perguntou, enquanto o criado colocava diante de Victoria um prato com ovos, batatas, patê de fígado, presunto e *croissants*.

Lançando um olhar para o conjunto completo de talheres de ouro em ambos os lados de seu prato, Victoria agradeceu em silêncio pela insistência de sua mãe para que ela e Dorothy aprendessem a usar cada um deles de maneira apropriada.

— Sim, a viagem foi muito agradável — respondeu com um sorriso, antes de acrescentar com timidez —, Alteza.

— Pelo amor de Deus! — protestou Charles, rindo. — Não creio que tanta formalidade seja necessária entre nós. Se for assim, serei obrigado a chamá-la de Condessa de Langston, ou Lady Victoria. E acho que não vou gostar muito disso. Prefiro ser "tio Charles" e, você, "Victoria". O que acha?

Victoria se viu respondendo com uma afeição que começava a brotar profundamente em seu coração.

— Concordo plenamente. Tenho certeza de que jamais me lembraria de responder quando me chamasse de Condessa de Langston, seja ela quem for. E Lady Victoria não se parece em nada comigo! — Charles fitou-a de maneira estranha, enquanto colocava o guardanapo no colo.

— Mas você é tanto uma coisa como outra. Sua mãe era filha única do Conde e da Condessa de Langston. Eles morreram quando ela ainda era uma menina, mas o título de origem escocesa passou para ela, por direito de herança. Como a filha mais velha de Katherine, o título é seu, agora.

Victoria pareceu achar graça dessa informação.

— E o que *eu* devo fazer com ele?

— Faça o que todos nós fazemos — falou, rindo. — Ostente-o. — Fez uma pausa enquanto O'Malley finalmente serviu seu prato. — Na verdade, se não estou enganado, além do título, você é herdeira de uma pequena propriedade na Escócia, mas eu não tenho certeza disso. O que sua mãe lhe disse?

— Nada. Mamãe jamais falava da Inglaterra, ou de sua vida aqui. Dorothy e eu imaginávamos que ela fosse... bem, uma pessoa comum.

— Não havia nada de "comum" em relação à sua mãe — corrigiu-a com a voz embargada, mas tratou de se esquivar das perguntas que Victoria estava prestes a fazer. — Um dia, prometo contar tudo... Mas não agora. Acho que devemos nos conhecer melhor.

Uma hora se passou com uma rapidez inacreditável, enquanto Victoria respondia às perguntas agradavelmente formuladas por Charles. Quando terminaram o desjejum, ela se deu conta de que ele conseguira um relato preciso de sua história de vida, até o momento em que ela batera à porta da mansão Wakefield, com um leitãozinho guinchando nos braços. Ela contou a ele sobre os moradores do vilarejo onde vivia, sobre seu pai e sobre Andrew. Por alguma razão, ouvir sobre os dois últimos havia deixado o duque ligeiramente abalado, embora essas fossem as duas pessoas em que ele parecia estar mais interessado. A respeito de Katherine, ele cuidadosamente evitou perguntar.

— Admito que estou confuso quanto ao seu noivado com Andrew Bainbridge — disse Charles com o cenho franzido. — A carta que recebi de seu amigo, o Dr. Morrison, não fazia nenhuma menção a isso. Pelo contrário, dizia que você e sua irmã encontravam-se sozinhas no mundo. Seu pai chegou a dar permissão para que ficassem noivos?

— Sim e não — respondeu Victoria com honestidade, perguntando-se por que o assunto parecia perturbá-lo tanto. — Andrew e eu nos conhecemos quando éramos crianças, mas papai acreditava que eu deveria esperar até completar 18 anos para, então, ficar noiva. Na opinião dele, trata-se de um compromisso sério demais para ser assumido antes disso.

— Um homem muito sensato, seu pai. Por outro lado, você completou 18 anos antes de ele morrer, mas ainda não está oficialmente noiva de Bainbridge. Estou certo?

— Bem, sim.

— Seu pai estava relutante em dar seu consentimento?

— Não exatamente. Pouco antes do meu aniversário de 18 anos, a senhora Bainbridge, mãe de Andrew, propôs a meu pai que Andrew fizesse uma versão abreviada do *Grand Tour*, a fim de testar nossos sentimentos e, também, para dar a ele sua última chance de desfrutar a vida de solteiro. Embora Andrew considerasse a ideia completamente sem sentido, papai concordou plenamente com a Sra. Bainbridge.

— Ao que me parece, seu pai se mostrava extremamente relutante em permitir que você se casasse com esse rapaz. Afinal, se vocês já se conheciam há anos, não havia a menor necessidade de um teste de sentimentos. Isso mais me parece uma desculpa do que uma razão. Além disso, estou com a impressão de que a mãe de Andrew também se opõe ao noivado.

Como o duque parecia decidido a desaprovar Andrew, Victoria viu-se obrigada a explicar a embaraçosa verdade.

— Papai não tinha nenhuma reserva quanto à perspectiva de Andrew ser um excelente marido para mim. Contudo, tinha dúvidas sérias quanto à minha vida com minha futura sogra. Ela é viúva e muito ligada a Andrew. Além disso, está propensa a todo tipo de doenças, o que a deixa um tanto mal-humorada.

— Ah! — disse o duque de maneira compreensiva. — E as doenças dela são graves?

Victoria corou.

— Segundo o que meu pai disse a ela em uma ocasião, quando eu estava presente, todas as doenças da Sra. Bainbridge não passavam de fingimento. Quando jovem, ela realmente sofria de certa fraqueza do coração, mas papai afirmou que sair da cama ajudaria muito mais a saúde dela do que ficar enclausurada, fazendo-se de vítima. Eles... eles não gostavam muito um do outro, como pode notar.

— Sim, e eu posso entender o motivo! Seu pai estava totalmente certo ao fazer objeções quanto ao seu casamento, minha querida. Sua vida teria sido muito infeliz.

— Eu não serei infeliz — afirmou Victoria, convicta, determinada a se casar com Andrew com ou sem a aprovação do duque. — Andrew sabe que a mãe usa a doença para tentar manipulá-lo e não permite que esse ardil o impeça de fazer o que quer. Só concordou com a viagem porque meu pai insistiu nesse sentido.

— Você recebeu alguma carta dele?

— Só uma, mas Andrew partiu apenas 15 dias antes do acidente de meus pais, há três meses. As cartas enviadas para a Europa demoram mais ou menos o mesmo período para chegar ao seu destino. Escrevi para ele, contando o que aconteceu e, ainda outra vez, pouco antes de tomar o navio para Inglaterra, a fim de lhe dar meu endereço daqui. Imagino que ele esteja voltando para casa agora, certo de que está indo ao meu encontro. Eu queria ficar em Nova York e esperar por ele, o que seria o mais simples para qualquer pessoa, mas o Dr. Morrison não me deu ouvidos. Por alguma razão, ele estava convencido de que os sentimentos de Andrew não sobreviveriam ao teste do tempo. Sem dúvida, foi o que a Sra. Bainbridge disse a ele, é o tipo de coisa que ela faria, suponho. — Victoria suspirou e olhou pela janela. — Ela preferiria que Andrew se casasse com alguém de maior importância a se casar com a filha de um médico sem dinheiro.

— Ou melhor ainda, que o filho não se case com ninguém e permaneça preso ao leito da mãe — arriscou o duque. — Uma viúva que se finge de doente só pode ser uma mãe possessiva e dominadora.

Como não podia negar tal afirmação, em vez de condenar a futura sogra, Victoria decidiu guardar silêncio sobre o assunto.

— Algumas das famílias da vizinhança me ofereceram hospedagem, até Andrew voltar, mas não era uma boa solução. Entre outras coisas, se Andrew retornasse e me encontrasse com eles, bem, ele ficaria furioso.

— Com você? — perguntou Sua Alteza, franzindo o cenho.

— Não. Com a mãe, por ela não ter me acolhido em sua casa.

— Ora, o jovem parece ser um modelo de virtude — murmurou Charles, contrafeito, mesmo depois de todas as explicações de Victoria, que deveriam redimir Andrew de qualquer culpa.

— Vai gostar dele — garantiu Victoria, sorrindo. — Ele virá me buscar a fim de me levar para casa.

Charles pousou a mão na dela.

— Vamos esquecer Andrew e ficar felizes por você estar na Inglaterra. Conte-me o que está achando daqui...

Victoria lhe disse que havia gostado muito do que vira e Charles se pôs a descrever a vida que havia planejado para ela. Para começar, ele queria que ela tivesse um novo guarda-roupa, bem como uma criada treinada para ajudá-la. Victoria estava prestes a recusar quando viu a figura assustadora encaminhando-se para a mesa com a firmeza de um selvagem perigoso, vestindo uma calça de pele de carneiro colada às pernas musculosas e uma camisa branca aberta no colarinho. Pela manhã, ele lhe parecia ainda mais alto, magro e soberbo do que na véspera. Os cabelos negros eram espessos e levemente encaracolados, o nariz reto, os lábios bem-desenhados. De fato, não fosse a arrogância da linha do queixo e o cinismo indisfarçável daqueles olhos verdes e frios, Victoria o teria considerado o homem mais atraente que já vira.

— Jason! — disse Charles cordialmente — Permita-me apresentá-lo formalmente a Victoria. Jason é meu sobrinho — explicou, virando-se para ela.

Sobrinho! Ela havia cultivado a esperança de que ele fosse um mero visitante e, agora, descobria que se tratava de um parente que, provavelmente, vivia com Charles. A constatação a deixou desolada, ao mesmo tempo que o orgulho a forçou a empinar o queixo e sustentar o olhar desafiador de Jason. Reconhecendo a breve apresentação com um aceno, ele sentou-se em frente a ela e virou-se para O'Malley.

— É demais esperar que tenha restado alguma comida para mim? — indagou com frieza.

O lacaio hesitou visivelmente.

— Eu... não, milorde. Há, sim, bastante comida, mas não quente o suficiente. Vou até a cozinha, agora mesmo, para providenciar algo quente.

Saiu quase correndo.

— Jason — falou Charles —, acabei de sugerir a Victoria que ela deve contar com uma criada particular, além de um guarda-roupa apropriado a...

— Não — disse Jason categoricamente.

O desejo de Victoria de fugir rapidamente subjugou todos os demais instintos.

— Se me der licença, tio Charles, eu... eu tenho algumas coisas para fazer.

Charles lhe lançou um olhar que transmitia gratidão e ao mesmo tempo lhe pedia desculpas, levantando-se educadamente quando ela se levantou, mas seu sobrinho desagradável limitou-se a recostar-se na cadeira, observando-a sair com ar de tédio.

— Nada disso é culpa de Victoria — protestou Charles, assim que os criados começaram a fechar as portas atrás dela. — Você tem de compreender...

— É mesmo? — insinuou Jason com sarcasmo. — E, por acaso, aquela mendiga chorona compreende que esta é a minha casa e que eu não a quero aqui?

As portas se fecharam atrás dela, mas Victoria já ouvira o bastante. *Mendiga*! *Mendiga chorona*! Sentiu-se completamente humilhada, enquanto fugia às cegas pelo corredor. Aparentemente, Charles a convidara sem o consentimento do sobrinho.

O rosto de Victoria estava pálido mas firme quando ela entrou no quarto e abriu o seu baú.

Na sala de jantar, Charles tentava persuadir o homem frio e cínico à sua frente.

— Jason, você não compreende...

— Foi você quem a trouxe para a Inglaterra — retrucou Jason. — Se a quer tanto, leve-a para Londres para morar com você.

— Não posso fazer isso! — argumentou Charles com veemência. — Ela ainda não está pronta para enfrentar a *ton*. Há muitas providências a tomar, antes que ela possa debutar em Londres. Entre outras coisas, Victoria vai precisar de uma mulher mais velha, uma acompanhante, em nome das aparências.

Jason assentiu com impaciência para o criado, que mantinha o bule de café suspenso no ar, esperando permissão para servir, e, quando terminou, o dispensou. Então, virou-se para Charles e vociferou:

— Quero-a fora daqui amanhã! Fui claro? Leve-a para Londres ou mande-a de volta para casa, mas tire-a daqui! Não gastarei um centavo com ela. Se quiser proporcionar a ela uma temporada em Londres, encontre outro meio de arcar com as despesas.

Charles esfregou as têmporas.

— Sei que você não é tão insensível e desumano quanto está tentando parecer, Jason. Deixe-me ao menos lhe contar sobre ela.

Recostando-se na cadeira, Jason fitou-o com ar contrariado, mas ouviu o que Charles tinha a dizer.

— Os pais dela morreram há alguns meses em um acidente. Em um único dia, Victoria perdeu a mãe, o pai, o lar, a segurança... tudo. — Como Jason permaneceu em silêncio, Charles perdeu a paciência. — Diabos! Já se esqueceu de como se sentiu quando perdeu Jamie? Victoria perdeu as três pessoas que mais amava, incluindo o jovem de quem iria ficar noiva. Ela é ingênua o bastante para acreditar que o rapaz virá correndo buscá-la dentro de algumas semanas, mas a mãe dele não aprova o casamento. Pode escrever minhas palavras: ele vai ceder às pressões da mãe, agora que Victoria está a um oceano de distância dele. A irmã se encontra aos cuidados da Duquesa de Claremont. Portanto, até mesmo a companhia dela é negada a Victoria, agora. Pense em como ela se sente, Jason! Você sabe o que é enfrentar a morte e a perda... ou já se esqueceu da dor?

Jason estremeceu diante das lembranças amargas. Percebendo que suas palavras haviam surtido o efeito desejado, Charles suavizou o tom de voz.

— Ela é como uma criança inocente e perdida, Jason. Não tem mais ninguém no mundo além de mim... e de você, quer você goste ou não. Pense nela como pensaria em Jamie nas mesmas circunstâncias. Mas Victoria tem coragem e orgulho. Por exemplo, embora ela tenha rido ao me contar, percebi que a recepção que teve aqui, ontem, humilhou-a terrivelmente. Se Victoria sentir que não é querida, encontrará um meio de partir. E, se isso acontecer — finalizou, tenso —, eu jamais serei capaz de perdoá-lo, juro.

Jason empurrou abruptamente sua cadeira para trás e levantou-se, com uma expressão fechada e dura.

— Por acaso, ela é mais um de seus filhos ilegítimos?

Charles empalideceu.

— Bom Deus, não! Quando Jason ainda parecia cético, Charles acrescentou, desesperadamente: — Pense no que está dizendo! Acha que eu anunciaria o noivado de vocês, caso ela fosse minha filha?

Mas, em vez de acalmar Jason, o argumento o fez lembrar-se do anúncio do noivado, que o enfurecera.

— Se o seu anjinho é tão corajoso e inocente, por que aceitou entregar o corpo a mim em troca de um casamento?

— Ora, ela ainda não tem conhecimento do anúncio que eu fiz — replicou Charles, como se aquele fosse um detalhe sem a menor importância. — Pode-se dizer que eu me entusiasmei demais com a ideia — disse, suavemente. — Eu garanto uma coisa: Victoria não tem o menor desejo de se casar com você.

A expressão glacial de Jason começou a se desfazer, e Charles se agarrou a essa oportunidade.

— Duvido que Victoria o aceitasse, mesmo que você a quisesse. Você é muito cínico e endurecido para uma moça idealista e tão bem-educada quanto ela. Victoria admirava o pai e me disse abertamente que pretende se casar com um homem como ele: sensível, gentil e idealista. E você, meu caro, não é nada disso — continuou tão empolgado que não percebeu que seu discurso beirava o insulto. — Arrisco-me a dizer que, se Victoria soubesse que está supostamente noiva de você, preferiria a morte a...

— Acho que já entendi — objetou Jason.

— Ótimo — concluiu Charles com um sorriso de satisfação. — Agora, posso sugerir que o anúncio de noivado fique em segredo, por enquanto? Pensarei em uma maneira de rescindi-lo, sem causar constrangimento a nenhum de vocês dois, mas não podemos fazer isso imediatamente. Ela é uma criança, Jason, uma criança orgulhosa e cheia de coragem, que está se esforçando para sobreviver em um mundo cruel, para o qual não está preparada. Se revogarmos o noivado logo após a chegada dela, ela será objeto de chacota em Londres. Vão dizer que você bateu os olhos nela e desistiu do compromisso.

Uma visão de um par de olhos azuis, com cílios longos e espessos, em um rosto bonito demais para ser real, ocupou a mente de Jason. Ele se lembrou do sorriso encantador que lhe havia tocado os lábios, pouco antes de ela se dar conta da presença dele na sala de jantar. Pensando melhor, Victoria realmente parecia uma criança vulnerável.

— Por favor, fale com ela — argumentou Charles.

— Farei isso — concordou Jason, em tom seco.

— Mas tente fazê-la se sentir bem-vinda.

— Isso vai depender de como ela se comportar quando eu a encontrar.

No quarto, Victoria retirou mais algumas roupas do armário e atirou--as no baú, enquanto as palavras de Jason Fielding ecoavam em sua mente. Pequena MENDIGA *chorona... Não a quero aqui...* Pequena MENDIGA *chorona...* Deu-se conta, mais uma vez se sentindo à beira da histeria, de que não encontrara um novo lar. O destino estivera apenas fazendo uma brincadeira de mau gosto com ela. Enfiou as roupas em seu baú, levantou-se para voltar ao armário e retirar o que faltava delas, mas teve um sobressalto e soltou um suspiro de medo.

— Você! — expressou em choque ao deparar com a figura ameaçadora à porta, de braços cruzados. Furiosa consigo mesma por ter permitido que ele percebesse seu susto, Victoria empinou o queixo com ousadia, determinada a impedir que ele voltasse a intimidá-la.

— Alguém deveria tê-lo ensinado a bater antes de entrar — declarou.

— Bater? — repetiu ele, em tom sarcástico. — Mesmo quando a porta está aberta? — Voltou sua atenção para o baú e levantou as sobrancelhas. — Está de partida?

— É evidente que sim.

— Por quê?

— Por quê? — explodiu. — Porque eu *não sou* uma pequena mendiga chorona e, para sua informação, *detesto* ser um fardo para quem quer que seja.

Em vez de se mostrar culpado ao saber que ela ouvira suas palavras cruéis, Jason conteve um sorriso divertido.

— Ninguém ensinou *você* a não ouvir atrás das portas?

— Eu não fiz isso! — protestou Victoria. — Você duvidou do meu caráter com um tom de voz possível de ser ouvido em Londres!

— Para onde pretende ir? — perguntou ele, ignorando a crítica.

— Não é da sua conta.

— Responda a minha pergunta! — ordenou Jason com frieza.

Victoria estudou-o da cabeça aos pés. Apoiado no batente da porta, ele parecia perigoso e invencível. Seus ombros largos, o peito profundo e as mangas da camisa branca enroladas, exibindo antebraços bronzeados e musculosos, cuja força ela já havia experimentado na véspera, quando ele a levou nos braços para o andar de cima. Ela também sabia que ele tinha um temperamento repugnante e, a julgar por seu olhar ameaçador, parecia disposto a arrancar aquela resposta a qualquer preço. Em vez de lhe proporcionar essa satisfação, ela declarou:

— Tenho algum dinheiro. Encontrarei um lugar para morar, na vila.

— É mesmo? — indagou ele com sarcasmo. — Só por curiosidade, o que vai fazer quando esse "algum dinheiro" acabar?

— Vou trabalhar! — informou Victoria, tentando quebrar sua calma irritante.

Jason continuou a encará-la com ar irônico.

— Que ideia interessante! Uma mulher que realmente deseja trabalhar! — sua pergunta caiu como um chicote. — Diga-me: que tipo de trabalho sabe fazer? Pode puxar um arado?

— Não...

— Pregar uma tábua?

— Não.

— Ordenhar uma vaca?

— Não!

— Vejo que é uma inútil, tanto para si mesma quanto para qualquer outra pessoa — apontou impiedosamente.

— Isso não é verdade! — negou com o orgulho ferido. — Sou capaz de fazer muitas coisas, como costurar, cozinhar e...

— E fazer com que todos os habitantes da vila comentem sobre os monstruosos Fielding, que a expulsaram de sua propriedade? Esqueça — disse arrogantemente —, eu não vou permitir.

— Não me lembro de ter *pedido* a sua permissão — retrucou Victoria desafiadoramente.

Apanhado de surpresa, Jason olhou fixamente para ela. Homens adultos raramente se atreviam a desafiá-lo, mas ali estava uma garota que não hesitava em fazê-lo. Se não estivesse tão contrariado com a situação, Jason teria feito uma mesura, com um sorriso de admiração pela coragem. Reprimindo o impulso incomum de suavizar o tom de voz, falou secamente.

— Se está tão ansiosa para pagar pelo próprio sustento, o que eu duvido, pode fazer isso aqui mesmo.

— Sinto muito — anunciou a jovem friamente —, mas não vai dar certo.

— Por que não?

— Porque simplesmente não consigo me imaginar fazendo reverências, me encolhendo e tremendo de medo toda vez que você passa, como seus criados fazem. Aquele pobre homem com a gengiva inflamada quase desmaiou esta manhã quando você...

— Quem? — indagou Jason, com sua ira momentaneamente substituída pela perplexidade.

— O Sr. O'Malley.

— E quem diabos é o Sr. O'Malley? — disse, controlando sua ira num esforço supremo.

Victoria revirou os olhos.

— Nem sabe o nome dele, não é? O Sr. O'Malley é o criado que foi providenciar o seu desjejum e está com o rosto tão inchado...

Jason se virou para sair.

— Charles quer que você fique aqui. Ponto-final. — Já à porta, voltou-se para fitá-la com seu olhar duro e ameaçador. — Se está pensando em partir, contrariando minhas ordens, devo avisá-la para não fazê-lo. Vai me obrigar a persegui-la e garanto que não vai gostar nem um pouco do que acontecerá quando eu a encontrar. Acredite em mim.

— Eu não tenho medo das suas ameaças — objetou Victoria com orgulho, tentando pensar depressa nas alternativas de que dispunha. Não queria magoar Charles com a sua partida, mas seu orgulho não lhe permitiria ser uma "mendiga" na casa de Jason. Ignorando o brilho perigoso naqueles fascinantes olhos verdes, declarou: — Ficarei, mas pretendo trabalhar pelo meu sustento.

— Certo — falou Jason, com a estranha sensação de que ela estava sagrando-se vitoriosa naquele conflito.

Já se virava para sair quando Victoria perguntou em tom profissional:

— Posso saber quanto vou receber de salário?

Jason respirou fundo, prestes a perder a paciência.

— Está *tentando* me irritar?

— De maneira alguma. Só quero saber quanto vou ganhar, a fim de poder fazer meus planos para o dia em que... — calou-se ao vê-lo sair rudemente sem dizer nada.

Charles mandou uma mensagem pedindo que ela o acompanhasse no almoço, o que acabou sendo muito agradável, uma vez que Jason estava ausente. Porém, a tarde se arrastou lentamente e, sem mais suportar a inquietação, Victoria decidiu dar um passeio. Ao vê-la descer a escada, o mordomo abriu a porta da frente. A fim de mostrar a ele que não guardava ressentimento pelo que acontecera na véspera, Victoria sorriu.

— Muito obrigada, senhor...?

— Northrup — completou elegantemente o homem, com uma expressão cuidadosamente contida.

— Northrup? — repetiu Victoria, na tentativa de iniciar uma conversa. — É seu nome de batismo ou sobrenome?

— É... meu sobrenome, senhorita — respondeu ele, parecendo surpreso e constrangido.

— Há quanto tempo trabalha aqui? — continuou polidamente.

Northrup cruzou as mãos atrás das costas e se balançou para a frente com as pontas dos pés, parecendo solene.

— Há nove gerações minha família serve os Fielding, senhorita. Espero manter essa honrosa tradição.

— Oh — murmurou Victoria, contendo o impulso de rir diante do profundo orgulho que ele revelava pelo trabalho que parecia não envolver nada mais que abrir e fechar portas para as pessoas.

Como se pudesse ler seus pensamentos, acrescentou rigidamente:

— Se tiver qualquer problema com os criados, basta me comunicar, senhorita. Como chefe da criadagem, cabe a mim providenciar para que quaisquer falhas sejam imediatamente corrigidas.

— Tenho certeza de que isso não vai acontecer. Todos aqui são muito eficientes — disse Victoria com gentileza.

Eficientes demais, pensou, ao sair para o jardim banhado pelo sol.

Atravessou os gramados e deu a volta na casa, decidida a visitar os estábulos e conhecer os cavalos. Como pretendia se aproximar deles, lembrou-se de que maçãs eram excelentes para amansá-los. Assim, encaminhou-se à cozinha, para pedir instruções.

A cozinha gigantesca encontrava-se repleta de criadas. Algumas preparavam massa de pão, outras mexiam em panelas ou cortavam verduras. No centro daquela confusão, um homem muito gordo, vestindo um imenso avental branco imaculado, erguia-se como um monarca frenético empunhando uma colher de pau e gritando instruções em inglês e francês.

— Com licença — disse Victoria a uma mulher que trabalhava na mesa mais próxima. — Por favor, pode me ceder duas maçãs e duas cenouras?

A mulher lançou um olhar hesitante para o homem do avental branco, que fitava Victoria como se estivesse prestes a atacá-la com sua colher. Então, desapareceu por uma porta, retornando um minuto depois com as maçãs e as cenouras.

— Obrigada, senhora... — disse Victoria.

— Northrup, senhorita — informou a mulher, constrangida.

— Que gentil — comentou Victoria com um sorriso doce. — Conheci o seu marido, o mordomo, mas ele não me disse que a senhora também trabalhava aqui.

— O Sr. Northrup é meu cunhado — corrigiu-a.

— Ah, sim — murmurou Victoria, percebendo a relutância da mulher em conversar diante daquele homem gordo e temperamental, que parecia ser o chefe. — Bem, tenha um bom dia, Sra. Northrup.

Um caminho de pedras que margeava o bosque levava aos estábulos. Victoria caminhou sem pressa, admirando a vista dos gramados e dos jardins espetaculares à sua esquerda. De repente, um movimento súbito a poucos metros dali a fez parar e olhar.

No perímetro da mata, um grande animal cinzento farejava o que parecia ser uma pequena pilha de compostagem. Ao sentir o perfume de Victoria, ele ergueu a cabeça, encarando-a com um olhar feroz. Victoria sentiu o sangue gelar. *Um lobo!*, gritou em pensamento.

Paralisada pelo terror, Victoria ficou imóvel, com medo de fazer qualquer movimento ou ruído, enquanto sua mente registrava fatos aleatórios sobre aquela fera aterrorizante. Os pelos cinzentos do lobo, embora muito espessos, não escondiam suas costelas protuberantes. Tinha mandíbulas terrivelmente grandes e olhos ferozes. A julgar por sua magreza, o animal parecia estar faminto e, provavelmente, disposto a comer o que encontrasse. Inclusive ela. Cuidadosamente, Victoria deu um passo para trás, na direção da casa.

O animal rosnou, o lábio superior curvado para trás, exibindo um conjunto de presas brancas e enormes. Victoria reagiu automaticamente, atirando as maçãs e as cenouras na direção dele, a fim de distraí-lo da óbvia intenção de *atacá-la*. Porém, em vez de avançar no alimento atirado, como ela esperava, o lobo fugiu para o bosque, com o rabo entre as pernas. Victoria deu meia-volta e correu em direção à porta dos fundos da casa. Então, foi até a janela e ficou espiando a floresta. O lobo estava parado próximo ao perímetro das árvores, encarando, faminto, a pilha de compostagem.

— Algo errado, senhorita? — perguntou um criado, interrompendo sua caminhada apressada em direção à cozinha.

— Eu vi um animal — explicou Victoria, ofegante. — Acho que é um... — Viu o lobo deixar sorrateiramente seu esconderijo, abocanhar os alimentos atirados por ela e voltar para o bosque, ainda com o rabo entre as pernas. Ele estava assustado!, observou ela. E faminto.

— Vocês têm cães aqui? — perguntou, achando que poderia ter cometido um erro que a faria parecer extremamente ignorante.

— Sim, senhorita, muitos.

— Algum deles é grande, magro e preto e cinzento?

— Esse é o velho cachorro do lorde, Willie. Está sempre por aí, implorando por comida. Não é perigoso, se é isso que a preocupa. A senhorita o viu?

— Sim — respondeu Victoria, sentindo a raiva crescer dentro de si ao se lembrar do pobre animal em busca de comida no meio do lixo. — Ele está morrendo de fome! Alguém deveria alimentá-lo.

— Willie sempre se comporta como se estivesse faminto — esclareceu o criado com indiferença. — O lorde diz que, se ele comer mais, vai acabar gordo demais para se locomover.

— Se comer menos, ficará fraco demais para viver — retrucou Victoria, furiosa.

Não era difícil imaginar aquele sujeito sem coração deixando o próprio cachorro morrer de fome. Como era triste ver o animal com as costelas à mostra, que horror! Voltou à cozinha e pediu outra maçã, algumas cenouras e um prato com restos de comida.

Apesar da simpatia que sentia pelo animal, Victoria teve de lutar para dominar o medo, enquanto se aproximava do bosque, de onde ele a observava. Era um cachorro, não um lobo, ela podia ver isso agora. Lembrando-se da garantia do criado de que o cachorro não era perigoso, ela se aproximou o máximo que sua coragem lhe permitia, estendendo o prato.

— Aqui, Willie — chamou com a voz suave. — Eu trouxe comida para você.

Com passos tímidos, aproximou-se mais um pouco. Willie empinou as orelhas e voltou a exibir os dentes afiados. Perdendo de vez a coragem, Victoria deixou o prato no chão, virou-se e correu para os estábulos.

Jantou com Charles naquela noite e, como Jason estava ausente de novo, a refeição foi muito agradável. Porém, quando Charles se retirou, ela se viu mais uma vez sem ter o que fazer. Além do passeio até os estábulos e de sua aventura com Willie, Victoria não fizera nada além de andar para lá e para cá, completamente ociosa. Decidiu, felizmente, que começaria a trabalhar na manhã seguinte. Estava habituada a se ocupar e precisava desesperadamente encontrar um modo de preencher suas horas vagas. Não mencionara a Charles sua intenção de trabalhar por seu sustento ali, mas tinha certeza de que, quando ele ficasse sabendo, sentiria-se aliviado pelo fato de ela se tornar útil, poupando-o de novas explosões do sobrinho temperamental.

Subiu para o quarto e passou o resto da noite tentando escrever uma carta alegre e otimista para Dorothy.

# 6

Na manhã seguinte, Victoria acordou cedo, ao som do canto dos pássaros. Virando-se na cama, olhou pela janela aberta e deparou com o céu muito azul, pontilhado de nuvens brancas. Definitivamente, o dia a convidava a um passeio ao ar livre.

Lavando-se e vestindo-se apressadamente, ela desceu até a cozinha para buscar comida para Willie. Jason Fielding fora sarcástico ao perguntar se ela era capaz de puxar um arado, pregar uma tábua ou ordenhar uma vaca. Victoria não se julgava capaz de fazer as duas primeiras atividades, mas muitas vezes viu vacas serem ordenhadas em casa, e isso não parecia ser particularmente difícil. Além disso, depois de seis semanas confinada em um navio, qualquer atividade física seria bem-vinda.

Estava prestes a sair da cozinha com um prato de sobras de comida quando um pensamento súbito lhe ocorreu. Ignorando o olhar irado do homem de avental branco, que Charles lhe informara na noite anterior ser o chefe de cozinha e que a observava como se ela fosse uma louca invadindo seu reino de panelas, dirigiu-se à Sra. Northrup.

— Há algo que eu possa fazer para ajudá-la aqui na cozinha? — perguntou.

A Sra. Northrup colocou a mão na garganta.

— Não, claro que não.

Victoria suspirou.

— Nesse caso, pode me dizer onde encontro as vacas?

— As vacas? — engasgou, chocada. — Para quê?

— Vou ordenhá-las — disse Victoria.

A mulher empalideceu, mas não disse nada. Após um momento, Victoria deu de ombros e saiu, decidida a descobrir por si mesma onde ficavam as vacas. Saiu pela porta dos fundos, à procura de Willie. Assim que a viu sair, a Sra. Northrup limpou a farinha das mãos e foi procurar o Sr. Northrup, na porta da frente.

Ao se aproximar da pilha de compostagem, seus olhos examinaram nervosamente a floresta em busca de um sinal do cachorro. Willie, que nome estranho para um animal tão grande e feroz, pensou. E então Victoria o avistou à espreita, observando-a. Embora estivesse arrepiada de medo, aproximou-se mais do que na véspera, antes de colocar o prato de sobras no chão e murmurar:

— Aqui, Willie, eu trouxe o seu café da manhã. Venha comer.

Os olhos do animal pousaram na comida, mas ele permaneceu onde estava, atento, alerta.

— Não quer chegar um pouquinho mais perto? — insistiu Victoria, determinada a fazer amizade com o cachorro de Jason Fielding, já que ela nunca poderia fazer amizade com o homem.

Infelizmente, o cão não se mostrou mais amigável que o dono, limitando-se a fitá-la com um olhar desconfiado e ameaçador. Com um suspiro, Victoria se afastou, deixando o prato no chão.

Um jardineiro lhe explicou onde encontrar as vacas e Victoria seguiu até o impecavelmente limpo e bem-cuidado celeiro. Então, parou diante de uma dúzia de vacas, que a observavam com seus olhos grandes e brilhantes. Apanhou um banquinho e um balde pendurado na parede e se aproximou da mais gorda.

— Bom dia — disse à vaca e afagou-lhe a cabeça, enquanto tentava reunir coragem.

Agora que se via diante da tarefa imposta a si mesma, já não tinha tanta certeza de que se lembrava exatamente de como proceder. Tentando ganhar tempo, Victoria caminhou ao redor do animal, tirou alguns pedaços de palha de seu rabo e, então, sentou-se no banquinho e posicionou o balde sob as tetas da vaca. Lentamente, arregaçou as mangas do vestido e ajeitou a saia em torno de si. Sem perceber a presença do homem que acabara de entrar, afagou o flanco do animal e respirou fundo.

— Preciso ser totalmente honesta com você — confessou em voz alta. — A verdade é que eu nunca fiz isso antes.

Essa pesarosa admissão interrompeu as passadas largas de Jason, que parou para observá-la com divertida fascinação. Sentada no banquinho de ordenha com as saias cuidadosamente estendidas, mais parecia uma princesa ocupando seu trono. Sua cabeça estava ligeiramente inclinada enquanto ela se concentrava na tarefa que tinha diante de si, proporcionando uma visão agradável de seu perfil bem-desenhado, com as maçãs do rosto salientes e o nariz pequeno e delicado. A luz do sol refletia em seus cabelos vermelho--dourados, transformando-os em uma cascata que caía sobre os ombros. Cílios longos e espessos lançavam sombra em seu rosto quando segurou o lábio inferior entre os dentes e abaixou a mão para ajeitar melhor o balde. Jason não pôde deixar de notar as curvas promissoras dos seios fartos, insinuados pelo decote do vestido preto. As palavras que ela pronunciou a seguir forçaram-no a conter uma gargalhada.

— Isso — disse à vaca com a voz revoltada enquanto esticava as mãos para a frente — será tão embaraçoso para mim quanto para você.

Victoria estendeu as mãos e tocou as tetas da vaca, encolhendo-se com uma careta de desgosto. Respirou fundo e tentou novamente, apertando com rapidez, duas vezes seguidas, antes de se encolher de novo. Então, espiou dentro do balde, esperançosa. Não havia nem uma gota de leite.

— Ah, por favor, por favor, não torne as coisas ainda mais difíceis — implorou à vaca.

Repetiu o processo mais duas vezes, mas nada aconteceu. Frustrada, na terceira tentativa, apertou as tetas com força excessiva, fazendo a vaca virar a cabeça e lhe lançar um olhar furioso.

— Estou fazendo a minha parte — declarou Victoria, devolvendo o olhar de reprovação. — O mínimo que você poderia fazer é a sua!

Atrás dela, uma voz masculina advertiu:

— O leite vai coalhar se continuar olhando para ela desse jeito.

Sobressaltada, Victoria virou-se no banquinho, jogando seu cabelo acobreado sobre o ombro esquerdo.

— Você! — exclamou, constrangida pela cena que ele acabara de testemunhar. — Por que tem de ser sempre tão sorrateiro? O mínimo que poderia fazer é...

— Bater? — sugeriu ele, esforçando-se para não rir. Lentamente, ergueu o punho e bateu duas vezes em uma viga de madeira. — Costuma conversar com animais com frequência? — perguntou casualmente.

Victoria não estava com humor para ser ridicularizada, e ela podia ver pelo brilho em seus olhos que ele estava fazendo exatamente isso. Com o máximo de dignidade que lhe restava, ela se levantou, alisou a saia e tentou passar por ele.

Com um movimento rápido, Jason a segurou pelo braço.

— Não vai terminar a ordenha?

— Você já sabe que não consigo.

— Por que não?

Victoria empinou o queixo e fitou-o diretamente nos olhos.

— Porque eu não sei como fazê-lo.

Jason arregalou os olhos, achando muita graça.

— Quer aprender?

— Não. — respondeu Victoria, sentindo-se irritada e humilhada. — Se tirar a mão do meu braço — falou, ao mesmo tempo que puxava o braço do aperto firme —, vou procurar outra coisa que eu possa fazer para pagar pela minha estada aqui.

Enquanto saía do celeiro, sentiu o olhar dele segui-la, mas sua atenção foi desviada quando avistou Willie, em seu esconderijo atrás das árvores, a observá-la. Sentiu um arrepio na espinha, mas o ignorou. Acabara de ser intimidada por uma vaca e por nada neste mundo permitiria que aquele cachorro fizesse o mesmo.

Jason observou-a desaparecer e, então, afastou da mente a imagem da garota angelical com cabelos iluminados pela luz do sol, voltando ao trabalho que abandonara quando Northrup o informara de que a Srta. Seaton fora ordenhar as vacas.

Retomando seu lugar atrás da escrivaninha, dirigiu-se ao seu secretário.

— Onde estávamos, Benjamin?

— O senhor estava ditando uma carta para o seu contato em Déli, milorde.

Tendo falhado em sua tentativa com a vaca, Victoria foi procurar o jardineiro que lhe explicara como chegar ao celeiro. Aproximou-se do homem calvo que parecia ser o chefe e perguntou se poderia ajudar a plantar os bulbos que os demais estavam colocando nos canteiros de flores circulares no pátio da frente.

— Cuide dos seus afazeres no celeiro e fique fora do nosso caminho, mulher! — respondeu ele, mal-humorado.

Victoria desistiu. Sem se dar ao trabalho de explicar que não tinha afazeres no celeiro, deu a volta na casa e foi para o único lugar onde estaria realmente capacitada a realizar algo: a cozinha.

Assim que a viu desaparecer no caminho de pedras, o jardineiro largou sua pá e saiu à procura de Northrup.

Sem ser notada, Victoria permaneceu ao lado da porta da cozinha por algum tempo. Oito criadas preparavam uma refeição, cujo prato principal parecia ser ensopado de carne com verduras, além de pão e meia dúzia de outros acompanhamentos. Desolada pelas duas tentativas frustradas de ser útil, tratou de se certificar de que seria realmente capaz de desempenhar aquela tarefa. Então, aproximou-se do temperamental cozinheiro francês.

— Eu gostaria de ajudar — disse com firmeza.

— *Non*! — gritou ele, evidentemente confundindo-a com uma criada, por causa do vestido preto simples. — Saia! Saia daqui! Vá cuidar do seu trabalho!

Victoria já estava cansada de ser tratada como uma idiota inútil. Muito educadamente, mas com muita firmeza, argumentou:

— Eu posso ajudar aqui e, pelo modo como todas estão trabalhando, é óbvio que o senhor está precisando de mais gente.

O cozinheiro parecia prestes a explodir.

— Você não foi treinada! — trovejou. — Saia! Quando André precisar, ele pedirá ajuda e ele mesmo cuidará do seu treinamento.

— Não há absolutamente nada de complicado na preparação de um ensopado, *monsieur* — insistiu Victoria, exasperada. Ignorando a tonalidade escarlate que tomara conta das faces do homem, diante da maneira insolente como ela se referia à sua complexa culinária, continuou: — Tudo o que se tem a fazer é cortar as verduras nesta mesa e jogá-las naquela panela.

O cozinheiro emitiu um som abafado antes de arrancar o avental.

— Farei com que seja expulsa desta casa dentro de cinco minutos! — anunciou ele, ao sair da cozinha.

Nos momentos de silêncio tenso que se seguiram, Victoria olhou em volta para as criadas que a fitavam, petrificadas, com expressões que iam da pena ao divertimento.

— Meu Deus, menina — falou uma gentil senhora de meia-idade, limpando a farinha das mãos. — O que deu em você para provocá-lo? Ele vai mesmo exigir que seja expulsa desta casa.

Exceto por Ruth, a criada que cuidava do quarto de Victoria, aquela era a primeira voz amigável que ela ouvia entre os criados da casa. Infelizmente, estava tão arrasada por ter criado problemas, quando só queria ajudar, que a simpatia da mulher quase a levou às lágrimas.

— Não que você estivesse errada ao dizer que é simples fazer um ensopado — considerou a criada, dando-lhe um tapinha no ombro. — Qualquer uma de nós poderia se encarregar da cozinha sem o André, mas o lorde faz questão do melhor e André é considerado o melhor cozinheiro do país. Agora, vá arrumar as suas coisas, pois não há dúvida de que será demitida imediatamente.

— Eu não sou uma criada, mas, sim, uma hóspede — explicou Victoria em voz baixa. — Pensei que a Sra. Northrup tivesse informado vocês a esse respeito.

A mulher se limitou a fitá-la, boquiaberta.

— Não, senhorita, ela não disse nada. Os criados são proibidos de conversar, e a Sra. Northrup seria a última a desobedecer às ordens, pois é parente do Sr. Northrup, o mordomo. Eu sabia que tínhamos uma hóspede, mas... — Lançou um olhar para o vestido simples de Victoria, provocando-lhe intenso rubor nas faces. — Quer comer alguma coisa?

Os ombros de Victoria vergaram de frustração e desespero.

— Não, mas eu gostaria de preparar um cataplasma para aliviar a dor de dente do Sr. O'Malley. Só preciso de alguns ingredientes simples.

A mulher se apresentou como Sra. Craddock e lhe mostrou onde encontrar os ingredientes que desejava. Victoria se pôs a trabalhar, temendo que o "lorde" entrasse na cozinha a qualquer momento e a humilhasse na frente de todos.

Jason acabara de retomar a carta que havia parado de ditar ao ser informado de que Victoria fora ordenhar as vacas quando Northrup bateu à porta de novo.

— O que foi, agora? — indagou, impaciente, ao ver o mordomo entrar.

— Foi a Srta. Seaton novamente, milorde. Ela... bem... ela tentou ajudar o jardineiro-chefe a plantar bulbos. Ele a confundiu com uma criada e, agora que o informei de que ela é uma hóspede, está preocupado em saber se o senhor está descontente com o trabalho dele e, por isso, mandou-a até lá para...

— Diga ao jardineiro — falou Jason, com a voz gelada — que volte ao trabalho. Em seguida, diga à Srta. Seaton para ficar fora do caminho dele. E você — acrescentou em tom ameaçador — fique fora do meu! Tenho trabalho a fazer. — Virou-se para o secretário e inquiriu: — Onde estávamos, Benjamin?

— Na carta para o seu contato em Déli, milorde.

Jason havia ditado apenas duas linhas quando ouviu uma comoção do outro lado da porta de seu escritório. Um segundo depois, a porta se abriu e o cozinheiro entrou, seguido pelo desesperado Northrup, que tentava impedi-lo de todas as maneiras.

— Ou ela sai ou saio eu! — declarou *monsieur* André aos brados, encaminhando-se à escrivaninha de Jason. — Não permitirei que aquela ruivinha ponha os pés na minha cozinha!

Com uma calma assustadora, Jason pousou a pena sobre a mesa e ergueu os olhos para o cozinheiro.

— O que disse?

— Eu disse que não admito...

— Saia — ordenou Jason com a voz macia.

O cozinheiro empalideceu.

— *Oui* — respondeu, apressado, recuando alguns passos. — Voltarei para a cozinha...

— Saia da minha *casa* — esclareceu Jason — e da minha propriedade. Agora!

Pondo-se de pé, Jason saiu do escritório em direção à cozinha.

As criadas ficaram petrificadas ao vê-lo.

— Alguma de vocês aqui sabe cozinhar? — perguntou ele.

Imediatamente, Victoria percebeu que o cozinheiro pedira demissão por causa dela. Horrorizada com o que fizera, adiantou-se, mas o olhar de Jason indicou que, se ela se oferecesse para ocupar a posição, enfrentaria sérias consequências. Ele olhou em volta, furioso e contrariado.

— Será possível que ninguém aqui sabe cozinhar? — repetiu.

A Sra. Craddock hesitou e, então, falou:

— Eu sei, milorde.

— Ótimo. A partir de agora, você é a responsável pela cozinha. No futuro, por favor, dispense aqueles molhos franceses horríveis que eu tenho sido obrigado a comer. — Dito isso, Jason virou-se para Victoria e ordenou: — E você fique *longe* do celeiro, dos jardins e da cozinha!

Ele saiu e as criadas se viraram para Victoria com um misto de choque e tímida gratidão. Envergonhada pelos problemas que havia causado, ela se limitou a abaixar a cabeça e continuar a preparar o cataplasma para o Sr. O'Malley.

— Ao trabalho! — ordenou a Sra. Craddock a todas com um sorriso. — Temos de provar ao lorde que somos capazes de cuidar da cozinha, sem termos de lidar com as gritarias ou as colheres de pau de André!

Victoria interrompeu a preparação do cataplasma, fitando a mulher com um olhar surpreso e horrorizado.

— Ele é um tirano cruel — explicou a Sra. Craddock, referindo-se ao cozinheiro francês. — Somos profundamente gratas por ter nos livrado dele.

Com exceção do dia em que seus pais haviam morrido, Victoria não conseguia se lembrar de outro dia pior do que este. Apanhou a mistura que seu pai a ensinara a preparar para aliviar dores de dente e saiu.

Como não conseguia encontrar O'Malley, procurou por Northrup e o viu saindo de um aposento repleto de livros. Através das portas parcialmente abertas, avistou Jason sentado a uma escrivaninha, com uma carta na mão, conversando com um homem de óculos, posicionado em frente a ele.

— Sr. Northrup — chamou com a voz sufocada e estendeu-lhe a mistura —, poderia fazer a gentileza de entregar isso ao Sr. O'Malley? Diga a ele para aplicar o cataplasma sobre o dente e a gengiva, várias vezes ao dia. Vai ajudar a aliviar a dor e diminuir o inchaço.

Distraído mais uma vez pelo som de vozes perto da porta de seu escritório, Jason largou o papel que estivera lendo, levantou-se e abriu a porta. Sem perceber a presença de Victoria, que já subia a escada, dirigiu-se a Northrup:

— Que diabo ela fez *agora*?

— Ela... ela fez um remédio para o dente de O'Malley, milorde — respondeu o mordomo com a voz tensa, apontando um dedo trêmulo para a figura abatida que subia as escadas.

Jason virou-se e estreitou os olhos ao ver a jovem esbelta e curvilínea de vestido preto.

— Victoria — chamou.

Ela se virou, preparada para ouvir um sermão rude, mas ele falou com uma voz calma e cortante que, mesmo assim, soou com implacável autoridade.

— Não use mais roupas pretas. Eu não gosto.

— Sinto muito se as minhas roupas o ofendem — respondeu ela com dignidade —, mas eu estou de luto pela morte dos meus pais.

Jason franziu o cenho, porém esperou que ela desaparecesse para voltar a se dirigir a Northrup.

— Mande alguém até Londres para comprar roupas decentes para ela. Então, livre-se daqueles trapos pretos.

Quando Charles desceu para o almoço, Victoria deslizou a cadeira e se sentou ao lado dele, parecendo desanimada.

— Meu Deus, menina! O que aconteceu? Está pálida como um fantasma.

Victoria confessou suas desventuras da manhã e Charles ouviu com os lábios trêmulos de riso.

— Excelente! — exclamou quando ela terminou e, para sua surpresa, começou a rir. — Vá em frente e vire a vida de Jason de pernas para o ar, minha querida. É exatamente disso que ele precisa. Na superfície, ele pode parecer frio e duro, mas se trata de mera aparência. A mulher certa será capaz de descobrir a gentileza que se esconde dentro dele. E, quando isso acontecer, Jason vai fazê-la muito feliz. Entre outras coisas, ele é um homem muito generoso...

Charles ergueu as sobrancelhas, deixando a frase interrompida no ar. Victoria se sentiu constrangida diante do olhar atento do primo e se perguntou se Charles poderia estar acalentando alguma esperança de que ela fosse essa mulher. Além de não acreditar que houvesse uma gota sequer de gentileza em Jason Fielding, ela não queria nenhum tipo de envolvimento com ele. Porém, em vez de dizer isso ao tio Charles, mudou de assunto com muito tato.

— Devo receber notícias de Andrew nas próximas semanas.

— Ah, sim... Andrew — murmurou Charles com a expressão sombria.

# 7

No dia seguinte, Charles levou Victoria para um passeio de carruagem pelos arredores e, embora o que visse provocasse imensa saudade de casa, ela adorou a saída. Flores desabrochavam em todos os lugares: em canteiros, onde eram tratadas com cuidado e carinho, e nas colinas e nos prados, onde ficavam aos cuidados da mãe natureza. A vila era absolutamente encantadora, com suas casinhas caiadas e as ruas de paralelepípedos, e Victoria se apaixonou instantaneamente pelo local.

Toda vez que saíam de uma das pequenas lojas da rua, os habitantes da vila paravam, tiravam o chapéu e se curvavam. Dirigiam-se a Charles como "Alteza" e, embora ele não soubesse o nome de nenhum deles, tratava a todos com simpatia e simplicidade, sem dar a menor atenção à diferença social que os separava.

Quando retornaram a Wakefield Park, naquela tarde, Victoria já se sentia bem mais otimista com relação à sua nova vida e nutria esperanças de poder conhecer melhor os habitantes da vila.

A fim de não causar mais problemas, limitou as atividades do restante do dia à leitura em seu quarto, além de duas incursões à pilha de compostagem, onde tentou, sem sucesso, fazer com que Willie se aproximasse para alimentá-lo.

Ela se deitou antes do jantar e adormeceu, embalada pela ideia de que novos conflitos entre ela e Jason Fielding poderiam ser evitados se ela se mantivesse fora do caminho dele, como fizera o dia todo.

Estava enganada. Quando acordou, Ruth guardava uma pilha de vestidos em tons pastel no armário.

— Não são meus — informou Victoria com a voz sonolenta, ao se levantar.

— São, sim, senhorita! — corrigiu-a Ruth com entusiasmo. — O lorde mandou trazê-los de Londres.

— Por favor, diga a ele que não vou usá-los — reagiu Victoria com firme polidez.

— Ah, não, senhorita! Não posso fazer isso!

— Pois eu posso! — declarou Victoria, abrindo o outro armário, a fim de apanhar um de seus vestidos.

— Não estão mais aí — explicou Ruth, aflita. — Eu os levei embora. Ordens do lorde...

— Entendo — disse Victoria suavemente, embora fosse invadida por uma fúria que jamais se imaginara capaz de sentir.

— Senhorita — comunicou a criada, torcendo as mãos —, o lorde disse que eu poderei assumir a posição de sua criada pessoal, se meus serviços forem satisfatórios.

— Não preciso de uma criada, Ruth.

A moça pareceu desapontada.

— Seria bem melhor do que minhas tarefas atuais...

— Está bem — concedeu Victoria, incapaz de resistir ao tom de súplica de Ruth. — O que uma "criada pessoal" faz? — perguntou, tentando forçar um sorriso nos lábios.

— Bem, devo ajudá-la a se vestir e cuidar para que seus vestidos estejam sempre limpos e passados. E também devo arrumar seus cabelos. Posso? A senhorita tem cabelos tão lindos e minha mãe sempre diz que levo jeito para isso, fazer com que pareçam bonitos, quero dizer.

Victoria concordou, não porque fizesse questão de ter os cabelos arrumados, mas porque precisava de tempo para se acalmar, antes de confrontar Jason Fielding. Uma hora depois, usando um vestido de seda cor de pêssego, com mangas largas e bufantes e com delicados laços de cetim da mesma cor, ela examinou silenciosamente seu reflexo no espelho. Seus cabelos estavam presos no topo da cabeça, de onde cachos cor de cobre saltavam em um arranjo sofisticado, entremeados por fitas idênticas às do vestido. Suas faces estavam coradas pela raiva e seus brilhantes olhos de safira ardiam de ressentimento e vergonha.

Nunca vira, nem imaginara, um vestido tão maravilhoso quanto aquele que usava, com seu corpete decotado e apertado forçando seus seios para o alto, expondo-os de maneira ousada. Ela jamais sentira tamanho desprazer com sua própria aparência. Não lhe agradava em nada ser forçada a quebrar o luto pela morte recente de seus pais.

— Ah, senhorita! — exclamou Ruth, cruzando as mãos diante do peito. — Está tão linda! O lorde não vai acreditar quando a vir!

A previsão de Ruth mostrou-se acertada, mas Victoria estava furiosa demais para se sentir gratificada pela expressão de fascínio nos olhos de Jason, quando ele entrou na sala de jantar.

— Boa noite, tio Charles — cumprimentou o primo com um beijo no rosto, notando que Jason se pusera de pé.

Invadida por profunda rebeldia, Victoria virou-se e encarou-o, permanecendo em silêncio ressentido, enquanto os olhos verdes do lorde passeavam com insolência por seu corpo, de seus cachos vermelho-dourados até os seios expostos acima de seu corpete e os dedos das delicadas sandálias de cetim. Embora estivesse habituada a receber olhares de admiração de diversos cavalheiros, Victoria reconheceu que não havia nada de cortês no modo como Jason a examinava.

— Terminou? — indagou, secamente.

Sem pressa, ele ergueu os olhos para ela, ao mesmo tempo que um sorriso maroto lhe curvava os lábios, diante do antagonismo que Victoria nem sequer tentara disfarçar. Jason estendeu a mão e, em uma reação automática, Victoria recuou um passo, antes de se dar conta de que ele só pretendia puxar a cadeira para que ela se sentasse.

— Cometi mais uma gafe, como não bater à porta? — perguntou ele, bem-humorado, aproximando perigosamente os lábios da face de Victoria, quando ela se sentava. — Não é costume na América um cavalheiro ajudar uma dama a se sentar?

Victoria afastou a cabeça com um gesto brusco.

— Está me ajudando a sentar, ou tentando comer a minha orelha?

Os lábios de Jason se contraíram.

— Talvez eu faça isso se a nova cozinheira tiver preparado uma refeição insatisfatória. — Ao se sentar, virou-se para Charles e explicou: — Despedi aquele gorducho francês.

Victoria se sentiu culpada pelo papel que havia desempenhado no incidente, mas estava tão zangada com a atitude de Jason ao ordenar que se livrassem de seus vestidos que nem mesmo o sentimento de culpa diminuiu sua ira. Decidida a tratar do assunto em particular, *depois* do jantar, dirigiu--se exclusivamente a Charles. Porém, à medida que o jantar prosseguia, foi se tornando constrangedor para ela o modo como Jason Fielding a observava, por entre as velas do castiçal que ocupava o centro da mesa.

Jason levou a taça de vinho aos lábios, estudando-a. Sabia que Victoria estava furiosa por ele ter mandado a criada dar fim àqueles trapos pretos. E, a julgar pelo brilho assassino naqueles espetaculares olhos azuis, ela não hesitaria em perder a cabeça e agredi-lo, caso tivesse a oportunidade.

Ali estava uma verdadeira beldade, orgulhosa e cheia de coragem, pensou Jason com imparcialidade. Antes, ela lhe parecera uma garota bonita, mas ele não imaginara uma transformação tão fascinante, resultante de uma simples mudança nos trajes. Talvez o ódio que sentia pela cor do luto fosse tão intenso que os vestidos houvessem prejudicado sua percepção. De qualquer maneira, Jason não tinha dúvida de que Victoria Seaton enlouquecera os rapazes na América. E também não tinha dúvida de que ela repetiria essa façanha na Inglaterra. Ora, ela enlouqueceria os rapazes *e* os homens, corrigiu-se Jason.

E era justamente este o seu problema: apesar das curvas exuberantes e sedutoras e daquele rosto perfeito, Jason começava a se convencer de que Victoria era mesmo uma garota inocente e inexperiente, exatamente como Charles afirmara. Uma inocente e inexperiente que fora parar à porta de sua casa e por quem Jason se tornara involuntariamente responsável. A imagem de si mesmo no papel de protetor de Victoria, guardião da virtude de uma moça solteira, era tão ridícula que ele quase riu em voz alta. Porém, era exatamente esse o papel que ele seria forçado a desempenhar. Qualquer pessoa que o conhecesse acharia a situação tão ridícula quanto ele, considerando-se a sua notória reputação com as mulheres.

O'Malley serviu-lhe mais vinho e Jason bebeu, pensativo, tentando imaginar uma maneira eficiente de se livrar de Victoria o mais rápido possível. E, quanto mais considerava a questão, mais se convencia de que deveria providenciar a temporada londrina que Charles tanto queria proporcionar a ela.

Com a beleza exuberante de Victoria, seria muito fácil lançá-la com sucesso na sociedade. E, com a ajuda de um pequeno dote, proporcionado por ele mesmo, seria igualmente fácil conseguir-lhe um casamento seguro. Por outro lado, se Victoria realmente acreditava que o tal de Andrew iria buscá-la, poderia insistir em esperar meses, ou quem sabe anos, antes de aceitar a proposta de outro homem. E essa possibilidade não atendia às necessidades de Jason.

A fim de avaliar seu plano, ele aproveitou a primeira pausa na conversa de Victoria e Charles, e disse a ela em tom casual.

— Charles me contou que você está praticamente noiva de... Anson? Albert?

— Andrew — corrigiu-o prontamente.

— Como ele é? — perguntou Jason.

Um sorriso afetuoso surgiu nos lábios de Victoria.

— Ele é gentil, atraente, inteligente, bondoso, amável...

— Acho que já entendi — Jason a interrompeu, contrariado. — Aceite um conselho e esqueça-o.

Reprimindo o impulso de atirar algum objeto pesado nele, Victoria indagou:

— Por quê?

— Ele não é o homem certo para você. Em quatro dias, você virou minha casa de pernas para o ar. Que tipo de casamento teria com um camponês rústico que quer levar uma vida pacífica e organizada? O melhor a fazer é esquecê-lo e aproveitar ao máximo as suas oportunidades aqui.

— Em primeiro lugar... — começou Victoria, mas foi prontamente interrompida por Jason, que parecia determinado a semear a discórdia.

— É claro que existe a possibilidade de *você* não conseguir esquecê-lo, mas *você* será esquecida por Albert assim mesmo. Como é mesmo o ditado? "Longe dos olhos, longe do coração."

Fazendo um esforço sobre-humano para se controlar, Victoria permaneceu calada.

— O quê? Nenhum argumento? — provocou-a Jason, admirando o modo como a raiva fazia os olhos dela escurecerem. — Não acredito!

Victoria empinou o queixo.

— No meu país, Sr. Fielding, discutir à mesa é considerado uma grande falta de educação.

A reprimenda fez Jason se divertir ainda mais.

— O que deve ser muito inconveniente para você — retrucou suavemente.

Charles reclinou-se na cadeira, com um sorriso no rosto, observando a discussão acalorada do filho com a jovem beldade que o fazia lembrar-se da mãe dela. Eram perfeitos um para o outro, decidiu. Ao contrário da maioria das mulheres, Victoria não se deixava impressionar por Jason. Sua coragem e generosidade o tornariam mais gentil e, uma vez domado, Jason se transformaria no tipo de marido que todas as moças sonham encontrar. Juntos, os dois seriam felizes e Victoria daria um filho a Jason.

Invadido por profunda satisfação e *alegria*, Charles imaginou o neto que eles lhe dariam, depois de se casarem. Após tantos anos de vazio e desespero, ele e Katherine finalmente teriam um neto juntos. É verdade que Jason e Victoria não estavam se dando muito bem no momento, mas isso já era esperado. Jason era um homem experiente, endurecido e amargo, e tinha bons motivos para isso. Victoria, por sua vez, tinha a coragem, o espírito e a generosidade de Katherine. E Katherine havia mudado a vida do próprio Charles. Ela lhe ensinara o significado do amor. Assim como o da perda. A mente de Charles vagou pelos eventos do passado, que haviam levado a essa noite momentosa...

Ao completar 22 anos, Charles já conquistara a merecida reputação de libertino, jogador e encrenqueiro. Não tinha responsabilidades, restrições e absolutamente nenhuma perspectiva de vida, uma vez que o irmão mais velho herdara o título de duque, juntamente com as propriedades e a fortuna da família. O dinheiro, na verdade, não era muito, pois, durante quatrocentos anos, os homens da família Fielding haviam demonstrado uma forte tendência para todo tipo de excessos. De fato, Charles não era pior que o pai, ou que o avô. O irmão mais novo de Charles foi o único Fielding a manifestar o desejo de combater as tentações do demônio, mas fez isso com o radicalismo típico dos Fielding, tornando-se missionário e se mudando para a Índia.

Mais ou menos na mesma época, a amante francesa de Charles anunciara que estava grávida. Quando Charles lhe ofereceu dinheiro, sem mencionar casamento, ela chorou e se queixou, mas não conseguiu fazê-lo mudar de ideia. Finalmente, decidiu abandoná-lo, furiosa. Uma semana depois do nascimento de Jason, ela visitou Charles e, sem a menor cerimônia, abandonou o filho e desapareceu. Embora não desejasse arcar com a responsabilidade de criar um filho, Charles não foi capaz de simplesmente abandonar o menino em um orfanato. Num momento de pura inspiração, teve a ideia de entregar Jason ao irmão missionário e à sua esposa feiosa, que estavam de partida para a Índia, a fim de "converter os pagãos".

Sem qualquer hesitação, dera o bebê àqueles dois fanáticos religiosos, sem filhos e tementes a Deus, junto com quase todo o dinheiro que possuía, para ser usado nas despesas com Jason. Com isso, lavou as mãos de todos os problemas.

Até então, Charles conseguira se sustentar com o dinheiro que obtinha nas mesas de jogos. Porém, a sorte, que sempre estivera ao seu lado, era caprichosa e acabou por abandoná-lo. Aos 32 anos, Charles foi obrigado a encarar o fato de que já não era mais possível manter o padrão de vida adequado a um homem da sua posição apenas com jogos e apostas. Tratava-se de um problema comum entre os filhos mais novos de famílias nobres e Charles o resolveu da maneira como a maioria deles fazia: decidiu trocar o nome ilustre por um dote gordo. Com descuidada indiferença, pediu em casamento a filha de um mercador rico, uma moça de grande riqueza, alguma beleza e pouquíssima inteligência.

Tanto a jovem como o pai aceitaram prontamente o pedido. Até mesmo o irmão mais velho de Charles, o duque, concordou em patrocinar uma festa para celebrar as bodas.

E fora exatamente naquela ocasião auspiciosa que Charles reencontrou sua prima distante, Katherine Langston, a neta de 18 anos da Duquesa de Claremont. Quando a vira pela última vez, estava fazendo uma de suas raras visitas ao irmão, em Wakefield, e Katherine, então com 10 anos, passava as férias em uma propriedade vizinha. Durante duas semanas inteiras, ela o seguiu em quase todos os lugares, sem esconder o brilho de admiração nos olhos incrivelmente azuis. Charles a considerava uma jovem com uma beleza incomum, um sorriso encantador e com uma coragem infinitamente maior que muitas mulheres com o dobro da idade dela ao saltar obstáculos em sua égua ou soltarem pipas juntos.

Agora, ela se transformava em uma mulher de beleza ímpar e Charles não era capaz de desviar os olhos dos dela.

Fingindo-se impassível e indiferente, ele estudara aquela figura fascinante, seus traços perfeitos, os gloriosos cabelos vermelho-dourados, enquanto ela se mantinha à margem da verdadeira multidão que apinhava o salão, parecendo serena e etérea. Então, Charles se aproximou com uma taça em uma das mãos e, com ar casual, apoiou o outro braço no consolo da lareira, admirando a beleza de Katherine corajosa e abertamente. Esperava que ela manifestasse algum tipo de objeção à maneira direta dele, mas Katherine não se mostrou contrária. Não corou, nem tentou fugir. Ao contrário, encarou-o desafiadoramente, como se estivesse esperando que ele terminasse a sua avaliação.

— Olá, Katherine — finalmente Charles a cumprimentara.

— Olá, Charles — respondeu com a voz calma, imperturbável.

— Está achando a festa tão tediosa quanto eu, querida? — perguntou, surpreso com sua postura.

Em vez de balbuciar alguma tolice sobre a festa estar maravilhosa, Katherine ergueu um olhar desconcertante diretamente para ele e respondeu em voz baixa:

— É o prelúdio perfeito para um casamento que vai acontecer por interesses exclusivamente financeiros.

A franqueza dela o apanhara de surpresa, embora o que realmente o tenha desarmado foi a estranha sombra de acusação que obscureceu os olhos azuis de Katherine, antes que ela se virasse e começasse a se afastar. Sem pensar, Charles a segurou pelo braço. O contato físico inocente provocou uma reação inesperada em ambos. Então, em vez de Charles atraí-la para si, levou-a para a sacada. À luz do luar, ele se virou para ela e, como a acusação o havia machucado, sua voz soou rude:

— É muita presunção de sua parte concluir que o dinheiro é a única razão pela qual eu vou me casar com Amélia. As pessoas têm inúmeras razões para tomar decisões desse tipo.

Mais uma vez, aqueles desconcertantes olhos azuis encontraram os dele.

— Não em se tratando de pessoas como nós — argumentou ela. — Nós nos casamos para aumentar a riqueza, ou o poder de nossas famílias, ou para melhorar nossa posição social. No seu caso, o casamento servirá para aumentar a sua riqueza.

Ora, era evidente que Charles estava trocando sua linhagem aristocrática por dinheiro e, embora essa prática fosse comumente aceita, Katherine o fizera sentir-se indigno.

— E quanto a você? — reagiu ele. — Não vai se casar por uma dessas razões também?

— Não — replicou suavemente. — Vou me casar por amar alguém e ser correspondida. Não vou aceitar um casamento como o que meus pais tiveram. Quero mais da vida e tenho muito mais para dar.

As palavras pronunciadas em tom suave carregavam tamanha convicção que Charles permanecera em silêncio por um longo tempo, antes de dizer:

— Sua avó não vai ficar nada satisfeita se você se casar por amor, e não por posição social, minha cara. Correm boatos de que ela quer uma aliança com os Winston e que pretende obtê-la através do seu casamento.

Katherine sorrira pela primeira vez, um sorriso que iluminava seu rosto, abalando a estrutura de Charles.

— Minha avó e eu — replicou levemente — já discutimos esse assunto diversas vezes. Estou tão determinada quanto ela a fazer as coisas do meu jeito.

Ela parecia tão linda, franca e honesta que a armadura de cinismo que isolara Charles durante trinta anos começou a cair, deixando-o repentinamente solitário e vazio. Sem se dar conta do que fazia, ele ergueu a mão e, com a ponta do dedo, tocou de leve a face de Katherine, murmurando com ternura:

— Espero que o homem que venha a amar seja digno de você.

Por um momento interminável, Katherine estudara-lhe as feições, como se fosse capaz de enxergar-lhe a alma desiludida. Então, sussurrou baixinho:

— Eu acho que é mais uma questão de saber se *eu* posso ser digna *dele*. Veja, ele precisa muito de mim, mas só está começando a perceber isso agora.

Após um breve instante, o significado das palavras de Katherine atingiu a mente de Charles e ele ouviu a própria voz murmurar o nome dela com o desespero febril de um homem que acabara de descobrir o que estivera inconscientemente procurando, sem sequer se dar conta, por toda a sua vida: uma mulher que o amasse pelo que ele era, pelo que ele queria ser. E Katherine não tinha outra razão para amá-lo, pois sua linhagem era tão aristocrática quanto a dele; seu círculo de amizades, muito superior; sua riqueza, infinitamente maior.

Charles a fitara, tentando negar os sentimentos que o invadiam. Aquilo era uma grande loucura, disse a si mesmo. Afinal, eles mal se conheciam. Não era o tipo de jovem tolo que acreditava que um homem e uma mulher podiam se apaixonar à primeira vista. Aliás, até aquele momento, Charles sequer acreditara em amor. Agora, porém, acreditava, pois queria que aquela mulher bonita, inteligente e idealista o amasse. Pela primeira vez na vida, encontrara algo raro e valioso, e estava determinado a manter aquela mulher exatamente como era. Queria se casar com ela e mimá-la, protegendo-a do cinismo que parecia corromper todos em sua classe social.

A ideia de pôr um fim ao seu noivado com Amélia não pesava em sua consciência, pois Charles não acalentava ilusão alguma quanto às razões pelas quais ela aceitara se casar com ele. Era verdade que Amélia sentia certa atração por Charles, mas iria se casar porque o pai desejava se unir à nobreza.

Por duas semanas inesquecíveis, Charles e Katherine haviam conseguido manter seu amor em segredo. Foram duas semanas de preciosos momentos a sós, de passeios tranquilos pelos campos, de muitas risadas compartilhadas e sonhos sobre o futuro.

Ao final daquele período, Charles já não podia mais adiar um encontro com a Duquesa de Claremont. Queria se casar com Katherine.

Estava preparado para as objeções da duquesa, pois, embora sua família fosse nobre e tradicional, ele era um mero segundo filho, sem título. Ainda assim, esses casamentos ocorriam com frequência, e Charles imaginava que, após algumas discussões, a duquesa cederia, porque Katherine desejava aquela união tanto quanto ele. Ele *não* esperava que ela ficasse enlouquecida de raiva, que o chamasse de "oportunista libertino" ou de "degenerado corrupto e devasso". Também não esperava que ela mencionasse o comportamento promíscuo de seus ancestrais, bem como o dele mesmo, e muito menos que rotulasse os homens de sua família como "loucos irresponsáveis".

Acima de tudo, Charles não imaginara que ela fosse capaz de jurar que, se Katherine se casasse com ele, seria deserdada e ficaria sem um tostão. Essas coisas simplesmente não aconteciam. Porém, ao sair daquela casa, Charles teve a mais absoluta certeza de que a duquesa faria exatamente o que havia ameaçado. Uma vez em seus aposentos, ele passou a noite em claro, alternando momentos de ódio e desespero. Ao amanhecer, Charles sabia que não poderia se casar com Katherine, pois, mesmo estando disposto a ganhar a vida honestamente, com as próprias mãos, se fosse necessário, jamais suportaria ver sua bela e orgulhosa Katherine ser rebaixada por sua causa. Não seria o responsável por ela ser deserdada pela família e publicamente marginalizada pela sociedade.

Mesmo achando que poderia compensar tudo o que ela iria suportar, ele sabia que não poderia permitir que ela se transformasse em uma mera dona de casa. Katherine era jovem e idealista, além de estar apaixonada por ele, mas também estava habituada a belos vestidos e criados para atender a todas as suas vontades. E não seria com o fruto de seu trabalho que Charles conseguiria oferecer essa vida à esposa. Katherine jamais lavara um prato, ou esfregara o chão, ou engomara uma camisa, e ele não a veria reduzida a esse tipo de vida só por ter sido tola o bastante para amá-lo.

Quando, finalmente, conseguira marcar um encontro clandestino com ela, no dia seguinte, Charles contou-lhe sua decisão. Katherine argumentou que o luxo não significava nada para ela; implorou que ele a levasse para a América, onde se dizia que qualquer homem era capaz de estabelecer uma vida decente, desde que estivesse disposto a trabalhar.

Sentindo-se incapaz de suportar as lágrimas dela, ou a própria angústia, Charles fora rude ao dizer que essas ideias não passavam de tolices e que ela jamais sobreviveria na América. Katherine olhou para ele como se ele estivesse com medo de trabalhar para ganhar a vida. Então, acusou-o de estar interessado em seu dote, não nela... exatamente como a avó dissera.

Para Charles, que estava, de forma altruísta, sacrificando a própria felicidade por Katherine, a acusação tivera o efeito do corte de uma navalha.

— Acredite no que quiser — declarou, virando-se e partindo, antes que sua determinação falhasse e ele fugisse com ela naquele mesmo dia. Ao alcançar a porta, Charles descobriu-se incapaz de permitir que Katherine acreditasse que ele queria apenas o seu dinheiro. — Por favor, Katherine — disse, parando sem se virar —, não pense isso de mim.

— Não penso — sussurrou ela, com a voz entrecortada.

Katherine também não acreditava que Charles poria um fim àquele tormento casando-se com Amélia na semana seguinte. Porém, foi exatamente o que ele fez, tomando pela primeira vez na vida uma atitude inteiramente desprovida de egoísmo.

Katherine comparecera ao casamento na companhia da avó e, enquanto vivesse, Charles jamais se esqueceria da expressão de traição nos olhos dela ao vê-lo se comprometer com outra mulher. Dois meses depois, ela se casou com um médico irlandês e partiu com ele para a América. Katherine fez isso porque estava furiosa com a avó e não suportaria continuar vivendo na Inglaterra, tão perto de Charles e de sua nova esposa. Também agiu assim para provar a ele, da única forma que sabia, que seu amor teria sobrevivido a tudo, até mesmo à vida na América.

Naquele mesmo ano, o irmão mais velho de Charles morreu de forma estúpida em um duelo de bêbados e Charles herdou o título de duque. E, embora não tenha herdado muito dinheiro, teria sido o bastante para dar a Katherine um padrão de vida muito próximo ao que ela estava habituada. Mas Katherine já se fora. Ele não havia acreditado que o amor dela por ele fosse forte o bastante para sobreviver a alguns desconfortos. Charles não deu a menor importância ao dinheiro que herdou. Já não dava a menor importância a nada.

Não muito tempo depois, o irmão missionário de Charles morreu na Índia. Dezesseis anos mais tarde, Amélia, sua esposa, também morreu.

Na noite do funeral de Amélia, Charles se embriagou, como vinha fazendo com frequência naquela época, mas naquela noite em especial, sentado na solidão de sua casa vazia, um pensamento sombrio cruzou-lhe a mente: ele também não tardaria a morrer. E, quando isso acontecesse, o ducado sairia das mãos dos Fielding para sempre, pois Charles não tinha um herdeiro.

Durante 16 anos, vivera no vazio, no limbo. Naquela noite fatídica, porém, enquanto contemplava sua vida sem sentido, algo começou a crescer dentro dele. No início, tratava-se apenas de uma vaga inquietação, que foi se transformando em profundo desgosto, depois em ressentimento e então lentamente, muito lentamente, se transformou em fúria. Perdera Katherine, perdera 16 anos de sua vida. Suportara uma esposa insípida e um casamento sem amor, e, agora, morreria sem ter gerado um herdeiro. Pela primeira vez em quatrocentos anos, o ducado corria o risco de deixar os Fielding e Charles foi invadido por uma forte determinação de não jogá-lo fora, como fizera com o resto de sua vida.

Era verdade que os Fielding não haviam sido uma família particularmente honrada e digna, mas, por Deus, o título lhes pertencia e ele faria de tudo para mantê-lo.

Para isso, precisava de um herdeiro, o que significava que teria de se casar de novo. Depois de tantas aventuras na juventude, a ideia de dormir com uma mulher, àquela altura, para gerar um herdeiro, parecia-lhe mais cansativa do que excitante. Pensou ironicamente em todas as belas mulheres que levara para a sua cama, tantos anos antes, da bailarina francesa que fora sua amante e que lhe presenteara com um filho ilegítimo...

Uma súbita explosão de alegria o pusera de pé. Não precisaria se casar de novo, pois já tinha um herdeiro! Tinha Jason. Charles não sabia ao certo se as leis de sucessão permitiam que o título de duque fosse herdado por um filho ilegítimo, mas isso não fazia diferença. Jason era um Fielding, e as poucas pessoas que sabiam de sua existência na Índia acreditavam que ele era o filho legítimo do irmão mais novo de Charles. Além disso, o rei Charles concedera o ducado a três de seus filhos ilegítimos e, agora, Charles Fielding, Duque de Atherton, faria o mesmo.

No dia seguinte, Charles contratara detetives, mas dois longos anos se haviam passado quando um deles finalmente enviou um relatório com informações específicas. Não haviam encontrado o menor sinal da cunhada de Charles na Índia, mas Jason fora localizado em Déli, onde aparentemente fizera fortuna no ramo de comércio e navegação. O relatório começava com o atual paradeiro de Jason e terminava com todas as informações que o detetive conseguira reunir sobre o passado do rapaz.

Mas o orgulho exultante de Charles diante do sucesso financeiro de Jason rapidamente se transformou em horror e, então, em fúria, à medida que ele lia sobre o abuso e a perversão que a cunhada impusera à criança inocente que ele entregara aos seus cuidados. Ao terminar a leitura, Charles vomitou.

Mais determinado do que nunca a fazer de Jason seu herdeiro legítimo, Charles enviou uma carta, pedindo que retornasse imediatamente à Inglaterra, para que ele pudesse reconhecê-lo formalmente.

Como não obteve resposta de Jason, Charles, com determinação, partiu para Déli. Encorajado pelo remorso profundo, foi à magnífica casa de Jason. No primeiro encontro, Charles constatou o que o relatório do detetive já lhe dissera: Jason se casara e tivera um filho, e vivia como um rei. Também deixou claro que não queria nenhum tipo de relacionamento com Charles, ou com o legado que ele estava lhe oferecendo. Nos meses que se seguiram, Charles permaneceu na Índia e, lentamente, foi convencendo o filho frio e reticente de que ele jamais suspeitara dos abusos terríveis que Jason havia sofrido na infância. Porém, não conseguiu convencê-lo a voltar para a Inglaterra como seu herdeiro.

Melissa, a linda esposa de Jason, ficara maravilhada com a ideia de viver em Londres, na posição de Marquesa de Wakefield, mas nem seus acessos de raiva nem as súplicas de Charles surtiram o menor efeito em Jason, que não dava a mínima importância a títulos, nem alimentava simpatia alguma no tocante à perda iminente do ducado pelos Fielding.

Charles já estava prestes a desistir quando deparou com o argumento perfeito. Uma noite, enquanto observava Jason brincar com o filho pequeno, deu-se conta de que havia uma pessoa no mundo por quem Jason faria qualquer coisa: Jamie. Jason adorava o menino. Assim, Charles mudou imediatamente sua tática. Em vez de tentar convencer Jason dos benefícios que ele mesmo teria se voltasse para a Inglaterra, passou a mostrar que, ao recusar que Charles o reconhecesse como herdeiro, Jason estaria negando a Jamie seu direito por nascimento. Afinal, o título, as propriedades e tudo o mais seriam de Jamie um dia.

E isso dera resultado.

Depois de contratar um profissional competente para cuidar de seus negócios em Déli, Jason se mudou para a Inglaterra com a família. Na intenção de construir um "império" para o filho, Jason gastou de bom grado quantias astronômicas na restauração das propriedades quase abandonadas por Charles, proporcionando-lhes um esplendor que jamais haviam tido.

Enquanto Jason se ocupava em supervisionar as reformas, Melissa passava seu tempo em Londres, assumindo seu lugar como Marquesa de Wakefield. Um ano depois, a cidade fervilhava com as fofocas sobre seus casos amorosos extraconjugais. Alguns meses depois, ela e o filho estavam mortos...

Charles despertou das lembranças tristes quando a toalha estava sendo removida da mesa.

— Podemos quebrar os costumes esta noite? — sugeriu a Victoria. — Em vez de os homens permanecerem à mesa, bebendo vinho do Porto e fumando charuto, podemos fazê-lo com você no salão? Não estou disposto a abrir mão da sua companhia.

Embora não conhecesse esses costumes, Victoria aceitou quebrá-los. Quando estava entrando no salão, decorado em tons de rosa e dourado, Charles a segurou pelo braço e falou em voz baixa:

— Percebi que você abandonou o luto antes da data prevista, minha querida. Se a decisão foi sua, devo aplaudi-la. Sua mãe detestava preto. Ela me disse isso quando ainda era criança e foi obrigada a usar roupas pretas, no luto pela morte dos pais. A decisão foi sua, Victoria?

— Não — admitiu ela. — O Sr. Fielding mandou a criada retirar as minhas roupas do armário e substituí-las por outras.

Charles assentiu.

— Jason tem aversão a todos os símbolos de luto. E, a julgar pelos olhares fulminantes que você lhe dirigiu durante o jantar, não gostou do que ele fez. Deve dizer isso a Jason. Não o deixe intimidá-la, menina, pois ele detesta pessoas covardes.

— Não quero perturbá-lo — falou, aborrecida. — O senhor disse que seu coração não é forte.

— Não se preocupe comigo — retrucou ele, rindo. — Meu coração é um pouco fraco, mas não a ponto de não suportar um pouco de agitação. Na verdade, isso vai me fazer bem. A vida aqui era muito desinteressante antes de você chegar.

Quando Jason estava sentado, desfrutando seu vinho do Porto e um bom charuto, Victoria tentou várias vezes fazer o que Charles sugerira. Porém, cada vez que olhava para Jason e tentava abordar o assunto sobre suas roupas, a coragem a abandonava. Ele havia escolhido para o jantar daquela noite uma bem-cortada calça cinza-chumbo, combinando com o paletó, colete azul-marinho e uma camisa de seda cinza-pérola. Apesar do traje elegante e da postura casual, Jason parecia irradiar um poder implacável. Havia algo de primitivo e perigoso naquele homem, e ela tinha uma sensação ruim de que as roupas caras e o ar indolente serviam apenas de disfarces para dar aos desavisados a impressão de que ele era civilizado quando, na realidade, não passava de um selvagem.

Victoria lançou outro olhar para ele. Sua cabeça inclinada para trás, seu charuto preso entre os dentes brancos, suas mãos descansando no braço da poltrona, suas feições bronzeadas lançadas à sombra. Um calafrio percorreu sua espinha enquanto ela se perguntava quais seriam os segredos sombrios escondidos no passado de Jason. Certamente, eram muitos, pois essa era a única explicação para ele ser tão cínico e distante. Ao que parecia, Jason já vira e fizera todo tipo de coisas terríveis e proibidas, o que, certamente, o havia endurecido. Ainda assim, ele era bonito, perigosamente bonito, com seus cabelos negros, olhos verdes e físico soberbo. Victoria não podia negar que, se não passasse a maior parte do tempo com medo daquele homem, gostaria de conversar com ele. Sentia-se tentada a conquistar sua amizade, o que seria uma tolice tão grande quanto conquistar a amizade do diabo. E igualmente perigoso.

Victoria respirou fundo, preparando-se para insistir, com firme gentileza, que suas roupas de luto fossem devolvidas ao seu armário. Naquele exato instante, porém, Northrup entrou no salão, anunciando a chegada de Lady Kirby e da Srta. Kirby.

Jason lançou um olhar cínico para Charles, que deu de ombros, e ordenou ao mordomo:

— Mande-as embora.

— Não precisa nos anunciar, Northrup — declarou uma voz firme. Uma mulher roliça entrou no salão, arrastando-se com suas saias de cetim e carregando em si um forte perfume, seguida por uma jovem morena e bonita, mais ou menos da mesma idade de Victoria. — Charles! Ouvi dizer que você estava na vila hoje, em companhia de uma jovem chamada Srta. Seaton. Por isso, decidi vir conhecê-la. — Fazendo uma pausa tão breve que mal teve tempo de respirar, a mulher se virou para Victoria: — Você deve ser a Srta. Seaton. — Com os olhos semicerrados, examinou-a da cabeça aos pés, como se estivesse procurando algum defeito. E encontrou. — Ora, que marca estranha essa que tem no queixo, querida! Como isso aconteceu? Foi um acidente?

— É de nascença — respondeu Victoria, sorrindo, perguntando-se se a Inglaterra estaria repleta de pessoas como Lady Kirby, extremamente mal-

-educadas, cujas excentricidades eram aceitas por causa de seus títulos e de sua riqueza.

— Que pena! — prosseguiu Lady Kirby. — Isso a incomoda?

— Só quando me olho no espelho, madame — respondeu Victoria, esforçando-se para conter o riso.

Evidentemente insatisfeita, a mais velha virou-se para Jason, que se levantara e, agora, encontrava-se de pé, com o cotovelo apoiado na lareira.

— Bem, Wakefield, pelo que vejo, o anúncio no jornal era verdadeiro. Para ser sincera, eu não acreditei. E então? Era mesmo?

Jason levantou as sobrancelhas:

— Era mesmo o quê?

— Northrup — a voz de Charles abafou a de Lady Kirby —, sirva refresco às senhoras.

Todos se sentaram, a Srta. Kirby ocupando a cadeira ao lado de Jason, e Charles deu início a uma animada discussão sobre o tempo. Lady Kirby ouviu o monólogo com impaciência e, na primeira oportunidade, voltou a atacar, virando-se para Jason e perguntando à queima-roupa:

— Wakefield, seu noivado está de pé, ou não?

Jason levou o copo aos lábios, o olhar frio.

— Não.

Victoria observou atentamente as reações diversas à resposta. Lady Kirby se mostrou satisfeita, enquanto a filha parecia encantada. Charles, por sua vez, não escondeu o profundo desgosto e o rosto de Jason era inescrutável. O coração generoso de Victoria logo se derreteu por ele. Ora, não era de admirar que Jason se comportasse daquela maneira. Ao que parecia, a mulher que ele amava o abandonara, pondo um fim ao noivado. Ao mesmo tempo, estranhou o fato de as Kirby se voltarem para ela como se esperassem que ela dissesse alguma coisa.

Sem compreender o que se passava, Victoria exibiu um sorriso confuso, o que levou Lady Kirby a reiniciar a conversa:

— Bem, Charles, desse modo, imagino que você vá apresentar a pobre Srta. Seaton à sociedade londrina na próxima temporada.

— Pretendo tomar as providências necessárias para que a *Condessa de Langston* assuma o seu lugar na sociedade — corrigiu-a Charles.

— Condessa de Langston... — insistiu Lady Kirby, arregalando os olhos.

Charles assentiu.

— Victoria é a filha mais velha de Katherine Langston. E, a menos que eu esteja enganado quanto às leis de sucessão, agora ela é a herdeira do título de sua mãe.

— Mesmo assim, não será fácil encontrar um bom partido para ela — declarou a mulher para, então, lançar um olhar de falsa compaixão para Victoria. — Sua mãe provocou um escândalo e tanto quando fugiu com aquele trabalhador irlandês.

O comentário ofensivo em relação à mãe fez Victoria fervilhar de raiva.

— Minha mãe se *casou* com um *médico* irlandês — corrigiu-a.

— Sem a permissão da avó — rebateu Lady Kirby. — Moças respeitáveis não se casam contra a vontade de suas famílias neste país.

A insinuação de que Katherine não era uma moça respeitável deixou Victoria tão furiosa que ela cravou as unhas nas palmas das mãos.

— De qualquer forma, a sociedade acaba se esquecendo dessas coisas — continuou Lady Kirby em tom de falsa generosidade. — Enquanto isso, você terá muito a aprender antes de ser formalmente apresentada. Precisa saber a maneira correta de se dirigir a cada membro da nobreza, bem como a suas esposas e seus filhos, e, claro, terá de ser instruída que existe uma etiqueta a ser seguida sobre como dispor lugares à mesa, em visitas e jantares, o que é bem mais complicado. Vai precisar de meses para aprender tudo isso. O pessoal das colônias ignora essas coisas, mas nós, ingleses, damos muita importância a elas.

— Talvez isso explique por que nós sempre os derrotamos na guerra — sugeriu Victoria inocentemente, imbuída do propósito de defender sua família e seu país.

Lady Kirby estreitou os olhos.

— Não tive a intenção de ofendê-la, mas vejo que terá de aprender a dominar sua língua ferina, se pretende encontrar um bom marido e redimir a reputação de sua mãe.

Victoria se pôs de pé e, com serena dignidade, declarou:

— Mais difícil será *imitar* a reputação de minha mãe. Ela foi a mulher mais gentil e amável que já existiu. Agora, se me derem licença, tenho algumas cartas para escrever.

Victoria fechou a porta atrás de si e foi para a biblioteca, uma sala enorme cujo assoalho de madeira encerada era quase totalmente coberto por tapetes persas, enquanto as paredes escondiam-se atrás de prateleiras repletas de livros. Furiosa demais para se sentar e escrever uma carta para Dorothy, ou para Andrew, ela se pôs a examinar os livros, à procura de algo que pudesse elevar seu espírito e acalmá-la. Depois de passar por diversos volumes de história, mitologia e comércio, chegou à seção de poesia, onde encontrou obras de vários autores, inclusive alguns que já tinha lido, como Milton, Shelley, Keats e Byron. Como não estava particularmente interessada em ler, apanhou um livro fino, simplesmente porque se encontrava desalinhado em relação aos demais. Então, acomodou-se em uma poltrona confortável e acendeu o lampião a óleo que estava sobre a mesinha ao lado.

Ao abrir o livro, uma folha de papel cor-de-rosa e perfumada caiu no chão. Com um gesto automático, Victoria se abaixou para apanhá-la e já ia devolvê-la ao seu lugar quando as primeiras palavras da mensagem escrita em francês chamaram-lhe a atenção.

Querido Jason,

Sinto sua falta. Espero, impaciente, contando as horas, pelo momento de vê-lo novamente...

Victoria disse a si mesma que ler uma carta endereçada a outra pessoa era uma imperdoável falta de educação, algo até mesmo indigno. Porém, a ideia de uma mulher esperando impacientemente por Jason Fielding era tão incrível que ela não foi capaz de controlar a curiosidade. No que lhe dizia respeito, sentia-se mais inclinada a esperar impacientemente que ele desaparecesse! Envolveu-se com tamanha intensidade na descoberta que nem percebeu Jason e a Srta. Kirby se aproximando no corredor.

Estou enviando estes belos poemas na esperança de que você os leia e pense em mim, nas noites maravilhosas que passamos nos braços um do outro...

— Victoria! — anunciou Jason em tom irritado.

Subitamente nervosa e sentindo-se culpada, Victoria se levantou de um salto, deixou o livro cair, apanhou-o do chão e voltou a se sentar. Tentando parecer absorvida pela leitura, abriu o volume e fixou os olhos na página, sem se dar conta de que o livro estava de cabeça para baixo.

— Por que não respondeu quando chamei? — indagou Jason ao entrar na biblioteca com a bela Srta. Kirby ao seu lado. — Johanna queria se despedir e lhe dar algumas sugestões, caso você deseje fazer compras na vila.

Depois do ataque inexplicável de Lady Kirby, Victoria não pôde deixar de se perguntar se a Srta. Kirby estaria insinuando que ela não saberia fazer suas próprias compras.

— Desculpe, mas não ouvi você me chamar — respondeu, esforçando-se para não parecer zangada ou culpada. — Como vê, eu estava lendo e me distraí.— Fechou o livro e colocou-o sobre a mesa, forçando-se a olhar para os dois com uma calma que logo se dissipou, pois o semblante de Jason se contorceu em profundo desgosto. — Algo errado? — perguntou com a voz tensa, acreditando que ele acabara de se lembrar do bilhete guardado dentro do livro.

— Sim — respondeu ele, antes de se virar para a Srta. Kirby, que exibia uma expressão muito semelhante à dele. — Johanna, pode recomendar um bom professor da vila que possa ensinar Victoria a ler?

— Ensinar-me a ler? — disse Victoria, incrédula e, ao mesmo tempo, irritada pelo sorriso de desprezo que curvou os lábios da moça. — Não seja tolo! Não preciso de um professor. *Sei* ler perfeitamente.

Ignorando-a, Jason continuou olhando para a outra e repetiu:

— Pode recomendar um bom professor que venha ensiná-la?

— Sim, milorde. Tenho certeza de que o Sr. Watkins, o vigário, aceitará essa tarefa.

Com a firmeza de quem já se submeteu a insultos demais e não pretende aceitar mais nenhum, declarou:

— Francamente, isso é absurdo. Não preciso de um professor. Eu sei ler.

Jason dirigiu-lhe um olhar gelado.

— Nunca mais minta para mim — advertiu em tom ameaçador. — Detesto mentirosos, especialmente mulheres mentirosas. Você não é capaz de ler uma palavra e sabe muito bem disso!

— Não acredito no que está acontecendo aqui! — Victoria elevou o tom de voz, sem dar a menor importância para a expressão horrorizada da Srta. Kirby. — Estou afirmando que eu sei ler!

Impulsionado pelo que considerava uma tentativa flagrante de enganá-lo, Jason deu três passos largos até a mesa, pegou o livro e enfiou-o nas mãos dela.

— Então, leia! — ordenou.

Sentindo-se profundamente humilhada por ser tratada daquela maneira, especialmente diante da Srta. Kirby, que não estava tentando esconder seu prazer diante da situação de Victoria, ela abriu o livro e deparou com o bilhete cor-de-rosa.

— Vamos! — insistiu Jason em tom de zombaria. — Leia!

Victoria lançou-lhe um olhar de desafio.

— Tem certeza de que deseja ouvir o que está escrito aqui? — indagou.

— Leia.

— Diante da Srta. Kirby?

— Leia ou admita, de uma vez por todas, que você não sabe ler.

— Muito bem — concordou Victoria e, forçando-se a controlar o riso, leu em tom dramático:

— *Querido Jason, sinto sua falta. Espero, impaciente, contando as horas, pelo momento de vê-lo novamente. Estou enviando estes belos poemas na esperança de que você os leia e pense em mim, nas noites maravilhosas que passamos nos braços um do outro...*

Jason arrancou o livro das mãos dela. Com ar inocente, Victoria fitou-o diretamente nos olhos e explicou:

— O bilhete está escrito em francês. Traduzi à medida que ia lendo. — Virou-se para a Srta. Kirby, antes de acrescentar com um sorriso: — O bilhete continua, mas *não* creio que esse seja o tipo de leitura que deva ser deixado por aí, especialmente quando existem moças decentes por perto. Você concorda?

E, antes de um dos dois ter tempo de responder, Victoria deu meia-volta e saiu da biblioteca de cabeça erguida.

Lady Kirby esperava no hall de entrada, pronta para partir. Victoria se despediu friamente das duas mulheres e começou a subir a escada, na esperança de escapar da ira de Jason, que, certamente, pretendia manifestá-la assim que as visitantes fossem embora. Infelizmente, o último comentário de Lady Kirby fez com que Victoria ficasse desconcertada.

— Não fique chateada com a rejeição de Lorde Fielding, minha cara — falou a mulher, enquanto Northrup colocava a capa em seus ombros. — Pouca gente acreditou no anúncio de noivado publicado no jornal. Todos tinham certeza de que, assim que você chegasse, ele encontraria um meio de escapar ao compromisso. Afinal, ele já deixou bem claro que não pretende se casar com ninguém...

Charles empurrou-a para fora, sob o pretexto de acompanhá-la até a carruagem. Victoria deu meia-volta e, como uma deusa ultrajada, encarou Jason com o olhar irado.

— Devo entender — indagou em tom perigosamente controlado — que o noivado que você disse estar terminado era o *nosso* noivado?

Jason não respondeu, mas a tensão que tomou conta de seu semblante era uma resposta inconfundível.

— Como se atreve? — sibilou Victoria, ignorando os criados que os observavam, paralisados de terror. — Como se atreve a insinuar que eu consideraria me casar com você? Eu não me casaria com um homem como você, mesmo que fosse...

— Não me lembro de ter *pedido* você em casamento— interrompeu-a Jason com sarcasmo. — Mas não deixa de ser um grande alívio saber que, se um dia eu perdesse o juízo e lhe *fizesse* uma proposta tão absurda, você teria a consideração de recusar.

Prestes a explodir em lágrimas, pois estava perdendo o equilíbrio, embora não conseguisse se livrar dele, ela o examinou da cabeça aos pés com um ar de repulsa.

— Você é um monstro frio, insensível e arrogante, sem o menor respeito por ninguém, nem mesmo pelos mortos! Qualquer mulher em seu juízo perfeito preferiria morrer a se casar com você! Você é um...

Como a voz vacilava, Victoria virou-se e correu em direção às escadas.

Parado no meio do hall, Jason ficou observando Victoria sumir. Atrás dele, dois criados e o mordomo esperavam, com os olhos fixos no chão, o patrão explodir e despejar neles a ira provocada por aquela garota insolente, que acabara de cometer um ato imperdoável. Após um longo momento, Jason enfiou as mãos nos bolsos, virou-se para o mordomo e levantou as sobrancelhas:

— Acho que acabo de ouvir um sermão arrasador, Northrup.

Northrup engoliu em SECO, mas não disse nada até Jason subir as escadas. Então, ele se virou para os criados e disse:

— Cumpram com seus deveres e não fofoquem sobre isso com ninguém. — E se afastou.

Boquiaberto, O'Malley contou ao outro criado:

— Ela preparou um cataplasma para o meu dente inflamado e, agora, estou curado. Talvez ela tenha preparado algum remédio para o mau humor do lorde também.

Sem esperar pela resposta, dirigiu-se à cozinha, a fim de contar à Sra. Craddock e às suas ajudantes o incidente inacreditável que acabara de testemunhar. Depois da demissão de *monsieur* André, graças à jovem americana, a cozinha se transformara em um lugar bastante agradável para passar breves momentos de descanso, quando os olhos de águia de Northrup se encontravam ocupados com outra coisa.

Uma hora depois, a criadagem perfeitamente discreta e bem-treinada da mansão Wakefield já ouvira o relato do que havia acontecido na escada. Meia hora mais tarde, a história sem precedentes já alcançara os estábulos e os jardins.

No andar de cima, as mãos de Victoria tremiam enquanto ela retirava os grampos dos cabelos e despia-se do vestido cor de pêssego. Ainda lutando para conter as lágrimas, ela o pendurou no guarda-roupa, vestiu uma camisola e se deitou. No mesmo instante, foi invadida por uma insuportável saudade de casa. Queria fugir dali, colocar um oceano entre si e gente como Jason Fielding e Lady Kirby. Provavelmente sua mãe deixara a Inglaterra pelo mesmo motivo. Pensando na mulher linda e gentil que Katherine fora, Victoria não conteve um soluço. Lady Kirby não estava em condições de sequer tocar na bainha das saias de Katherine Seaton!

Lembranças da vida feliz que tivera preencheram o pensamento de Victoria. Ela se lembrou do dia em que apanhara um buquê de flores-do-campo para a mãe e sujou o vestido.

— *Veja, mamãe. Não são as flores mais lindas que a senhora já viu?* — indagara. — *Eu as apanhei para você, mas sujei o meu vestido.*

— *São as flores mais lindas que eu já vi* — concordou a mãe, abraçando-a e ignorando o vestido sujo —, *mas você é muito mais linda do que todas elas.*

Lembrou-se da febre que a acometera aos 7 anos, quase lhe tirando a vida. Noite após noite, a mãe se sentava na beirada de sua cama, aplicando panos úmidos sobre sua pele escaldante, enquanto Victoria oscilava entre a consciência e o delírio. Na quinta noite, acordou nos braços da mãe, sentindo o próprio rosto molhado pelas lágrimas de Katherine, que a embalava e implorava entre soluços:

— *Por favor, meu Deus, não deixe minha filhinha morrer. Ela é tão pequena e tem tanto medo do escuro...*

Na cama luxuosa e macia em Wakefield, Victoria afundou o rosto no travesseiro, entregando-se ao pranto.

— Ah, mamãe — balbuciou —, sinto tanto a sua falta...

Jason parou diante da porta do quarto de Victoria e ergueu a mão para bater. Porém, imobilizou-a no ar ao ouvir os soluços lá dentro. Refletindo, concluiu que ela se sentiria bem melhor se chorasse todas as lágrimas acumuladas. Por outro lado, se continuasse chorando daquele jeito, certamente ficaria doente. Assim, depois de alguns segundos de incerteza, ele foi até o próprio quarto, encheu um cálice de conhaque e voltou aos aposentos dela.

Seguindo as instruções que ela lhe dera, bateu à porta. Como Victoria não respondeu, Jason entrou e ficou parado ao lado da cama, observando os ombros dela sacudirem pelos soluços angustiados. Embora já houvesse visto mulheres chorando, suas lágrimas eram sempre falsas e deliberadas, destinadas a manipular um homem. Victoria, porém, mantivera a postura e a dignidade na escada, enquanto dizia, em alto e bom som o que pensava dele, como um guerreiro enfurecido. Então, havia se refugiado em seu quarto, para chorar em segredo.

Jason pousou a mão de leve no ombro dela.

— Victoria...

Ela se apoiou nos cotovelos, fitando-o com seus enormes olhos de um azul profundo que reluzia sob as lágrimas.

— Saia daqui! — ordenou com a voz rouca. — Saia antes que alguém o veja!

Jason estudou a beldade de temperamento forte à sua frente. As faces de Victoria estavam coradas de raiva, seus cabelos vermelhos espalhavam-se sobre os ombros. Usando uma camisola branca, fechada até o pescoço, ela tinha o apelo inocente de uma criança desconcertada e desolada. Ainda assim, havia um ar de desafio e orgulho em sua expressão, bem como no brilho daqueles fascinantes olhos azuis. Era como se eles advertissem Jason para que não a subestimasse. Ele se lembrou da impertinência ousada de Victoria, na biblioteca, quando ela lera o bilhete em voz alta, sem esconder a satisfação que sentia por desconcertá-lo. Melissa fora a única mulher com coragem bastante para desafiar Jason, mas só o fizera por suas costas. Victoria Seaton o desafiava face a face, o que provocava nele um sentimento muito próximo de admiração.

Como Jason não se movia, Victoria secou com irritação as lágrimas do rosto, puxou as cobertas até o queixo e se sentou contra os travesseiros.

— Faz ideia do que as pessoas vão dizer se souberem que você está aqui? — indagou, furiosa. — Não tem princípios?

— Nenhum — admitiu Jason, tranquilamente. — Prefiro objetividade a princípios. Agora, beba isso.

Ele aproximou o cálice do rosto de Victoria e ela sentiu um cheiro forte.

— De jeito nenhum! — protestou.

— Beba, ou serei obrigado a forçá-la — insistiu Jason, sem se alterar.

— Você não faria isso!

— Faria, sim, Victoria. Agora, beba como uma boa menina. Vai se sentir melhor.

Percebendo que de nada adiantaria discutir e como estava cansada demais para lutar, Victoria bebeu um gole e tentou devolver o cálice, alegando:

— Já me sinto bem melhor — mentiu.

Apesar do brilho divertido que iluminou os olhos de Jason por um breve instante, a voz dele se manteve implacável:

— Beba o resto.

— Se eu beber, *então* você sairá do quarto? — perguntou, irritada.

Quando ele assentiu, ela decidiu pôr um ponto-final à história e, como se tivesse de beber um remédio amargo, deu dois grandes goles. Depois de engasgar e tossir, sentindo o líquido traçar um caminho de fogo até chegar a seu estômago, Victoria murmurou:

— É horrível! — Engasgou mais uma vez e, então, voltou a se reclinar nos travesseiros.

Jason permaneceu em silêncio por um bom tempo, esperando que o efeito reconfortante do conhaque se espalhasse pelo corpo de Victoria. Então, falou calmamente:

— Em primeiro lugar, foi Charles quem anunciou o nosso noivado no jornal. Segundo, você quer se casar comigo tanto quanto eu com você. Estou certo?

— Perfeitamente.

— Se é assim, pode me explicar por que está chorando por saber que *não* estamos noivos?

Victoria dirigiu-lhe um olhar de desdém.

— Eu não estava chorando— declarou.

— Não? — Com um sorriso, Jason estendeu-lhe um lenço. — Então, por que o seu nariz está vermelho e seus olhos, inchados?

Victoria conteve o riso provocado pelo conhaque e secou os olhos com o lenço.

— Seu comentário não foi nada cortês.

Jason exibiu um de seus raros sorrisos, que lhe suavizavam as feições duras.

— Tenho certeza de que, até agora, não fiz nada que pudesse lhe dar a impressão de que sou um cavalheiro!

O tom de incredulidade em sua voz fez Victoria abrir um sorriso relutante.

— Absolutamente nada — confirmou ela.

Tomando outro gole de conhaque, Victoria recostou-se contra os travesseiros.

— Eu não estava chorando por causa desse noivado ridículo. Isso só me deixou furiosa.

— Então, por que estava chorando?

Rolando o copo na palma da mão, observava o líquido que rodopiava.

— Estava chorando por minha mãe. Lady Kirby disse que eu teria de redimir a reputação dela e isso me deixou tão furiosa que nem fui capaz de responder à altura. — Lançou um olhar de relance para Jason e, como ele parecia sinceramente preocupado e, pela primeira vez, humano, ela continuou: — Minha mãe era carinhosa, gentil e muito meiga. Comecei a me lembrar de como ela era maravilhosa e acabei chorando. Desde que meus pais morreram, eu tenho esses... momentos de descontrole. Ora estou bem, ora sinto uma falta insuportável deles. Quando isso acontece, eu choro.

— É natural chorar pelas pessoas que amamos — falou Jason com tamanha ternura que Victoria mal acreditou que as palavras haviam mesmo sido ditas por ele.

Sentindo-se estranhamente reconfortada pela presença dele e por sua voz calma e profunda, Victoria sacudiu a cabeça e confessou:

— A verdade é que choro por mim mesma — confessou, culpada. — Choro por autopiedade, por ter perdido meus pais. Não sabia que era tão covarde.

— Já vi homens de muita coragem chorarem, Victoria — disse, baixinho.

Victoria estudou-lhe os traços duros e bem-desenhados. Mesmo sob o efeito suavizante da luz das velas, Jason continuava parecendo invulnerável. Era impossível imaginá-lo com lágrimas nos olhos.

— Você já chorou? — indagou ela baixinho, inclinando a cabeça para o lado, com sua reserva natural sensivelmente diminuída pelo conhaque.

— Não — respondeu Jason, a expressão voltou a se mostrar distante diante do olhar desapontado da jovem.

— Nem mesmo quando era um garotinho?— insistiu Victoria, tentando provocá-lo para manter o bom humor da conversa.

— Não — respondeu de maneira breve.

Com um movimento abrupto, Jason tentou se levantar, mas Victoria pousou a mão em seu braço, impedindo-o.

— Sr. Fielding — falou, hesitante, tentando preservar a pequena trégua que haviam conseguido estabelecer —, eu sei que não me quer aqui, mas não ficarei por muito tempo... apenas até Andrew vir me buscar.

— Fique pelo tempo que quiser — replicou ele, dando de ombros.

— Obrigada — agradeceu Victoria, sem esconder a perplexidade diante das mudanças súbitas de humor que ele apresentava. — O que eu quis dizer foi que... bem, eu gostaria muito se nós dois pudéssemos ser... amigos.

— Que tipo de "amizade" tem em mente, milady?

Já totalmente alterada pelos efeitos do álcool, Victoria não percebeu a pontada de sarcasmo na voz de Jason.

— Bem, nós somos primos distantes — ela fez uma pausa, seus olhos procurando em seu rosto enigmático por algum sinal amigável —, eu não tenho parentes vivos, exceto por tio Charles e você. Acha que podemos nos tratar como primos?

Jason ficou surpreso e, então, pareceu achar graça da proposta dela.

— Acho que sim.

— Obrigada.

— Agora, trate de dormir.

Ela assentiu e se acomodou embaixo das cobertas.

— Ah! Já ia me esquecendo de pedir desculpas pelas coisas horríveis que eu disse quando fiquei zangada.

Jason sorriu.

— Está arrependida do que disse?

Victoria ergueu as sobrancelhas, olhando-o com um sorriso sonolento e impertinente.

— Você mereceu cada palavra.

— Tem razão — admitiu ele, ainda sorrindo. — Mas não abuse da sorte.

Reprimindo o impulso de afagar os cabelos de Victoria, Jason foi para o seu próprio quarto, serviu-se de uma dose de conhaque, sentou-se e apoiou os pés na mesa em frente à cadeira. Com ironia, perguntou-se por que Victoria Seaton lhe despertava aquele instinto protetor, adormecido havia tanto tempo. Chegara a planejar mandá-la de volta para a América assim que chegasse, e isso fora *antes* de ela virar sua casa e sua vida de pernas para o ar.

Talvez fosse o fato de ela parecer tão perdida e vulnerável, de ser tão jovem e ingênua, que o fizesse sentir-se paternal. Ou, então, talvez fosse aquela franqueza inocente que o desequilibrava. Ou, quem sabe, aqueles espetaculares olhos azuis, que o observavam como se ela estivesse tentando enxergar-lhe a alma. Victoria não tinha malícia, nem precisava ter, pois aqueles olhos seriam capazes de seduzir um santo.

# 8

— Não tenho palavras para expressar quanto lamento o que aconteceu ontem à noite — desculpou-se Charles com Victoria, durante o café da manhã, no dia seguinte. — Errei ao anunciar o seu noivado com Jason, mas tinha esperança de que vocês dois pudessem se entender. Quanto à Lady Kirby... bem, a mulher é uma bruxa velha, e a filha vem tentando conquistar Jason há dois anos. Foi por isso que as duas vieram vê-la, assim que souberam da sua chegada.

— Não há necessidade de explicar tudo de novo, tio Charles — disse Victoria gentilmente. — Não houve nenhum estrago.

— Talvez não, mas, além de todos os defeitos que você já pôde constatar, Lady Kirby é a maior fofoqueira da região. Agora que sabe que você está aqui, vai se encarregar de contar isso a todos os conhecidos. O que significa que, em breve, teremos uma fila de visitantes, todos ansiosos por conhecê-la. Portanto, teremos de providenciar uma acompanhante adequada, para que ninguém questione o fato de você estar morando com dois homens solteiros.

Charles ergueu os olhos quando Jason entrou na sala de jantar. Victoria ficou imediatamente tensa, rezando para que a trégua da noite passada resistisse à luz do dia.

— Jason, eu estava explicando a Victoria sobre a necessidade de uma acompanhante. Mandei um recado para Flossie Wilson — acrescentou, referindo-se à tia solteira que ajudara a cuidar do pequeno Jamie. — Sei que ela não tem muito bom senso, mas é a única parente viva que tenho, além de ser a única acompanhante aceitável que conheço para Victoria. Ademais, Flossie conhece bem as regras sociais.

— De acordo — disse Jason, distraído, antes de se aproximar de Victoria. — Espero que não esteja sofrendo nenhum efeito indesejável da sua primeira experiência com conhaque na noite passada.

— Nenhum — respondeu ela com um sorriso. — Na verdade, até gostei da bebida, depois que me acostumei àquele gosto horrível!

Um sorriso preguiçoso curvou os lábios de Jason, e Victoria sentiu o coração disparar. Jason Fielding tinha um sorriso capaz de derreter geleiras!

— Cuidado para não gostar demais — advertiu ele em tom de provocação, acrescentando: —, prima.

Distraída com os planos de transformar Jason em um verdadeiro amigo, Victoria não prestou atenção à conversa entre os dois homens, até Jason se dirigir a ela:

— Está me ouvindo, Victoria?

Ela ergueu os olhos, confusa.

— Desculpe, não estava prestando atenção.

— Na sexta-feira, receberei a visita de um vizinho que acaba de retornar da França — explicou Jason. — Se ele trouxer a esposa, gostaria de apresentá-la a você. A Condessa de Collingwood é um excelente exemplo de como uma mulher deve se comportar na sociedade. Espero que você a observe e a imite.

Victoria corou, sentindo-se como uma criança malcomportada, que acabara de receber uma ordem para seguir o exemplo de outra. Além do mais, já conhecera quatro aristocratas ingleses: Charles, Jason, Lady Kirby e Johanna Kirby. E, à exceção de Charles, eram pessoas extremamente difíceis de lidar, o que não a deixava nem um pouco ansiosa para conhecer mais duas. Ainda assim, ela sufocou sua ira e pôs de lado seu pavor.

— Obrigada — falou educadamente. — Estou ansiosa para conhecê-los.

Victoria passou os quatro dias seguintes ocupada escrevendo cartas e desfrutando a agradável companhia de Charles. Na tarde do quinto dia, foi até a cozinha, a fim de apanhar restos de comida para Willie.

— Aquele animal logo terá peso suficiente para sustentar um cavaleiro no lombo, se continuar a alimentá-lo com tamanha fartura! — comentou a Sra. Craddock com bom humor.

— Ele ainda tem muito que engordar, antes de chegar a esse ponto — replicou Victoria, retribuindo o sorriso. — Posso pegar aquele osso grande, ou pretende usá-lo para fazer sopa?

Respondendo que não, a Sra. Craddock entregou-lhe o osso. Victoria agradeceu e já estava na porta quando se lembrou de algo e voltou a encarar a cozinheira.

— Ontem à noite, o Sr. Fielding, ou melhor, o lorde — corrigiu-se, notando que as criadas ficavam tensas só de ouvir o nome do patrão — disse que o pato assado foi o melhor que já comeu na vida. Não sei se ele se lembrou de dizer isso à senhora, mas eu achei que gostaria de saber.

As faces gorduchas da Sra. Craddock coraram de prazer.

— Obrigada, milady — respondeu educadamente.

Com um sorriso e um aceno, Victoria saiu à procura de Willie.

— Aí está uma *verdadeira dama* — disse a cozinheira às outras criadas quando Victoria saiu. — É gentil e amável, e não se parece nem um pouco com aquelas mulheres insípidas de Londres, nem com as criaturas antipáticas que o lorde traz para Wakefield, de tempos em tempos. O'Malley ouviu Sua Alteza dizer a Lady Kirby que ela é uma condessa.

Victoria levou a comida ao lugar onde vinha deixando as sobras nos últimos nove dias. E, em vez de espiá-la de seu esconderijo, atrás das árvores, como geralmente fazia, Willie se adiantou alguns passos assim que a viu.

— Veja o que eu trouxe hoje — disse e riu baixinho, tentando atraí-lo para mais perto. Sentiu o coração disparar ao ver o cão prateado e preto aproximar-se. — Se me deixar afagá-lo, Willie, trarei outro osso depois do jantar.

Ele parou de repente, observando-a com um misto de medo e desconfiança. Dando um passo na direção do animal, Victoria se abaixou para colocar o prato no chão e prosseguiu:

— Sei que você quer comer. E eu quero ser sua amiga. Provavelmente, está pensando que a comida é algum tipo de suborno. E tem toda a razão! Sou tão solitária quanto você e acho que poderíamos ser amigos. Nunca tive um cachorro antes, sabia?

Willie olhou para a comida e, então, voltou a fixar os olhos em Victoria, sem desviá-los nem mesmo enquanto se inclinava sobre o prato e devorava o alimento. Victoria continuou falando em tom suave, na esperança de tranquilizá-lo:

— Não sei no que o Sr. Fielding estava pensando quando decidiu chamá-lo de Willie. Você não tem cara de Willie! Eu o chamaria de Lobo, ou Imperador, ou qualquer outro nome tão feroz quanto a sua aparência.

Assim que acabou de comer, Willie começou a recuar, mas Victoria rapidamente estendeu a mão esquerda, apresentando-lhe o osso enorme que segurava.

— Vai ter de tirá-lo da minha mão, se quiser comê-lo — avisou.

O cachorro examinou o osso por um breve instante antes de abocanhá-lo da mão de Victoria. Ela pensou que ele fosse correr para o bosque imediatamente, mas, para sua surpresa e profunda satisfação, depois de uma pausa tensa e cautelosa, o animal se acomodou a seus pés e se pôs a roê-lo.

Victoria foi invadida por uma súbita sensação de que, finalmente, os céus estavam sorrindo para ela. Já não se sentia indesejada em Wakefield, uma vez que os dois Fielding eram, agora, seus amigos. E, em breve, ela também teria Willie como companhia. Ajoelhou-se e acariciou a cabeça do cachorro.

— Você está precisando de uma boa escovada nos pelos — diagnosticou, observando suas afiadas presas morderem o osso. — Gostaria que Dorothy o visse — continuou, melancolicamente. — Ela adora animais e tem um jeito especial de tratá-los. Tenho certeza de que ela o ensinaria uma porção de truques, em pouquíssimo tempo — acrescentou sorrindo e, ao mesmo tempo, sentindo o coração doer de saudade da irmã.

No meio da tarde do dia seguinte, Northrup saiu à procura de Victoria, a fim de informá-la de que lorde Collingwood acabara de chegar e Lorde Fielding pedia que ela fosse até o escritório.

Apreensiva, Victoria examinou a própria imagem refletida no espelho. Então, sentou-se à penteadeira e prendeu os cabelos em um coque impecável, preparando-se para ser apresentada a um aristocrata robusto e orgulhoso, da idade de Lady Kirby.

— A CARRUAGEM DELA QUEBROU perto daqui e dois camponeses a trouxeram de carroça — contava Jason a Robert Collingwood, com um sorriso seco. — Quando retiravam o baú de Victoria da carroça, dois leitões escaparam e ela apanhou um deles no exato instante em que Northrup abriu a porta. Ao vê-la com um leitão nos braços, ele a confundiu com uma camponesa e mandou que fosse fazer sua entrega na porta dos fundos. Quando Victoria tentou explicar quem era, Northrup ordenou a um criado que a expulsasse da propriedade — terminou, entregando uma taça de vinho tinto ao amigo.

O conde riu.

— Meu Deus! Que recepção! — Ergueu a taça em um brinde. — À sua felicidade e à paciência de sua noiva.

Jason franziu o cenho e Robert explicou:

— Como ela não deu meia-volta e pegou o primeiro navio de volta para a América, só posso concluir que a Srta. Seaton é uma moça muito paciente. E essa é uma qualidade mais do que desejável em uma noiva.

— O anúncio de noivado no *Times* foi obra de Charles — esclareceu Jason, imediatamente. — Victoria é uma prima distante e, quando soube que ela vinha para a Inglaterra, ele decidiu que eu deveria me casar com ela.

— Sem consultá-lo antes? — indagou Robert, incrédulo.

— Fiquei sabendo do noivado exatamente como todas as outras pessoas: lendo o jornal.

Os olhos castanhos do conde iluminaram-se com uma simpatia divertida.

— Imagino que tenha ficado um tanto surpreso.

— Furioso — corrigiu Jason. — Já que entramos nesse assunto, eu esperava que você trouxesse sua esposa hoje, para que Victoria pudesse conhecê-la. Caroline é apenas um pouco mais velha que ela e eu acho que as duas poderiam se tornar amigas. Para ser franco, Victoria precisará de uma. Foi um escândalo, na *ton,* quando a mãe dela decidiu se casar com um médico irlandês e eu tenho certeza de que Lady Kirby planeja reavivar essa fofoca. Além disso, Victoria é neta da Duquesa de Claremont, que não se mostrou disposta a reconhecer a garota. Victoria é condessa por direito, mas o título não vai garantir que seja aceita pela sociedade. É claro que Charles vai lhe dar todo o apoio necessário, o que garantirá que, ao menos, ninguém a rejeite abertamente.

— Ela contará com o peso da sua influência também, o que é considerável — comentou Collingwood.

— Não em se tratando de estabelecer a reputação de uma jovem inocente e virtuosa — discordou Jason secamente.

— Verdade — concordou Robert, rindo.

— De qualquer maneira, Victoria conheceu apenas as duas Kirby como amostra da aristocracia inglesa. Achei que sua esposa poderia lhe dar uma impressão melhor. Na verdade, sugeri a Victoria que observasse Caroline como um exemplo de boas maneiras e comportamento...

Robert Collingwood atirou a cabeça para trás e começou a rir.

— Disse isso a ela? Nesse caso, trate de começar a rezar para que Lady Victoria não siga o seu conselho. Caroline é tão requintada que enganou até mesmo você, fazendo-o acreditar que é um modelo de virtude. Acontece que eu vivo resgatando minha doce esposa de encrencas terríveis. Nunca vi uma jovem mais determinada e teimosa — finalizou com muita ternura em suas palavras.

— Nesse caso, Victoria e Caroline vão se dar muito bem — concluiu Jason secamente.

— Vejo que está muito interessado nela — comentou Robert.

— Somente como guardião, embora tenha recebido essa incumbência contra a minha vontade.

Victoria parou diante da porta do escritório, alisou a saia do vestido de musselina verde-claro, bateu e entrou. Encontrou Jason sentado em uma poltrona estofada, atrás da mesa, conversando com um homem de trinta e poucos anos. Quando a viram, os dois pararam de falar ao mesmo tempo, e se puseram de pé, um movimento simples que parecia acentuar as semelhanças entre eles. Assim como Jason, o conde era alto, bonito e atlético. Somente os cabelos e os olhos eram diferentes, de um castanho não muito escuro. Por outro lado, ele ostentava a mesma aura de autoridade de Jason, embora fosse menos assustador. O brilho em seus olhos carregava um toque de humor e seu sorriso era mais amigável do que irônico. Ainda assim, não parecia ser um homem que qualquer pessoa, em sã consciência, pretendesse ter como inimigo.

— Desculpe-me por ter encarado o senhor — falou Victoria suavemente, quando Jason terminou as apresentações. — Quando vi os dois juntos, reconheci algumas semelhanças.

— Tenho certeza de que isso foi um elogio, milady — comentou Robert Collingwood, sorrindo.

— Não foi, não — corrigiu-o Jason, em tom de brincadeira.

Victoria tentou desesperadamente pensar em algo para dizer, mas nada lhe ocorreu. Felizmente, foi poupada de maior constrangimento pelo conde, que lançou um olhar indignado para Jason, inquirindo:

— Ora, que resposta Lady Seaton poderia dar a tal comentário?

Victoria não ouviu a réplica de Jason, pois sua atenção se desviou para outro ocupante do aposento: um garotinho adorável, de cerca de três anos de idade, de pé ao lado do conde, olhando para ela com um fascínio mudo e um barquinho nos braços. Com cabelos encaracolados e olhos castanho-claros, era uma cópia em miniatura do pai, até mesmo nas roupas que usava, calções, botas de couro e jaqueta marrom. Victoria sorriu para o menino.

— Acho que ninguém nos apresentou — comentou.

— Desculpe-me — falou o conde. — Lady Victoria, permita-me apresentar-lhe meu filho, John.

O menino colocou o barquinho na cadeira a seu lado e curvou-se em uma reverência adorável. Victoria retribuiu o gesto, segurando a saia, abaixando-se e inclinando a cabeça. O menino soltou uma risada infantil e, apontando para os cabelos dela, olhou para o pai.

— Vermelho? — indagou com alegria.

— Sim — confirmou Robert

— Bonito — sussurrou John, provocando uma gargalhada no pai.

— John, você é jovem demais para tentar conquistar uma dama! — disse Collingwood.

— Ora, mas eu não sou uma dama — disse Victoria, já apaixonada pelo garotinho. — *Sou* marinheira! — Como John a estudava com ares de dúvida, ela acrescentou: — E das boas. Meu amigo Andrew e eu costumávamos construir barquinhos e fazê-los navegar pelo rio, quando éramos crianças. Que tal levarmos o seu barco até o riacho?

John assentiu e Victoria virou-se para o conde, em busca de permissão.

— Tomarei conta dele — assegurou — e do barco, é claro.

Assim que Robert consentiu, John deu a mão a Victoria e os dois saíram do escritório.

— É evidente que ela adora crianças — observou o conde, enquanto os dois aventureiros saíam.

— Ela mesma é pouco mais que uma criança. — disse Jason com indiferença.

Robert virou-se e ficou observando a bela jovem que atravessava o hall. Então, voltou a encarar Jason, erguendo as sobrancelhas com ar de discordância. Porém, não disse nada.

Victoria passou quase uma hora sentada em um cobertor estendido à margem do riacho que cortava os jardins. Com o sol a banhar-lhe o rosto, sentada ao lado de John, inventava histórias sobre piratas e tempestades que, supostamente, haviam atacado seu navio durante a viagem da América para a Inglaterra. Encantado, John ouvia o relato, segurando com firmeza a linha de pesca que Victoria amarrara ao barquinho, que flutuava na água. Quando o menino se cansou das águas calmas em que seu barquinho navegava, Victoria tomou a linha e os dois seguiram pela margem, até onde o riacho se tornava muito profundo e corria sob uma larga e graciosa ponte de pedra, suas águas agitadas por uma árvore caída.

Então, Victoria devolveu a linha a John, instruindo-o:

— Segure com firmeza, ou o barco vai encalhar naquele tronco de árvore.

— Vou segurar — prometeu ele, sorrindo, enquanto seu navio de três mastros balançava nas águas turbulentas.

Victoria se afastara alguns passos, a fim de colher algumas das flores silvestres cor-de-rosa, azuis e brancas que cresciam à margem do riacho, quando John gritou, aflito por ter soltado a linha em um momento de distração.

— Fique onde está! — ordenou Victoria em tom urgente, correndo até o menino.

Esforçando-se para não chorar, John apontou para o barquinho, que deslizava diretamente para os galhos da árvore caída debaixo da ponte.

— Meu barquinho se foi — balbuciou ele, enquanto as lágrimas faziam seus olhos brilharem. — Foi o tio George quem o fez para mim. Ele vai ficar triste.

Victoria hesitou. Embora aquele trecho fosse profundo, ela e Andrew haviam resgatado seus barquinhos de rios muito mais perigosos, onde costumavam brincar. Levantou a cabeça e examinou o banco íngreme, certificando-se de que estavam descendo a ladeira, bem fora do campo de visão da casa e de todos que nela estavam. Então, tomou sua decisão.

— Ainda podemos salvá-lo — declarou com firmeza, já tirando o novo vestido verde de musseline, as meias e os sapatos. — Sente-se aqui e espere. Vou buscar o seu barquinho.

Vestindo apenas a combinação, uma espécie de anágua, Victoria entrou na água e, quando já não podia mais sentir o leito do riacho sob os pés, pôs-se a nadar com braçadas vigorosas. Debaixo da ponte, a água era gelada e profunda, enquanto caía e se agitava por entre os galhos, mas foi fácil encontrar o barquinho. A única dificuldade consistiu em desprender a resistente linha de pesca que se enroscara nos galhos da árvore. Assim, Victoria mergulhou diversas vezes, para o deleite de John, que, aparentemente, nunca antes vira alguém nadar ou mergulhar. Apesar da água fria e das vestes encharcadas, o exercício era revigorante e Victoria acolheu de bom grado a quase esquecida sensação de liberdade que a invadiu.

Preocupada em certificar-se de que John não tentaria juntar-se a ela, Victoria acenou e gritou:

— Vou conseguir desta vez! Fique onde está e espere que o nosso navio receba socorro!

Depois de vê-lo assentir com grave obediência, Victoria se sentiu mais tranquila e voltou a mergulhar.

— Northrup disse que os viu caminhando na direção da ponte e... — Jason parou de falar abruptamente quando a palavra "socorro" alcançou seus ouvidos.

Os dois homens dispararam a correr no gramado em direção à ponte. Deslizando e derrapando, desceram até a margem íngreme, coberta de flores, em direção a John. Ao alcançá-lo, Robert segurou o filho pelos ombros.

— Onde está ela? — indagou, alarmado.

— Debaixo da ponte — respondeu o garotinho com um sorriso. — Ela mergulhou para salvar o barquinho que o tio George fez para mim.

— Ah, meu Deus! Aquela maluca! — murmurou Jason, aflito, já tirando o casaco e correndo em direção à água.

De repente, uma sereia ruiva e sorridente apareceu na superfície em um arco alto e vistoso. Com os cabelos molhados cobrindo os olhos, Victoria anunciou, triunfante:

— Consegui, John! — gritou, alegre.

— Que bom! — disse o menino aos gritos em resposta, batendo palmas.

Jason ficou imobilizado, sentindo o terror se transformar imediatamente em fúria cega, enquanto observava Victoria nadar com facilidade para a margem, com movimentos longos e graciosos, seguida pelo barquinho. Com as pernas afastadas, as mãos na cintura e uma expressão aterrorizante no rosto, aguardou com impaciência sua chegada à margem.

Compreendendo e até mesmo partilhando os sentimentos do amigo, Robert Collingwood lançou-lhe um olhar de simpatia, antes de puxar o filho pela mão.

— Venha comigo para a casa, John — ordenou ele com firmeza. — Acredito que Lorde Fielding tenha algo a dizer à Srta. Victoria.

— Ele vai dizer "obrigado"?

— Não exatamente — disse com ironia.

Victoria saiu da água de costas e continuou assim, dando alguns passos para trás, enquanto içava o barquinho para a terra firme.

— Viu, John? Eu não disse que conseguiríamos salvar o seu...

Suas costas colidiram em cheio com algo grande, imóvel e resistente, ao mesmo tempo que um par de mãos fortes segurava seus ombros, forçando-a a se virar.

— Sua maluca! — declarou Jason entre os dentes. — Maluca! Você poderia ter se afogado!

— Não... não, eu não estava correndo o menor perigo — explicou ela depressa, assustada com a ira que obscurecia os olhos dele. — Eu sei nadar muito bem... você deve ter visto...

— Assim como o criado que quase morreu, neste mesmo ponto, no ano passado! — interrompeu-a com uma voz terrível.

— Ora, quebrar meus braços não vai ajudar em nada! — protestou Victoria, esforçando-se, em vão, para se libertar das mãos implacáveis que a mantinham prisioneira. — Vejo que o assustei e sinto muito por isso, mas não corri nenhum risco... eu não fiz nada de errado.

— Não fez nada de errado? Não correu nenhum risco? — insistiu Jason, em um tom cada vez mais assustador, ao mesmo tempo que baixava os olhos para o decote profundo da combinação, fazendo Victoria se lembrar de que, além de muito molhada, estava quase nua. — Imagine se outro homem estivesse aqui, agora, olhando para você desse jeito. O que acha que poderia acontecer?

Victoria engoliu em seco e molhou os lábios, lembrando-se de uma vez em que chegara em casa muito depois do anoitecer. Seu pai já havia organizado um grupo para procurá-la pelos bosques. A primeira reação dele fora de profundo alívio e alegria. Depois... Victoria passara dois dias sem conseguir se sentar de forma confortável.

— Não sei o que poderia acontecer... Suponho que quem me encontrasse aqui me daria minhas roupas e...

Os olhos de Jason voltaram a baixar para o decote que expunha boa parte dos seios fartos, que subiam e desciam rapidamente, acompanhando a respiração ofegante de Victoria. Suas curvas eram a prova de que ela era uma mulher extremamente desejável, e não a criança que Jason tentara se convencer de que era.

— Pois eu vou lhe mostrar o que poderia acontecer! — anunciou com a voz rude e, no instante seguinte, seus lábios fecharam-se com violência sobre os dela.

Victoria se contorceu, tentando escapar daqueles braços de ferro e daquele beijo doloroso. Porém, sua luta pareceu deixá-lo ainda mais furioso e cruel.

— Por favor — implorou ela, quase chorando. — Sinto muito se o assustei...

Lentamente, as mãos de Jason afrouxaram a pressão nos ombros de Victoria. Então, ele ergueu a cabeça e fitou-a diretamente nos olhos assustados. Com um gesto automático, ela cruzou os braços sobre os seios. Seus cabelos caíam como um lençol de rubis sobre os ombros, e seus olhos, mais azuis que safiras, não disfarçavam o medo e o arrependimento.

— Por favor — balbuciou ela com a voz trêmula, tentando desesperadamente recuperar a trégua que haviam mantido durante quase cinco dias. — Não fique zangado. Eu não tive a intenção de assustá-lo. Aprendi a nadar quando era criança, mas só agora percebo que não deveria ter feito o que fiz hoje.

A admissão franca e direta de Victoria apanhou Jason de surpresa. Todos os ardis femininos já haviam sido usados contra ele, desde que fizera fortuna e conquistara um título de nobreza, mas sempre sem sucesso. A total ausência de malícia em Victoria, somada àquele rosto bonito e inocente e à sensação do corpo delicado pressionado contra o dele, tudo isso atuou como um potente afrodisíaco. O desejo tomou conta de Jason, fazendo o sangue ferver em suas veias, e seus braços apertarem-na contra seu corpo.

Victoria viu algo primitivo e assustador nos olhos dele enquanto suas mãos apertavam os seus braços. Ela recuou, um grito subindo em sua garganta, mas não teve tempo para isso, pois os lábios de Jason voltaram a cobrir os dela, sufocando sua voz com uma exigência insistente que a deixou atordoada. Como um coelho capturado em uma armadilha, Victoria resistiu por alguns instantes, mas foi lentamente invadida por uma sensação também desconhecida, ao sentir as mãos dele deslizarem com ternura por suas costas.

Buscando o equilíbrio então perdido, ela pousou as mãos no peito largo, despertando nele a reação imediata de apertá-la ainda mais. Tomada por ímpetos mais intensos a cada instante, Victoria se deixou apoiar no corpo dele, entregando-se àquela exploração deliciosa de seus lábios. Então, ele aprofundou o beijo, tornando o contato mais íntimo, de um modo que ela jamais experimentara, nem sequer imaginara possível.

Apavorada, perdida numa névoa de anseios sem nome, Victoria se inclinou na ponta dos pés, respondendo à forte pressão dos seus braços. Ela gemeu quando ele moldou seu corpo contra o dela e seus lábios entreabertos esmagaram os dela, deslizando insistentemente para frente e para trás, mergulhando suavemente em sua boca. Victoria afastou os lábios dos dele e, horrorizada com o que ele estava fazendo, empurrou-o com toda a força.

— Não! — gritou.

Ele a soltou tão abruptamente que ela cambaleou um passo para trás, respirou fundo, os olhos fixos no chão. Victoria o encarou, furiosa, já esperando que Jason a culpasse por aquele beijo indecoroso.

— Imagino que eu tenha sido culpada por isso — declarou, zangada. — Sem dúvida, você vai dizer que eu estava pedindo para ser tratada dessa maneira!

Ao ver os lábios de Jason se curvarem em um esboço de sorriso, Victoria teve a impressão de que ele estava lutando para recuperar a compostura.

— Você cometeu o primeiro erro esta tarde — finalmente murmurou. — O último foi meu. Desculpe-me.

— O quê? — inquiriu ela, sem acreditar no que ouvira.

— Ao contrário do que você evidentemente pensa de mim, eu não tenho o hábito de seduzir garotas inocentes...

— Eu *não* estava correndo o risco de ser seduzida — disse Victoria, com orgulho.

Um brilho debochado iluminou os olhos de Jason.

— Não? — indagou ele, com uma pontada de divertimento.

— De jeito nenhum!

— Nesse caso, é melhor você se vestir, antes que eu me sinta tentado a provar que está completamente enganada.

Victoria abriu a boca, pensando em dar uma resposta à altura daquele comentário insolente, mas o sorriso de Jason foi mais do que sua indignação era capaz de enfrentar.

— Você é impossível! — limitou-se a declarar, sem grande convicção.

— Tem razão — concordou Jason e lhe deu as costas, para que ela pudesse se vestir.

Lutando desesperadamente para controlar as emoções, Victoria se vestiu depressa. Andrew a beijara várias vezes antes, mas nunca daquele jeito. Jason não devia ter feito o que fizera, assim como não deveria estar se mostrando tão indiferente agora. Victoria estava convencida de que tinha todos os motivos para se sentir furiosa com ele, mas talvez as coisas fossem diferentes na Inglaterra. Era possível que as mulheres dali reagissem a beijos como aquele com naturalidade. O que a faria parecer tola se desse maior importância ao fato. E, mesmo que o fizesse, Jason apenas daria de ombros, como, aliás, já estava fazendo. Concluiu que não teria nada a ganhar ao irritá-lo mais do que já fizera naquela tarde. Ainda assim, não pôde controlar inteiramente seu ressentimento.

— Você é mesmo impossível! — repetiu.

— Já concordamos sobre isso.

— E também é imprevisível.

— Em que sentido?

— Ora, cheguei a pensar que fosse me bater por eu ter assustado você. Ao contrário, você me beijou! Estou começando a pensar que você e o seu cachorro são muito parecidos. Os dois aparentam ser muito mais ferozes do que realmente são.

— Meu cachorro? — indagou Jason, aparentemente sem saber do que ela estava falando.

— Willie— esclareceu Victoria.

— Você deve morrer de medo de passarinhos se acha que Willie parece feroz.

— Estou chegando à conclusão de que não há motivo para ter medo de nenhum de vocês dois.

Um sorriso maroto curvou os lábios sensuais de Jason, enquanto ele se abaixava para apanhar o barquinho de John.

— Não conte isso a ninguém ou vai arruinar a minha reputação.

Victoria ajeitou o cobertor sobre os ombros e, então, inclinou a cabeça para o lado.

— E você tem reputação?

— A pior possível — disse, lançando-lhe um olhar desafiador. — Quer que eu lhe conte os detalhes sórdidos?

— É claro que não! — respondeu Victoria de imediato e, torcendo para que seu leve arrependimento por tê-la beijado de maneira tão atrevida fosse deixá-lo mais flexível, decidiu tomar coragem e tocar no assunto que a incomodava havia dias. — Existe uma maneira de você redimir o seu erro — disse, hesitante, enquanto caminhavam em direção à mansão.

Jason lançou-lhe um olhar desconfiado.

— Eu diria que um erro justifica o outro, mas diga o que você quer.

— Quero minhas roupas de volta.

— Não.

— Você não compreende! — gritou, suas emoções à flor da pele pelo beijo e agora pela atitude implacável. — Estou de luto pela morte de meus pais.

— Compreendo muito bem, mas não acredito que a dor possa ser grande a ponto de não ser guardada dentro de nós. Não acredito nas exibições de luto. Além do mais, Charles e eu queremos que você construa uma vida nova aqui, uma vida da qual possa desfrutar.

— Eu não preciso de uma vida nova! — disse, com desespero. — Ficarei aqui somente até Andrew vir me buscar e...

— Ele não virá, Victoria — interrompeu-a em tom implacável. — Ele não escreveu uma única carta durante todos esses meses.

As palavras atingiram Victoria como uma lâmina afiada.

— Ele *virá*! Sei que virá. Não houve tempo para as cartas chegarem.

A expressão de Jason se tornou mais dura.

— Espero que esteja certa, mas você continua proibida de vestir roupas pretas. O luto deve ser guardado no coração.

— Como você sabe? — explodiu. — Se tivesse coração, não me forçaria a usar estas roupas, como se meus pais não tivessem existido. Você não tem coração!

— Tem razão. Eu não tenho coração. Trate de se lembrar disso e não cometa o erro de acreditar que, por trás da máscara de ferocidade, sou tão manso quanto um cãozinho de estimação. Muitas mulheres pensaram assim e se arrependeram.

Victoria se afastou com as pernas trêmulas. Como acreditara que poderiam ser amigos? Jason era frio, cínico e amargo, além de ter um temperamento irascível, pouco confiável e, claro, de ser completamente desequilibrado! Nenhum homem, em sã consciência, seria capaz de beijar uma mulher com ternura e paixão num momento e se tornar frio e cruel alguns instantes depois. Não, Jason não era um cãozinho de estimação, mas alguém tão perigoso e imprevisível quanto a pantera que parecia ser, com seus cabelos negros e olhos verdes.

Ela andava o mais rápido que podia, porém os passos largos de Jason o mantiveram facilmente ao lado dela. Chegaram juntos aos degraus que levavam à porta da frente da mansão.

O Conde de Collingwood encontrava-se à espera deles, já montado em seu esplêndido cavalo alazão, com John confortavelmente instalado à sua frente.

Zangada e envergonhada, Victoria balbuciou uma breve despedida para o conde e, forçando um sorriso, devolveu o barquinho a John. Então, correu para dentro de casa.

John observou-a desaparecer e, então, olhou para Jason e, em seguida, para o pai.

— Ele não brigou com ela, não é, papai? — perguntou, ansioso.

Robert desviou o olhar de gracejo da camisa molhada de Jason para seu rosto.

— Não, John. Lorde Fielding não repreendeu a Srta. Victoria. — Então, dirigiu-se a Jason: — Devo pedir a Caroline que venha visitar a Srta. Seaton amanhã?

— Venha com ela e continuaremos a discutir nossos negócios.

Robert assentiu. Passando um braço protetor em torno do filho, esporeou de leve o alazão, que saiu em um trote suave pelo jardim.

Jason observou-os partir, a expressão se tornando amarga, pois, pela primeira vez, ele se permitia encarar o que realmente acontecera na margem do riacho.

# 9

No meio da tarde seguinte, Victoria ainda não conseguira tirar o beijo arrasador de Jason da cabeça. Sentada na grama, ao lado de Willie, acariciava a cabeça do animal, enquanto ele roía o osso trazido por ela. Observando-o, voltou a se lembrar da atitude de Jason depois do beijo e sentiu o estômago se revirar quando comparou a própria inocência e estupidez com a experiência e sofisticação dele.

Como ele fora capaz de beijá-la e abraçá-la, como se estivesse prestes a devorá-la com paixão, para, então, fazer piadas a esse respeito logo em seguida? E como ela conseguira se fingir indiferente, quando se sentia atordoada e seus joelhos ainda tremiam? E, depois de tudo isso, como ele podia fitá-la com aquele olhar frio e adverti-la para que não cometesse o mesmo erro de tantas outras mulheres?

O que o levara a pensar assim?, indagou-se. Definitivamente, Jason era impossível de lidar e de compreender! Ela tentou fazer amizade com ele, só para acabar sendo beijada de maneira inesperada e... arrasadora. Tudo lhe parecia muito diferente na Inglaterra; talvez aqui beijos como esse não fossem nada fora do comum, e ela não tinha motivos para se sentir culpada e zangada. Mas se sentia. Ao mesmo tempo que se viu invadida por uma intensa saudade de Andrew, sentiu-se envergonhada por ter retribuído, ao menos em parte, ao beijo de Jason.

Ergueu os olhos ao ouvir o som de cascos a distância e constatou que Jason cavalgava para o estábulo. Como ele fora caçar pela manhã, Victoria conseguira evitar o confronto, ganhando tempo para se recompor. Porém, seu sossego estava chegando ao fim, pois a carruagem do Conde de Collingwood acabara de parar diante da mansão. Com um suspiro resignado, Victoria se pôs de pé.

— Venha, Willie — disse com firmeza. — Vamos avisar ao Lorde Fielding que o conde e a condessa chegaram. Assim, pouparemos o pobre Sr. O'Malley de uma caminhada inútil até o estábulo.

O cachorro fitou-a com seus olhos inteligentes, mas não se moveu.

— Já está na hora de você parar de se esconder das pessoas! Não sou sua criada, sabia? Logo vou me recusar a trazer sua comida até aqui. Northrup me contou que você costumava ser alimentado no estábulo. Venha, Willie! — repetiu ela, decidida a controlar ao menos aquela pequena parte de sua vida.

Vendo que ele se punha de pé, deixando claro que compreendera o comando, insistiu com a voz irritada:

— Willie — disse, irritada —, estou começando a ficar impaciente com tantos machos arrogantes. *Venha*! — Deu alguns passos adiante, observando por cima do ombro, totalmente preparada para arrastar o animal pela nuca caso ele se recusasse: — Venha, Willie! — ordenou bruscamente.

Dessa vez, o cachorro obedeceu e a seguiu. Encorajada por aquela pequena conquista, Victoria caminhou em direção ao estábulo, de onde Jason saía, carregando seu rifle de caça.

Na frente da mansão, o Conde de Collingwood ajudou a esposa a sair da carruagem.

— Lá estão eles — disse à esposa, apontando na direção do estábulo e, tomando o braço da mulher com um gesto carinhoso, começou a atravessar os gramados, sussurrando-lhe ao ouvido: — Sorria. Você parece estar caminhando para a forca!

— Pois é como eu me sinto — admitiu Caroline com um sorriso maroto. — Sei que vai rir de mim, mas Lorde Fielding me assusta um pouco — assentiu para o marido com o olhar assustado. — E eu não sou a única a ter medo dele!

— Jason é um homem brilhante, Caroline. Obtive lucros enormes com os investimentos que ele gentilmente me recomendou.

— Acredito, mas continua sendo uma figura inacessível e... *ameaçadora*. Além disso, ele tem o hábito de dar respostas desconcertantes, que deixam as pessoas com o desejo de *desaparecer*. No mês passado, ele disse à Srta. Farraday que detesta mulheres que passam o tempo todo com um sorriso tímido nos lábios, especialmente quando seguram seu braço *enquanto* sorriem.

— E como a Srta. Farraday reagiu?

— O que ela *poderia* fazer, se estava justamente segurando o braço dele e sorrindo naquele exato instante? Foi extremamente embaraçoso! — Ignorando a gargalhada do marido, continuou: — *Eu* simplesmente não consigo entender o que as mulheres veem nele. É verdade que Lorde Fielding é rico como um rei, com seis grandes propriedades e uma renda de... sabe-se lá quantas libras por ano. E, é claro, será o próximo Duque de Atherton. E sou obrigada a admitir que é um homem muito atraente e...

— E você não entende o que as mulheres veem nele? — brincou o marido, rindo.

Caroline sacudiu a cabeça e baixou o tom de voz, uma vez que se aproximavam do casal.

— Ele não tem boas maneiras. Ao contrário, é direto demais em suas respostas e em seus comentários, completamente sem tato!

— Quando um homem é perseguido, sem trégua, por sua fortuna e seu título, deve ser perdoado por, vez ou outra, faltar-lhe a paciência.

— Você pode pensar assim, mas, de minha parte, sinto profunda solidariedade pela pobre Srta. Seaton. Imagine como a pobrezinha deve estar aterrorizada por ter de viver sob o mesmo teto que ele!

— Não sei se ela está aterrorizada, mas tive a impressão de que se sente muito solitária e que está precisando de uma amiga que a ajude a compreender os costumes ingleses.

— Ela deve estar muito infeliz — concordou Caroline, com compaixão, observando Victoria, que, agora, falava com Jason.

— O conde e a condessa acabaram de chegar — informava-o fria e educadamente.

— Eu já vi. Estão vindo para cá — replicou Jason, olhando para o casal que se aproximava, e, quando voltou a encarar Victoria, ficou petrificado, os olhos fixos em algo atrás dela. — Saia daí! — ordenou em voz baixa, empurrando-a para o lado e levando o rifle ao ombro. Victoria ouviu um grunhido baixo e terrível e, de repente, entendeu o que Jason pretendia fazer.

— Não! — gritou, empurrando o rifle com a mão e, em seguida, caindo de joelhos e passando os braços em torno do cachorro. — Você está louco! O que Willie lhe fez para ser privado de alimento e, agora, morto? — questionou, histericamente. — Por acaso, ele também nadou no riacho... ou se atreveu a desobedecer a alguma de suas ordens?

Jason baixou o rifle lentamente, até o cano estar apontado para o chão. Então, com a voz excessivamente calma, que contradizia a expressão tensa e a palidez em seu rosto, falou:

— Victoria, este não é Willie. Willie é um *collie* que eu emprestei aos Collingwood há três dias, para reproduzir.

A mão de Victoria, que afagava carinhosamente a cabeça de "Willie", imobilizou-se no ar.

— A menos que minha vista, ou meu raciocínio, não esteja funcionando bem — continuou Jason —, o animal que você está abraçando, como uma mãe protegendo a cria, é pelo menos metade lobo.

Victoria se levantou bem devagar.

— Mesmo que não seja Willie, ainda é um cachorro e não um lobo — insistiu com teimosia. — Ele reconhece o comando "venha".

— É *parte* cachorro — corrigiu Jason.

Então, na intenção de afastá-la dali, segurou-a pelo braço. O gesto provocou a reação imediata do animal, que se colocou em posição de ataque, rosnando e exibindo as presas. Jason soltou o braço de Victoria e moveu a mão lentamente na direção do gatilho.

— Afaste-se dele — ordenou Victoria.

Os olhos dela encontravam-se fixos na arma.

— Não faça isso! — advertiu, histérica. — Eu não vou permitir! Se atirar nele, eu atirarei em você. Sei atirar melhor do que sei nadar. Jason! Esse animal é um cachorro e só está tentando me proteger de você. Qualquer um perceberia isso. Ele é meu amigo. Por favor, não atire. Por favor!

Aliviada, observou a mão de Jason e o viu retirar o dedo do gatilho e voltar a baixar o rifle.

— Muito bem, já chega — resmungou. — Eu não vou atirar nele.

— Vai me dar sua palavra de honra? — insistiu Victoria, ainda mantendo o corpo entre Jason e aquele corajoso animal, que tentava protegê-la.

— Dou a minha palavra.

Victoria começou a se afastar, mas a lembrança de um comentário de Jason a fez se colocar de novo entre os dois.

— Você me disse que não é um cavalheiro e que não tem princípios. Como posso ter certeza de que vai honrar sua palavra como um cavalheiro?

Jason teve se esforçar para esconder o divertimento e a admiração provocados pela jovem, que não só defendia a vida de um lobo, mas também se atrevia a desafiá-lo, cara a cara.

— Prometo manter a minha palavra. Agora, pare de se comportar como Joana D'Arc.

— Não sei se posso acreditar em você. Faria a mesma promessa na presença do Conde de Collingwood? — insistiu.

— Está abusando da sorte, minha cara — advertiu Jason suavemente.

Embora pronunciada com discrição, a frase soou extremamente ameaçadora. Percebendo que Jason não estava brincando, Victoria assentiu e se afastou, mas o animal se manteve em posição de ataque, o olhar feroz fixo no potencial agressor.

Jason, por sua vez, também observava o animal, o rifle ainda em punho. Desesperada, Victoria ordenou, sem realmente esperar que ele obedecesse ao comando, ao seu mais novo amigo:

— Sente-se!

Para sua surpresa, depois de hesitar por um segundo apenas, o animal obedeceu.

— Viu? — virou-se para Jason, aliviada. — Ele foi bem-treinado por alguém. E sabe que a sua arma pode feri-lo. É por isso que continua observando você com desconfiança. É um cão inteligente.

— Muito inteligente — concordou Jason, zombando. — O bastante para viver na minha propriedade, bem debaixo do meu nariz, enquanto eu e todos os habitantes da região tentamos caçar o "lobo" que vem invadindo galinheiros e aterrorizando a vila.

— É por isso que sai para caçar todas as manhãs? — Quando Jason assentiu, Victoria opôs-se imediatamente à possibilidade de o animal ser expulso dali. — Bem, ele não é um lobo, é um cachorro, como você pode ver. Além disso, eu mesma tenho cuidado de alimentá-lo todos os dias. Portanto, ele não terá mais motivos para invadir galinheiros. Também é inteligente e compreende o que eu digo.

— Nesse caso, talvez deva dizer a ele que é, no mínimo, falta de educação ficar aí sentado, esperando pela oportunidade de morder a mão que, indiretamente, o está alimentando.

Victoria lançou um olhar para o fiel protetor antes de voltar a encarar Jason.

— Acho que, se você estender a mão para mim de novo e eu disser a ele que não deve rosnar, ele vai compreender. Vamos, tente. Estenda a mão na minha direção.

— O que eu gostaria mesmo de fazer é estender a mão na direção do seu pescoço e esganá-la — murmurou Jason, mas fez o que ela pediu e segurou--lhe o braço.

Imediatamente, o animal retomou a posição de ataque e se pôs a rosnar.

— Não! — ordenou Victoria com firmeza.

No mesmo instante, o lobo chamado Willie hesitou, refreou e lambeu a mão dela.

— Pronto — soltou um suspiro de alívio. — Deu certo. Cuidarei dele e garanto que ninguém mais vai se preocupar com um lobo na vizinhança.

Jason não resistiu à coragem, nem aos olhos azuis brilhantes de súplica que Victoria lhe dirigiu.

— Trate de acorrentá-lo — falou com um suspiro resignado. — Pedirei a Northrup que informe os criados de que ele não deve ser incomodado, mas, se o seu cachorro se aventurar em outras propriedades, será morto. Embora ele nunca tenha atacado ninguém, os fazendeiros costumam valorizar suas galinhas, além de suas famílias.

Para evitar discussão, Jason virou-se para cumprimentar os Collingwood e, só então, Victoria se lembrou da presença deles.

Mortificada, forçou-se a virar para encarar a mulher que Jason considerava um modelo de bom comportamento. E, no lugar do desdém que Victoria esperava encontrar no semblante da condessa, Lady Collingwood a fitava com aparente admiração e divertimento no olhar. Depois de fazer as apresentações, Jason se afastou com o conde, discutindo assuntos de negócios, deixando Victoria sozinha com a condessa.

Lady Collingwood foi a primeira a quebrar o silêncio:

— Posso acompanhá-la, enquanto acorrenta seu cão?

Victoria assentiu, esfregando as mãos úmidas nas saias.

— Deve estar pensando que eu sou a mulher mais mal-educada do mundo — murmurou, constrangida.

— Não — respondeu Caroline Collingwood, mordendo o lábio inferior para conter uma risada. — Acho que você é inegavelmente a mais *corajosa*.

— Só porque não tenho medo de Willie? — indagou, surpresa.

— Porque não tem medo de Lorde Fielding — corrigiu a condessa, sem mais conseguir conter o riso.

Examinando a bela morena e seus trajes elegantes, Victoria reconheceu a malícia em seus olhos, bem como a oferta de amizade em seu sorriso. Dando-se conta de que finalmente encontrara uma alma gentil naquele país aparentemente hostil, sentiu-se mais animada.

— Para ser sincera, eu estava aterrorizada! — admitiu, enquanto tomava o caminho para os fundos da casa, onde acorrentaria seu cachorro, até convencer Jason a permitir que ele entrasse em casa.

— Mas não demonstrou, o que é muito bom, pois tenho a impressão de que, toda vez que um homem se dá conta de que uma mulher tem medo de alguma coisa, usa isso contra ela das formas mais horríveis. Por exemplo, quando meu irmão Carlton descobriu que eu tinha medo de cobras, colocou uma na minha gaveta de lenços. E eu ainda nem tinha me recuperado do susto quando meu outro irmão, Abbott, colocou outra na minha sapatilha de dança.

Victoria estremeceu.

— Eu tenho pavor de cobras — confessou. — Quantos irmãos a senhora tem?

— Seis, todos homens, e capazes dos piores feitos, até que aprendi a me vingar à altura. E você? Tem irmãos?

— Não, só uma irmã.

Quando os cavalheiros terminaram sua conversa de negócios e se reuniram às damas para o jantar, Victoria e Caroline Collingwood já se tratavam pelo primeiro nome e se encontravam a apenas um passo de se tornarem boas amigas. Victoria já explicara à condessa que seu noivado com Lorde Fielding não passara de um grande erro cometido por Charles, embora com a melhor das intenções, e falara sobre Andrew. Caroline, por sua vez, confidenciara que seus pais haviam escolhido Lorde Collingwood para seu marido, mas, pelo modo como os olhos dela brilhavam cada vez que o mencionava, era evidente para Victoria que ela o adorava.

O jantar transcorreu em meio a um clima alegre, enquanto Victoria e Caroline trocavam confidências e comparavam suas aventuras de infância. Até mesmo Lorde Collingwood contribuiu para a conversa descontraída, contando seus feitos de infância. Ficou claro para Victoria que os três guardavam lembranças adoráveis da infância, tendo vivido cercados pelo carinho dos pais. Jason, porém, nada disse a respeito de suas próprias experiências, embora tenha demonstrado interesse genuíno no relato dos demais.

— Sabe mesmo usar uma arma de fogo? — perguntou Caroline a Victoria, com ar de admiração, enquanto os criados serviam truta salteada em manteiga e ervas com molho.

— Sim — admitiu Victoria. — Andrew me ensinou a atirar, pois queria ter com quem competir quando praticasse tiro ao alvo.

— E você conseguiu ser páreo para ele?

— Sim. Na primeira vez que ele colocou uma arma em minhas mãos, eu segui as instruções, mirei e acertei o alvo. Não me pareceu nada difícil.

— E depois disso?

— Foi se tornando cada vez mais fácil — disse Victoria, dando uma piscadinha.

— Eu gosto de esgrima — contou Caroline. — Meu irmão, Richard, costumava praticar comigo. Basta ter alguma força no braço.

— E uma boa visão — acrescentou Victoria.

Lorde Collingwood sorriu.

— Eu costumava fingir que era um cavaleiro medieval e criava torneios para combater os cavalariços. Geralmente, eu me saía muito bem, mas é claro que um criado jamais teria coragem de derrubar um futuro conde de seu cavalo. Portanto, creio que não era tão bom quanto pensava ser.

— Costumava brincar de cabo de guerra na América? — Caroline voltou a se dirigir a Victoria.

— Claro! Invariavelmente, eram os meninos contra as meninas.

— Isso não é justo! Os meninos são sempre mais fortes.

— Não se as meninas escolherem um local onde exista uma árvore e passarem a corda em volta do tronco, sem querer, é claro — corrigiu Victoria, com uma piscadela marota.

— Que vergonha! — protestou Jason às gargalhadas. — Vocês trapaceavam!

— É verdade, mas, como as probabilidades estavam sempre contra nós, não se pode considerar um artifício assim uma verdadeira trapaça.

— O que sabe sobre probabilidades? — inquiriu ele em tom de provocação.

— Está se referindo aos jogos de cartas? — perguntou Victoria, seu rosto iluminado por uma alegria contagiante. — Para dizer a verdade, não sou apenas capaz de calcular as probabilidades de várias rodadas, como também sei distribuir as cartas de maneira a produzir os resultados desejados. Em outras palavras, eu sei exatamente como roubar no jogo.

— Quem a ensinou? — perguntou Jason, franzindo o cenho.

— Andrew. Ele dizia que eram apenas "truques" que havia aprendido na escola.

— Lembre-me de nunca apresentar esse tal de Andrew em nenhum dos clubes que eu frequento — comentou Lorde Collingwood. — Ele não viveria por muito tempo.

— Andrew não trapaceia — apressou-se em defender o noivo. — Ele acha importante saber como a trapaça é feita, para que não nos tornemos vítimas de jogadores inescrupulosos, mas tinha apenas 16 anos na época, portanto eu não sabia que era pouco provável conhecer esse tipo de jogador.

Reclinando-se na cadeira, Jason estudou Victoria com interesse. Eram fascinantes a naturalidade e a graciosidade com que ela se comportava diante dos convidados, deixando-os totalmente à vontade e garantindo que todos participassem da conversa. Também notou a maneira como seus olhos se iluminavam sempre que ela mencionava Andrew e como aquele sorriso radiante contagiava o ambiente.

Victoria era inocente, cheia de vida, sem o menor traço de uma menina mimada. Mas, embora jovem, seu comportamento apresentava uma sofisticação natural, certamente fruto de uma mente sagaz, de uma inteligência invejável e de um interesse legítimo pelos outros.

Jason sorriu consigo mesmo ao se lembrar da coragem com que Victoria se lançara na defesa do cão, que, como ela havia anunciado antes do jantar, passaria a se chamar Lobo, e não Willie. Ele conhecera alguns homens corajosos, mas jamais encontrara uma mulher de verdadeira coragem. Lembrou-se da reação tímida de Victoria ao seu beijo e do desejo arrasador que ela provocara em seu corpo.

Victoria Seaton era cheia de surpresas e promessas, concluiu Jason, continuando a estudá-la atentamente. Havia um toque de beleza exótica em cada traço de seu rosto, mas seu fascínio ia muito além, com sua risada e seus gestos graciosos. Algo profundo que havia dentro dela a fazia brilhar como uma joia perfeita, que precisava apenas dos complementos adequados, como roupas elegantes que lhe enaltecessem a figura sedutora, uma casa magnífica na qual ela reinaria absoluta, um marido capaz de domar-lhe os impulsos mais selvagens, uma criança ao seio para abraçar e nutrir...

Sentado em frente a ela, arrebatado em sua observação detalhada, Jason se lembrou de seu próprio sonho, havia tanto tempo perdido, de ter uma esposa para alegrar sua mesa; uma mulher para ter nos braços à noite e afastar o escuro vazio que lhe ocupava o peito; uma mulher capaz de amar os filhos que ele lhe desse...

Jason se conteve, enojado com seus sonhos ingênuos da juventude e seus anseios nunca realizados. Havia levado essas tolices a sério demais, carregando-as para a vida adulta e se casando com Melissa. Fora mesmo um tolo ao acreditar que uma mulher bonita poderia transformar aqueles sonhos em realidade. Ora, fora muito mais que tolo ao imaginar que uma mulher se importaria com amor e filhos, ou com qualquer coisa que não fosse dinheiro, joias ou poder. Franziu o cenho com uma expressão sombria ao se dar conta de que a bela Victoria Seaton era responsável pelo súbito retorno daquelas lembranças a lhe atormentar a mente.

# 10

No momento em que os Collingwood partiram, Jason se dirigiu à biblioteca, onde Charles havia passado a última hora.

Ao vê-lo, Charles pôs de lado o livro que estava lendo e sorriu.

— Prestou atenção ao comportamento de Victoria durante o jantar? — indagou, ansioso. — Ela não é esplêndida? Tem tanto charme, desenvoltura, conhecimento... quase explodi de orgulho! Ora, ela é...

— Leve-a para Londres amanhã — disse Jason em um tom rude. — Flossie Wilson poderá encontrá-los lá, para a temporada.

— Londres! Como assim? Por que a pressa?

— Eu quero Victoria longe de Wakefield e da minha responsabilidade. Leve-a para Londres e trate de encontrar um bom marido para ela. A temporada terá início dentro de duas semanas.

Charles empalideceu, mas manteve a voz firme.

— Creio que mereço uma explicação para essa decisão repentina.

— Já lhe disse que eu quero Victoria longe daqui e da minha responsabilidade. Isso é explicação suficiente.

— As coisas não são assim tão simples — protestou Charles, desesperado. — Não posso simplesmente colocar um anúncio no jornal, à procura de um marido para ela. Temos de seguir as convenções sociais e apresentá-la à sociedade da maneira apropriada.

— Então, leve-a até Londres e faça isso.

Passando a mão pelos cabelos grisalhos, Charles sacudiu a cabeça e, mais uma vez, tentou dissuadir Jason.

— Minha casa não está em condições de recepcionar convidados com festas de luxo...

— Use a minha — disse Jason.

— Então, *você* não poderá aparecer por lá — argumentou Charles, procurando descontroladamente obstáculos para atrapalhar o plano de Jason. — Se fizer isso, todos vão pensar que Victoria não passa de mais uma de suas conquistas. O fato de vocês estarem supostamente noivos não terá importância alguma.

— Quando precisar ir a Londres, eu ficarei na sua casa — disse Jason rapidamente. Leve meus criados daqui. Eles são capazes de organizar uma festa em 24 horas. Já fizeram isso antes.

— E quanto aos vestidos, às aulas de etiqueta e...

— Peça a Flossie Wilson que leve Victoria ao ateliê de madame Dumosse, com instruções minhas para que ela tenha o melhor... imediatamente. Flossie saberá o que fazer em relação às aulas de etiqueta. O que mais?

— O que mais? — explodiu Charles. — Para começar, madame Dumosse é tão famosa que até *eu* já ouvi falar dela. Duas semanas não são tempo suficiente para providenciar um guarda-roupa adequado para Victoria, ainda mais estando tão perto do início da temporada.

— Diga à madame Dumosse que eu sugeri que ela decida sobre a escolha do guarda-roupa de Victoria e que não poupe despesas. Os cabelos vermelhos e o tipo *mignon* serão um desafio para madame Dumosse. Vai vesti-la com o objetivo de fazê-la ofuscar todas as loiras e morenas de Londres. Fará isso, mesmo que tenha que passar as próximas duas semanas em claro. Então, cuidará de me cobrar o dobro de seus preços já exorbitantes, a fim de compensar o inconveniente. Já passei por isso antes. Agora que está tudo resolvido — concluiu Jason com frieza —, eu tenho muito trabalho a fazer.

Charles soltou um longo suspiro de frustração.

— Está bem, mas não partiremos em um dia, mas em três. Isso me dará tempo de avisar Flossie Wilson para nos encontrar em Londres. Como um homem solteiro, não posso viver na mesma casa que Victoria sem a presença de uma acompanhante apropriada, especialmente em Londres. Mande seus criados na frente, para que organizem a casa. Enquanto isso, enviarei uma mensagem a Flossie Wilson, para que nos encontre em Londres, depois de amanhã. Agora preciso lhe pedir um favor.

— O que é?

Escolhendo cuidadosamente as palavras, Charles falou lentamente:

— Não quero que ninguém saiba que o seu noivado com Victoria não é real. Ao menos por enquanto.

— Por que não? — indagou Jason, impaciente.

— Bem, se os membros da *ton* acreditarem que Victoria é sua noiva, não vão abordá-la de imediato. Assim, ela terá maior liberdade para conhecer os cavalheiros disponíveis, antes de se decidir por alguém em especial. — Como Jason parecia prestes a contra-argumentar, Charles acrescentou depressa: — Victoria será muito mais admirada e desejada se os homens solteiros de Londres acreditarem que ela recebeu uma proposta de casamento sua. Todos vão pensar que ela é muito especial, para que você, justamente você, queira se casar com ela. Por outro lado, se imaginarem que a rejeitou, vão rejeitá-la também.

— A esta altura, sua amiga, Lady Kirby, já se encarregou de espalhar que o noivado foi desfeito — lembrou-o Jason.

— Ora, ninguém dará a menor atenção a Kirby se você confirmar o noivado quando for a Londres.

— Muito bem — cedeu Jason, disposto a concordar com qualquer coisa, a fim de encontrar um marido para Victoria. — Leve-a para Londres e apresente-a à sociedade. Providenciarei um dote razoável para ela. Organize algumas festas e convide todos os solteiros de boa posição da Europa. Irei ao *début* pessoalmente e ficarei em Londres para entrevistar os candidatos. Não será difícil encontrar alguém que a tire de nossas mãos.

Sentia-se tão aliviado por ter resolvido o problema de Victoria que nem sequer se deu conta das inconsistências nos argumentos apaixonados de Charles em favor de manter o noivado de pé.

Victoria entrou na biblioteca ao mesmo tempo que Jason saía. Os dois trocaram sorrisos e, quando ele se foi, ela se aproximou de Charles.

— Está pronto para o nosso jogo noturno de damas, tio Charles?

— O que disse? — perguntou ele, distraído. — Ah, sim, minha querida. Esperei por este momento o dia todo.

Os dois se sentaram diante do tabuleiro, um de cada lado, uma extensão quadriculada que continha 64 quadrados incrustados, metade deles brancos e metade pretos.

Enquanto arrumava as pedras nos quadrados, Victoria observou o homem alto e elegante, de cabelos grisalhos, à sua frente que ela já amava como a um tio. Durante o jantar, ele se mostrara alegre e descontraído, rindo muito das histórias contadas pelos mais jovens. Agora, porém, parecia preocupado.

— Está se sentindo bem, tio Charles? — indagou ela, estudando-o enquanto ele distribuía as pedras sobre o tabuleiro.

— Estou ótimo, minha querida.

Porém, em menos de cinco minutos de jogo, Victoria já vencia a partida com grande facilidade.

— Parece que não estou conseguindo me concentrar — admitiu Charles.

— Vamos conversar, em vez de jogar, então — sugeriu Victoria gentilmente.

Assim que ele concordou com um sorriso aliviado, Victoria se pôs a pensar em um meio de descobrir, com muito tato, o que o estava preocupando. Seu pai tinha sido um grande defensor da tese de que as pessoas deveriam falar sobre as coisas que as incomodavam, especialmente aquelas que têm um coração fraco, pois, assim, evitariam a tensão que poderia provocar um ataque cardíaco. Lembrando-se de que Jason estivera na biblioteca pouco antes de ela chegar, Victoria concluiu que o lorde fora a causa mais provável do aborrecimento de Charles.

— O senhor se divertiu durante o jantar? — perguntou em tom casual.

— Muito — respondeu ele, sinceramente.

— Acha que Jason também gostou?

— Ah, sim, sem dúvida. Por que pergunta?

— Bem, não pude deixar de notar que, ao contrário de todos nós, ele não compartilhou histórias de sua infância.

Charles desviou seus olhos dos dela.

— Talvez ele não tenha conseguido se lembrar de nenhuma história divertida para contar.

Victoria mal prestou atenção à resposta, pois continuava empenhada em descobrir um meio de levar a conversa ao ponto que desejava.

— Achei que, talvez, ele estivesse contrariado com algo que eu fiz, ou disse, e por isso veio conversar com o senhor.

Charles olhou para ela novamente, dessa vez com um sorriso brilhando em seus olhos cor de avelã.

— Está preocupada comigo, não é, minha querida? Quer saber se algo está me perturbando?

Victoria caiu na risada.

— Sou tão transparente assim?

Ele pousou a mão sobre a dela deslizando os longos dedos sobre os dela e apertou sua mão.

— Você não é transparente, Victoria. É maravilhosa. Você se importa com as pessoas. Quando olho para você, sinto uma grande esperança no futuro. Apesar de todo o sofrimento que enfrentou nos últimos meses, ainda é capaz de perceber quando um velho parece cansado, e se preocupa com ele.

— O senhor não é velho — protestou ela.

— Às vezes, sinto-me bem mais velho do que sou — disse numa tentativa de fazer humor. Esta noite é uma dessas ocasiões, mas você conseguiu me alegrar. Posso lhe dizer uma coisa?

— O que quiser.

— Muitas vezes em minha vida desejei ter uma filha. Você é exatamente como imaginei que ela seria. — Victoria foi invadida por uma ternura que a preenchia enquanto ela continuava em silêncio. — Quando a vejo passeando pelo jardim, ou conversando com os criados, meu coração se enche de orgulho. Sei que deve parecer estranho, já que eu não contribuí em nada para a sua formação, mas é como que me sinto. Tenho vontade de gritar para todos os cínicos do mundo: "Olhem para ela e aprendam o significado da vida, da coragem e da beleza. *Ela* é o que Deus tinha em mente quando deu ao primeiro homem sua companheira. Ela lutará por aquilo em que acredita, se defenderá quando for injustiçada e, ainda assim, aceitará um gesto de desculpa pela injustiça feita e perdoará sem o menor rancor". — Victoria sentiu um nó se formar na garganta, enquanto Charles acrescentava: — Sei que perdoou Jason mais de uma vez, pela maneira como ele tratou você. Eu penso em tudo isso e, então, me pergunto: "O que posso lhe oferecer, a fim de mostrar quanto carinho tenho por ela? Que tipo de presente um homem pode dar a uma deusa?"

Victoria teve a impressão de ver o brilho de lágrimas nos olhos de Charles, mas não poderia ter certeza, uma vez que seus próprios olhos encontravam-se também marejados.

— Ora, vejam! — exclamou Charles com uma risada um tanto constrangida. — Vamos acabar chorando como crianças e derramando nossas lágrimas sobre o tabuleiro de damas! Já que respondi à sua pergunta, posso lhe fazer outra? O que você acha de Jason?

Victoria exibiu um sorriso nervoso.

— Ele tem sido generoso comigo — começou com cuidado, mas Charles a interrompeu com um aceno de mão.

— Não é disso que estou falando. Quero saber o que acha dele em termos pessoais. Diga-me a verdade.

— Eu... eu acho que não entendi a sua pergunta.

— Muito bem, eu serei mais específico. Acha Jason atraente?

Victoria reprimiu uma risadinha infantil.

— A maioria das mulheres parece achar que ele é extremamente atraente — disse Charles com um sorriso que, para Victoria, pareceu de orgulho. — E você?

Recuperando-se do choque provocado pela pergunta direta, Victoria assentiu, tentando não demonstrar o constrangimento que sentia.

— Bom, bom. E concorda que ele é muito... viril?

Para o horror de Victoria, sua memória escolheu aquele exato momento para trazer à tona a lembrança do beijo que Jason lhe dera à beira do riacho. Imediatamente, suas faces adquiriram uma tonalidade rosada.

— Vejo que concorda — concluiu Charles erroneamente, com uma risadinha marota. — Ótimo. Agora, vou lhe contar um segredo: Jason é um dos melhores homens que você já conheceu. A vida dele não foi nada feliz, mas ele segue adiante porque é dono de uma incrível força interior e tem muito caráter. Leonardo da Vinci disse: "Quanto mais grandiosa for a alma de um homem, mais profundamente ele amará". Essa citação sempre me fez pensar em Jason. Ele sente as coisas com muita intensidade, mas raramente demonstra seus sentimentos. E, por ser tão forte, raramente encontra a oposição de alguém... menos ainda de jovens mulheres. É por isso que você deve achá-lo um tanto... prepotente.

A curiosidade de Victoria foi maior que seu desejo de se manter discreta.

— De que maneira a vida dele não foi feliz?

— É ele quem deve contar a você sobre sua vida. Eu não tenho o direito de fazer isso. Eu sei, no fundo do meu coração, que um dia ele a colocará a par de tudo. No entanto, tenho algo para lhe contar: Jason decidiu que você deve passar a próxima temporada em Londres, com toda a pompa e *glamour*. Partiremos dentro de três dias. Flossie Wilson nos encontrará lá e, na quinzena que precede o início da temporada, ela lhe ensinará tudo o que você tiver de aprender sobre como se comportar na sociedade londrina. Ficaremos hospedados na casa de Jason, que é bem mais adequada a festas e recepções do que a minha, e Jason ficará na minha casa quando for a Londres. Não vi maiores problemas no fato de morarmos juntos, os três, aqui na privacidade do campo. Em Londres, porém, isso seria impossível.

Victoria não fazia ideia do que significava uma temporada londrina e ouviu atentamente enquanto Charles descrevia os bailes, festas, saraus, óperas e peças teatrais que a esperavam. Sua ansiedade já beirava a histeria quando ele finalmente a informou de que Caroline Collingwood também estaria em Londres.

— Embora você não tenha dado atenção especial ao comentário — concluiu ele —, Lady Caroline mencionou duas vezes que esperava vê-la em Londres, para que vocês duas pudessem se conhecer melhor. Vai gostar disso, não vai?

Victoria concluiu que gostaria muito, ao menos desse aspecto da temporada londrina, e manifestou tal sentimento. Porém, detestou a ideia de deixar Wakefield e enfrentar centenas de desconhecidos, especialmente se eles fossem iguais às duas Kirby.

— Muito bem, já que está tudo resolvido — concluiu Charles, abrindo uma gaveta da mesa e retirando um baralho —, diga-me uma coisa. Quando seu amigo Andrew ensinou você a jogar cartas, ele incluiu o jogo *piquet* em suas lições?

Victoria assentiu.

— Ótimo! Vamos jogar, então. — Como Victoria concordou imediatamente, Charles lhe lançou um olhar de fingida reprovação. — Não vai trapacear, vai?

— De jeito nenhum — prometeu ela solenemente.

Charles entregou-lhe o baralho.

— Primeiro, mostre-me a sua habilidade em embaralhar e dar as cartas. Vamos comparar nossas técnicas.

Caindo na risada, Victoria se pôs a embaralhar com uma destreza invejável. As cartas ganharam vida em seus dedos ágeis, com aquele estalar típico, enquanto embaralhava.

— Para começar, vou deixá-lo pensar que esta é a sua noite de sorte — explicou ela, distribuindo 12 cartas para cada um.

Charles examinou as cartas que tinha em mãos e assobiou baixinho.

— Quatro reis! Eu apostaria uma fortuna nesta mão.

— E perderia — garantiu Victoria com um sorriso malicioso, exibindo suas cartas, que incluíam quatro ases.

— Agora, é a minha vez — anunciou Charles, observando-a pelo canto do olho e passando a dar as cartas.

O que deveria ter sido um jogo sério de *piquet* se degenerou em uma grande piada, em que cada um se servia de cartas vencedoras, sempre que as distribuía. Suas gargalhadas faziam a biblioteca vibrar.

Incapaz de se concentrar no trabalho por causa do barulho no cômodo ao lado, Jason decidiu ir até a biblioteca para investigar o que se passava. Quando abriu a porta, o relógio anunciava 21 horas. Ao entrar, encontrou Charles e Victoria ainda rindo, secando as lágrimas do rosto, um baralho no centro da mesa entre os dois.

— As histórias que estão partilhando no momento devem ser ainda mais engraçadas do que aquelas que contaram durante o jantar — comentou, sem esconder um leve desagrado. — Posso ouvir suas gargalhadas do meu escritório.

— A culpa é toda minha — mentiu Charles, piscando para Victoria e se levantando. — Victoria queria jogar baralho, mas eu fiquei distraindo-a com brincadeiras. Não estou conseguindo me manter sério esta noite. Por que não joga um pouco com ela?

Victoria esperava que Jason recusasse a sugestão, mas, para sua surpresa, depois de lançar um olhar curioso para Charles, ele se sentou diante dela. Imediatamente, Charles posicionou-se atrás de Jason e ficou encarando Victoria com um olhar divertido, que dizia claramente: "Derrote-o sem dó! Trapaceie!".

Animada com as trapaças que haviam praticado até então, especialmente os novos truques que Charles lhe ensinara, Victoria aceitou a sugestão sem hesitar.

— Quer dar as cartas, ou prefere que eu as dê? — perguntou a Jason com ar inocente.

— Dê você as cartas — respondeu ele com cortesia.

Tendo o cuidado de passar uma falsa sensação de segurança, Victoria embaralhou as cartas sem demonstrar grande habilidade. Então, começou a distribuí-las. Jason pediu que Charles lhe servisse uma dose de conhaque, acendeu um dos charutos finos que gostava de fumar à noite e se acomodou na cadeira, indiferente.

— Não vai olhar as suas cartas? — indagou Victoria.

Jason enfiou as mãos nos bolsos, segurando o charuto entre os dentes e fitando-a com olhar especulativo.

— Normalmente, prefiro que as minhas cartas sejam retiradas de cima do baralho, não de baixo — murmurou.

Reprimindo o riso, Victoria tentou blefar.

— Não sei do que está falando — defendeu-se.

Jason ergueu uma sobrancelha.

— Sabe o que acontece com os trapaceiros nos clubes de jogo?

Desistindo de fingir inocência, Victoria apoiou os cotovelos na mesa e o queixo nas mãos. Então, fitou-o com seus olhos azuis e um ar divertido.

— Não. O que acontece?

— O trapaceado geralmente desafia o trapaceiro para um duelo.

— Pretende me desafiar para um duelo? — disse Victoria, achando graça como nunca.

Jason estudou-a por alguns instantes, como se considerasse essa possibilidade.

— Sua pontaria é tão boa quanto disse quando me ameaçou esta tarde?

— Melhor — declarou ela com ousadia.

— E como é seu desempenho na esgrima?

— Nunca empunhei uma espada, mas talvez Lady Caroline se ofereça para tomar o meu lugar. *Ela* é uma ótima esgrimista.

O sorriso estonteante de Jason provocou reações estranhas em Victoria quando ele comentou:

— Não sei onde eu estava com a cabeça quando achei que você e Caroline Collingwood seriam boas companhias uma para a outra. — Então, acrescentou o que Victoria considerou um grande elogio: — Que Deus ajude os homens solteiros de Londres nesta temporada! Não restará um só coração intacto quando você tiver conhecido todos eles.

Victoria ainda se recuperava da surpresa provocada pela opinião de Jason sobre o efeito que ela exercia sobre os homens quando ele se endireitou na cadeira e declarou:

— Agora, vamos ao jogo.

Como ela assentiu, Jason tomou-lhe o baralho.

— *Cuidarei* disso, se não se importar — falou, em um tom de brincadeira.

Jason já vencera três jogadas quando Victoria o viu retirar uma carta de que precisava do monte daquelas que já havia descartado e que não deveria voltar a tocar.

— Trapaceiro! — acusou-o com uma risada indignada. — Estou vivendo com dois bandidos! Eu vi o que você fez! *Está* roubando nesta mão!

— Está redondamente enganada, minha cara — corrigiu-a com um sorriso, enquanto se punha de pé com movimentos ágeis. — Estou roubando desde o início do jogo.

Então, sem avisar, ele se inclinou e beijou-lhe a testa, antes de afagar-lhe os cabelos com um gesto afetuoso e sair da biblioteca.

Victoria estava tão atordoada com as atitudes de Jason que não viu a expressão de prazer e satisfação no rosto de Charles enquanto observava Jason sair.

# 11

Dois dias depois, a *Gazette* e o *Times* anunciaram que Lady Victoria Seaton, Condessa de Langston, cujo noivado com Jason Fielding, Marquês de Wakefield, fora previamente anunciado, seria formalmente apresentada à sociedade em um baile a ser oferecido dentro de duas semanas, a contar daquela data, por seu primo, o Duque de Atherton.

A *ton* mal havia digerido a notícia e já testemunhava uma explosão de atividades na residência londrina do Marquês de Wakefield, localizada no número 6 da Upper Brook Street.

Primeiro chegaram duas carruagens trazendo, além de criados de menor importância, Northrup, o mordomo, O'Malley, o chefe dos criados, e a Sra. Craddock, a cozinheira. Em seguida, chegaram a governanta, várias criadas, três ajudantes de cozinha, quatro subalternos e uma verdadeira montanha de baús.

Pouco depois, mais uma carruagem chegou, trazendo a Srta. Flossie Wilson, a tia solteira do duque. Tratava-se de uma senhora gorducha, de rosto redondo e corado, emoldurado por cachos dourados. No topo da cabeça, ela usava um chapeuzinho colorido, mais apropriado a uma moça bem mais jovem, o que a fazia parecer uma boneca envelhecida. Conhecida pela sociedade londrina, a Srta. Flossie saiu da carruagem, acenou alegremente para dois amigos que passavam na rua e subiu apressadamente os degraus da porta da frente da mansão do sobrinho-neto.

Toda essa atividade foi notada pelas damas e pelos cavalheiros elegantes que passeavam pela Upper Brook Street, mas nada causou mais furor do que a chegada, no dia seguinte, da carruagem de Jason Fielding, puxada por quatro magníficos garanhões. De seu luxuoso interior, saiu Charles Fielding, o Duque de Atherton, seguido por aquela que só podia ser a noiva de Jason Fielding. A jovem desceu os degraus da carruagem com movimentos graciosos, aceitou o braço oferecido pelo duque e exibiu um sorriso fascinado ao erguer os olhos para a lindíssima mansão de quatro andares.

— Meu Deus! É ela! — exclamou o jovem Lorde Wiltshire, do outro lado da rua. — É a Condessa de Langston — acrescentou, com entusiasmo, acotovelando o peito de seu companheiro para dar ênfase.

— Como pode ter tanta certeza? — indagou Lorde Crowley, fingindo desamassar o paletó.

— É evidente, mesmo a uma criatura totalmente desprovida de inteligência, que é ela. Olhe só... é uma beldade. É incomparável!

— Não podemos ver o rosto dela — argumentou o amigo, razoavelmente.

— Não precisamos, seu idiota. Se ela não fosse bonita, jamais teria recebido uma proposta de casamento de Wakefield. Alguma vez você o viu em companhia de uma mulher que não fosse uma beldade?

— Não — admitiu Lorde Crowley, antes de assobiar baixinho. — Ela tem os cabelos vermelhos! Por essa, eu não esperava.

— Não são vermelhos. Estão mais para dourados do que para ruivos.

— Não, são acobreados. Aliás, uma cor encantadora. Sempre preferi as ruivas.

— Bobagem! Você nunca teve preferência por ruivas, pois elas nunca estiveram na moda.

— A partir de agora estarão — preveniu Lorde Crowley com um sorriso. — Se não me engano, minha tia Mersley é amiga de Atherton. Vai conseguir um convite para o baile de apresentação da Condessa de Langston. Acho que vou abordá-la e... — parou de falar quando a beldade em questão virou-se para a carruagem, chamando alguém. Um instante depois, um animal imenso, de pelos cinzentos, saltou ao chão e, então, o trio se encaminhou para a mansão. — Meu Deus! É um lobo!

— Ela tem estilo — declarou Lorde Wiltshire, assim que recuperou a voz. — Nunca ouvi falar de uma mulher que tivesse um lobo como animal de estimação. Muito elegante. Ela é original, com certeza.

Ansiosos para espalhar a notícia de que haviam sido os primeiros a avistar a misteriosa Lady Victoria Seaton, os dois jovens se separaram e correram para seus respectivos clubes.

Na noite seguinte, quando Jason chegou a Londres e se dirigiu ao White's pela primeira vez em muitos meses, pretendendo divertir-se por algumas horas à mesa de jogo antes de sair para o teatro, já era fato notório que sua noiva era dona de uma beleza estonteante, além de indiscutível lançadora de tendências. Como resultado, em vez de jogar em paz, Jason era interrompido a todo instante por amigos e conhecidos, que insistiam em tecer elogios pelo bom gosto e a desejar boa sorte, além de parabenizá-lo e desejar-lhe felicidades para o futuro.

Depois de enfrentar essa farsa por duas horas, recebendo apertos de mãos e tapinhas no ombro, ocorreu a Jason que, apesar dos argumentos veementes de Charles, não era uma boa ideia deixar que a *ton* continuasse a acreditar que Victoria era sua noiva. Jason chegou a essa conclusão depois de refletir que nenhum dos homens solteiros que lhe haviam dado os parabéns se arriscaria a ofendê-lo, cortejando sua noiva. Assim, tratou de encorajá-los a abordá-la, agradecendo os cumprimentos, mas acrescentando uma pequena informação:

— O casamento ainda não está definitivamente acertado entre nós, ou Lady Seaton não tem certeza de que seu afeto pode ser meu em caráter permanente, uma vez que ainda não me conhece muito bem.

Dizia essas coisas por julgá-las necessárias, mas se sentia profundamente desgostoso com aquela farsa e irritadíssimo por se ver obrigado a representar o papel de um noivo prestes a ser rejeitado pela noiva.

Às nove horas da noite, quando sua carruagem parou na frente da elegante casa que ele mantinha para sua amante, na Williams Street, Jason encontrava-se de péssimo humor. Subiu os degraus da entrada e bateu à porta com impaciência.

A criada que o atendeu lançou um olhar para suas feições, que pareciam sombrias, e recuou, alarmada.

— A... a Srta. Sybil instruiu-me a lhe dizer que... não deseja vê-lo novamente.

— É mesmo? — indagou Jason com a voz macia.

A pequena criada, sabendo muito bem que seu salário era pago pelo homem alto e ameaçador parado à sua frente, assentiu, engoliu em seco e balbuciou:

— Sim... Sim, senhor... A Srta. Sybil leu sobre o baile de sua noiva e foi se deitar. Está na cama, agora.

— Excelente! — disse Jason grosseiramente.

Sem paciência para mais um dos ataques de Sybil, passou pela criada, subiu a escada e entrou no quarto, sem bater. Estreitou os olhos ao deparar com a bela mulher reclinada sobre uma montanha de travesseiros revestidos de cetim.

— Mais uma crise de depressão, doçura? — inquiriu com frieza, apoiando-se no batente da porta.

Os olhos verdes de Sybil faiscaram de fúria para ele, mas ela não se dignou a responder.

Jason estava, ele mesmo, prestes a explodir.

— Levante-se e se vista — ordenou com a voz perigosamente baixa. — Nós vamos a uma festa esta noite, conforme o recado que lhe enviei.

— Eu não vou a lugar algum com você! Nunca mais!

Jason começou a desabotoar o paletó de um jeito casual.

— Nesse caso, chegue para o lado. Passaremos a noite onde você está.

— Animal! — desafiou a beldade irada, saltando para fora da cama. — Como se atreve? Como pode pensar em se aproximar de mim, depois daquele artigo no *Times*? Saia já da minha casa!

Jason limitou-se a olhá-la, impassível.

— Preciso lembrá-la de que esta casa é *minha*?

— Então *eu* mesma sairei! — declarou ela, mas, ao mesmo tempo, seu lábio começou a tremer. Em seguida, Sybil desatou a chorar. — Jason, como pôde fazer isso comigo? Você me disse que seu noivado era uma farsa e eu acreditei em você! Eu nunca vou te perdoar por isso. Nunca!...

A raiva esvaiu-se do rosto de Jason e foi substituída por um toque de pesar ao ouvir o que parecia ser um choro genuíno e de coração partido.

— Acha que isso pode ajudá-la a me perdoar? — perguntou. Enfiando a mão no bolso, Jason retirou uma caixa de veludo achatada, abriu-a com o polegar e segurou-a na direção dela.

Ela espiou por entre as lágrimas e o pranto cessou imediatamente, diante do esplendor do bracelete de brilhantes que repousava na caixinha. Erguendo a joia com reverência nos dedos trêmulos, murmurou:

— Jason, por um colar que combine com este bracelete, eu posso perdoar *qualquer coisa*!

Jason, que estivera prestes a jurar que não tinha a menor intenção de se casar com Victoria, virou a cabeça para trás e soltou uma estrondosa gargalhada.

— Sybil, essa é a qualidade que mais me atrai em você.

— Que qualidade?

— Sua ganância honesta e descarada! Todas as mulheres são interesseiras, mas você, ao menos, é honesta. Agora, venha cá e me mostre como está feliz com o novo presente.

Sybil obedeceu, mas seus olhos estavam levemente perturbados quando ela levantou o rosto para o beijo dele.

— Você não tem uma opinião muito boa a respeito das mulheres, não é, Jason? Não é só por mim que nutre esse desprezo secreto, mas por todas nós, não é?

— Eu acho — murmurou ele evasivamente, enquanto desfazia os laços do robe de Sybil — que as mulheres são maravilhosas... na cama.

— E fora dela?

Ignorando a pergunta, Jason a despiu, acariciando-lhe os seios com mãos experientes e beijando-a com um ardor quase selvagem. Então, tomou-a nos braços e levou-a para a cama. Sybil nem percebeu que Jason não respondera à sua pergunta.

# 12

Victoria estava sentada no canapé em seu quarto, cercada por pilhas de caixas recém-chegadas do ateliê de madame Dumosse. As novas roupas se somariam à variedade já imensa de vestidos para o dia e para a noite, trajes de montaria, vestidos de baile, capas, casacos, chapéus, luvas de pelica, xales e sapatos que ocupavam sua suíte.

— Milady! — exclamou Ruth animadamente ao desembrulhar uma capa de cetim azul royal, com capuz orlado de arminho. — Já viu algo mais lindo?

Victoria desviou os olhos da carta de Dorothy.

— É bonita — murmurou sem muito entusiasmo. — Quantas capas eu já tenho?

— Onze — respondeu Ruth, acariciando o pelo longo e macio. — Não, doze. Já ia me esquecendo da amarela, de veludo. Ou seriam treze? Deixe-me pensar... São quatro de veludo, cinco de cetim, duas de pele e três de lã. Catorze ao todo!

— É difícil acreditar que eu costumava viver muito bem com apenas duas capas — lembrou-se Victoria, sorrindo. — E, quando voltar para casa, três ou quatro serão mais do que suficientes. Acho um desperdício Lorde Fielding gastar tanto dinheiro com roupas que, dentro de algumas semanas, eu nem terei onde usar. Em Portage, Nova York, as mulheres não usam trajes tão sofisticados — concluiu, retomando a leitura da carta da irmã.

— Quando vai voltar para casa? — perguntou Ruth, alarmada. — O que está querendo dizer? Desculpe, milady, por ter perguntado.

Na verdade, Victoria nem sequer ouvira a criada, pois já se encontrava profundamente concentrada na carta que recebera havia pouco.

Querida Tory,

Recebi sua carta há uma semana e fiquei muito feliz por saber que viria para Londres, pois não vejo a hora de encontrá-la. Eu disse à vovó que pretendia encontrar você assim que chegasse, mas, em vez de ficarmos em Londres, partimos no dia seguinte para a casa de campo, que fica a menos de uma hora a cavalo de Wakefield Park. Agora, eu estou no campo e você, na cidade. Tory, eu tenho a impressão de que a vovó pretende nos manter completamente separadas, e isso me deixa muito triste e furiosa. Precisamos descobrir um meio de nos encontrar, mas eu deixarei a questão a seu encargo, uma vez que é bem melhor do que eu para arquitetar planos.

Talvez eu esteja apenas imaginando as intenções da vovó. Não posso afirmar com certeza. Embora seja rígida, ela não foi cruel comigo, nem uma vez sequer. Planeja me arranjar o que chama de um bom casamento e, para isso, parece já ter escolhido um cavalheiro chamado Winston. Tenho dezenas de vestidos maravilhosos, embora não possa usar a maioria enquanto não fizer meu *début*, o que parece ser uma tradição muito esquisita. E a vovó afirma que não posso debutar enquanto você não estiver noiva de alguém, o que é mais uma tradição por aqui. As coisas eram muito mais simples em casa, não acha?

Já perdi a conta de quantas vezes expliquei à vovó que você está praticamente noiva de Andrew Bainbridge e que eu desejo seguir a carreira musical, porém ela simplesmente parece não ouvir.

Ela nunca menciona seu nome, mas eu falo de você o tempo todo, de propósito, pois pretendo vencê-la pelo cansaço e fazer com que a convide para ficar conosco. Vovó não me proíbe de falar em você, mas nunca *pronuncia* nem uma palavra sequer quando o faço. É como se ela preferisse fingir que você não existe. Limita-se a me ouvir, mantendo o rosto sem expressão e sem nada dizer.

Para ser honesta, eu a estou torturando de tanto falar de você, embora me mantenha *discreta*, conforme prometi. No início, eu me limitava a incluir seu nome na conversa, sempre que possível. Quando a vovó disse que eu tenho um rosto bonito, fiz questão de dizer que você é muito mais bonita; quando ela comentou sobre a minha habilidade de tocar piano, eu disse que você toca muito melhor; quando ela elogiou meus modos à mesa, eu garanti que você é uma verdadeira dama.

Quando todas as minhas tentativas de fazê-la entender quanto sinto a sua falta falharam, fui obrigada a tomar medidas mais drásticas. Assim, levei aquele seu retrato de que tanto gosto para a sala e o coloquei sobre a lareira. Vovó não comentou, mas, no dia seguinte, providenciou para que eu fizesse um passeio pela cidade de Londres e, quando voltei, o retrato estava de volta ao meu quarto.

Alguns dias depois, sabendo que ela esperava algumas amigas para o chá, entrei sorrateiramente no salão preferido de vovó e preparei uma pequena exposição dos desenhos que você fez, retratando paisagens de Portage. Quando as amigas de vovó entraram, ficaram maravilhadas e não paravam de elogiar o seu talento. Vovó, porém, não disse nada e, no dia seguinte, mandou-me para Yorkshire. Quando voltei, dois dias depois, os desenhos haviam sido guardados no armário do meu quarto.

Esta noite, ela recebeu amigos novamente e pediu que eu tocasse piano para entretê-los. Obedeci, mas, enquanto tocava, cantei a canção que eu e você compusemos juntas. Demos o título de *Irmãs para sempre*, lembra-se? Mas, a julgar pela expressão da vovó, ela ficou furiosa comigo. Quando seus amigos se foram, ela me informou que vai me mandar para Devonshire, onde deverei ficar por uma semana inteira.

Se continuar a provocá-la, tenho a impressão de que ela será capaz de me mandar para Bruxelas, ou para qualquer outro lugar, por um mês! Mesmo assim, eu não vou desistir.

Bem, vamos mudar de assunto. Você deve ter ficado chocada ao saber que seu noivado com Lorde Fielding havia sido anunciado. Imagine como Andrew se sentiria se soubesse! No entanto, agora que está tudo esclarecido e essa história não vai dar em nada, acho que você deve se alegrar com seu novo guarda-roupa e não se sentir culpada por não ter obedecido ao período de luto apropriado por papai e mamãe. Tenho usado luvas pretas, pois a vovó disse que é assim que se demonstra luto na Inglaterra, embora algumas pessoas se vistam de preto durante seis meses e de cinza nos seis meses seguintes.

Vovó é do tipo que se recusa a quebrar convenções e tradições. Por isso, de nada adiantou que eu garantisse que você está noiva de

Andrew, pois não poderei debutar antes da próxima primavera. Ela diz que, somente depois de um ano da morte de um parente próximo, devemos frequentar eventos sociais, exceto quando se trata de reuniões pequenas e informais. A verdade é que não estou me importando nem um pouco com isso, pois a perspectiva de grandes bailes me assusta. Peço que você me escreva, contando se é mesmo tão ruim quanto parece.

Vovó irá a Londres com alguma frequência, durante a temporada, para ir ao teatro, que ela adora. Prometeu me levar de vez em quando. Assim que eu souber quando isso vai acontecer, enviarei uma mensagem para você e descobriremos um meio de nos encontrar.

Preciso encerrar por aqui, pois ela contratou um professor de etiqueta para me ensinar como deverei me comportar em sociedade, quando finalmente debutar. Há tanto o que aprender que chego a ficar atordoada...

Victoria guardou a carta em uma gaveta, olhou para o relógio sobre a lareira e suspirou. Sabia muito bem a que Dorothy se referia no último parágrafo, pois a Srta. Flossie Wilson passara as duas últimas semanas lhe ensinando regras de etiqueta. Agora, estava na hora de mais uma aula.

— Aí está você — declarou a Srta. Flossie com um sorriso, ao ver Victoria entrar no salão. — Hoje, vamos repassar as formas corretas de se dirigir aos membros da nobreza, pois seria um desastre você cometer um erro desse tipo em seu baile, amanhã à noite.

Reprimindo o impulso de fugir dali, Victoria sentou-se ao lado de Charles, de frente para a Srta. Flossie. Durante quase duas semanas, ela a arrastara de ateliê em ateliê, incluindo visitas intermináveis à costureira, a estilistas, ao chapeleiro, ao sapateiro... tudo isso combinado a intermináveis aulas de etiqueta, dança e francês. Nas últimas aulas, a Srta. Flossie ouviu a dicção de Victoria, observou seus modos e conduziu verdadeiros interrogatórios sobre seus interesses e planos para o futuro enquanto balançava os cabelos cacheados e agitava os dedos, parecendo um passarinho inquieto.

— Muito bem — disse a Srta. Flossie. — Vamos iniciar nossa aula pelos duques. Como já lhe disse ontem, um duque é o mais alto título não real do reino britânico. Tecnicamente, os duques são "príncipes". Pode parecer que a posição do príncipe seja superior à do duque, mas devo lembrá-la de que os filhos da realeza já nascem príncipes, mas são *elevados* à categoria de duques. Nosso querido Charles é um duque! — acrescentou, com um sorriso triunfante, essa informação absolutamente desnecessária.

— Certo — concordou Victoria, retribuindo o sorriso simpático de Charles.

— Logo após o duque, vem o marquês. Um marquês é herdeiro de um ducado. E é por isso que o nosso querido Jason é chamado de marquês! Então, vêm o conde, o visconde e, finalmente, o barão. Quer que eu faça uma lista por escrito, querida?

— Não, não — respondeu Victoria apressadamente. — Já memorizei tudo.

— Você é tão inteligente! — disse a Srta. Flossie. — Muito bem, então, vamos à forma de se dirigir a cada um deles. Quando falar a um duque, deve chamá-lo de "Alteza". *Nunca* — pronunciou a Srta. Flossie em tom enfático — dirija-se a um duque como "milorde". Uma duquesa também deve ser chamada de "Alteza". Contudo, você pode se dirigir a todos os demais como "milorde" e suas esposas como "milady", que é a forma apropriada. Quando for duquesa, você será chamada de "Alteza"! — finalizou, triunfante. — Não é maravilhoso?

— Sim — balbuciou, constrangida.

Tio Charles havia lhe explicado os motivos pelos quais era tão importante que a sociedade londrina continuasse acreditando que Victoria e Jason estavam noivos. E, como Flossie Wilson falava demais, ela devia pensar o mesmo.

— Já obtive a permissão necessária das patronesses de Almack para você dançar a valsa amanhã, mas isso não tem importância agora. O que acha de repassarmos a linhagem dos Debrett?

Para o profundo alívio de Victoria, Northrup entrou no salão naquele exato instante, pigarreou e anunciou a chegada da Condessa de Collingwood.

— Traga-a até nós, Northrup — disse Charles jovialmente.

Caroline Collingwood entrou no salão, percebeu os livros de etiqueta e o grosso volume sobre os Debrett abertos sobre a mesa e olhou para Victoria com um ar conspiratório.

— Vim convidá-la para passear no parque comigo — declarou.

— Ah, eu adoraria! — exclamou de imediato, levantando-se. — Importa-se se eu sair, Srta. Flossie? Tio Charles?

Ambos deram sua permissão e Victoria correu até seu quarto, a fim de se pentear e apanhar o chapéu.

Enquanto esperava pela amiga, Caroline tratou de exibir maneiras impecáveis.

— Imagino que estejam ansiosos pelo baile de amanhã à noite — comentou.

— Ah, sim, muito! — confirmou a Srta. Flossie, sacudindo os cachos dourados com muita energia. — Victoria é uma jovem adorável, o que eu não preciso dizer a você, pois já a conhece. Ela é tão simpática e agradável para se ter como companhia! E que olhos! Tem um rosto lindo também. Tenho a mais absoluta certeza de que vai fazer muito sucesso. Só acho uma pena que Victoria não seja loira — lamentou com um suspiro, sem se dar conta dos cachos castanho-avermelhados de Lady Collingwood. — As loiras estão definitivamente na moda. — Então, virou-se para Charles: — Lembra-se de Lorde Hornby, quando era jovem? Eu o considerava o homem mais atraente do mundo. Ele tinha cabelos ruivos e um porte invejável. O irmão dele era tão baixinho... — E assim ela continuou, pulando de um assunto para outro, como um passarinho de galho em galho.

Victoria olhou para o parque à sua volta, recostou-se na carruagem aberta e respirou profundamente, de pura felicidade.

— É tão quieto aqui — comentou com Caroline. — Tem sido muita bondade sua me salvar da Srta. Flossie quase todas as tardes com esses passeios.

— O que estava estudando quando eu cheguei?

— A maneira correta de tratar membros da nobreza e suas esposas.

— E você já decorou todos os títulos e tratamentos? — perguntou.

— Claro! — disse, reprimindo uma risadinha de irreverência. — Tudo o que tenho de fazer é chamar os homens de "milorde", como se fossem deuses, e suas esposas de "milady", como se eu fosse a criada delas! — As duas caíram na risada, antes de Victoria continuar: — Minha maior dificuldade é o francês — admitiu. — Minha mãe ensinou a mim e a Dorothy a ler muito bem em francês, mas eu não consigo me lembrar das palavras adequadas quando falo.

Caroline, que falava francês fluentemente, tentou ajudar:

— Às vezes, é mais fácil aprender uma língua em frases úteis do que em palavras soltas. Assim, você não precisa pensar em como colocá-las juntas. O resto vem depois, naturalmente. Por exemplo, como você me pediria o material necessário para escrever uma carta?

— *Mon pot d'encre veut vous emprunter votre stylo?* — arriscou Victoria.

Caroline mal pôde conter o riso.

— Você disse: "Meu tinteiro deseja tomar a sua pena emprestada".

— Pelo menos, cheguei perto — disse Victoria, e as duas explodiram em gargalhadas.

Os ocupantes de outras carruagens que passeavam pelo parque viraram-se ao som musical das risadas alegres das duas. E, mais uma vez, confirmaram o interesse *especial* da fabulosa Condessa de Collingwood por Lady Victoria Seaton. Tal fato já aumentara em muito o prestígio de Victoria entre os membros da *ton* que ainda não acho a conheciam pessoalmente.

Victoria afagou a cabeça de Lobo, que, invariavelmente, as acompanhava nos passeios, antes de murmurar, pensativa:

— É incrível que eu tenha aprendido matemática e química com meu pai sem a menor dificuldade e, por outro lado, tenha tantos problemas com o francês. Talvez eu não consiga aprender porque acho a tarefa sem sentido.

— Por que sem sentido?

— Porque Andrew chegará em breve e me levará para casa.

— Sentirei a sua falta — declarou Caroline melancolicamente. — Em geral, as amizades levam anos para se tornar tão fortes quanto a nossa é agora. Quando, exatamente, você acha que Andrew vai chegar?

— Enviei-lhe uma carta uma semana depois da morte de meus pais. A carta levaria aproximadamente seis semanas para chegar ao seu destino e Andrew levaria outras seis para chegar à América. Então, precisaria de quatro a seis semanas para voltar para cá. O total ficaria entre 16 e 18 semanas. Amanhã faz exatamente 18 semanas que enviei a carta.

— Seus cálculos pressupõem que ele recebeu a carta na Suíça, mas o correio europeu nem sempre é confiável. Além disso, Andrew talvez já tivesse partido para a França quando a carta chegou.

— Entreguei uma segunda carta à Sra. Bainbridge, mãe de Andrew, com o endereço dele na França, para essa eventualidade — explicou. — Se eu soubesse, na ocasião, que viria para a Inglaterra, ele poderia ter ficado na Europa, o que teria sido muito mais conveniente. Infelizmente, eu não sabia e, assim, escrevi apenas que meus pais haviam morrido em um acidente. Tenho certeza de que, quando ele recebeu a notícia, partiu para a América imediatamente.

— Então, por que ele não chegou lá antes de você partir para a Inglaterra?

— Provavelmente não houve tempo suficiente. Calculo que ele tenha chegado uma ou duas semanas depois da minha partida.

Caroline ficou observando a amiga por um momento, antes de perguntar:

— Victoria, você já disse ao Duque de Atherton que tem certeza de que Andrew virá buscá-la?

— Sim, mas ele se recusa a acreditar. E é por não acreditar que faz questão de que eu tenha essa temporada londrina.

— Não acha estranho ele querer que você e Lorde Fielding finjam estar noivos? Não quero me intrometer — desculpou-se Caroline rapidamente. — Se você preferir não discutir isso comigo, eu vou entender.

— Não! Já faz algum tempo que desejo conversar sobre isso com você, mas não queria abusar da nossa amizade, desabafando todos os meus problemas.

— Ora, eu já desabafei com você antes — argumentou Caroline. — Afinal de contas, é para isso que servem os amigos. Você não faz ideia de como é bom ter um amigo na *ton* que não vai sair por aí espalhando tudo o que eu disser.

Victoria sorriu.

— Nesse caso... Tio Charles diz que o motivo pelo qual ele quer que todos acreditem que estou noiva é porque isso me manterá livre de outros "embaraços" e "complicações". Na condição de noiva, segundo ele, poderei desfrutar todos os prazeres de meu *début* sem ser pressionada por pretendentes, ou pela sociedade, para escolher um noivo.

— Ele não deixa de ter razão — admitiu Caroline, sua expressão ligeiramente confusa. — Ainda assim, está se esforçando demais só para evitar que os cavalheiros a pressionem com propostas de casamento.

— Eu sei disso — confessou Victoria, olhando pensativa para os narcisos que floresciam ao longo do caminho. — Estive pensando... Tio Charles gosta muito de mim e, às vezes, acho que ele ainda tem esperanças de que Lorde Fielding e eu nos casemos, caso Andrew não venha me buscar.

A preocupação obscureceu os olhos cinzentos de Caroline.

— Acha que isso é possível?

— De jeito nenhum — garantiu Victoria, com um sorriso sincero.

— Ótimo — respirando aliviada, a amiga recostou-se contra as almofadas. — Eu ficaria preocupada com você caso viesse a se casar com Lorde Fielding.

A curiosidade tomou conta de Victoria.

— Por quê?

— Eu não deveria ter dito isso, mas, como já disse, é melhor esclarecer a questão. Se Andrew não vier buscá-la, você precisa saber que tipo de homem

Lorde Fielding realmente é. Existem residências nas quais ele é recebido, mas não é muito bem-vindo...

— Por quê?

— Ao que parece, houve algum tipo de escândalo, há quatro anos. Não conheço detalhes porque eu era jovem demais para ter acesso às histórias mais escandalosas. Na semana passada, perguntei ao meu marido, mas ele é amigo de Lorde Fielding e se recusou a tocar no assunto. Disse apenas que tudo não passou de boatos sem fundamento, espalhados por uma mulher vingativa. Além disso, ele me proibiu de perguntar a quem quer que fosse, por achar que isso poderia reavivar a fofoca.

— A Srta. Flossie diz que a *ton* está sempre fervilhando com alguma fofoca e que, na maioria das vezes, tudo não passa de boatos sem fundamento — comentou Victoria. — Seja o que for, tenho certeza de que saberei de tudo nas próximas duas semanas.

— Você está enganada — afirmou Caroline, enfaticamente. — Em primeiro lugar, como você é jovem e solteira, ninguém vai comentar nada escandaloso perto de você, com receio de ferir sua sensibilidade. Em segundo, as pessoas falam dos outros, mas raramente contam suas histórias para quem está envolvido. Em geral, espalha-se a fofoca pelas costas daqueles mais intimamente ligados à história.

— Porque, assim, a fofoca alcança mais pessoas e causa maiores estragos — concordou Victoria. — Também havia fofocas em Portage e, em geral, não passavam de boatos sem fundamento.

— Talvez, mas quero alertá-la sobre outra coisa — continuou Caroline, parecendo sentir-se culpada, mas determinada a proteger a amiga. — Por causa de seu título e de sua fortuna, Lorde Fielding é tido como um excelente partido e as mulheres o consideram extremamente atraente. Por conta disso, as solteiras não poupam esforços para agradá-lo. No entanto, *ele* não dispensa um tratamento gentil a *elas*. Na verdade, chega a ser completamente rude em diversas situações! Victoria — concluiu em um terrível tom de condenação —, Lorde Fielding *não* é um cavalheiro.

Dito isso, a condessa esperou alguma reação de Victoria, mas, uma vez que esta se limitava a fitá-la, como se aquele defeito de caráter não tivesse maior importância, Caroline prosseguiu:

— Os homens o temem tanto quanto as mulheres, não só por sua frieza e seu cinismo, mas também por causa dos rumores sobre seus duelos na Índia.

Dizem que ele participou de dezenas de duelos e matou seus oponentes a sangue-frio, sem demonstrar o menor traço de emoção ou arrependimento. Dizem que é capaz de desafiar um homem para um duelo pela ofensa mais banal...

— Não acredito nisso — disse Victoria, com uma lealdade que não sabia possuir.

— Você pode não acreditar, mas muita gente acredita e tem medo dele.

— Ele é segregado por isso?

— Muito pelo contrário. As pessoas literalmente se *curvam* diante dele. Ninguém tem coragem de enfrentá-lo.

— Não é possível que *todos* que o conheçam tenham medo dele! — exclamou Victoria, incrédula.

— Quase todos. Robert gosta dele genuinamente e ri quando digo que há algo de sinistro em Lorde Fielding. Certa vez, porém, ouvi a mãe de Robert dizer a um grupo de amigas que Lorde Fielding é depravado, que usa as mulheres e, em seguida, as abandona.

— Ele não pode ser tão ruim. Você mesma disse que é considerado um excelente partido.

— Na verdade, é considerado o melhor partido de toda a Inglaterra.

— Está vendo? Se as pessoas acreditassem que ele é tão terrível quanto você pensa, nenhuma jovem, ou sua mãe, jamais pensaria em um casamento com ele.

Caroline bufou indelicadamente.

— Por um título de duquesa e uma grande fortuna, há quem se case até mesmo com o Barba Azul! — Como Victoria pareceu achar graça, a amiga insistiu: — Ele não lhe parece estranho e assustador?

Victoria considerou cuidadosamente a resposta a essa pergunta. Lembrou-se dos modos rudes de Jason quando ela chegara a Wakefield e de sua ira incontrolada ao surpreendê-la nadando no riacho. Também se lembrou da facilidade com que ele trapaceara no jogo de cartas, a consolara na noite em que a encontrara chorando e rira de sua tentativa de ordenhar a vaca. E também do modo como ele a apertara contra si e a beijara com paixão e ternura, mas logo tratou de afastar essa última lembrança.

— Lorde Fielding é, sem dúvida, muito temperamental — começou. — Por outro lado, já notei que ele não guarda rancor e, pouco tempo depois, mostra-se disposto a realmente deixar para trás o que já passou. Sou muito parecida com ele nesse aspecto, embora não me zangue com tanta facilidade. E ele não me desafiou para um duelo quando ameacei atirar nele — acrescentou com humor. — Portanto, não acredito que ele goste tanto de matar pessoas. Se me pedisse para descrevê-lo, eu provavelmente diria que se trata de um homem extremamente generoso, que pode até mesmo ser gentil, por trás de sua...

— Você só pode estar brincando!

— Não. Ocorre que eu o vejo de maneira diferente de você. Sempre tento ver as pessoas como meu pai me ensinou.

— E seu pai ensinou você a ser cega aos defeitos das pessoas? — perguntou Caroline.

— De modo algum. Mas ele era médico e me ensinou a procurar pelas causas, e não só pelos sintomas. Por isso, sempre que alguém se comporta de maneira estranha, começo a me perguntar *por que* age assim, e sempre há uma razão. Por exemplo, já notou que, quando alguém não se sente fisicamente bem, em geral se mostra irritado?

Caroline assentiu.

— Meus irmãos ficavam de mau humor com a mais leve dor de cabeça.

— É disso que estou falando: seus irmãos não são más pessoas, mas, quando não se sentem bem, ficam mal-humorados.

— Quer dizer que você acha que Lorde Fielding está doente?

— Eu não acho que ele esteja muito feliz, o que é a mesma coisa que não se sentir bem. Independentemente disso, meu pai também me ensinou a dar mais importância às coisas que uma pessoa faz do que àquilo que diz. Se você analisar Lorde Fielding por esse ângulo, verá que ele tem sido muito bom para mim. Ele me deu um lar e mais roupas bonitas do que serei capaz de usar em toda a minha vida. E me deixou levar Lobo para dentro de casa.

— Você deve ter uma compreensão elevada da natureza humana — concluiu Caroline, tranquilamente.

— Não é verdade — protestou Victoria com um sorriso maroto. — Eu perco a paciência e me magoo tão facilmente quanto qualquer um. E só "depois" é que me lembro de tentar compreender o motivo pelo qual a pessoa me tratou dessa maneira.

— E não tem medo de Lorde Fielding, nem mesmo quando ele está zangado?

— Só um pouquinho — admitiu com pesar —, mas não o vejo desde que vim para Londres, então talvez eu esteja apenas me sentindo corajosa devido à distância que nos separa no momento.

— Não mais separa — corrigiu-a Caroline, inclinando-se significativamente para a elegante carruagem preta com um brasão dourado na porta que esperava em frente ao número 6 da Upper Brook Street. — Aquele é o brasão de Lorde Fielding — explicou e, apontando para uma terceira carruagem, continuou: — E aquela é a nossa camuflagem. Isso significa que meu marido já resolveu seus negócios e decidiu vir me buscar.

Victoria sentiu o coração disparar diante da notícia de que Jason estava em casa. Porém, atribuiu essa reação ao sentimento de culpa por ter falado a respeito dele com Caroline.

Ambos os cavalheiros estavam no salão, ouvindo pacientemente o relato da Srta. Flossie sobre os progressos de Victoria naquelas duas semanas, frequentemente interrompido por comentários nostálgicos sobre o *début* dela mesma, quase cinquenta anos antes. Bastou um olhar para as feições de Jason para que Victoria concluísse que, mentalmente, ele estava estrangulando a pobre mulher.

— Victoria! — exclamou a Srta. Flossie ao vê-la. — Finalmente de volta! Estive contando a esses cavalheiros sobre seu talento ao piano e os dois estão mais do que ansiosos para ouvi-la tocar. — Sem perceber a expressão irônica que tomou conta do semblante de Jason ao ser descrito como "mais do que ansioso", ela conduziu Victoria até o piano, insistindo para que tocasse alguma coisa imediatamente.

Sem saber o que fazer, Victoria se sentou no banquinho e lançou um olhar para Jason, que se concentrava em retirar um fiapo de lã da calça azul-marinho. Ele não poderia ter parecido mais entediado a menos que bocejasse. Além disso, estava mais bonito do que nunca. Victoria sentiu outra onda de nervosismo quando ele ergueu os olhos para fitá-la com um sorriso debochado.

— Nunca tive a oportunidade de conhecer uma mulher capaz de nadar, atirar, domesticar animais selvagens *e*, ainda, tocar piano — gracejou ele. — Vamos ouvi-la.

Pelo tom de voz, Victoria deu-se conta de que ele esperava que ela tocasse muito mal. Desejou ardentemente adiar aquele recital para um momento em que não se sentisse tão nervosa.

— O Sr. Wilheim nos deu aulas de piano, como pagamento após meu pai tratar sua doença nos pulmões, mas Dorothy toca muito melhor do que eu. Passei meses sem tocar e só retomei a prática há duas semanas. Ainda não recuperei a agilidade — tentou se desculpar. — Minha interpretação de Beethoven é medíocre e...

A esperança de ser dispensada se esvaiu quando Jason ergueu uma sobrancelha e apontou para o teclado.

Victoria suspirou e se rendeu.

— Gostaria de ouvir algo específico?

— Beethoven — respondeu.

Victoria lançou-lhe um olhar exasperado, que só serviu para alargar o sorriso de Jason. Em seguida, ela abaixou a cabeça e se preparou para tocar. Timidamente, quando pousou os dedos no teclado, o aposento ressoou com a melodia vibrante e arrebatadora da *Sonata em Fá Menor para Piano*, de Beethoven, explodindo com todo o poder, força e doçura.

No corredor, Northrup interrompeu o polimento de uma peça de prata e fechou os olhos, extasiado. No hall de entrada, O'Malley parou de repreender um subordinado e virou-se na direção do salão, com um sorriso de prazer ao som da música na casa de Lorde Fielding.

Quando Victoria terminou, todos no salão irromperam em aplausos espontâneos. Exceto Jason, que se reclinou na poltrona, com um sorriso maroto nos lábios.

— Você tem mais algum dote "medíocre"? — indagou em tom de provocação, embora houvesse um brilho de sincera admiração em seus olhos, o que proporcionou a Victoria um prazer imenso.

Caroline e o marido partiram em seguida, prometendo comparecer ao baile no dia seguinte. A Srta. Flossie foi acompanhá-los até a porta. Ao se ver sozinha com Jason, Victoria ficou inexplicavelmente nervosa e, para esconder seus sentimentos, desatou a falar:

— Estou surpresa por vê-lo aqui.

— Não pensou que eu estaria ausente em seu *début*, pensou? Não sou totalmente indiferente às convenções sociais. Se todos acreditam que estamos noivos, o que iriam pensar se eu não viesse?

— Milorde...

— Isso soa muito bem — interrompeu-a com uma risada. — Respeitoso. Você nunca me chamou assim antes.

— E não teria chamado agora, se a Srta. Flossie não tivesse passado os últimos dias me torturando com títulos e maneiras de me dirigir aos nobres. Mas o que quero dizer é que não sei mentir muito bem e a ideia de dizer às pessoas que estamos noivos me faz sentir péssima. Tio Charles não dá ouvido às minhas objeções, mas eu não creio que essa farsa seja uma boa ideia.

— Não é — concordou Jason. — O motivo para lhe proporcionar esta temporada londrina é justamente apresentá-la a potenciais pretendentes...

Victoria abriu a boca para insistir que Andrew se tornaria seu marido, mas Jason a impediu com um gesto.

— O motivo é apresentá-la a pretendentes em potencial, *caso* Ambrose não venha resgatá-la logo.

— Andrew — corrigiu Victoria. — Andrew Bainbridge.

Jason deu de ombros.

— Quando alguém tocar no assunto do nosso noivado, quero que diga o que estou dizendo.

— O quê?

— Tenho dito que nada está decidido porque você ainda não me conhece o bastante para ter certeza de seus sentimentos por mim. Assim, deixaremos a porta aberta para qualquer futuro pretendente, e nem mesmo Charles poderá se queixar.

— Ainda prefiro dizer a verdade e contar que não estamos noivos.

Jason passou a mão pela nuca com certa irritação.

— Não podemos fazer isso. Se um de nós dois der o suposto noivado por encerrado, tão pouco tempo depois de sua chegada à Inglaterra, todos começarão a especular sobre qual dos dois foi rejeitado e as fofocas correrão livremente.

No mesmo instante, Victoria lembrou-se do que Caroline lhe contara a respeito da opinião da *ton* sobre Jason e adivinhou o que iriam dizer se pensassem que *ela* o rejeitara. Ao pensar nisso, sentiu-se imediatamente disposta a levar a farsa adiante. Por nada neste mundo retribuiria a atenção e a generosidade de Jason permitindo que pensassem que ela o achava repugnante ou assustador como futuro marido.

— Muito bem — disse. — Direi que as coisas ainda não estão bem estabelecidas entre nós.

— Ótimo. Charles já teve um ataque cardíaco quase fatal e o seu coração é fraco. Não quero lhe causar preocupações desnecessárias e ele está determinado a vê-la bem-casada.

— Mas... o que vai acontecer a ele quando Andrew vier me buscar? — inquiriu Victoria, aflita. — E o que as pessoas vão dizer quando eu... quando eu rejeitar você para me casar com outro?

O divertimento brilhou nos olhos de Jason enquanto ele escolhia as palavras certas.

— *Se* isso acontecer, diremos que você tem de honrar um compromisso assumido por seu falecido pai. Na Inglaterra, o dever de uma filha é se casar com o homem escolhido por sua família. Todos vão compreender. Charles sentirá a sua falta, mas, se acreditar que você está feliz, o golpe será mais ameno. No entanto, não creio que isso vá acontecer. Charles me falou sobre Bainbridge e, ao que parece, trata-se de um homem fraco, dominado pela mãe viúva. Sem a sua presença na América para lhe reforçar a coragem, ele certamente não terá a fibra necessária para desafiar a mãe e vir buscar você.

— Ora, pelo amor... — Victoria começou a protestar com veemência sobre esse equívoco, mas Jason a interrompeu com autoridade.

— Ainda não terminei. É evidente que seu pai não estava certo de que esse casamento seria o melhor para você. Afinal, ele insistiu em uma separação para testar os sentimentos de ambos os lados, sabendo que já se conheciam desde crianças. Quando seu pai morreu, você não estava noiva de Bainbridge, Victoria — concluiu, implacavelmente. — Portanto, se ele bater à nossa porta, terá de conquistar a *minha* aprovação para poder se casar com você e levá-la de volta para a América.

Victoria se sentiu dividida entre a fúria e um acesso de riso.

— Quanta petulância! — exclamou, com os pensamentos caindo sobre si mesmos. — Você nem conhece o Andrew, mas já acredita saber que tipo de homem ele é. E, agora, diz que eu não poderei me casar com ele, a menos que *você* o aprove. Justamente você, que quase me expulsou da sua casa quando cheguei a Wakefield! — A situação era tão absurda que ela começou a rir. — Francamente, eu nunca sei o que você vai dizer ou fazer a seguir, para me surpreender. Não tenho a menor ideia de como agir com você.

— Tudo o que tem a fazer — ressalvou Jason com um sorriso — é prestar bastante atenção a todos os jovens solteiros que conhecer durante a temporada, escolher o que mais lhe agrada e trazê-lo para que eu o conheça, aprove e lhe dê a minha bênção. Nada poderá ser mais fácil, pois estarei trabalhando no meu escritório, aqui, durante a maior parte do tempo, quase todos os dias.

— Aqui? — disse Victoria, sufocando o riso provocado pela descrição de como ela deveria escolher um marido. — Pensei que fosse se hospedar na casa de tio Charles.

— Dormirei lá, mas trabalharei aqui. A casa de Charles é extremamente desconfortável. A mobília é muito velha e os aposentos são pequenos e escuros. Além disso, ninguém pensará tolices se eu ficar aqui durante o dia, desde que você tenha uma acompanhante adequada, o que já acontece. Assim, não há motivo para que eu seja perturbado enquanto trabalho. E, por falar em companhia, Flossie Wilson já a enlouqueceu com sua tagarelice?

— Ela é adorável — respondeu Victoria, esforçando-se novamente para não rir.

— Nunca ouvi uma mulher falar tanto e dizer tão pouco.

— Ela tem um bom coração.

— Verdade — concordou Jason, distraído, e olhou para o relógio. — Eu tenho ingressos para a ópera esta noite. Quando Charles chegar, diga-lhe que estive aqui e que voltarei a tempo de receber os convidados amanhã.

— Está bem, mas quero avisá-lo de que ficarei mais do que satisfeita quando Andrew chegar e você for forçado a admitir que errou em seu julgamento.

— Não conte com isso.

— Ah, mas já estou contando! E pensarei na maneira mais humilhante de forçá-lo a admitir isso!

Por um instante, Jason se limitou a estudá-la com uma pontada de surpresa e admiração no olhar. Então, indagou lentamente:

— Você não tem medo de nada?

— Não tenho medo de você — anunciou alegremente.

— Pois deveria — concluiu ele, em um tom enigmático, e saiu.

# 13

— Quase todos os convidados já chegaram — anunciou a Srta. Flossie, extasiada, enquanto Ruth dava os últimos retoques no penteado de Victoria. — Está na hora de fazer a sua entrada triunfal, querida.

Victoria levantou-se, obediente, mas sentiu os joelhos trêmulos.

— Eu preferiria receber os convidados junto com o tio Charles e Lorde Fielding, para que eu pudesse conhecê-los separadamente. Seria muito menos estressante.

— E também não causaria metade do impacto que vai causar!

Victoria examinou-se pela última vez no espelho, aceitou o leque que Ruth lhe entregou e segurou a saia.

— Estou pronta — falou sem muita convicção.

Quando passavam pela balaustrada, Victoria parou para observar o imenso hall de entrada, transformado em um magnífico jardim, com vasos de samambaias gigantescas e enormes cestos de rosas brancas. Respirou fundo e começou a subir a escada para o andar superior, onde ficava o salão de baile. Criados em pé, vestindo uniformes formais, de veludo verde, ornados com galões dourados, ocupavam posições estratégicas, ao lado de pedestais de mármore que davam suporte a outros cestos de rosas. Victoria sorriu para os criados que conhecia e cumprimentou os demais com um discreto aceno de cabeça. O'Malley encontrava-se no topo da escada e, ao alcançá-lo, Victoria perguntou:

— Seu dente não voltou a incomodá-lo? Não deixe de me avisar se isso acontecer, pois não será trabalho algum preparar outro cataplasma.

Ele sorriu com profunda devoção.

— Não senti mais nada depois que a senhorita preparou o último, milady.

— Ótimo, mas vai me avisar se voltar a doer, não vai?

— Sim, milady.

O'Malley esperou até que Victoria se afastasse para murmurar ao lacaio a seu lado:

— Ela é uma grande dama, não acha?

— A mais grandiosa que já vi — concordou o outro. — Exatamente como você previu no primeiro dia.

— Ela vai tornar a vida muito melhor para todos nós, inclusive para o patrão, assim que passar a dormir na cama dele. Vai lhe dar um herdeiro, e isso o fará feliz.

Northrup encontrava-se na sacada com vista para o salão de baile, a postura ereta, pronto para anunciar o nome de quem chegasse. Victoria se aproximou, sentindo as pernas mais trêmulas do que nunca.

— Dê-me um instante para recuperar o fôlego — pediu. — Então, poderá nos anunciar. Estou muito nervosa — confessou.

Um esboço de sorriso iluminou as rígidas feições do mordomo ao examinar a mulher espetacular à sua frente.

— Enquanto recupera o fôlego, milady, permita-me dizer que adorei ouvi-la tocar Beethoven ontem à tarde. Aquela sonata é uma das minhas favoritas.

Victoria ficou tão satisfeita e surpresa com a inesperada cordialidade do austero Northrup que quase se esqueceu da multidão assustadora que apinhava o salão.

— Obrigada — agradeceu sorrindo gentilmente. — E qual é a sua peça predileta?

Embora parecesse chocado pela demonstração de interesse dela, ele respondeu.

— Tocarei para você, amanhã — prometeu docemente.

— É muita gentileza sua, milady! — replicou Northrup, com um rosto rígido e uma reverência formal. Porém, quando se virou para anunciá-la, sua voz transbordava de orgulho: — Lady Victoria Seaton, Condessa de Langston... e Srta. Florence Wilson.

Um raio de expectativa pareceu cair no meio da multidão, interrompendo as conversas e sufocando as risadas. Cerca de quinhentos convidados se viraram ao mesmo tempo, ansiosos para ver pela primeira vez a americana que, agora, usava o título da mãe e que, em breve, receberia outro, ainda mais cobiçado, de Jason, Lorde Fielding.

Então, viram uma exótica deusa ruiva, envolta em um vestido em estilo grego, de seda azul-safira cintilante, que combinava com seus olhos azuis brilhantes e realçava as curvas voluptuosas de seu corpo. Luvas longas cobriam-lhe os braços, e os cabelos sedosos encontravam-se presos no topo da cabeça, de onde caíam em uma profusão de cachos avermelhados, entremeados de fios de safiras e brilhantes. Também viram o rosto delicado, de beleza inesquecível, com seus contornos bem-definidos, o nariz perfeito, lábios generosos e uma fenda minúscula e intrigante bem no centro do queixo.

Ninguém que a visse suspeitaria que os joelhos da jovem beldade estivessem prestes a ceder por causa do nervosismo.

O mar de rostos sem nome olhando para ela pareceu abrir-se à medida que ela ia descendo a escada. Então, subitamente Jason deu um passo à frente do meio da multidão, aproximou-se e estendeu-lhe a mão. Victoria aceitou-a com um gesto automático e ergueu um par de olhos arregalados de pânico, em um silencioso pedido de socorro.

Inclinando-se para ela, como se tivesse um elogio muito particular a fazer, Jason murmurou-lhe ao ouvido:

— Está apavorada, não está? Quer que eu comece a apresentá-la aos convidados agora ou prefere dançar comigo e deixar que a observem mais um pouco?

— Que alternativa! — sussurrou com uma risada abafada.

— Mandarei a orquestra começar — decidiu Jason sabiamente, ordenando, com um aceno de cabeça, que os músicos dessem início a uma valsa. Levou Victoria até o centro da pista de dança e tomou-a nos braços. — Sabe dançar valsa?

— Isso é hora de perguntar? — disse ela, rindo, à beira de um ataque de nervos.

— Victoria! — pronunciou-lhe o nome em tom severo, embora continuasse com um sorriso deslumbrante para manter as aparências. — Você é a mesma jovem que ameaçou, com incrível frieza, estourar os meus miolos com uma arma. Não se atreva a se acovardar justamente agora!

— Não, milorde — replicou ela, tentando desesperadamente acompanhá-lo quando ele iniciou os passos da valsa.

Percebeu que Jason dançava com a mesma elegância e naturalidade com que usava o caríssimo traje preto de gala.

De repente, o braço dele apertou em torno da cintura de Victoria, forçando-a a uma proximidade de tirar o fôlego.

— Quando um casal está dançando — explicou —, os dois costumam conversar ou flertar. Do contrário, quem estiver olhando vai concluir que nenhum dos dois está satisfeito com seu parceiro.

Victoria se limitou a fitá-lo, sentindo a boca muito seca.

— Diga alguma coisa, diabos!

A maldição, pronunciada com um sorriso *tão* galante, fez Victoria soltar uma gargalhada e, por um instante, ela se esqueceu do público ao redor. Tentando fazer o que ele pediu, disse a primeira coisa que lhe veio à cabeça:

— Dança muito bem, milorde.

Jason relaxou e seu sorriso tornou-se mais largo.

— Isso é o que *eu* deveria dizer a *você*.

— Vocês, ingleses, têm regras para tudo! — retrucou ela em tom de deboche.

— Não se esqueça de que, agora, você também é inglesa, minha cara. A Srta. Flossie ensinou você a dançar muito bem. O que mais aprendeu?

Ligeiramente contrariada pela insinuação de que ela não sabia dançar, Victoria respondeu com um sorriso:

— Pode ficar tranquilo, pois garanto que já sei tudo o que os ingleses consideram necessário a uma jovem refinada, bem-nascida.

— Pode ser mais específica?

— Além de tocar piano, sou capaz de cantar, dançar sem tropeçar e bordar com pontos precisos. Além disso, sei ler em francês e me curvar diante de membros da realeza com profunda reverência. Ao que me parece, na Inglaterra, espera-se que uma mulher seja absolutamente inútil.

Jason virou a cabeça para trás e riu de sua observação. Em sua opinião, Victoria era uma incrível combinação de contrastes intrigantes: sofisticação e inocência, feminilidade e coragem, beleza exuberante e humor irreprimível. Tinha um corpo criado para as carícias masculinas, um par de olhos que poderiam levar qualquer homem à loucura, um sorriso que era ao mesmo tempo ingênuo e sensual, além de uma boca... uma boca que, definitivamente, convidava a um beijo.

— É falta de educação olhar para uma mulher assim — protestou Victoria, mais preocupada em manter as aparências do que com a direção do olhar de Jason.

Ele ergueu os olhos depressa.

— Desculpe.

— Disse que devemos flertar enquanto dançamos — lembrou-o em tom de provocação. — Não tenho nenhuma experiência no assunto. E você?

— Mais que suficiente.

— Muito bem. Vá em frente e mostre-me como se faz.

Surpreso pelo convite, Jason fitou os olhos incrivelmente azuis e se perdeu neles. O desejo tomou conta de seu corpo e seus braços a apertaram.

— Você não precisa de aulas — murmurou com a voz rouca. — Está se saindo muito bem.

— Do que você está falando? — A evidente confusão de Victoria devolveu a sanidade a Jason.

— Você está prestes a se meter em encrencas com as quais nunca sonhou.

Em um canto do salão, Lorde Crowley examinou Lady Victoria da cabeça aos pés.

— Linda — concluiu, dirigindo-se ao amigo. — Eu lhe disse que ela era magnífica, na primeira vez que a vimos, no dia em que chegou a Londres. Nunca vi mulher igual. Ela é divina... um anjo.

— Uma beldade! — concordou Lorde Wiltshire.

— Não fosse por Wakefield, eu a cortejaria — anunciou Crowley.

— Mas, para conquistá-la, você teria de ser dez anos mais velho e vinte vezes mais rico, embora eu tenha ouvido dizer que o casamento ainda não está decidido.

— Nesse caso, cuidarei para que ela me seja apresentada ainda esta noite.

— Farei o mesmo — disse Lorde Wiltshire, em tom desafiador.

Então, os dois saíram à procura de suas respectivas mães, a fim de providenciar as apresentações adequadas.

Para Victoria, a noite foi um grande sucesso. Temera que os membros da *ton* fossem como Lady Kirby, mas a maioria pareceu aceitá-la de bom grado em seu círculo fechado. Na verdade, alguns, particularmente os cavalheiros, haviam se mostrado bastante efusivos em suas atenções e elogios. Mantiveram-na cercada praticamente o tempo todo, solicitando apresentações e danças, disputando a sua atenção e pedindo permissão para visitá-la. E, embora não levasse tais manifestações muito a sério, Victoria tratou a todos com imparcial simpatia.

Ocasionalmente, avistava Jason em meio aos convidados e sorria discretamente. Ele estava mais atraente do que nunca naquele impecável traje preto, que combinava com os cabelos fartos e contrastava com a camisa branca e o sorriso arrasador. Perto dele, os outros homens pareciam pálidos e insignificantes.

Muitas outras mulheres pensavam o mesmo. Victoria percebeu isso, quatro horas depois, quando dançava com mais um de seus admiradores, notando que várias flertavam ostensivamente com Jason, ignorando o fato de ele ser, supostamente, o noivo de Victoria. Com silenciosa compaixão, ela ficou observando uma loira muito bonita esforçar-se para prender a atenção dele, com olhares e sorrisos insinuantes, enquanto Jason permanecia apoiado a uma pilastra, sem esconder, no rosto bronzeado, o profundo tédio que a acompanhante lhe causava.

Até aquela noite, Victoria imaginara que ele só tratava a ela com aquele deboche que tanto a irritava. Porém, deu-se conta de que Jason parecia tratar todas as mulheres com frieza. Sem dúvida, era a esse fato que Caroline havia se referido ao dizer que ele era rude e nem um pouco cavalheiro. Mesmo assim, as mulheres sentiam-se atraídas para ele como mariposas na direção da luz. E por que não?, perguntou-se Victoria ao vê-lo livrar-se da loira e se encaminhar para Lorde Collingwood. Jason era definitiva e irresistivelmente... viril.

Robert Collingwood olhou para Jason e, então, apontou para os admiradores de Victoria, que se acotovelavam ao lado de Flossie Wilson, esperando que a musa retornasse da pista de dança.

— Se ainda pretende encontrar um marido para ela, Jason, não vai ter de procurar muito. Ela acaba de se transformar na grande sensação da temporada.

— Ótimo — replicou Jason, lançando um olhar indiferente para os rapazes e dando de ombros.

# 14

A previsão de Robert sobre o sucesso de Victoria se confirmou. No dia seguinte ao baile, 12 cavalheiros e sete jovens damas foram visitá-la, fazendo-lhe convites e suplicando que Victoria lhes mostrasse Lobo de perto. Northrup viveu seu dia de glória, conduzindo visitantes de um salão para outro e distribuindo tarefas entre os criados, que carregavam bandejas de chá para todo canto.

Quando o jantar foi servido, às 21 horas, Victoria estava exausta, sem a menor condição de comparecer a qualquer um dos bailes e saraus para os quais fora convidada. Fora dormir quando o dia estava prestes a amanhecer e mal conseguia manter os olhos abertos, enquanto saboreava a sobremesa. Jason, por sua vez, mostrava-se cheio de energia, como sempre, mesmo depois de ter trabalhado em seu escritório a tarde inteira.

— Victoria, você foi um sucesso incomparável ontem à noite — disse ele. — Ficou evidente que Crowley e Wiltshire já estão apaixonados por você. Assim como Lorde Makepeace, que é considerado o melhor partido da temporada.

Os olhos sonolentos de Victoria se encheram de alegria.

— Essa expressão em particular me fez pensar em um linguado suculento!

Um minuto depois, ela pediu licença para se retirar. Jason desejou-lhe boa noite, ainda sorrindo pelo gracejo de Victoria. Ela era capaz de iluminar um ambiente com seu sorriso, mesmo que sonolento. Por trás daquela sofisticação natural, havia também doçura e inteligência. Jason bebericou o seu conhaque, lembrando-se de como ela encantara a *ton*, na noite anterior, com sua beleza e simpatia. Também conquistara Northrup de maneira definitiva, ao tocar Mozart especialmente para ele, antes do jantar. Quando Victoria terminara, o velho mordomo tinha lágrimas nos olhos. Em seguida, ela mandara chamar O'Malley e tocara uma animada *jiga* irlandesa para o chefe dos criados. Ao final da apresentação, havia uma dúzia de criados junto à porta do salão, ouvindo, com fascínio, o concerto improvisado. Em vez de ordenar que se dispersassem e se ocupassem de suas tarefas, como Jason estivera prestes a fazer, Victoria perguntou-lhes se algum *deles* gostaria de ouvir alguma canção em particular. Sabia os nomes de cada um e indagou-lhes sobre sua saúde e suas famílias. E, apesar de exausta, permanecera ao piano por mais de uma hora.

Jason deu-se conta de que todos tinham profunda devoção por ela. Os criados sorriam e faziam qualquer coisa para agradá-la; as criadas se apressavam a satisfazer seus mínimos desejos. E Victoria agradecia a cada um deles pela atenção especial em seus serviços. Sabia lidar com as pessoas e era capaz de conquistar barões e mordomos com igual facilidade, talvez por tratar a todos com o mesmo interesse sincero e sorridente.

Distraído, Jason girou o copo de conhaque entre os dedos, refletindo que, depois da saída de Victoria, o salão parecia escuro e vazio. Não percebendo que Charles o observava com um brilho de profunda satisfação no olhar, continuou ali sentado com o cenho franzido.

— Ela é uma jovem extraordinária, não é? — disse Charles, em tom casual.

— Sim.

— Além da beleza exótica, tem uma inteligência rara. Ora, você riu mais desde que Victoria chegou à Inglaterra do que riu no último ano inteiro! Não negue: a garota é esplêndida.

— Não vou negar — respondeu Jason, lembrando-se da incrível facilidade com que ela se comportava como uma condessa, uma camponesa, uma criança travessa ou uma mulher sofisticada, dependendo de seu estado de espírito e do ambiente à sua volta.

— Ela é charmosa e inocente, mas também tem força e coragem. O homem certo poderá transformar Victoria em uma mulher ardente e apaixonada, para aquecer-lhe a cama e a vida. — Charles fez uma pausa, mas, como Jason não disse nada, continuou: — O tal Andrew não tem a menor intenção de se casar com ela. Não tenho nenhuma dúvida em relação a isso. Do contrário, já teria entrado em contato com ela, a essa altura. — Fez outra pausa e Jason permaneceu em silêncio. — Lamento muito mais por Andrew do que pela própria Victoria. Aliás, sinto pena de qualquer homem que seja tolo o bastante para ignorar a única mulher que pode fazê-lo feliz. Jason, está me ouvindo?

Jason lançou-lhe um olhar intrigado e impaciente.

— Ouvi cada palavra. E o que tudo isso tem a ver comigo?

— O quê...? — começou Charles, frustrado, mas tratou de se controlar, prosseguindo com mais cautela. — Ora, tem tudo a ver com você e comigo também. Victoria é uma jovem solteira. Mesmo com a presença da Srta. Flossie como sua acompanhante, ela não pode continuar vivendo indefinidamente na companhia de um homem solteiro, tendo outro solteiro que passa os dias aqui. Se continuarmos assim por muito tempo, as pessoas vão achar que ela realmente não passa de mais uma de suas conquistas e, então, será marginalizada. Você não quer ser motivo de humilhação para a garota, quer?

— Claro que não.

— Então, há apenas uma solução: ela terá de se casar o mais depressa possível — disse Charles, mas Jason ficou quieto. — Não acha, Jason? — insistiu.

— Suponho que sim.

— E com *quem* ela deveria se casar, Jason? — perguntou Charles, triunfante. — *Quem* poderá transformá-la em uma mulher ardente e apaixonada? Quem precisa de uma esposa para aquecer-lhe a cama e lhe dar um herdeiro?

Jason deu de ombros, visivelmente irritado.

— Como diabos eu deveria saber? Não sou o casamenteiro desta família! Você é!

— Está dizendo que não é capaz de pensar em um único homem com quem Victoria deveria se casar? — inquiriu Charles, boquiaberto.

Jason esvaziou seu copo de conhaque de um só gole, depois colocou o copo sobre a mesa com um baque decisivo e, então, se levantou abruptamente.

— Victoria sabe cantar, tocar piano, costurar e se comportar na sociedade — resumiu. — Encontre um homem com bom ouvido para música, bons olhos para a beleza e amor por cachorros. Mas certifique-se de que ele tenha uma natureza muito tranquila, ou Victoria acabará por enlouquecê-lo. É simples assim.

Como Charles continuou olhando para ele, boquiaberto, Jason acrescentou com impaciência:

— Eu tenho seis propriedades para administrar, uma frota de navios para supervisionar e uma centena de detalhes para cuidar. Este é o meu trabalho e o seu será encontrar um bom marido para Victoria. Farei a minha parte, acompanhando-a a alguns bailes e saraus nas duas próximas semanas. Ela já é um sucesso. Com um pouco mais de exposição em diferentes eventos sociais, terá uma fila de pretendentes maior do que você seria capaz de imaginar. Trate de estudá-los quando vierem visitá-la e, então, faça uma lista dos melhores candidatos. Examinarei as opções e escolherei um.

Os ombros de Charles vergaram sob o peso da derrota.

— Como quiser!

# 15

— Não vejo uma jovem causar tamanha euforia em Londres desde o *début* de Caroline — comentou Robert Collingwood com Jason, enquanto ambos observavam Victoria em um baile, uma semana depois. — Ela foi o assunto mais comentado da semana. É verdade que Victoria disse a Roddy Carstairs que seria capaz de vencê-lo em um torneio de tiro ao alvo, usando a pistola dele?

— Não — respondeu Jason secamente. — Victoria disse que, se Roddy Carstairs tentasse tomar mais alguma liberdade indesejada, ela atiraria nele... e se errasse o alvo, atiçaria Lobo contra ele. E, caso Lobo não terminasse o serviço, ela acreditava firmemente que *eu* terminaria. — Jason riu e sacudiu a cabeça. — Foi a primeira vez que alguém me indicou para o papel de herói. Só fiquei um pouco decepcionado por ter sido a segunda escolha, depois do cachorro.

Robert Collingwood lançou um olhar estranho para Jason, que não notou, pois observava Victoria atentamente. Cercada por admiradores que disputavam sua atenção, ela se mostrava serena e imperturbável, como uma rainha ruiva sendo cortejada por seus vassalos. Usando um vestido drapeado de cetim azul-claro e luvas do mesmo tecido, os cabelos vermelhos caindo em cascatas sobre os ombros, ela dominava o baile com sua presença encantadora.

Enquanto observava, Jason notou Lorde Warren muito próximo de Victoria, os olhos fixos no decote do vestido. O rosto de Jason ficou branco de raiva.

— Com licença — disse ele com firmeza para Robert. — Preciso ter uma conversinha com Warren.

Foi a primeira de muitas vezes, durante a quinzena seguinte, que a *ton* assistiu ao incomparável espetáculo do Marquês de Wakefield investindo furiosamente, como um falcão feroz, sobre algum pretendente entusiasmado, cujas atenções em relação à Lady Victoria se haviam tornado marcantes demais.

TRÊS SEMANAS APÓS o *début* de Victoria, Charles entrou no escritório de Jason.

— Já fiz a lista, como queria, de candidatos a marido para Victoria, a ser examinada por você — anunciou no tom de quem fora forçado a executar uma tarefa repugnante e não via a hora de se livrar da incumbência.

Jason parou de ler o relatório que tinha nas mãos e estreitou os olhos na direção do papel que Charles segurava.

— Estou ocupado agora.

— Mesmo assim, eu gostaria de examinar a lista com você. A tarefa de prepará-la não foi nada agradável. Selecionei diversos candidatos aceitáveis, mas não foi fácil.

— Tenho certeza disso — disse Jason com sarcasmo. — Afinal, todos os almofadinhas de Londres estiveram aqui, como cachorrinhos, farejando-a! — Com isso, voltou a se concentrar no relatório. — Fique à vontade para ler os nomes, se assim deseja.

Franzindo o cenho diante da atitude indiferente de Jason, Charles se sentou diante dele e colocou os óculos.

— Em primeiro lugar, selecionei Lorde Crowley, que já me pediu permissão para cortejá-la.

— Não. Muito impulsivo — objetou Jason.

— Por que diz isso? — indagou Charles, confuso.

— Crowley não conhece Victoria o suficiente para querer "cortejá-la", como você mencionou.

— Não seja ridículo! Os quatros primeiros jovens desta lista já me pediram permissão para cortejar Victoria, desde que, é claro, seu casamento com ela não esteja realmente decidido.

— Risque os quatro... pelo mesmo motivo — disse Jason secamente, sem tirar os olhos do relatório. — Quem é o próximo?

— Lorde Wiltshire.

— Jovem demais. O próximo?

— Arthur Landcaster.

— Baixo demais. O próximo?

— William Rogers. *Ele* é alto, conservador, maduro, inteligente e atraente — recitou Charles em tom de desafio. — Além disso, é herdeiro de uma das melhores e maiores propriedades da Inglaterra. Acho que daria um excelente marido para Victoria.

— Não.

— Por que não? — protestou Charles.

— Não gosto da maneira como Roger monta.

— Não gosta... Muito bem. O último nome da lista é Lorde Terrance. *Ele* monta um cavalo extremamente bem e, ainda por cima, é um bom camarada, também alto, atraente, inteligente e rico. Que defeito pode apontar nele? — ironizou Charles, triunfante.

O maxilar de Jason se contraiu ameaçadoramente.

— Não *gosto* dele.

— Não é *você* quem vai se casar com Terrance — exclamou Charles, erguendo o tom de voz.

Jason inclinou-se na cadeira e deu um murro na mesa.

— Já disse que não gosto dele. Assunto encerrado.

Lentamente, a irritação de Charles deu lugar à surpresa e, então, a um sorriso malicioso.

— Você não a quer, mas também não quer que ninguém mais a tenha... Certo?

— Certo — retrucou Jason, em um tom ácido. — Não a quero.

A voz baixa e furiosa de Victoria se fez ouvir da porta:

— Eu também não quero você!

Os dois homens viraram-se para ela, mas, quando ela se aproximou, seus magníficos olhos azuis se mantiveram fixos no rosto impassível de Jason. Ela apoiou as mãos na mesa dele, o peito arfando de raiva.

— Já que está tão preocupado em se livrar de mim, caso Andrew não venha me buscar, tratarei de me esforçar para encontrar vários substitutos para ele, mas você *jamais* seria um deles! Você não vale um décimo do que Andrew vale. Ele é amável, gentil, tem um bom coração, enquanto você é frio, cínico, convencido e... um degenerado!

A palavra "degenerado" acendeu uma chama de fúria nos olhos de Jason.

— Se eu fosse você — retaliou ele em voz baixa e selvagem —, começaria a procurar os tais substitutos, pois o seu querido Andrew não a quer mais do que eu quero.

Mais humilhada do que conseguia suportar, Victoria deu meia-volta e disparou para fora do escritório, determinada a provar a Jason Fielding que outros homens *de fato* a queriam. E nunca, nunca mais se permitiria confiar nele de novo. Nas últimas semanas, ela fora levada a pensar que eram amigos, que Jason gostava dela. Lembrou-se do que o chamara havia pouco e corou de vergonha. Como pudera deixar que ele a provocasse tanto, a ponto de fazer com que ela o xingasse?

Assim que Victoria saiu, Charles virou-se para Jason com uma expressão amarga.

— Parabéns! Percebi que você queria fazer com que ela o desprezasse desde o dia em que ela pôs os pés em Wakefield, mas só agora compreendi o porquê. Vi o modo como olha para Victoria, quando pensa que não está sendo observado. Você a deseja e tem medo de que, em um momento de fraqueza, a peça em cas...

— Já chega!

— Você a deseja — concluiu Charles, furioso. — Você a quer, gosta dela e se odeia por isso, pois considera isso uma fraqueza. Bem, não precisa mais se preocupar, pois acabou de humilhá-la tão profundamente que ela jamais o perdoará. Ambos acertaram. Você *é* mesmo um degenerado e Andrew *não* virá buscá-la. Pode comemorar, Jason, pois não precisa mais se preocupar com suas fraquezas. Victoria vai odiá-lo ainda mais quando se der conta de que Andrew não virá. Espero que aproveite seu triunfo.

Jason pegou o relatório que estivera lendo com uma expressão glacial no rosto.

— Faça outra lista na semana que vem e, então, traga-a para mim.

# 16

A tarefa de selecionar os melhores candidatos a marido de Victoria e elaborar uma lista tornou-se bem mais difícil para Charles. Ao final da semana seguinte, a mansão na Upper Brook Street encontrava-se repleta de buquês de flores, trazidos por uma verdadeira multidão de cavalheiros entusiasmados, na esperança de conquistar a atenção e os favores de Victoria.

Até mesmo o elegante francês, Marquês de Salle, curvou-se aos encantos dela. E não foi por culpa da barreira da língua, mas por causa dela. Ele apareceu na mansão, um dia, na companhia do Barão Arnoff e de outro amigo que decidira fazer uma visita matinal a Victoria.

— Seu francês é excelente — disse o marquês, mentindo em inglês, em tom de galanteio.

Victoria fitou-o, achando graça.

— Meu francês é medíocre! — protestou. — Tenho tanta dificuldade para imitar os sons anasalados do francês quanto os tons guturais dos apaches.

— O que são apaches?

— Uma tribo de índios americanos.

— Está se referindo a selvagens americanos? — interveio o barão russo, lendário cavaleiro do Exército da Rússia, demonstrando um arrebatador interesse. — Ouvi dizer que esses selvagens são cavaleiros soberbos. É verdade?

— Só conheci um índio, Barão Arnoff, já bem velho e muito educado. Meu pai o encontrou doente, na floresta, e o levou para casa a fim de tratá-lo. Seu nome era Rushing River e ele ficou conosco, uma espécie de ajudante para o meu pai. No entanto, para responder à sua pergunta, embora fosse apenas metade apache, Rushing River era mesmo um cavaleiro soberbo. Eu tinha 12 anos quando o vi realizar acrobacias sobre um cavalo e fiquei fascinada. Ele não usava sela e...

— Não usava sela! — disse o barão, admirado.

— Nenhum apache usa.

— Que tipo de acrobacias ele fazia? — perguntou o marquês, mais interessado no rosto fascinante de Victoria do que em suas palavras.

— Certa vez, Rushing River me pediu que deixasse um lenço no meio de um campo aberto. Então, foi cavalgando até ele, a toda velocidade. Quando se aproximava do lenço, soltou as rédeas, tombou o corpo para o lado e o apanhou, com o cavalo em movimento. Depois, ele me ensinou a fazer isso — disse Victoria, rindo.

O barão parecia muito impressionado.

— Gostaria muito de ver isso. Pode me mostrar como se faz?

— Ah, sinto muito, mas seria impossível. O cavalo tem de ser treinado por um apache.

— Você poderia me ensinar algumas palavras da língua apache — sugeriu o marquês, sempre galante — e, em troca, eu lhe ensinaria o francês.

— Sua oferta é muito generosa, mas não seria justa, uma vez que tenho muito a aprender e bem pouco a ensinar. Só me lembro de algumas poucas palavras que Rushing River me ensinou.

— Tenho certeza de que poderia me ensinar uma frase, ao menos — insistiu ele, com o olhar sorridente.

— Ah, não, eu...

— Faço questão.

— Está bem — avaliou Victoria com um suspiro, antes de pronunciar uma frase apache. — Agora, tente repetir.

O marquês conseguiu na segunda tentativa e sorriu, satisfeito.

— O que significa? — perguntou. — O que eu disse?

Victoria lançou-lhe um olhar maroto, antes de traduzir:

— Aquele homem está pisando na minha águia.

O marquês, o barão e todos os presentes caíram na risada.

No dia seguinte, o barão russo e o marquês francês voltaram para uma nova visita, o que aumentou ainda mais o prestígio e a popularidade de Victoria.

Onde quer que ela estivesse, dentro da mansão, ouviam-se risadas alegres e animadas. No resto da casa, porém, a irritação emanada por Lorde Fielding fazia o ambiente gelar. À medida que as semanas iam se passando e os admiradores de Victoria se multiplicando, o humor de Jason ia de mal a pior. Aonde quer que fosse, ele encontrava algo que o desagradava. Criticava a cozinheira por preparar seu prato predileto com muita frequência; enfurecia-se com a governanta por um grão de poeira encontrado debaixo do corrimão; ameaçava demitir um criado cujo uniforme apresentava um botão frouxo.

No passado, Lorde Fielding fora um patrão exigente, porém razoável. Agora, nada parecia satisfazê-lo, e qualquer criado que cruzasse o seu caminho não escaparia sem um sermão rude. Infelizmente, quanto mais irascível ele se tornava, mais nervosos e agitados os criados ficavam e, na tentativa de se superar, acabavam por cometer mais erros.

Antes, as propriedades de Jason funcionavam como máquinas muito bem-azeitadas. Agora, os criados tropeçavam e se chocavam uns contra os outros, na pressa desesperada de realizar suas tarefas e, assim, evitar a ira do patrão. Como resultado desse frenesi de nervosismo, um vaso chinês de valor inestimável foi quebrado e um balde de água com sabão tombou sobre o tapete Aubusson da sala de jantar, ou seja, o caos tomou conta da mansão.

Victoria percebia a tensão reinante no ambiente, mas, quando tentou, com todo cuidado, abordar o assunto com Jason, ele a acusou de "tentar incitar uma insurreição". Em seguida, fez comentários desagradáveis sobre o barulho provocado por seus visitantes enquanto ele tentava trabalhar, bem como sobre o odor "nauseante" das flores que traziam para ela.

Por duas vezes, Charles tentou apresentar sua nova lista de candidatos a Jason, mas tudo o que conseguiu foi ser expulso do escritório aos berros.

Quando o próprio Northrup foi castigado com uma reprimenda, a criadagem entrou em pânico. Porém, tudo terminou no final de uma tarde, cinco semanas depois do *début* de Victoria. Jason trabalhava em seu escritório e chamou Northrup, que tentava acomodar, em um vaso, um buquê que acabara de ser entregue a Victoria.

Em vez de manter o irascível patrão esperando, o mordomo apressou-se em entrar no escritório, de buquê em punho.

— Chamou, milorde? — indagou, apreensivo.

— Ora, que lindas! — disse Jason, sarcástico. — Mais flores? Para mim? — E, antes que Northrup pudesse responder, o patrão explodiu: — A casa inteira cheira a flores! Já está parecendo um velório! Trate de se livrar desse buquê. Depois, diga a Victoria que quero vê-la imediatamente. Então, encontre o convite para a festa dos Frigley, esta noite. Não consigo me lembrar do horário. E diga ao meu valete para me preparar trajes formais. E então? O que está esperando? Mexa-se!

— Sim, milorde — disse Northrup, antes de sair correndo do escritório.

No corredor, esbarrou em O'Malley, que Jason acabara de repreender por não ter engraxado suas botas como deveria.

— Nunca o vi desse jeito! — comentou o chefe dos criados, de olhos arregalados, enquanto Northrup enfiava as flores no vaso, antes de sair à procura de Lady Victoria. — O lorde me pediu chá e, então, gritou comigo porque eu deveria ter-lhe servido café.

— O lorde não toma chá — explicou Northrup, tenso.

— Foi o que eu disse a ele quando pediu — respondeu O'Malley —, e fui chamado de insolente!

— O que você realmente é — criticou o mordomo, alimentando a animosidade que pairava entre ele e o criado irlandês havia vinte anos.

Com um sorriso malicioso, Northrup se afastou, apressado.

No salão menor, Victoria olhava fixamente para a carta que acabara de receber da Sra. Bainbridge, enquanto as palavras ficavam turvas diante de seus olhos:

> ... não consigo encontrar uma maneira delicada de lhe contar que Andrew se casou com a prima, na Suíça. Tentei avisá-la sobre essa possibilidade antes de sua partida para a Inglaterra, mas você não quis me ouvir. Agora, terá de aceitar a realidade. Sugiro que procure por um marido mais adequado a uma moça da sua posição.

— Não! Por favor! — murmurou Victoria, ao mesmo tempo que seus sonhos e esperanças caíam por terra, juntamente com sua fé nos homens.

Lembrou-se do rosto bonito e sorridente de Andrew a elogiá-la enquanto cavalgavam juntos. *Ninguém monta como você, Tory...* Também se lembrou do primeiro beijo, tão inocente, no seu aniversário de 16 anos. *Se você fosse mais velha, eu lhe daria um anel, em vez de um bracelete...*

— Mentiroso! — balbuciou Victoria entre soluços. — Mentiroso!

As lágrimas escorriam por suas faces e caíam no papel.

Northrup entrou no salão e anunciou:

— Lorde Fielding deseja vê-la no escritório, imediatamente, milady, e Lorde Crowley acabou de chegar. Perguntou se... — parou de falar quando Victoria olhou para ele com os olhos vermelhos.

Em seguida, ela se pôs de pé e, cobrindo o rosto com as mãos, passou apressadamente por ele. Um soluço angustiado escapou de seus lábios quando subia a escada correndo.

Northrup observou-a desaparecer e, com um gesto automático, abaixou-se para apanhar a carta que ela deixara cair no chão. Enquanto os outros criados só ouviam partes de conversas familiares, Northrup tinha acesso a muito mais informação. Ao contrário dos demais, jamais acreditara que Lady Victoria se casaria com Lorde Fielding. Além disso, ouvira a própria Victoria dizer várias vezes que pretendia se casar com um cavalheiro americano.

Alarmado, leu a mensagem a fim de descobrir que notícias terríveis a haviam deixado tão infeliz. Então, cerrou os olhos, compartilhando a aflição de Victoria.

— Northrup! — chamou Lorde Fielding aos berros do escritório.

Como um autômato, o mordomo obedeceu ao chamado.

— Disse a Victoria que desejo vê-la? — inquiriu Jason. — O que tem na mão? É o convite dos Frigley? Dê-me isso. — Jason estendeu a mão, impacientando-se ao ver o mordomo se aproximar lentamente da escrivaninha. — Que diabo deu em você, Northrup? — perguntou, arrancando o papel das mãos do mais velho. — Que manchas são essas?

— Lágrimas — respondeu Northrup, as costas eretas, a postura impecável, os olhos discretamente fixos na parede.

— Lágrimas? — repetiu Jason, tentando ler as palavras borradas. — Isto não é um convite, é... — parou de falar quando finalmente se deu conta do que lia. Ao terminar, ergueu os olhos flamejantes para Northrup. — Ele mandou a *mãe* contar a Victoria que se casou com outra? É um patife, covarde, miserável!

— Concordo plenamente, milorde.

Pela primeira vez em quase um mês, a voz de Jason não soava carregada de raiva e ressentimento quando anunciou:

— Eu vou falar com ela.

Levantou-se e foi direto ao quarto de Victoria.

Como sempre, ela não respondeu à batida. Como sempre, Jason abriu a porta e entrou sem permissão. Em vez de estar chorando no travesseiro,

Victoria olhava pela janela, o rosto mortalmente pálido, os ombros tão duros e retos que Jason quase podia sentir seu esforço doloroso para se manter ereta. Jason fechou a porta atrás de si e hesitou, torcendo para que ela lhe passasse um de seus sermões por ele ter entrado no quarto sem ter sido convidado. Porém, quando Victoria finalmente falou, sua voz soou tão calma e desprovida de emoção que ele chegou a ficar alarmado.

— Por favor, saia — pediu ela.

Ignorando o pedido, Jason se aproximou.

— Victoria, lamento... — parou de falar ao ver a ira nos olhos dela.

— Aposto que sim! Não se preocupe, milorde, pois não tenho a mínima intenção de ficar aqui por muito tempo, nem de continuar sendo um fardo para você.

Ele estendeu os braços na tentativa de confortá-la, mas ela recuou de seu toque como se tivesse sido queimada.

— Não me toque! Não se atreva! Não quero ser tocada por homem algum, especialmente por você. — Respirou fundo, obviamente lutando para manter o controle. — Estive pensando em como cuidar de mim mesma. Não sou tão inútil quanto você imagina. Sou uma excelente costureira. Madame Dumosse mencionou mais de uma vez como é difícil encontrar profissionais competentes e responsáveis. Ela pode me dar um emprego e...

— Não seja ridícula! — interrompeu-a Jason, furioso consigo mesmo por ter dito a ela que era uma inútil no dia em que chegara a Wakefield e ainda mais furioso com Victoria por lhe atirar as palavras no rosto, quando tudo o que ele queria era confortá-la.

— Ah, mas *eu sou* ridícula! — balbuciou ela. — Sou uma condessa sem um tostão, sem lar, nem orgulho. Nem mesmo sei se sou competente o bastante com uma agulha na mão para...

— Chega! — interrompeu Jason. — Não permitirei que trabalhe como costureira e ponto-final! Vai retribuir a minha hospitalidade colocando Charles e a mim em uma situação embaraçosa diante de toda a sociedade londrina?

Victoria encolheu os ombros e sacudiu a cabeça, derrotada.

— Ótimo. Então, não quero ouvir mais essas bobagens sobre trabalhar para madame Dumosse.

— Então, o que eu vou fazer? — perguntou em um sussurro, os olhos cheios de dor à procura dos dele.

Uma estranha emoção cintilou nas feições de Jason e ele cerrou os dentes, como se lutasse para não dizer o que estava pensando.

— Faça o que todas as mulheres fazem — disse ele duramente após uma longa pausa. — Case-se com um homem capaz de lhe oferecer um padrão de vida razoável. Charles já recebeu meia dúzia de ofertas pela sua mão. Case-se com um desses homens.

— Não quero me casar com um homem a quem não amo — retrucou Victoria, reavivando parte de seu espírito de luta.

— Vai mudar de ideia — afirmou Jason com frieza.

— Talvez seja o melhor a fazer — murmurou ela com a voz entrecortada —, pois amar alguém dói demais. Quando a pessoa a quem amamos nos trai... Ah, Jason, o que há de errado comigo? Você me odeia e Andrew...

Jason não pôde mais se conter. Ele a tomou nos braços e a apertou contra si.

— Não há nada de errado com você — assegurou, enquanto lhe afagava os cabelos. — Andrew é um covarde idiota. E eu sou ainda mais tolo do que ele.

— Ele gostou mais de outra mulher do que de mim — soluçou ela contra o peito de Jason. — E dói tanto saber disso!

Jason fechou os olhos e respirou fundo.

— Eu sei — confessou.

Victoria encharcou a camisa de Jason com suas lágrimas, que, pouco a pouco, foram derretendo o gelo que envolvia o coração dele durante anos. Abraçando-a com força, de forma protetora, ele esperou que o pranto se abrandasse, para então beijá-la na testa e perguntar com a voz suave:

— Lembra-se de quando me perguntou, em Wakefield, se poderíamos ser amigos?

Ela balançou a cabeça e, sem pensar, esfregou o rosto no peito dele.

— Eu gostaria muito de ser seu amigo — continuou Jason. — Pode me dar uma segunda chance?

Victoria ergueu a cabeça e fitou-o com o olhar cheio de dúvidas. Então, assentiu.

— Obrigado — agradeceu ele, com um esboço de sorriso.

# 17

Nas semanas seguintes, Victoria sentiu o impacto da rejeição de Andrew. No início, ficou magoada. Após, furiosa. Finalmente, fora invadida por um profundo e doloroso sentimento de perda. Porém, com força e determinação, obrigou-se a enfrentar a dura realidade daquela traição, bem como o fato inegável de que sua vida anterior chegara ao fim. Aprendeu a chorar na privacidade de seu quarto por tudo que havia deixado para trás, para, então, colocar um lindo vestido e exibir seu melhor sorriso para amigos e conhecidos.

Tratava de manter seus sentimentos bem escondidos de todos, exceto de Jason e Caroline Collingwood, que a ajudavam de maneiras diferentes. Caroline mantinha Victoria ocupada com intermináveis atividades sociais e Jason a acompanhava a quase todas essas atividades.

Na maior parte do tempo, ele tratava Victoria como se fosse seu irmão mais velho, acompanhando-a a festas, ao teatro, à ópera, permitindo-lhe desfrutar da companhia dos amigos, enquanto ficava com os dele. Porém, estava sempre atento e era protetor, pronto para afastar qualquer pretendente que não aprovasse. E Jason não aprovava um grande número deles. Para Victoria, que agora conhecia a fundo a fama de Jason como um libertino incorrigível, era muito engraçado vê-lo intimidar um admirador mais entusiasmado com a simples força de seu olhar.

Para o resto da *ton*, o comportamento do Marquês de Wakefield era não apenas engraçado, mas também muito estranho e até mesmo suspeito. Ninguém acreditava que os dois pretendiam se casar, especialmente porque Jason continuava a receber todos os admiradores de Victoria em sua casa e a afirmar que o noivado não era um compromisso definitivo. Além disso, como o noivado fora anunciado antes de a condessa chegar à Inglaterra, a *ton* concluiu que tudo fora arranjado de maneira prematura pelo duque, que, além de não possuir uma boa saúde, não escondia a profunda afeição pelos dois jovens. Assim, todos pensavam que o casal estava mantendo o compromisso apenas para agradá-lo.

Agora, porém, essa teoria começava a ser suplantada por outra, um tanto maldosa. Desde o início, houve algumas pessoas que haviam feito objeções ao fato de Victoria morar na mansão Wakefield. Por ser ela uma moça tão dócil, e como Lorde Fielding não demonstrara especial interesse por ela, a maioria das pessoas não dera ouvidos a tais objeções. No entanto, conforme as aparições públicas de Jason ao lado de Victoria aumentavam, as fofocas cresciam, especulando que o notório Lorde Fielding havia decidido transformar Victoria em mais uma de suas conquistas... se já não o fizera.

Algumas das línguas mais ferinas chegaram a insinuar que o noivado não passava de um disfarce conveniente para uma ligação imoral, levada a cabo bem debaixo do nariz da pobre Srta. Flossie Wilson. Esse boato em particular, embora amplamente disseminado, não recebeu maior crédito simplesmente porque Lorde Fielding, embora acompanhando Victoria a todos os lugares, jamais exibia a atitude possessiva de um amante. Além disso, Lady Victoria já conquistara um grande número de defensores ferrenhos, entre eles a Condessa de Collingwood e seu marido, que tomavam como ofensa pessoal qualquer comentário maldoso a respeito da Condessa de Langston.

Victoria não ignorava a curiosidade que cercava seu relacionamento com Jason, nem estava cega ao fato de que muitos membros da *ton* pareciam desconfiar dele. À medida que ia se acostumando ao jeito de ser de seus novos amigos, tomava maior consciência das nuances de expressão exibidas pelas pessoas, sempre que Jason estava por perto. Suspeitavam dele, assumiam uma posição de alerta, desconfiavam. No início, Victoria acreditara estar imaginando coisas, mas, com o tempo, confirmou suas suspeitas de que todos ficavam mais tensos e formais na presença dele. Às vezes, ouvia comentários, ou partes de conversas sussurradas, em que reconhecia uma pontada de malícia ou, no mínimo, de reprovação.

Caroline a advertira para o fato de as pessoas temerem Jason e não confiarem nele. Uma noite, Dorothy tentou fazer o mesmo.

— Tory, Tory, *é* você? — chamou Dorothy, atravessando a pequena multidão que cercava Victoria no jardim da casa de Lorde e Lady Potham, onde havia uma festa em andamento.

Como não via a irmã desde que as duas haviam desembarcado do navio, Victoria a envolveu em um abraço apertado e protetor.

— Por onde você esteve? — perguntou. — Tem escrito tão raramente que pensei que ainda estivesse "de castigo" no campo!

— Vovó e eu voltamos para Londres há três dias — explicou, apressada. — Eu teria vindo vê-la imediatamente, mas a vovó não quer que eu tenha nenhum contato com você. Ainda assim, tenho me mantido informada sobre todos os seus passos. Mas deixemos esse assunto de lado, pois não tenho muito tempo. Minha acompanhante virá à minha procura a qualquer momento. Eu disse a ela que avistara uma amiga da vovó e que precisava lhe dar um recado. — Lançou um olhar apreensivo, sem perceber a curiosidade com que os admiradores de Victoria a observavam. — Ah, Tory, estou tão preocupada com você! Sei que Andrew fez uma coisa horrível, mas você não pode nem sequer *pensar* em considerar a possibilidade de se casar com Wakefield! Ninguém gosta dele. Ouvi Lady Faulklyn, a acompanhante de vovó, falar dele. Sabe o que ela disse?

Victoria deu as costas ao seu público, que não escondia o interesse ávido.

— Dorothy, Lorde Fielding tem sido muito bondoso comigo. Não me peça para ouvir fofocas desagradáveis, pois eu não lhe darei ouvidos. Deixe-me apresentá-la...

— Agora não! — disse Dorothy, desesperada. — Sabe das coisas horríveis que falam de Wakefield? Lady Faulklyn disse que ele não seria nem *recebido* em Londres, se não fosse um Fielding. A reputação dele é terrível. Ele usa as mulheres para seus propósitos devassos e, depois, vira as costas para elas! Todos têm medo dele e você também deveria ter! Dizem... — parou de falar ao avistar uma senhora de meia-idade que abria caminho por entre a multidão. — Eu preciso ir. Aquela é Lady Faulklyn.

Dorothy correu ao encontro da mulher e as duas desapareceram.

O Sr. Warren, que se encontrava bem ao lado de Victoria, serviu-se de uma pitada de rapé e aproveitou a oportunidade para dar a sua contribuição:

— Aquela jovem tem razão, sabia?

Arrancada de seus pensamentos e com uma expressão de desagrado, Victoria virou-se para o jovem, que parecia ser o tipo de covarde incapaz de enfrentar até mesmo a própria sombra. Então, olhou para os outros que a cercavam com expressões apreensivas. Era evidente que haviam ouvido boa parte das palavras de Dorothy.

Então, sentiu um grande desprezo por todos explodir em seu peito. Nenhum daqueles jovens jamais se dedicara nem sequer a um dia de trabalho honesto, como Jason fazia. Eram tolos, superficiais, meros manequins bem--vestidos, que adoravam criticar Jason pelo simples fato de ele ser muito mais rico e desejado pelas mulheres do que todos eles juntos.

O sorriso brilhante de Victoria não escondeu o brilho ameaçador em seus olhos.

— Ora, Sr. Warren, *está* preocupado com meu bem-estar?

— Sim, milady, e eu não sou o único.

— Que absurdo! Se quer mesmo ouvir a verdade, e não mais perder tempo com fofocas tolas, eu contarei a você. Cheguei aqui, sozinha no mundo, sem família, nem fortuna, totalmente dependente de Sua Alteza e de Lorde Fielding. Agora, quero que olhe bem para mim.

Victoria teve de conter uma gargalhada quando o jovem tolo colocou os óculos, seguindo suas instruções ao pé da letra.

— Eu pareço uma mulher que tem sido maltratada? — inquiriu, impacientemente. — Fui assassinada em minha cama? Não, cavalheiro, não fui! Na verdade, Lorde Fielding proporcionou-me o conforto de sua bela casa, além de me oferecer a proteção de seu nome. Com toda a honestidade, Sr. Warren, penso que muitas mulheres em Londres adorariam ser "maltratadas" dessa forma e, pelo que pude observar, por *aquele* homem especificamente. Além disso, acho que a inveja e o ciúme que sentem dele é que dão origem a esses boatos ridículos.

O Sr. Warren corou e Victoria virou-se para os outros.

— Se conhecessem Lorde Fielding tão bem quanto eu, saberiam que ele é o homem mais gentil, generoso, refinado e... amável! — concluiu. Atrás dela, a voz de Jason soou divertida:

— Milady, em sua tentativa de defender minha terrível reputação, está me fazendo parecer um homem tedioso!

Victoria virou-se para encará-lo, embaraçada.

— No entanto — continuou ele com um sorriso —, poderei perdoá-la se você me conceder esta dança.

Ela pousou a mão na dele e se deixou levar até o salão.

O sentimento de euforia que a invadira por ter reunido coragem suficiente para defendê-lo começou a se dissipar quando Jason a tomou nos braços, deslizando pela pista de dança, em silêncio. Só então, Victoria parou para refletir que ainda sabia pouco sobre ele, embora houvesse aprendido, pela própria experiência, que Jason dava grande valor à sua privacidade e não gostava de falar de si mesmo. Sem jeito, perguntou-se se ele estaria zangado por tê-la surpreendido discutindo sobre ele com outras pessoas. Como ele permaneceu em silêncio, Victoria levantou os olhos e arriscou:

— Está zangado comigo por eu estar falando de você?

— Era de *mim* que estava falando? — indagou ele, levantando as sobrancelhas. — Pela descrição que ouvi, jamais teria adivinhado. Desde quando sou gentil, generoso, refinado e amável?

— Você está zangado — concluiu Victoria com um suspiro.

Jason riu baixinho, ao mesmo tempo que a apertava contra si.

— Não estou zangado — corrigiu. — Estou envergonhado.

— Por quê?

— Para um homem da minha idade e tamanho, com a minha reputação duvidosa, é um tanto embaraçoso ser defendido por uma jovem delicada como você.

Fascinada pela ternura que iluminou os olhos dele, Victoria teve de lutar contra o impulso absurdo de encostar a cabeça em seu ombro.

A NOTÍCIA DE QUE VICTORIA defendera Lorde Fielding em público se espalhou com rapidez. Aparentemente, ela o admirava, embora não estivesse decidida a se casar com ele. Ainda assim, a *ton* concluiu que a data do casamento deveria ser marcada em breve. Essa possibilidade deixou os admiradores de Victoria em pânico e eles redobraram seus esforços para agradá-la. Disputavam sua atenção com ferocidade, brigavam entre si por causa dela e, no final, Lorde Crowley e Lorde Wiltshire duelaram por ela.

— Ela não quer nenhum de nós dois — informou o jovem Lorde Crowley a Lorde Wiltshire uma tarde, quando saíam da mansão Wakefield, na Upper Brook Street, depois de uma visita breve e insatisfatória.

— Quer, sim — protestou Lorde Wiltshire. — Ela demonstrou um interesse especial por mim!

— Ora, seu idiota! Ela nos considera almofadinhas ingleses e é evidente que não gosta disso. Prefere aqueles colonos rudes! Ela não é a criaturinha meiga que parece. Na verdade, deve rir à nossa custa e...

— Mentira! — retrucou o amigo, interrompendo-o, furioso.

— Está me chamando de mentiroso, Wiltshire? — protestou Crowley, indignado.

— Estou — confirmou Wiltshire com petulância.

— Muito bem. Amanhã, ao raiar do dia, nos bosques de minha propriedade — desafiou Crowley.

Em seguida, partiu a galope, em direção ao clube que frequentava, onde a notícia do duelo iminente se espalhou, chegando às mesas de jogos, onde o Marquês de Salle e o Barão Arnoff se distraíam.

— Malditos idiotas! — proclamou Salle ao ser informado da disputa. — Lady Victoria ficará inconsolável quando souber disso.

O Barão Arnoff se limitou a rir baixinho.

— Nem Crowley nem Wiltshire têm pontaria para causar maiores estragos. Fui testemunha disso durante uma caçada na casa de campo de Wiltshire, em Devon.

— Talvez eu deva tentar impedir esse absurdo — declarou o marquês.

O barão sacudiu a cabeça, ainda parecendo achar graça.

— Não vejo por que você deva se preocupar com isso. O máximo que vai acontecer é um dos dois conseguir ferir o cavalo do outro.

— Estou pensando na reputação de Lady Victoria. Um duelo travado por causa dela não será nada bom.

— Ótimo! — disse o barão com ironia — Se ela se tornar menos popular, minhas chances de conquistá-la serão maiores.

Horas depois, ocupando outra mesa de jogo, Robert Collingwood soube do duelo, mas não recebeu muito bem a notícia. Pedindo licença aos amigos, deixou o clube e se dirigiu à residência do Duque de Atherton, onde Jason estava hospedado. Depois de esperar durante uma hora pelo retorno do amigo, Robert convenceu o mordomo a acordar o valete de Jason. Como resultado de muita insistência, o criado forneceu, com grande relutância, a informação de que o patrão voltara cedo do sarau no qual acompanhara Lady Victoria e, então, saíra para visitar uma dama no número 21 da Williams Street.

Robert entrou na carruagem e entregou o endereço ao cocheiro, ordenando:

— Depressa!

As batidas altas e insistentes na porta finalmente despertaram a criada francesa, que, com grande discrição, negou qualquer conhecimento do paradeiro de Lorde Fielding.

— Vá chamar sua patroa imediatamente — disse Robert, impaciente. — Não tenho muito tempo.

A criada lançou um olhar para o brasão na porta da carruagem e, após uma breve hesitação, subiu a escada apressada.

Depois de outra longa espera, uma bela morena desceu a escada, vestindo uma camisola fina.

— O que está acontecendo, Lorde Collingwood? — indagou Sybil.

— Jason está aqui? — perguntou Robert.

— Está.

— Diga a ele que Crowley e Wiltshire vão duelar por Victoria ao amanhecer, no bosque da propriedade Crowley.

Quando Sybil se sentou na beirada da cama, Jason estendeu a mão e, de olhos fechados, encontrou a abertura da camisola e acariciou-lhe sedutoramente a coxa nua.

— Volte para a cama — convidou, com a voz sonolenta. — Preciso de você de novo.

Um sorriso melancólico curvou os lábios dela, enquanto acariciava seu ombro bronzeado.

— Você não precisa de ninguém, Jason. Nunca precisou — sussurrou tristemente.

Com uma risada baixa e sensual, Jason deitou-se de costas e puxou-a para cima de seu corpo já excitado.

— Se *isso* não é precisar, então o que é?

— Não foi isso que eu quis dizer com "precisar" e você sabe bem disso — sussurrou, beijando-o. — Não! — protestou Sybil, ao sentir as mãos experientes começarem uma sensual exploração de seu corpo. — Não temos tempo agora. Collingwood está lá embaixo. Pediu para avisá-lo de que Crowley e Wiltshire vão duelar ao amanhecer, na propriedade Crowley.

Os olhos verdes de Jason se abriram, sua expressão alerta, mas não muito preocupada.

— Vão duelar por Victoria — completou Sybil.

Em questão de segundos, Jason já estava de pé, vestindo-se apressadamente.

— Que horas são? — perguntou, olhando para a janela.

— Falta mais ou menos uma hora para o amanhecer.

Ele assentiu, inclinou-se para beijá-la na testa e saiu.

O céu começava a clarear quando, finalmente, Jason localizou o bosque na propriedade Crowley e avistou os dois oponentes. Cinquenta metros à esquerda deles, sob os carvalhos frondosos, estava a carruagem do médico.

Jason fincou os calcanhares nos flancos de seu garanhão negro voando pela colina gramada, seus cascos atirando enormes moitas de grama para o ar.

Ao alcançar a clareira, derrapou e saltou do cavalo antes mesmo que este parasse e correu na direção de Crowley.

— Que diabo está acontecendo? — perguntou, e ficou surpreso ao ver o Marquês de Salle sair das sombras a vinte metros de distância e se posicionar ao lado do jovem Wiltshire. — O que *você* está fazendo aqui, Salle? — indagou Jason com raiva. — Você deveria ter mais juízo do que esses dois moleques!

— Estou fazendo o mesmo que você, mas sem muito sucesso, como logo vai descobrir.

— Crowley atirou em mim — disse Wiltshire com a voz engrolada pelo álcool que havia ingerido, na tentativa de reunir coragem para o duelo. — Crowley não... não se comportou como um... cavalheiro. Agora... eu vou *atirar* nele.

— Não atirei *em* você — protestou Crowley, irritado. — Se tivesse atirado, você estaria *ferido*!

— Você não atirou para cima! — insistiu Wiltshire. — Não é um cavalheiro... merece morrer... e eu vou cuidar disso.

Então, Wiltshire ergueu o braço trêmulo, apontando a arma na direção do oponente. Em seguida, tudo aconteceu muito rápido. A pistola explodiu no momento em que o Marquês de Salle se lançava sobre Wiltshire, na tentativa de tomar-lhe a arma. Ao mesmo tempo, Jason atirou-se sobre Crowley, derrubando-o no chão. A bala passou zunindo, próximo à orelha de Jason, ricocheteou no tronco de uma árvore e, então, atingiu-lhe o braço.

Após um momento, ainda atordoado, Jason sentou-se lentamente, com a expressão incrédula. Pôs a mão sobre o ponto de dor lancinante em seu braço e viu o sangue, que logo lhe manchou os dedos.

O médico, o marquês e Wiltshire correram em sua direção.

— Deixe-me examinar seu braço — falou Dr. Worthing, afastando os outros e se ajoelhando ao lado de Jason.

O médico rasgou-lhe a manga da camisa, e o jovem Wiltshire emitiu um gemido estrangulado ao ver o ferimento.

— Ah, meu Deus! Lorde Fielding, eu não tive a intenção de...

— Cale-se! — ordenou o Dr. Worthing — Alguém me dê a garrafa de uísque que está na minha maleta. — Para Jason, explicou: — É um ferimento sem maiores consequências, Jason, mas é profundo. Terei de limpá-lo e dar pontos. — Apanhou a garrafa que o marquês lhe entregou e lançou um olhar de desculpa para Jason. — Vai arder como o fogo do inferno.

Jason assentiu e cerrou os dentes quando o médico derramou o líquido âmbar sobre o ferimento para, então, estender-lhe a garrafa.

— Se eu fosse você, beberia o resto. Vai precisar de muitos pontos.

— *Eu* não atirei nele — disse Wiltshire, na tentativa de escapar da ira de Lorde Fielding, que teria todo o direito de exigir uma revanche. Quatro pares de olhos se fixaram nele, com evidente desprezo. — Não atirei! — repetiu ele, desesperado. — Foi a árvore. Atirei na árvore e, depois, a bala atingiu Lorde Fielding.

Jason fitou-o com a expressão sombria.

— Se tiver sorte, Wiltshire, você vai conseguir se manter longe de mim até que eu esteja velho demais para me vingar.

Wiltshire deu meia-volta e começou a correr. Jason virou-se para Crowley, que o fitava, petrificado.

— Crowley, sua presença me ofende.

Seguindo o exemplo do amigo, o jovem montou em seu cavalo e desapareceu.

Em seguida, Jason bebeu um longo gole de uísque, contorcendo-se para suportar a dor provocada pela agulha com que o Dr. Worthing fechava seu ferimento. Então, virou-se para Salle:

— Lamento a falta de um copo adequado; no entanto, se você quiser se juntar a mim, sirva-se à vontade — disse, secamente.

Sem hesitar, o marquês aceitou a garrafa e bebeu, antes de explicar:

— Dirigi-me à sua casa logo que soube do duelo, mas fui informado de que você não estava. Seus criados se recusaram a me fornecer seu paradeiro. Assim, eu trouxe o Dr. Worthing comigo, para tentarmos evitar que o pior acontecesse.

— Devíamos ter deixado que se matassem — disse Jason, enojado, voltando a se contorcer, pois acabara de levar mais um ponto.

— Tem razão — concordou Salle.

Jason bebeu mais dois longos goles de uísque e começou a sentir o efeito do álcool sobre seus sentidos. Apoiou a cabeça no tronco da árvore e, com um suspiro, perguntou:

— O que, exatamente, a minha pequena condessa fez para provocar esse duelo?

O marquês empertigou-se diante do tom afetuoso usado por Jason.

— Pelo que pude entender, Lady Victoria teria chamado Wiltshire de almofadinha inglês.

— Nesse caso, Wiltshire deveria ter desafiado *Victoria* para um duelo — falou Jason com uma risada. — Ela não teria errado o alvo.

O marquês não achou graça da piada.

— O que quer dizer com "sua pequena condessa"? — indagou. — Se ela é sua, está se demorando demais para oficializar o noivado. Você mesmo disse que nada estava decidido. Que tipo de jogo está fazendo com os sentimentos dela, Wakefield?

Jason sustentou o olhar hostil do outro e, então, fechou os olhos e sorriu com irritação.

— Se *você* está pensando em me desafiar para um duelo, espero que saiba atirar muito bem. É humilhante demais para um homem da minha posição ser atingido por uma árvore.

VICTORIA VIRAVA-SE DE UM LADO para outro na cama, exausta demais para dormir e incapaz de acalmar seus pensamentos agitados. Ao amanhecer, desistiu de tentar e se sentou, apoiando-se nos travesseiros enquanto puxava a colcha de cetim e pensava em sua vida. Victoria encontrava-se perdida em lembranças sombrias, e sentia-se como se estivesse caminhando sozinha em direção a um túnel longo e escuro. Pensou em Andrew, que estava casado com outra e morto para ela. Lembrou-se dos camponeses que aprendera a amar quando ainda era criança e que também a amavam. Agora, eles se encontravam longe demais, totalmente fora de seu alcance. Só lhe restava o tio Charles, mas nem mesmo o afeto sincero daquele homem poderia abrandar a agitação e o vazio que ela sentia.

Durante toda a vida, Victoria se julgara útil e necessária, de alguma maneira. Agora, vivia uma sequência interminável de frivolidades, com Jason pagando por todas as suas despesas. Sentia-se inútil, desnecessária; sentia-se um fardo.

Havia tentado seguir o conselho insensato de Jason e escolher outro homem para se casar. Sim, tentara, mas simplesmente não conseguia imaginar-se casada com nenhum daqueles almofadinhas londrinos, todos tão superficiais, esforçando-se como podiam para agradá-la. Não precisavam dela como esposa. Victoria seria um mero ornamento, um objeto de decoração em suas vidas. À exceção dos Collingwood e de outros raros casais, os casamentos na *ton* não passavam de acordos convenientes. Os casais raramente compareciam juntos ao mesmo evento e, quando o faziam, não era de bom-

-tom ficar na companhia um do outro. Os filhos nascidos desses casamentos eram prontamente entregues aos cuidados de babás e tutores. O significado de "casamento" era bem diferente na Inglaterra, concluiu Victoria.

Com certa nostalgia, lembrou-se dos maridos e das esposas que conhecera em Portage. Lembrou-se do velho Sr. Prowther, sentado na varanda, durante o verão, lendo com paciência para a esposa paralisada, que mal tinha consciência de onde estava. Recordou a expressão nos rostos dos Makepeace quando seu pai os informara de que, depois de vinte anos de tentativas vãs, a Sra. Makepeace finalmente estava grávida. Lembrou-se de como o casal de idade já um pouco avançada havia se abraçado, chorando a felicidade partilhada. *Aqueles*, sim, eram casamentos como todos os casamentos deveriam ser: duas pessoas trabalhando juntas, ajudando-se mutuamente nos bons e maus momentos; duas pessoas rindo juntas, criando seus filhos juntas e até mesmo chorando juntas.

Victoria pensou nos próprios pais. Embora Katherine Seaton não amasse o marido, ainda assim ele proporcionara um lar acolhedor e ela fora sua companheira. Os dois faziam quase tudo juntos, como jogar xadrez diante da lareira, durante o inverno, e sair para longas caminhadas ao pôr do sol, no verão.

Em Londres, Victoria era desejada por uma razão simples e estúpida: estava "em evidência" no momento. Como esposa, não teria nenhuma utilidade ou propósito, exceto ocupar o seu lugar de ornamento à mesa quando os convidados chegassem para o jantar. E ela sabia que jamais seria feliz se essa fosse a sua vida. Queria partilhar seus dias com alguém que precisasse dela; fazer seu marido feliz e ser importante para ele. Queria se sentir útil, saber que tinha um propósito que não fosse meramente decorativo.

O Marquês de Salle gostava muito dela, era verdade, ela podia sentir, mas não a amava, independentemente do que ele dissesse.

Victoria mordeu o lábio, atacada mais uma vez pela dor da perda, ao se lembrar das juras de amor que ouvira de Andrew. Ele não a amava de verdade.

O Marquês de Salle também não a amava. Talvez os homens ricos, incluindo Andrew, fossem incapazes de amar de verdade. Talvez...

Victoria empertigou-se ao ouvir passos pesados se arrastando pelo corredor. Era cedo demais para serem de algum criado. Além disso, eles praticamente *corriam* pela casa, na tentativa de satisfazer os desejos do patrão. Algo bateu contra uma parede e ela ouviu o gemido de um homem. Tio Charles podia estar passando mal, pensou ela, atirando as cobertas para longe e saindo da cama apressada. Correu para a porta e abriu-a.

— Jason! — exclamou ao vê-lo apoiado na parede, o braço esquerdo suspenso em uma tipoia improvisada. — O que aconteceu? — sussurrou. — Ora, esqueça. Não tente falar. Vou chamar um criado para ajudá-lo.

Voltou-se para sair, mas ele a segurou pelo braço, puxando-a de volta com um sorriso estranho.

— Eu quero que *você* me ajude — murmurou Jason e passou um braço pelos ombros dela, apoiando todo o peso do corpo. — Leve-me para o meu quarto, Victoria — ordenou com a voz grossa e persuasiva.

— Onde fica o seu quarto? — sussurrou Victoria.

— Você não sabe? — perguntou com a voz subitamente magoada. — Eu sei onde fica o *seu* quarto.

— Que diferença isso faz agora? — indagou ela, irritada.

— Nenhuma — admitiu ele e parou diante da primeira porta à direita.

Victoria abriu-a e ajudou-o a entrar.

Do outro lado do corredor, outra porta se abriu e Charles Fielding apareceu, vestindo seu robe de seda, com um ar preocupado. Então, imobilizou-se ao ouvir Jason ordenar em tom sedutor para Victoria:

— Agora, minha pequena condessa, acompanhe-me até a minha cama.

Victoria percebeu a maneira estranha como Jason estava pronunciando essas palavras, mas atribuiu o fato à dor ou à perda de sangue.

Quando pararam ao lado da imensa cama de dossel, Jason retirou o braço de seus ombros e esperou pacientemente enquanto ela puxava as cobertas. Em seguida, ele se sentou, fitando-a com um sorriso tolo. Victoria estudou-o, escondendo a ansiedade. Usando o tom de voz suave e profissional, como seu pai, perguntou:

— Poderia me contar o que aconteceu com você?

— Claro! — respondeu ele, parecendo ofendido. — Eu não sou nenhum imbecil, sabia?

— Muito bem, o que aconteceu? — repetiu ela, começando a ficar impaciente.

— Ajude-me a tirar as botas.

Victoria hesitou.

— Acho melhor eu chamar Northrup.

— Esqueça as botas — disse Jason, antes de se deitar ainda calçado. — Sente-se ao meu lado e segure a minha mão.

— Não seja tolo.

Ele lhe lançou um olhar magoado.

— Você deveria ser mais gentil comigo, Victoria. Afinal de contas, eu fui ferido em um duelo pela sua honra.

Horrorizada pela menção de um duelo, ela obedeceu, segurando com força a mão dele.

— Ah, meu Deus, um duelo! Por quê? — Examinou-lhe as feições, viu seu sorriso corajoso e sentiu o coração se derreter com contrição e culpa. Por alguma razão, Jason havia lutado por ela. — Por favor, diga-me por que você se envolveu em um duelo — implorou.

Jason sorriu.

— Porque Wiltshire chamou você de almofadinha inglesa.

— De quê? — inquiriu Victoria, ansiosa. — Jason, quanto sangue você perdeu?

— Todo. Está com pena de mim?

— Muita. Agora, por favor, tente falar coisa com coisa. Wiltshire atirou em você porque...

Jason revirou os olhos, com ares de desgosto.

— Wiltshire não atirou em mim. Ele seria incapaz de acertar uma parede a dois metros de distância! Uma *árvore* me atingiu. — Estendeu a mão e acariciou a rosto de Victoria, puxando-a para si. — Sabe que você é linda? — disse com a voz rouca e, dessa vez, o forte odor de uísque alcançou o nariz de Victoria.

— Você está bêbado! — acusou ela, recuando.

— Tem razão — confirmou Jason, gentilmente. — Eu me embriaguei com seu amigo Salle.

— Meu Deus! Ele também estava lá?

Jason assentiu, mas não disse nada, enquanto seu olhar fascinado se movia pela bela mulher à sua frente. Os cabelos brilhantes, da mesma cor de ouro em brasa, caíam soltos sobre seus ombros, emoldurando um rosto de beleza incomparável. A pele era lisa como alabastro; as sobrancelhas, delicadamente arqueadas. Seus olhos pareciam duas safiras luminosas que estudavam as feições de Jason com preocupação, tentando avaliar suas condições. Orgulho e coragem marcavam cada um de seus traços, das maçãs do rosto salientes ao nariz pequeno e arrebitado, e também ao queixo, com sua encantadora covinha. Ainda assim, a boca era suave e vulnerável, tão suave quanto os seios, que ameaçavam saltar para fora do decote da fina camisola de cetim bege, com bordas de renda, parecendo pedir a Jason que os tocasse. Porém, era a boca de Victoria que ele queria provar primeiro... Lentamente, apertou a mão no braço dela, puxando-a para mais perto.

— Lorde Fielding! — advertiu Victoria, tentando se afastar.

— Um momento atrás, você me chamou de Jason. Não negue.

— Foi um erro.

— Então, vamos repetir o erro.

Enquanto falava, pousou a mão por trás da nuca de Victoria, curvando-se em torno dela, forçando-a a se aproximar.

— Por favor, não — implorou ela, seu rosto a poucos centímetros do dele. — Não me obrigue a lutar com você. Seu ferimento pode piorar.

A pressão em sua nuca diminuiu, mas não o suficiente para libertá-la. Jason ficou imóvel, limitando-se a impedir que ela se afastasse, enquanto lhe estudava o rosto em silêncio.

Victoria esperou pacientemente que ele a deixasse ir, sabendo que Jason estava confuso por causa da dor, da perda de sangue e da ingestão de uma quantidade considerável de álcool. Nem por um momento acreditou que ele realmente a desejava e, por isso, fitou-o, achando graça.

— Alguma vez você já foi beijada por alguém além de Arnold? — indagou Jason.

— Andrew — corrigiu-o Victoria, esforçando-se para não rir.

— Nem todos os homens beijam do mesmo jeito, sabia?

Uma risada escapou dos lábios de Victoria antes que ela pudesse reprimi-la.

— Verdade? Quantos homens você já beijou?

Embora o sorriso tenha curvado os lábios de Jason, ele ignorou a piada.

— Chegue mais perto — ordenou com a voz rouca, voltando a intensificar a pressão de sua mão na nuca de Victoria. — Cole seus lábios nos meus. Faremos do meu jeito.

A complacência de Victoria se desvaneceu e ela começou a entrar em pânico.

— Jason, pare com isso. Você não quer me beijar. Nem gosta muito de mim quando está sóbrio.

Ele soltou uma gargalhada amarga.

— Gosto de você muito mais do que deveria — sussurrou amargamente.

Então, puxou-a para si com um movimento brusco e beijou-a com ardor. Victoria lutou para se libertar, aterrorizada, usando as duas mãos para empurrá-lo com força e tentar libertar sua boca da dele, mas Jason enroscou os dedos em seus cabelos, puxando-os.

— Não resista! — falou entre os dentes. — Está me machucando.

— É você quem está *me* machucando! — protestou Victoria. — Solte-me.

— Não posso — disse Jason com a voz rouca, embora tenha soltado os cabelos de Victoria e deslizado a mão por seu pescoço e costas, mantendo os olhos verdes hipnotizados, fixos nos dela. — Centenas de vezes eu tentei me convencer de que não a quero, Victoria, todas em vão — confessou, desolado.

E, enquanto Victoria ainda se recuperava do choque provocado por aquela declaração, Jason voltou a puxá-la para si e beijá-la. Dessa vez, porém, seu beijo foi um misto de ternura e paixão arrebatadora, deixando Victoria imóvel e sem fôlego. No início, ela simplesmente se deixou beijar, abandonando-se às sensações totalmente desconhecidas que invadiam seu corpo. Os lábios de Jason moviam-se com uma paixão febril, exigindo, devorando-a, como se não pudesse ter o suficiente dela. Em seu íntimo, Victoria percebeu a profunda solidão dele e, incapaz de continuar a resistir, ela finalmente retribuiu o beijo, imitando cada movimento dos lábios e da língua de Jason.

A reação dele foi imediata. Com um gemido abafado, ele passou o braço em torno das costas de Victoria e apertou-a contra si com uma força esmagadora, deliciando-se com o contato dos seios fartos e macios contra seu peito.

Depois do que pareceu uma eternidade, Jason descolou os lábios dos dela, passando a beijar-lhe as faces e a testa com profunda reverência e ternura. Então, subitamente, ele parou.

Victoria recuperou a sanidade lentamente, junto com a consciência do horror causado pelo comportamento devasso que acabara de exibir. Seu rosto encontrava-se pousado sobre o peito de Jason e ela estava parcialmente deitada sobre ele, como uma... uma libertina! Uma desavergonhada! Trêmula, forçou-se a erguer a cabeça, na certeza de que os olhos de Jason exibiriam o brilho frio do triunfo, ou até mesmo o mais profundo desprezo, que era exatamente o que ela merecia. Com alguma relutância, abriu os olhos e se obrigou a fitá-lo.

— Meu Deus — murmurou ele com a voz rouca e o olhar desfocado.

Victoria se encolheu instintivamente ao vê-lo erguer a mão, pois pensou que Jason fosse empurrá-la para longe de si. Porém, ele segurou seu rosto suavemente com as pontas dos dedos, acariciando-lhe a face. Confusa diante dessa reação inesperada, olhou atentamente para os seus olhos.

— Seu nome não combina com você — sussurrou, pensativo. — Victoria é muito longo e frio para uma criatura tão delicada e ardente.

Cativada pelo ar de intimidade com que ele a fitava, Victoria contou:

— Meus pais me chamavam de Tory.

— Tory — repetiu, sorrindo. — Gostei. Combina perfeitamente com você.

Seu olhar estava hipnotizado pelo dela, enquanto sua mão continuava a acariciá-la sedutoramente, deslizando sobre seu ombro e seu braço.

— Também gosto do brilho que seus cabelos refletem ao sol quando está na carruagem com Caroline Collingwood — continuou — e do som da sua risada e da maneira como seus olhos parecem soltar faíscas quando está zangada. Sabe do que mais eu gosto? — acrescentou, ao mesmo tempo que seus olhos se fechavam lentamente.

Fascinada pelo som da voz grave e pela doçura das palavras de Jason, Victoria sacudiu a cabeça.

Com os olhos fechados e um sorriso nos lábios, murmurou:

— Gosto de como você preenche a camisola que está vestindo...

Victoria se afastou de um salto, ofendida. A mão de Jason caiu inerte a seu lado. Ele já dormia profundamente.

Por mais que tentasse ficar furiosa, Victoria sentiu o coração amolecer. As feições de Jason, normalmente duras, exibiam uma grande suavidade quando ele dormia. Além disso, a ausência do brilho comum do cinismo em seus olhos fazia-o parecer vulnerável e quase infantil.

Perguntou-se como ele teria sido na infância. Certamente, Jason não fora um garoto cínico e frio.

— Andrew arruinou todos os meus sonhos de criança — murmurou baixinho. — Gostaria de saber quem arruinou os seus.

Ele virou a cabeça no travesseiro e uma mecha de cabelo escuro e encaracolado caiu sobre a testa. Sentindo-se estranhamente maternal, Victoria estendeu a mão e alisou-a com as pontas dos dedos.

— Vou lhe contar um segredo — acrescentou, sabendo que ele não poderia ouvi-la. — Também gosto muito de você, Jason.

Do outro lado do corredor, ouviu-se o clique de uma porta se fechando. Invadida pela culpa, Victoria se levantou de um pulo, alisando a camisola e ajeitando os cabelos. Porém, quando espiou da porta, o corredor estava deserto.

# 18

Quando desceu para o café da manhã, Victoria se surpreendeu ao encontrar Charles já sentado à mesa, muito antes de seu horário habitual, parecendo extremamente animado com alguma coisa.

— Está linda, como sempre — disse ele com um largo sorriso ao se levantar e puxar a cadeira para Victoria.

— E o senhor parece melhor do que nunca, tio Charles — replicou ela, retribuindo-lhe o sorriso.

— Nunca me *senti* melhor — disse Charles. — Diga-me, como está Jason?

Victoria deixou cair a colher com que mexia o chá.

— Eu o ouvi no corredor, de madrugada — explicou, suavemente. — E também ouvi a sua voz. Ele me pareceu um pouco... alterado.

— Eu diria que estava bêbado como um gambá! — disse Victoria com uma risada.

— Northrup me disse que o seu amigo, Wiltshire, esteve aqui há mais ou menos uma hora, perguntando com ar aflito sobre a saúde de Jason. Ao que parece, o jovem acredita que Jason participou de um duelo, ao amanhecer, e foi ferido.

Dando-se conta de que seria impossível esconder a verdade de Charles, Victoria contou:

— Segundo Jason, ele duelou com Lorde Wiltshire porque o lorde teria me chamado de "almofadinha inglesa".

— Ora, Wiltshire está me deixando maluco com a sua insistência para que eu lhe dê permissão para cortejá-la formalmente. Ele não diria uma coisa dessas.

— Tenho certeza de que ele não disse isso, até porque não faz o menor sentido.

— Exatamente — concordou Charles, achando graça. — Mas, seja qual for a provocação, aparentemente Wiltshire atirou em Jason.

Victoria não pôde conter uma gargalhada.

— Jason disse que foi ferido no braço... por uma *árvore*!

— Quanta coincidência! — exclamou o tio Charles. — Foi *exatamente* o que Wiltshire disse a Northrup! Bem, não creio que exista algum motivo para nos preocuparmos. Fui informado de que o Dr. Worthing cuidou de Jason e, como um grande amigo nosso, além de excelente médico, se a saúde de Jason corresse o menor risco, ele estaria aqui agora. E o que é mais importante: nós podemos confiar na discrição de Worthing. Você deve saber que duelos são ilegais.

Victoria empalideceu e tio Charles se apressou a pousar a mão sobre a dela, fitando-a com imensa ternura.

— Como já disse, não há com que se preocupar. Não tenho palavras para dizer quanto estou feliz por tê-la aqui conosco, minha querida. Há tanta coisa que eu gostaria de lhe contar sobre Jas... sobre tudo — corrigiu-se depressa. — Creio que, em breve, poderei fazer isso.

Victoria aproveitou a oportunidade para insistir, mais uma vez, que Charles lhe falasse dos tempos em que conhecera sua mãe. Porém, como sempre fazia, ele se esquivou, prometendo:

— Qualquer dia desses, mas não ainda.

O resto do dia pareceu se arrastar, enquanto Victoria esperava com nervosismo que Jason aparecesse. Não sabia como ele a trataria depois do que acontecera de madrugada. Estava inquieta e sua mente não parava de analisar todas as possibilidades. Talvez ele a desprezasse por ter se deixado beijar. Ou, então, podia estar odiando a si mesmo por ter admitido que gostava dela e não queria deixá-la ir. Também era possível que nada do que Jason dissera pudesse ser levado a sério.

Victoria tinha certeza de que a maior parte das atitudes que ele tomara na noite anterior fora induzida pelo álcool, mas queria muito acreditar que uma amizade mais sólida pudesse resultar do que se passara entre eles. Ao longo das últimas semanas, ela passara a gostar muito de Jason e a admirá-lo e... bem, seria melhor não pensar mais nisso.

À medida que o dia ia se passando, suas esperanças foram se dissipando e a tensão se tornou ainda mais intensa por causa das dúzias de visitantes que foram procurá-la, ansiosos para saber a verdade sobre o duelo de Jason. Northrup encarregou-se de dizer a todos eles que Lady Victoria fora passar o dia fora, enquanto ela continuava esperando.

Às 13 horas, Jason finalmente desceu, mas foi diretamente para seu escritório, onde se fechou com Lorde Collingwood e mais dois cavalheiros para uma reunião de negócios.

Às 15 horas, Victoria foi para a biblioteca. Profundamente contrariada consigo mesma por ter-se preocupado tanto. Tentou se concentrar em um livro, uma vez que se viu incapaz de manter uma conversa inteligente com Charles, que se encontrava sentado diante dela, folheando um jornal.

Quando, finalmente, Jason entrou na biblioteca, a tensão de Victoria era tamanha que ela quase pulou de susto ao vê-lo.

— O que está lendo? — perguntou ele casualmente, parando ao lado dela e enfiando as mãos nos bolsos de suas calças apertadas.

— Shelley — respondeu, embaraçada por ter se demorado a lembrar o nome do poeta.

— Victoria — disse Jason e, só então, ela notou a tensão que tomava conta de suas feições. — Ontem à noite, eu fiz alguma coisa pela qual deveria me desculpar?

O coração de Victoria disparou. Jason não se lembrava de nada!

— Nada de que eu me lembre — falou, tentando disfarçar a decepção.

Um esboço de sorriso curvou os lábios dele.

— Geralmente, não se lembra das coisas quem bebeu demais — observou.

— Compreendo... Bem, não. Você não fez nada de errado.

— Ótimo. Nesse caso, vejo você mais tarde, para irmos ao teatro. — Com um sorriso largo, acrescentou: — Tory.

Então, virou-se para sair.

— Você disse que não se lembrava de nada! — disse Victoria, antes que pudesse se conter.

Jason voltou a encará-la com um sorriso franco.

— Eu me lembro de tudo, Tory. Só queria saber se, em sua opinião, eu fiz algo de que deveria me desculpar.

— Você é o homem mais irritante do mundo! — acusou, sem poder conter uma risada.

— Verdade — admitiu sem arrependimento —, mas você gosta de mim mesmo assim.

Um intenso rubor cobriu o rosto de Victoria. Nunca, nem em seus piores pesadelos, lhe ocorrera que Jason pudesse estar acordado quando ela confessou seus sentimentos por ele. Afundou-se na cadeira e fechou os olhos, sentindo-se mortificada. Um ruído leve lembrou-a da presença de Charles. Voltou a abrir os olhos e o descobriu a observá-la com uma expressão de alegre triunfo.

— Muito bem, querida — comentou ele com um sorriso. — Sempre tive esperança de que você passasse a gostar dele. Agora, vejo que estava certo.

— Sim, mas ainda não compreendo Jason, tio Charles.

Ele se mostrou ainda mais satisfeito.

— Se já gosta dele agora, mesmo sem compreendê-lo, quando finalmente conseguir, vai gostar muito mais. Isso, eu posso lhe garantir — anunciou Charles ao se levantar. — Agora, devo me retirar. Tenho um compromisso com um velho amigo.

À noite, quando entrou no salão, Victoria encontrou Jason à sua espera. Estava mais bonito do que nunca, vestindo um traje cor de vinho com uma camisa branca. O rubi do prendedor da gravata combinava com os outros dois, incrustados nas abotoaduras.

— Você tirou a tipoia! — repreendeu Victoria.

— E você não está pronta para ir ao teatro — retrucou Jason. — E os Mortram darão uma festa esta noite. Vamos para lá mais tarde.

— Não estou disposta para sair hoje. Já enviei uma mensagem ao Marquês de Salle, pedindo desculpas por não acompanhá-lo ao jantar dos Mortram.

— Ele vai ficar arrasado — concluiu Jason, satisfeito. — Especialmente quando souber que você foi ao jantar comigo.

— Não posso fazer isso!

— Pode, sim — disse, secamente.

— Acho que você deveria usar a tipoia — tentou mudar de assunto.

— Se eu aparecer em público usando uma tipoia, Wiltshire vai acabar convencendo Londres inteira de que eu fui atingido por uma árvore.

— Duvido que ele diga isso — falou Victoria com um sorriso divertido. — Ele é muito jovem e, portanto, é mais provável que tente se gabar, dizendo que ele próprio o atingiu.

— O que é muito mais embaraçoso do que ser atingido por uma árvore. Wiltshire nem sabe que extremidade da pistola apontar para o alvo.

Victoria reprimiu uma gargalhada.

— E por que devo sair com você, se tudo o que precisa é aparecer em público, sem aparentar estar ferido?

— Porque, se você não estiver ao meu lado, alguma mulher ansiosa para se transformar em duquesa vai se pendurar no meu braço dolorido. Além disso, eu quero a sua companhia.

— Está bem. Eu não suportaria o sentimento de culpa se fosse a responsável pela destruição da sua reputação de excelente duelista. — Antes de sair, Victoria virou-se para Jason com um sorriso malicioso. — É verdade que você matou dezenas de homens em duelos na Índia?

— Não — respondeu ele, em tom seco. — Trate de se apressar.

Ao que parecia, toda a sociedade londrina decidira ir ao teatro naquela noite. E todos os olhos se fixaram no camarote de Jason quando ele chegou, acompanhado por Victoria. O burburinho teve início imediato. No começo, Victoria presumiu que todos estavam surpresos por ver Jason em boas condições de saúde, mas logo mudou de ideia. Quando deixaram o camarote, durante o intervalo, ela percebeu algo diferente no ar. Moças e senhoras, pessoas que haviam sido muito amigáveis antes, agora a fitavam com olhares suspeitos e até mesmo desdenhosos. E não tardou para Victoria descobrir o motivo: Jason havia duelado por ela. Sua reputação sofrera um duro golpe.

Não muito longe dali, uma mulher idosa, usando um turbante de cetim branco, ornado por uma grande ametista, observava Jason e Victoria com bastante interesse.

— Então, é verdade que ele duelou por ela? — perguntou a duquesa de Claremont à sua acompanhante.

— Foi o que ouvi, Alteza — respondeu Lady Faulklyn.

A Duquesa de Claremont se apoiou na bengala de ébano, examinando a bisneta.

— Ela é a imagem viva de Katherine.

— Tem razão, Alteza.

Mais uma vez, a duquesa examinou Victoria da cabeça aos pés e, então, dirigiu o olhar para Jason.

— Sujeitinho atraente, não?

Lady Faulklyn empalideceu, como se estivesse com medo de se arriscar a responder afirmativamente.

Ignorando o silêncio da acompanhante, a duquesa tamborilou os dedos na bengala e continuou estudando o Marquês de Wakefield.

— Ele se parece com Atherton — concluiu.

— Há certa semelhança — concordou Lady Faulklyn, hesitante.

— Ora, Wakefield é exatamente igual a Atherton quando era jovem!

— Exatamente igual — concordou a acompanhante.

Um sorriso malicioso curvou os lábios da duquesa.

— Atherton pensa que vai realizar um casamento entre nossas famílias contra a minha vontade. Esperou 22 anos para se vingar de mim e pensa que, finalmente, chegou o momento. — Soltou uma risada diabólica, enquanto observava o belo casal parado a poucos metros de distância. — Mas ele está redondamente enganado — disse.

Nervosa, Victoria desviou o olhar da velha senhora que usava aquele turbante peculiar. *Todos* pareciam observar Victoria e Jason, até mesmo pessoas que ela nunca vira antes, como aquela senhora.

— Foi um grande erro termos vindo juntos — comentou com Jason, apreensiva.

— Por quê? Você gostou de assistir à peça e eu gostei de ficar olhando para você.

— Pois não deveria ficar olhando para mim nem demonstrar satisfação ao fazê-lo — repreendeu-o, tentando esconder o profundo prazer proporcionado pelo elogio casual.

— Por que não?

— Porque todos estão nos observando.

— Já nos viram juntos antes — comentou Jason com certa indiferença, levando-a de volta ao camarote.

A situação se agravou quando chegaram à festa dos Mortram. No instante em que os dois puseram os pés no salão, todos os convidados se viraram para fitá-los, com um ar decididamente pouco amigável.

— Jason, que mal-estar! Aqui é pior que no teatro. Lá, pelo menos algumas pessoas prestavam atenção na peça. Aqui, todos olham apenas para nós! Quer fazer o favor de parar de sorrir para mim? Estão nos observando!

— O que estou vendo — falou Jason com tranquilidade — são os seus admiradores olhando para mim, como se estivessem tentando pensar em um meio de cortar o meu pescoço.

Victoria suspirou, exasperada.

— Você está, deliberadamente, ignorando o que de fato aconteceu. Caroline Collingwood está a par de todas as fofocas da *ton*. Ela me contou que ninguém jamais acreditou que estávamos interessados um no outro. Todos concordavam que estávamos levando a farsa adiante, só pelo bem de tio Charles. Mas ontem você participou de um duelo porque alguém fez algum comentário ofensivo sobre mim, o que muda todo o cenário. Estão especulando todo o tempo que você tem passado em casa quando estou lá e...

— Casa que, por acaso, é minha — interrompeu-a Jason, franzindo o cenho.

— Eu sei, mas é o princípio que conta. Todos, especialmente as mulheres, estão pensando as coisas mais horríveis de nós. Se você não fosse quem é, o problema não seria tão grave — acrescentou Victoria, referindo-se às condições confusas daquele suposto noivado. — É o princípio da...

Jason baixou o tom de voz para um sussurro gelado.

— Está enganada se julga que me preocupo com o que as pessoas pensam, inclusive você. Não perca tempo me passando um sermão sobre princípios porque eu não tenho nenhum. E não me confunda com um "cavalheiro", pois eu não sou. Já vivi em lugares dos quais você nem sequer ouviu falar. E fiz coisas, em todos eles, que ofenderiam a sua sensibilidade puritana. Você é uma criança inocente e tola. Eu nunca fui inocente. Nem mesmo fui criança. Mas, já que está tão preocupada com o que as pessoas pensam, podemos resolver o problema com relativa facilidade. Você pode passar o resto da noite com os seus admiradores, enquanto eu trato de encontrar alguém para me fazer companhia.

Victoria sentiu-se tão confusa e magoada com o ataque inesperado de Jason que mal conseguia pensar quando ele se afastou. Porém, fez *exatamente* o que ele havia sugerido tão rudemente e, apesar de perceber que as pessoas já não lhe lançavam mais olhares tão desagradáveis, teve uma das piores noites de sua vida. O orgulho ferido a fez fingir que gostava de dançar com seus parceiros e ouvir sua conversa lisonjeira, mas seus ouvidos pareciam irremediavelmente sintonizados com o som profundo da voz de Jason. Seu coração, por sua vez, parecia pressentir cada aproximação dele.

Sentindo-se cada vez mais infeliz, Victoria deu-se conta de que Jason não perdera tempo e já se encontrava cercado por três lindas loiras que disputavam sua atenção, virando-se do avesso para conquistar um único sorriso do homem mais desejado da *ton*. Nem uma vez sequer, desde a noite anterior, Victoria se permitira pensar no prazer que os lábios dele lhe haviam proporcionado. Agora, porém, ela não conseguia pensar em mais nada. Desolada, descobriu que queria tê-lo de volta ao seu lado, e não vê-lo flertar com aquelas mulheres desprezíveis. E, para isso, sentia-se mais do que disposta a mandar a opinião alheia para o inferno.

Um jovem de seus 25 anos lembrou-a de que ela lhe prometera a próxima dança.

— Sim, claro — respondeu Victoria, sem muito entusiasmo. — Sabe que horas são, Sr. Bascomb?

— Onze e meia — informou-a.

Victoria reprimiu um gemido de agonia. Aquela noite de provações estava apenas começando.

CHARLES ENTROU NA MANSÃO Wakefield e deparou com Northrup.

— Não precisava ter me esperado acordado, Northrup — disse Charles gentilmente. — Que horas são?

— Onze e meia, Alteza.

— Jason e Victoria só devem chegar perto do amanhecer. Portanto, é melhor não esperar por eles. Você sabe como essas festas terminam tarde.

Northrup desejou-lhe boa noite e se dirigiu aos seus aposentos. Charles tomou o rumo do salão, onde pretendia saborear uma boa dose de vinho do Porto e se deliciar com pensamentos agradáveis sobre o romance entre Jason e Victoria, que finalmente florescera no quarto de Jason, naquela madrugada. Dera apenas alguns passos pelo corredor quando ouviu uma batida à porta. Acreditando que Jason e Victoria haviam esquecido de levar a chave e decidido voltar mais cedo, virou-se e foi atender a porta, com um alegre sorriso nos lábios. Porém, o sorriso se desfez, dando lugar a um olhar de interrogação, quando ele deparou com um desconhecido de cerca de trinta anos, alto e impecavelmente vestido.

— Perdoe-me por incomodá-lo a esta hora, Alteza — falou o homem. — Sou Arthur Winslow e meu escritório foi contratado por outro escritório de advocacia da América, com instruções para lhe entregar esta carta pessoalmente. Tenho outra carta endereçada à Srta. Victoria Seaton.

Charles teve um pressentimento terrível.

— Lady Seaton não está em casa no momento.

— Eu sei disso, Alteza. Estou esperando em minha carruagem, há horas, pela chegada de um dos dois. No caso de não encontrar Lady Seaton, tenho instruções de lhe entregar a carta e pedir-lhe que se encarregue de fazê-la chegar às mãos dela. Boa noite, Alteza.

Uma sensação de pavor percorreu-lhe o corpo. Com mãos trêmulas e molhadas de suor, Charles fechou a porta e abriu a carta endereçada a ele, procurando, aflito, pela identidade do remetente. O nome "Andrew Bainbridge" saltou aos seus olhos. Olhou fixamente para o papel, sentindo o coração prestes a explodir dentro do peito. Então, forçou-se a ler a mensagem. Enquanto lia, suas faces empalideceram e as palavras dançavam diante de seus olhos embaçados.

Quando terminou a leitura, Charles deixou as mãos caírem ao lado do corpo e tombou a cabeça para a frente, derrotado. Seus ombros sacudiram e as lágrimas escorreram por suas faces, conforme seus sonhos e esperanças se desfaziam como uma explosão em seus ouvidos. Muito tempo depois de as lágrimas terem secado, ele continuava ali parado, olhando fixamente para o chão. Finalmente, com movimentos lentos e pesados, endireitou os ombros e ergueu a cabeça.

— Northrup — chamou, já subindo a escada. — Northrup!

O mordomo apareceu no corredor, vestindo o paletó.

— Chamou, Alteza? — indagou, pousando o olhar alarmado no duque, que se encontrava parado na escada, agarrando o corrimão com firmeza.

— Chame o Dr. Worthing — ordenou. — Diga-lhe para vir imediatamente.

— Devo mandar chamar Lorde Fielding e Lady Victoria, também? — perguntou Northrup apressadamente.

— Não! — respondeu, erguendo o tom de voz, mas tratou de recuperar o controle. — Avisarei, se for preciso, depois que o Dr. Worthing chegar.

O dia já estava quase amanhecendo quando a carruagem de Jason parou diante da porta da mansão na Upper Brook Street. Jason e Victoria haviam permanecido em silêncio no trajeto de volta para casa. Porém, ao notar a reação de espanto de Jason, Victoria perguntou:

— De quem é aquela carruagem?

— Do Dr. Worthing — respondeu Jason, já abrindo a porta e saltando para o chão.

Sem cerimônia, tomou-a nos braços e a colocou nos degraus da entrada. Então, correu na direção da porta, que Northrup já abrira. Segurando a saia, Victoria se apressou em segui-lo, o pânico apertando-lhe o peito.

— O que houve? — perguntou Jason a Northrup.

— Seu tio, milorde... Ele teve um ataque cardíaco. O Dr. Worthing está com ele, agora.

— Ah, meu Deus!— disse Victoria, apertando o braço de Jason em busca de apoio.

Juntos, os dois subiram a escada, mas Northrup, que já os seguia, avisou:

— O Dr. Worthing pediu que vocês não entrassem antes que eu o informasse de sua chegada.

Quando Jason erguia a mão para bater à porta do quarto de Charles, o Dr. Worthing a abriu. Então, saiu do quarto e fechou a porta atrás de si.

— Ouvi um barulho e concluí que vocês haviam chegado — falou, passando as mãos pelos cabelos revoltos.

— Como ele está? — indagou Jason.

O Dr. Worthing respirou fundo antes de declarar:

— Ele sofreu uma grave recaída, Jason.

— Podemos vê-lo?

— Sim, mas devo adverti-los para não dizer nem fazer nada que possa contrariá-lo ou preocupá-lo.

Victoria levou a mão ao peito.

— Ele não vai... morrer, vai, doutor?

— Mais cedo ou mais tarde, todos nós morreremos, minha cara — respondeu o médico com tamanha gravidade que Victoria teve um calafrio.

Entraram no quarto do moribundo e se aproximaram da cama. Jason parou de um lado e Victoria, do outro. Embora as velas estivessem acesas sobre a mesa de cabeceira, para Victoria o quarto pareceu tão escuro e sombrio quanto o túmulo que aguardava o tio. A mão de Charles estava inerte sobre as cobertas e, engolindo o choro, ela a segurou entre as suas, com firmeza, como se tentasse desesperadamente infundir a ele parte de sua energia.

Os olhos de Charles se abriram e focalizaram o rosto de Victoria.

— Minha querida— murmurou ele com a voz fraca. — Eu não queria morrer tão cedo. Queria tanto vê-la bem encaminhada. Quem vai cuidar de você quando eu me for? Quem mais lhe dará um lar?

As lágrimas escorreram pela face de Victoria. Aprendera a amar aquele homem como a um verdadeiro tio e, agora, estava prestes a perdê-lo. Tentou falar, mas o nó em sua garganta a impediu. Assim, ela se limitou a apertar a mão de Charles contra o peito.

Ele virou a cabeça no travesseiro e olhou para Jason.

— Você se parece tanto comigo... — sussurrou —, tão teimoso quanto eu... Agora, ficará sozinho, como eu sempre fui.

— Não fale — ordenou Jason com a voz embargada pela emoção. — Descanse.

— *Não* posso descansar — argumentou Charles. — Não posso morrer em paz sabendo que Victoria estará sozinha. Vocês dois ficarão sozinhos, cada um à sua maneira. Ela não poderá continuar sob a sua proteção, Jason, pois a sociedade jamais perdoará... — Charles parou de falar, claramente reunindo forças para continuar, antes de se virar para Victoria. — Victoria, você tem esse nome por minha causa. Sua mãe e eu nos amávamos. Eu pretendia lhe contar tudo um dia, mas agora não há tempo.

Victoria já não podia mais conter as lágrimas. Começou a chorar, e os soluços eram tão fortes que sacudiam seus ombros.

Charles voltou a encarar Jason e olhá-lo de forma chorosa.

— Meu sonho era ver vocês dois casados, para que tivessem um ao outro quando eu partisse...

O rosto de Jason era uma máscara de dor controlada — assentiu com ar grave.

— Cuidarei de Victoria... Prometo me casar com ela — acrescentou depressa, ao perceber que Charles pretendia protestar.

Victoria arregalou os olhos para Jason, mas logo se deu conta de que ele só queria oferecer conforto a Charles na hora de sua morte.

Charles fechou os olhos com um suspiro cansado.

— Eu não acredito em você, Jason — murmurou.

Atingida pela dor e pelo desespero, Victoria caiu de joelhos, ao lado da cama, segurando a mão de Charles.

— Não deve se preocupar conosco, tio Charles — implorou, aos prantos.

Com dificuldade, o homem virou a cabeça no travesseiro e abriu os olhos. Então, fixou-os nos de Jason.

— Jura? — inquiriu. — Pode jurar que vai se casar com Victoria e cuidar dela para sempre?

— Eu juro — declarou.

E foi então que Victoria viu o brilho da determinação nos olhos dele e descobriu que Jason não estava fingindo, mas, sim, fazendo um juramento solene a um moribundo.

— E você, Victoria? — indagou. — Promete aceitá-lo?

Victoria ficou petrificada. Aquele não era o momento apropriado para discussão. A dura verdade era que, sem Charles e sem Jason, ela não tinha mais ninguém no mundo. Lembrou-se do prazer inebriante que o beijo de Jason lhe proporcionara. Embora temesse sua frieza, sabia que ele era forte e capaz de protegê-la. O pouco que restava dos planos de, um dia, retornar à América por sua própria conta deu lugar à necessidade iminente de sobrevivência e de oferecer um pouco de conforto ao tio no momento de sua morte.

— Victoria? — insistiu com a voz cada vez mais fraca.

— Prometo aceitá-lo — sussurrou.

— Obrigado — murmurou Charles, fazendo um esforço patético para sorrir. Então, retirou a mão esquerda de sob as cobertas e segurou a de Jason. — Agora, posso morrer em paz.

De repente, o corpo de Jason ficou tenso. Seus olhos fixaram-se nos de Charles e seu rosto se transformou em uma máscara de cinismo. Com a voz sarcástica, replicou:

— Agora você pode morrer em paz, Charles.

— Não! — disse Victoria em soluços. — Não morra, tio Charles. Por favor! — Tentando desesperadamente dar a ele uma razão para lutar pela vida, argumentou: — Se morrer agora, não poderá me levar ao altar, no nosso casamento...

O Dr. Worthing se adiantou e, gentilmente, ajudou Victoria a se pôr de pé. Fazendo um sinal para Jason, levou-a para o corredor.

— Já chega, minha cara — murmurou o médico suavemente. — Se continuar assim, vai ficar doente também.

— Acha que ele vai viver, doutor? — perguntou ela, com o rosto coberto de lágrimas.

— Ficarei ao lado dele e os informarei sobre qualquer mudança em seu estado.

Sem oferecer real esperança, o médico voltou para dentro do quarto e fechou a porta.

Victoria e Jason desceram para o salão. Ele sentou-se ao lado dela e, a fim de confortá-la, envolveu-a em seus braços, colocando a cabeça dela em seu ombro. Victoria afundou o rosto no peito dele e soluçou até suas lágrimas secarem. Passou o resto da noite nos braços de Jason, rezando em silêncio.

Enquanto isso, Charles passou o resto da noite jogando cartas com o Dr. Worthing.

# 19

No início da tarde seguinte, o Dr. Worthing informou que Charles "ainda lutava pela vida". No dia seguinte, entrou na sala de jantar, quando Jason e Victoria jantavam, e declarou que Charles "parecia bem melhor".

Victoria mal pôde conter a alegria, mas Jason se limitou a levantar a sobrancelha para o médico com um olhar cínico e convidá-lo para jantar.

— Obrigado — disse o Dr. Worthing, desviando os olhos de Jason —, mas acho que já posso deixar meu paciente sozinho, por um breve período.

— Estou certo que sim — concordou Jason.

— Acha que ele vai se recuperar, doutor? — perguntou Victoria, chocada com a reação fria de Jason.

— É difícil dizer — respondeu o médico, dirigindo seu olhar inquieto para Victoria e tendo o cuidado de evitar o de Jason. — Ele diz que quer viver para assistir ao casamento de vocês. Pode-se dizer que está se agarrando a isso como uma razão para viver.

Lançando um olhar rápido para Jason, Victoria inquiriu:

— O que pode acontecer se ele melhorar e, então, dissermos que mudamos de ideia?

— Nesse caso — respondeu Jason —, ele sem dúvida terá uma recaída. Não é, doutor?

— Tenho certeza de que o conhece melhor do que eu, Jason — salientou o Dr. Worthing, constrangido. — O que você acha?

— Acho que ele vai ter uma recaída.

Victoria sentiu como se o destino estivesse brincando com sua vida. Primeiro, tirando dela seu lar e as pessoas a quem amava, para então mandá-la a uma terra distante e, finalmente, forçando-a a um casamento sem amor, com um homem que não a queria.

Muito tempo depois de os dois homens terem saído, Victoria ainda remexia a comida em seu prato, tentando encontrar uma solução para o dilema que envolvia a si mesma e Jason. Seus sonhos de um lar feliz, com um marido que a amasse e um bebê nos braços, voltaram à sua mente em tom de deboche. Pela primeira vez, ela se permitiu um momento de autopiedade. Afinal, não havia desejado tanto da vida. Não sonhara com peles ou joias, nem com mansões espetaculares, temporadas em Londres, onde vivesse como uma rainha. Só quisera o que já tinha na América, desejando apenas um marido e um filho para completar seu ideal de vida feliz.

Uma onda vertiginosa de nostalgia a invadiu. Ah, como gostaria de poder voltar no tempo e ver os sorrisos de seus pais, ouvir o pai falar do hospital que sonhava construir para os aldeões, que haviam sido a segunda família de Victoria. Faria qualquer coisa para voltar para casa. A imagem do rosto bonito e sorridente de Andrew voltou a atormentá-la, mas Victoria tratou de afastá-la da lembrança, pois havia jurado não derramar nem mais uma lágrima pelo homem infiel que ela tanto amara.

Levantou-se e saiu à procura de Jason. Andrew a abandonara à sua própria sorte, mas Jason estava ali e tinha a obrigação de ajudá-la a encontrar um meio de escapar do casamento que nenhum deles queria.

Encontrou-o sozinho no escritório, um homem solitário e pensativo, de pé com o braço apoiado no consolo da lareira, os olhos fixos no fogo. Sentiu o coração se encher de compaixão ao se dar conta de que, embora houvesse fingido frieza diante do Dr. Worthing, Jason havia buscado refúgio na privacidade da solidão, para dar vazão ao seu sofrimento.

Reprimindo o impulso de lhe oferecer conforto, pois sabia que ele o recusaria, chamou-o em voz baixa.

— Jason?

Ele ergueu os olhos para ela, o rosto impassível.

— O que vamos fazer? — perguntou ela.

— Sobre o quê?

— Sobre essa ideia absurda do tio Charles de nos ver casados.

— Por que absurda?

Victoria ficou surpresa com a reação de Jason, mas estava decidida a discutir o assunto com calma e franqueza.

— Porque eu não quero me casar com você.

— Sei muito bem disso, Victoria — retrucou Jason com o olhar duro.

— Você também não quer se casar comigo — disse Victoria.

— Tem razão.

Como ele voltou a fitar o fogo, sem dizer mais nada, Victoria ficou esperando. Como não o fez, virou-se para sair, mas as palavras que Jason pronunciou a seguir a fizeram voltar.

— Mas o nosso casamento poderia nos dar o que nós dois realmente queremos.

— E o que nós queremos? — perguntou ela, olhando para seu perfil e tentando entender o seu humor.

Ele se endireitou e se virou, empurrando as mãos nos bolsos, seus olhos encontrando os dela.

— Você quer voltar para a América, ser independente, viver entre os seus amigos e, quem sabe, construir o hospital com que seu pai tanto sonhava. Ao menos foi isso que me disse. Se for honesta consigo mesma, vai admitir que também gostaria de voltar para mostrar a Andrew e a todos os que a conhecem que o fato de ele tê-la abandonado não significou nada, que você o esqueceu com a mesma facilidade, levando sua vida adiante com sucesso.

Victoria se sentiu tão humilhada com esse comentário que foram necessários alguns instantes até registrar as palavras seguintes de Jason.

— E — concluiu ele com naturalidade — eu quero ter um filho. Podemos proporcionar um ao outro o que queremos. Case-se comigo e me dê um filho. Em troca, eu a mandarei de volta para a América, com dinheiro suficiente para viver como uma rainha e construir uma dezena de hospitais.

Victoria fitou-o, boquiaberta.

— Dar um filho a você? — repetiu, incrédula. — Dar-lhe um filho e, então, partir para a América? Dar-lhe um filho e *deixá-lo* aqui?

— Eu não sou tão egoísta. Você poderia ficar com ele até... digamos, ele completar quatro anos. Toda criança precisa da mãe nessa idade. A partir de então, a criança ficaria comigo. Talvez você prefira ficar aqui, conosco, quando vier trazê-lo. Na verdade, eu preferiria que você ficasse em caráter permanente, mas creio que essa decisão deve ser sua. Só tenho uma exigência.

— E qual é? — indagou Victoria, atordoada.

Jason hesitou, como se escolhesse cuidadosamente palavras. Quando finalmente falou, desviou o olhar, fixando-o na janela.

— Pelo modo como me defendeu em público, há algum tempo, as pessoas acreditam que você não me despreza, nem tem medo de mim. Se concordar em se casar comigo, quero que reforce essa ideia e não diga ou faça nada que os leve a pensar diferente. Em outras palavras, aconteça o que acontecer entre nós, quando estivermos em público, quero que se comporte como se tivesse se casado comigo por algo mais que o meu dinheiro ou o meu título. Simplesmente, como se gostasse de mim.

Foi então que Victoria se lembrou das palavras dele na festa dos Mortram: *Está enganada se julga que me preocupo com o que as pessoas pensam...* Jason mentira, ela se deu conta, com uma pontada de ternura. Era óbvio que ele se importava com a opinião alheia. Do contrário, não lhe faria um pedido assim.

Olhou para o homem frio e desapaixonado parado diante dela. Parecia poderoso, distante e muito seguro de si. Era impossível acreditar que realmente desejasse ter um filho, ou que a desejasse, ou ainda que se importasse com o que as pessoas pensavam e diziam. Impossível, mas essa era a verdade. Victoria lembrou-se de como ele parecera quase infantil ao voltar do duelo e beijá-la. Lembrou-se da paixão contida naquele beijo e da solidão de suas palavras: *Centenas de vezes tentei me convencer de que não a quero, Victoria, todas em vão.*

Talvez, por trás daquela fachada de frieza, Jason se sentisse tão solitário e vazio quanto ela. Talvez ele precisasse dela, mas não fosse capaz de admitir isso. Por outro lado, era possível que ela estivesse apenas tentando se enganar.

— Jason — disse, expressando parte de seus pensamentos em voz alta —, você não pode esperar que eu tenha um filho e, depois, o entregue a você e vá embora. Não pode ser tão frio e insensível quanto a sua proposta o faz parecer. Eu não acredito nisso.

— Não serei um marido cruel, se é disso que está falando.

— *Não* é disso que estou falando! — disse Victoria, histérica. — Como pode falar em se casar comigo, como se estivesse discutindo um acordo de negócios, sem qualquer sentimento, sem qualquer emoção, sem sequer uma pretensão de amor ou...

— Ora, não me diga que ainda tem ilusões em relação a amor! — zombou ele, impaciente. — Sua experiência com Bainbridge deveria tê-la ensinado que o amor é um sentimento usado apenas para manipular pessoas ingênuas. Não espero, nem quero seu amor, Victoria.

Victoria agarrou-se ao espaldar da cadeira, furiosa com as últimas palavras dele. Abriu a boca para protestar, mas Jason sacudiu a cabeça e falou:

— Não responda antes de considerar com bastante cuidado e atenção o que eu lhe propus. Se você se casar comigo, terá liberdade para fazer o que bem quiser com a sua vida. Poderá construir um hospital na América e outro perto de Wakefield, e ficar na Inglaterra. Tenho seis propriedades e uma infinidade de criados. Só eles já poderiam lotar o seu hospital, mas, se isso não acontecer, posso pagar para que fiquem doentes — acrescentou com um arremedo de sorriso.

Victoria, porém, estava magoada demais para reconhecer qualquer humor naquelas palavras. Diante de seu silêncio, Jason continuou com leveza:

— Poderá cobrir todas as paredes de Wakefield com os seus desenhos e, quando não tiver mais espaço, mandarei construir paredes novas.

Victoria estava tentando absorver aquelas informações surpreendentes quando, então, ele acariciou-lhe a face com profunda e inesperada ternura.

— Vai descobrir que sou um marido muito generoso. Eu prometo.

O modo como ele pronunciou a palavra "marido" fez Victoria se arrepiar.

— Por que eu? — inquiriu com um sussurro. — Se é um filho que deseja, existem dezenas de mulheres em Londres loucas para se casar com você.

— Porque eu me sinto atraído por você... e você sabe disso. Além do mais — disse com um olhar de provocação, enquanto segurava seus ombros e tentava puxá-la para si —, você gosta de mim. Disse isso quando pensou que eu estava dormindo, lembra-se?

Victoria ficou boquiaberta, incapaz de absorver a incrível revelação de que ele sentia realmente atração por ela.

— Eu gostava de Andrew também — retrucou, com irritada impertinência. — Meu julgamento sobre os homens deixa muito a desejar.

— Verdade — concordou com um olhar divertido.

Segurando-a pelos ombros, Jason puxou-a lentamente para si.

— Acho que você enlouqueceu! — murmurou ela com a voz entrecortada.

— Sem dúvida — replicou ele, passando um braço em torno de sua cintura.

— Eu não vou aceitar... não posso...

— Victoria, você não tem escolha — disse com delicadeza. Então, quando os seios dela comprimiram-se contra seu peito, sua voz tornou-se mais rouca e ele adotou um tom persuasivo. — Posso lhe dar tudo o que uma mulher deseja...

— Tudo, menos amor — disse Victoria.

— Tudo o que uma mulher *realmente* deseja — emendou. E, antes que Victoria pudesse entender sua observação cínica, seus lábios começaram a descer de forma lenta e deliberada em direção aos dela. — Vou lhe dar joias e peles — prometeu. — Você terá mais dinheiro do que jamais sonhou ser possível. E tudo o que terá de me dar em troca é isto... — concluiu, baixando a cabeça bem devagar, inclinando o rosto para um beijo.

Um pensamento estranho cruzou a mente de Victoria: Jason estava se vendendo muito barato, pedindo muito pouco dela. Era atraente, rico e desejado e, com certeza, tinha o direito de esperar mais de uma esposa. Então, sua mente se esvaziou por completo no momento em que ele alcançou seus lábios, envolvendo-os em um beijo interminável que fez com que ondas de prazer percorressem seu corpo. A língua de Jason roçou levemente os lábios de Victoria, insinuando-se entre eles de maneira provocante. Quando ela retribuiu o beijo, foi tomada por um novo redemoinho de sensações desconhecidas e profundamente perturbadoras. Victoria não pôde conter uma exclamação de prazer e logo foi envolvida pelos braços de Jason. Ele passou a beijá-la de modo lento e excitante, apertando-a contra si de modo possessivo.

Quando, finalmente, levantou a cabeça e descolou os lábios dos dela, Victoria sentia-se atordoada, trêmula e inexplicavelmente temerosa.

— Olhe para mim — murmurou ele, segurando-lhe o queixo entre os dedos. — Está tremendo. Tem medo de mim?

Apesar da torrente de sentimentos confusos que se agitavam em seu peito, Victoria sacudiu a cabeça. Não tinha medo de Jason. Por alguma razão que não saberia explicar, fora tomada por um súbito medo de si mesma.

— Não — respondeu Victoria.

Um sorriso pairou nos lábios de Jason.

— Acho que está com medo, sim, mas não tem motivo para isso. Vou machucá-la uma única vez e somente por ser inevitável.

— ... por quê?

— Talvez eu não vá machucá-la de jeito nenhum. Certo? — disse ele com a voz repentinamente dura.

— Certo, o quê? — indagou Victoria com a voz chorosa e histérica. — Gostaria que não falasse por meio de enigmas quando já estou tão confusa que mal consigo pensar!

Em uma de suas mudanças súbitas de humor, Jason deu de ombros com indiferença.

— Não tem importância. Não me importa o que você fez com Bainbridge. Isso foi antes.

— Antes? — repetiu ela, à beira da histeria. — Antes do quê?

— Antes de mim. No entanto, fique sabendo que não vou admitir que me traia. Fui claro?

— Você está definitivamente louco!

— Já concordamos nesse ponto — lembrou-a com sarcasmo.

— Se vai continuar fazendo insinuações insultantes, eu vou me retirar para o meu quarto.

Jason fitou-a, lutando contra o impulso de tomá-la nos braços novamente e devorar-lhe os lábios.

— Muito bem. Vamos falar de trivialidades. O que a Sra. Craddock está preparando para o jantar?

Victoria sentiu que o mundo girava em uma direção e ela, em outra, atordoada e perdida.

— Sra. Craddock? — repetiu com o olhar distante.

— A cozinheira. Como vê, eu já sei o nome dela. Também sei que O'Malley é o seu criado preferido. Agora, diga-me o que a Sra. Craddock está preparando.

— Ganso — informou, tentando recuperar o equilíbrio. — É aceitável?

— Perfeitamente. Vamos jantar em casa?

— Eu vou — respondeu, deliberadamente evasiva.

— Nesse caso, eu também.

Ele já estava desempenhando o papel de marido!, percebeu, aturdida.

— Informarei à senhora Craddock — declarou e virou-se para sair.

Victoria estava ainda mais confusa. Jason dissera estar atraído por ela. Queria se casar com ela. Impossível! Se Charles morresse, ela seria obrigada a se casar com Jason. Se casasse com ele logo, talvez Charles encontrasse forças para viver. E Jason queria ter filhos. Ela também queria. Queria *ter algo* para amar. Talvez pudessem ser felizes juntos. Às vezes, Jason era adorável, às vezes seu sorriso a fazia sorrir também. Ele prometera não machucá-la...

Victoria estava perto da porta quando a voz calma de Jason a fez parar.

— Victoria, eu acho que já tomou sua decisão quanto ao nosso casamento. Se a sua resposta é "sim", creio que devemos contar a Charles depois do jantar e marcar a data. Ele vai gostar e, quanto antes contarmos a ele, melhor.

Victoria percebeu que Jason estava insistindo em saber se ela pretendia se casar com ele. Fitou-o por um longo instante, olhando para o homem bonito, vigoroso e dinâmico, e pareceu congelar no tempo. Por que ele parecia tenso, à espera de sua resposta? Por que precisava pedi-la em casamento, se tudo não passava de um acordo de negócios?

— Eu... — disse Victoria, impotente, enquanto a proposta romântica de Andrew brotava em sua memória: *Diga que vai se casar comigo, Victoria. Eu a amo. Sempre vou amar...*

Ora, Jason ao menos não proferia um amor que não sentia. Nem a pedira em casamento com demonstrações de afeto. Por isso, ela aceitou a proposta com a mesma frieza com que fora feita. Olhou para Jason e respondeu, impassível.

— Falaremos com tio Charles depois do jantar.

Victoria poderia jurar que, naquele exato instante, a tensão havia abandonado o rosto e o corpo de Jason.

TECNICAMENTE, ERA A NOITE de seu noivado e, assim, Victoria decidiu usá-la para estabelecer um padrão melhor para o seu futuro. Ao retornar do duelo, Jason confessara que gostava de ouvi-la rir. Se, como ela suspeitava, ele se sentia tão solitário e vazio quanto ela, talvez os dois pudessem alegrar a vida um do outro. Descalça, passou algum tempo parada diante do guarda-roupa aberto, tentando decidir que vestido usar para a ocasião supostamente festiva. Acabou se decidindo por um vestido de *chiffon* azul-claro, cuja bainha era bordada de fios brilhantes e dourados, e um colar de ouro e águas-marinhas que Jason lhe dera de presente na noite de seu *début*. Ruth escovou seus cabelos até que estivessem brilhando e, então, repartiu-os no meio da cabeça, deixando que caíssem como cascata sobre os ombros, de modo a emoldurar seu rosto. Uma vez satisfeita com sua aparência, deixou o quarto e foi para o salão. Aparentemente, Jason tivera a mesma ideia, pois vestia um traje formal, cor de vinho, colete de brocado e abotoaduras de rubi.

Estava enchendo uma taça de champanhe quando ela entrou, e interrompeu o que fazia para examiná-la da cabeça aos pés, com indisfarçável admiração. Victoria sentiu um aperto no estômago ao reconhecer o orgulho viril daquele olhar possessivo.

— Você tem a desconcertante capacidade de parecer uma criança encantadora em um momento e uma mulher sedutora em outro — comentou ele.

— Obrigada... — agradeceu, incerta —, eu acho.

— Foi um elogio — assegurou Jason. — Tentarei ser mais claro e menos desajeitado no futuro.

Encorajada por aquela pequena indicação de que ele estava disposto a mudar para agradá-la, Victoria observou-o servir o champanhe. Quando ele lhe estendeu a taça, ela se virou para se encaminhar ao sofá, mas Jason a segurou pelo braço com delicadeza. Com a mão livre, ele abriu uma caixa de veludo que se encontrava ao lado de sua taça, revelando um colar de três voltas, com as pérolas mais espetaculares que Victoria já vira. Sem dizer nada, ele retirou o colar de águas-marinhas que ela usava e o substituiu pelo de pérolas.

No espelho, Victoria observava quando ele prendeu o fecho de diamante na parte de trás do pescoço dela, fitando-a.

— Obrigada — agradeceu, um tanto sem jeito.

— Prefiro que me agradeça com um beijo — instruiu-a pacientemente.

Obediente, Victoria se pôs na ponta dos pés e beijou-o na face. Algo no modo como ele lhe dera as pérolas e, então, lhe pedira um beijo a perturbou. Era como se Jason estivesse comprando seus favores, começando com um beijo em troca de um colar. A ideia desconcertante foi confirmada quando ele disse:

— Esse beijo não chega aos pés do colar que acabo de lhe dar.

Em seguida, beijou-a com ardor e, então, perguntou:

— Não gosta de pérolas, Victoria?

— Ah, sim, gosto muito! — respondeu ela, nervosa, irritada consigo mesma por sua incapacidade de controlar seus medos tolos. — Nunca vi pérolas tão lindas. Nem mesmo as de Lady Wilhelm são tão grandes. Estas deveriam pertencer a uma rainha.

— Pertenceram a uma princesa russa, cem anos atrás — informou Jason, fazendo Victoria sentir-se emocionada pelo fato de ele considerá-la digna de tão valioso presente.

Depois do jantar, subiram para ver Charles. A reação dele ao ser informado sobre a decisão dos dois o rejuvenesceu de imediato. Quando Jason passou um braço em torno dos ombros de Victoria, o acamado ficou tão feliz que chegou a gargalhar em alto e bom som. Pareceu tão satisfeito e seguro de que os jovens estavam tomando a atitude mais acertada que Victoria quase se convenceu disso.

— E quando o casamento vai se realizar? — perguntou Charles.

— Dentro de uma semana — informou-o Jason, recebendo um olhar surpreso de Victoria.

— Excelente! — disse Charles, comemorando. — Pretendo estar em condições de assistir à cerimônia.

Victoria abriu a boca para protestar, mas Jason apertou-lhe o braço, para que não discutisse.

— E o que é isso, minha querida? — perguntou Charles, apontando para o colar.

— Jason me deu de presente esta noite, para selar o nosso... nosso noivado — explicou ela.

Quando a visita a Charles terminou, Victoria alegou estar exausta e Jason a acompanhou até a porta de seu quarto.

— Alguma coisa está perturbando você — disse. — O que é?

— Entre outras coisas, sinto-me péssima por me casar antes que o período de luto pela morte de meus pais tenha passado. Eu me sinto culpada sempre que vou a um baile. Tive de ser evasiva quanto à data da morte deles, para que as pessoas não descobrissem que sou uma filha extremamente desrespeitosa.

— Você fez o que tinha de fazer. Ao se casar comigo imediatamente, está dando a Charles uma razão para viver. Você mesma viu como ele pareceu bem melhor quando marcamos a data. Além disso, a decisão de encerrar o seu luto foi minha, de modo que você não teve escolha. Se tiver de culpar alguém, culpe a mim.

Victoria sabia que, racionalmente, Jason estava certo. Assim, mudou de assunto.

— Agora que descobri que "nós" decidimos nos casar daqui a uma semana, importa-se de me dizer onde "nós" decidimos nos casar? — perguntou com um sorriso maroto.

— Muito bem — falou Jason com uma risada. — Nós decidimos nos casar aqui.

Victoria sacudiu a cabeça enfaticamente.

— Por favor, Jason, não podemos nos casar na pequena igreja da vila perto de Wakefield? Poderíamos esperar até o tio Charles estar em condições de fazer a viagem.

Surpresa, Victoria viu a repulsa obscurecer os olhos de Jason à menção da igreja, mas, após um breve instante de hesitação, ele assentiu.

— Se você quer um casamento na igreja, nós nos casaremos aqui, em Londres, numa igreja grande o bastante para acomodar os convidados.

— Não! Por favor! — disse ela, explodindo. — Estou muito longe da América, milorde. A igreja perto de Wakefield seria melhor, pois me faz lembrar de casa. Desde menina, sempre sonhei em me casar em uma igrejinha...

Ao se dar conta de que sempre sonhara em se casar em uma igrejinha do interior com Andrew, Victoria desejou não ter pensado em igreja alguma.

— Quero que nosso casamento seja celebrado em Londres, diante de toda a *ton* — declarou Jason com firmeza. — Mas vamos combinar assim: vamos nos casar aqui e, então, iremos para Wakefield, para uma cerimônia menor.

— Esqueça que falei em igreja — disse, arrependida. — Convide a todos para uma cerimônia aqui. Seria uma blasfêmia entrarmos em uma igreja e selarmos o que não passa de um acordo comercial. — Tentando fazer uma piada, acrescentou: — Quando estivéssemos jurando amar e respeitar um ao outro, eu estaria esperando que um raio caísse sobre nossas cabeças!

— Vamos nos casar na igreja — disse Jason secamente. — E, se um raio cair, pagarei por um telhado novo.

# 20

— Boa tarde, minha querida — disse Charles alegremente, apontando para a beira da cama, a seu lado. — Sente-se aqui. Sua visita com Jason, ontem à noite, fez verdadeiros milagres pela minha saúde. Agora, conte-me mais sobre os planos de casamento.

Victoria sentou-se.

— Na verdade, está tudo muito confuso, tio Charles. Northrup acaba de me informar que Jason empacotou tudo o que havia no escritório e voltou para Wakefield hoje pela manhã.

— Eu sei — falou Charles sorrindo. — Ele veio me ver antes de partir e disse que decidiu fazer isso "em nome das aparências". Quanto menos tempo passar perto de você, menor será a chance de haver fofocas.

— Então, foi por isso que ele partiu — murmurou Victoria com a expressão pensativa.

Os ombros de Charles se sacudiram com o riso que ele não pôde conter.

— Minha criança, acho que esta foi a primeira vez na vida que Jason fez uma concessão às convenções sociais! Não foi fácil para ele, mas ele o fez assim mesmo. Você, definitivamente, exerce uma influência positiva sobre Jason. Quem sabe você também consiga ensiná-lo a não menosprezar os princípios?

Victoria retribuiu o sorriso, sentindo-se subitamente aliviada e feliz.

— Receio não saber nada sobre os planos para o casamento, exceto que acontecerá em uma grande igreja aqui, em Londres.

— Jason está cuidando de tudo. Levou o secretário para Wakefield, assim como os criados, para os preparativos. Depois da cerimônia, haverá uma festa de casamento em Wakefield, para seus amigos mais próximos e alguns residentes da vila. Acredito que a lista de convidados e os convites já estejam sendo preparados. Portanto, você não tem de fazer nada além de ficar aqui e se divertir com a surpresa das pessoas quando souberem que você será a próxima, única e verdadeira Duquesa de Atherton.

Isso não tinha importância para Victoria, que desejava abordar um assunto bem mais delicado.

— Na noite em que ficou doente, o senhor mencionou algo sobre a minha mãe... algo que pretendia me contar.

Charles virou-se para a janela e Victoria apressou-se em acrescentar:

— Não precisa me contar se as lembranças lhe fazem mal.

— Não é isso — falou ele, voltando a encará-la. — Sei quanto você é sensata e compreensiva, mas ainda é muito jovem. Amava seu pai provavelmente tanto quanto amava sua mãe. Quando eu lhe contar o que tenho guardado comigo, pode começar a me enxergar como um intruso no casamento dos dois, embora eu jure que nunca tenha entrado em contato com Katherine depois que ela se casou com seu pai. Victoria... a verdade é que temo que você passe a me desprezar após ouvir a história.

Victoria prendeu a mão dele entre as suas e lhe assegurou:

— Como posso desprezar alguém que amou minha mãe?

— Você também herdou o coração dela, sabia? — declarou Charles com a voz embargada pela emoção.

Como Victoria permaneceu em silêncio, ele voltou a olhar para a janela e começou a contar a história de seu envolvimento com Katherine. Só voltou a fitá-la quando terminou e, ao fazê-lo, não encontrou o menor sinal de reprovação; apenas compaixão e tristeza.

— Como vê — concluiu Charles —, eu a amava de todo o coração. Eu a amava e a afastei da minha vida, quando ela era a única razão que eu tinha para viver.

— Minha bisavó o *forçou* a fazer isso — corrigiu-o.

— Seus pais eram felizes? Sempre quis saber que tipo de casamento eles tinham, mas não tive coragem de perguntar.

Victoria se lembrou da cena horrível que havia presenciado em uma noite de Natal, mas que fora superada pelos 18 anos de carinho e consideração que os dois haviam devotado um ao outro.

— Sim, eles eram felizes. O casamento de mamãe e papai não se parecia em nada com aqueles que vemos na *ton*.

— O que quer dizer com isso? — perguntou Charles, sorrindo diante da aversão com que ela pronunciara essas palavras.

— Refiro-me ao tipo de casamento que a maioria das pessoas aqui em Londres tem, exceto por Robert e Caroline Collingwood e outros poucos. O tipo de casamento em que um casal raramente é visto na companhia um do outro e, quando aparecem juntos em um evento, comportam-se como estranhos gentis e corteses. Os cavalheiros estão sempre fora de casa, desfrutando de suas diversões, enquanto as mulheres têm amantes. Meus pais, ao menos, viviam em um lar de verdade e nós éramos uma família de verdade.

— Suponho que você pretende ter um casamento à moda antiga e uma família também à moda antiga — provocou-a Charles, demonstrando que aprovava a ideia.

— Não creio que Jason queira esse tipo de casamento.

Ela não conseguiu dizer a Charles que a oferta original de Jason era para ela dar-lhe um filho e depois ir embora. O que lhe servia de consolo era o fato de ele ter deixado claro que preferia tê-la ao seu lado na Inglaterra.

— Duvido muito que Jason saiba o que quer, no momento. Ele precisa de você, Victoria. Precisa do seu calor e do seu espírito. Não vai admitir isso nem para si mesmo e, quando o fizer, não vai gostar nem um pouco. Acredite, ele vai tentar lutar contra os próprios sentimentos. Porém, mais cedo ou mais tarde, Jason abrirá o coração para você e, quando isso acontecer, encontrará a paz. Em troca, ele fará você mais feliz do que jamais sonhou ser.

Ela se mostrou tão cética que Charles acrescentou depressa:

— Tenha paciência com ele, Victoria. Se Jason não fosse tão forte, de corpo e espírito, não teria sobrevivido até os 30 anos. Ele tem cicatrizes profundas, mas você tem o poder de curá-las.

— Que tipo de cicatrizes?

Charles sacudiu a cabeça.

— Será melhor para vocês dois se o próprio Jason lhe contar sobre sua vida, especialmente, sobre a sua infância. Se ele não fizer isso, então você pode vir até mim.

Nos dias que se seguiram, Victoria teve pouco tempo para pensar em Jason ou em qualquer outra coisa. Mal deixara o quarto de Charles, naquela tarde, quando madame Dumosse chegou, acompanhada por quatro costureiras.

— Lorde Fielding pediu-me que confeccionasse um vestido de casamento para a senhorita — informou ela, andando em volta de Victoria. — Ele disse que o vestido deve ser rico, elegante e exclusivo, digno de uma rainha.

Dividida entre a vontade de se rebelar e a de rir diante do autoritarismo de Jason, Victoria perguntou com ironia:

— Ele, por acaso, escolheu a cor?

— Azul.

— Azul! — repetiu Victoria, preparada para lutar pelo branco, se fosse necessário.

Madame Dumosse assentiu, examinando-a com ar pensativo.

— Sim, azul-claro. Ele disse que essa cor lhe cai muito bem e fica esplendorosa em você, fazendo com que pareça um anjo de cabelos de fogo.

Subitamente, Victoria decidiu que azul-claro era uma cor adorável para seu vestido de noiva.

— Lorde Fielding tem muito bom gosto — disse madame Dumosse. — Não acha?

— Sem sombra de dúvida — declarou Victoria com uma risada antes de se entregar às tarefas habilidosas da costureira.

Quatro horas depois, quando madame Dumosse finalmente se retirou, Victoria foi informada de que Lady Caroline Collingwood encontrava-se à sua espera, no salão dourado.

— Victoria — disse sua amiga, recebendo-a com a expressão ansiosa. — Lorde Fielding esteve em nossa casa, esta manhã, para nos convidar para o casamento. Fiquei honrada por ser sua dama de honra, como ele disse ser o seu desejo, mas foi tudo tão de repente...

Victoria foi invadida por um imenso prazer ao saber que Jason se lembrara de que ela precisaria de uma dama de honra e que havia convidado Caroline, sua melhor amiga, para essa função.

— Não imaginei que você estivesse desenvolvendo uma ligação duradoura com Lorde Fielding — prosseguiu Caroline. — Você quer mesmo se casar com ele? Ou está sendo... forçada, de alguma maneira?

— Só pelo destino — disse Victoria com um sorriso e se deixou afundar exaustivamente em uma poltrona. Ao perceber a preocupação genuína da amiga, esclareceu: — Não estou sendo forçada. É o que eu quero fazer.

As feições de Caroline se desanuviaram, expressando seu alívio e alegria.

— Fico tão feliz em ouvir isso! Estava torcendo para que as coisas se acertassem entre vocês.

Diante do olhar cético de Victoria, a condessa explicou:

— Nas últimas semanas, tive a oportunidade de conhecer Lorde Fielding melhor e sou obrigada a admitir que, agora, concordo com Robert. Tudo o que falam dele, ao que me parece, é resultado de fofocas iniciadas unicamente por uma mulher maliciosa e rancorosa. Duvido que alguém tivesse acreditado em todos esses rumores se Lorde Fielding não fosse tão indiferente e pouco comunicativo. Mas, como Robert diz, Lorde Fielding é um homem orgulhoso e, por isso, jamais se esforçaria para mudar a opinião que os outros têm sobre ele. Especialmente quando as pessoas foram tão injustas!

Victoria reprimiu o riso diante da defesa apaixonada que sua amiga estava fazendo do homem que, um dia, temera e condenara. Porém, essa era uma atitude típica de Caroline, incapaz de encontrar defeito nas pessoas de quem gostava e, ao mesmo tempo, de admitir qualidades naquelas que a desagradavam. E essa característica fazia dela a mais leal das amigas. Victoria sentia-se profundamente grata por contar com aquela amizade inabalável.

— Obrigada, Northrup — disse ao mordomo, que entrou com uma bandeja de chá.

— Não sei por que eu o achava assustador — falou Caroline, enquanto Victoria servia o chá. — Cometi um erro grave ao permitir que minha imaginação cegasse a razão. Acho que, em parte, ele me assustava por ser tão rabugento e por ter cabelos tão negros. O que é ridículo, claro. Sabe o que ele disse pela manhã, quando se despedia de nós?

— Não — respondeu Victoria, divertindo-se com a urgência de Caroline em absolver Jason de seu julgamento injusto. — O que ele disse?

— Que eu o faço lembrar-se de uma linda borboleta.

— Quanta gentileza!

— Foi mesmo, mas não tão gentil quanto a descrição que ele fez de *você*.

— De mim? Ora, mas como tudo isso começou?

— Está se referindo aos elogios? Eu disse a ele quanto estava feliz por saber que você iria se casar com um inglês e ficar aqui, pois, desse modo, poderíamos continuar sendo amigas. Lorde Fielding riu e disse que nós duas nos completamos, pois eu o faço lembrar-se de uma linda borboleta e você é como uma flor silvestre, que resiste às adversidades e ilumina a vida de todos à sua volta. Não foi lindo?

— Muito — concordou Victoria, invadida por um imenso sentimento de satisfação.

— Acho que ele está muito mais apaixonado por você do que deixa transparecer — comentou Caroline. — Afinal, ele duelou por sua causa!

Quando Caroline partiu, Victoria já estava quase totalmente convencida de que Jason gostava muito dela. Tal crença foi responsável por seu excelente humor na manhã seguinte, quando uma interminável procissão de visitantes apareceu na mansão para lhe desejar felicidades pelo casamento vindouro.

Victoria conversava com um grupo de jovens mulheres que tinham vindo visitá-la quando o objeto da discussão romântica entrou no salão. O riso alegre deu lugar a murmúrios nervosos no instante em que as moças avistaram a figura perigosamente impressionante do imprevisível Marquês de Wakefield. Vestindo um traje de montaria preto como carvão, que o fazia parecer ainda mais bonito e poderoso, ele nem mesmo se deu conta do efeito que exercia sobre aquelas mulheres, muitas das quais haviam acalentado por bastante tempo a esperança de, um dia, conquistar-lhe o coração.

— Bom dia, senhoras — cumprimentou-as com um sorriso estonteante, antes de se virar para Victoria. — Pode me dar um minuto?

Victoria se levantou de imediato, pediu licença às visitas e o acompanhou até o escritório.

— Não vou mantê-la afastada de suas amigas por muito tempo — prometeu ele, enfiando a mão no bolso do paletó.

Sem dizer mais nada, tomou a mão de Victoria e colocou um anel em seu dedo. Ela examinou a joia. Era um belíssimo anel, com uma fileira de safiras no centro, ladeada por duas de brilhantes, uma de cada lado.

— Jason, é lindo! — exclamou. — É o anel mais maravilhoso que eu já vi! Obrigada...

— Agradeça com um beijo — lembrou-a com a voz suave.

Quando Victoria se pôs na ponta dos pés, os lábios de Jason capturaram os dela em um beijo embriagante, que lhe drenou toda a resistência. Enquanto ela ainda se recuperava, ele a fitou nos olhos e perguntou:

— Acha que, da próxima vez, poderá me beijar sem que eu peça?

O tom de quase súplica derreteu o coração de Victoria. Jason se oferecera para ser seu marido, pedindo pouco em troca. Assim, ela deslizou as mãos pelo peito largo, até alcançar-lhe a nuca e enroscar os dedos nos cabelos negros, ligeiramente encaracolados. Sentiu um tremor sacudir o corpo de Jason quando, com um gesto inocente, roçou os lábios nos dele, em uma exploração lenta e inexperiente da boca que lhe proporcionava sensações tão maravilhosas quando a beijava.

De um lado para o outro, explorava lentamente as curvas quentes de sua boca, aprendendo o gosto dele, enquanto seus lábios entreabertos começaram a se mover contra os dela em um beijo descontroladamente excitante.

Mas, no turbilhão crescente daquele beijo, Victoria não se apercebeu do volume que crescia de encontro a seu ventre e deixou seus dedos deslizarem no cabelo macio em sua nuca enquanto seu corpo automaticamente se ajustava ao dele — e de repente tudo mudou. Os braços de Jason se fecharam ao redor dela com uma força impressionante, sua boca se abrindo na dela com uma fome feroz. Ele separou seus lábios, provocando-a com sua língua até que ele a convenceu a tocar sua própria língua em seus lábios e, quando ela o fez, ele engasgou, puxando-a ainda mais perto, seu corpo tenso com uma necessidade ardente.

Quando Jason finalmente levantou a cabeça e descolou os lábios dos de Victoria, ele a fitou com uma expressão estranha, que mesclava desejo e divertimento.

— Eu devia ter lhe dado safiras e brilhantes, em vez de pérolas, na noite em que ficamos noivos. Mas não me beije desse jeito de novo *até* estarmos casados.

Victoria fora advertida pela mãe e pela Srta. Flossie de que um cavalheiro poderia se deixar levar por seu ardor, o que o faria comportar-se de maneira indesejável com uma jovem que, erradamente, lhe permitisse perder a cabeça. Ela percebeu instintivamente que Jason estava tentando lhe dizer que *ele* estivera prestes a perder a cabeça durante aquele beijo ardente. E Victoria não pôde evitar uma pontada de satisfação feminina por saber que seu beijo, mesmo tão inexperiente, era capaz de exercer tal efeito sobre um homem como ele. Especialmente levando em conta que Andrew jamais se mostrara tão tocado por seus beijos, embora ela, por sua vez, jamais o tivesse beijado da maneira como Jason gostava que o fizesse.

— Vejo que compreendeu o que eu quis dizer — concluiu Jason com um sorriso maroto. — Pessoalmente, não supervalorizo a virgindade. Existem muitas vantagens em se casar com uma mulher que já aprendeu a satisfazer um homem...

Esperou por alguma reação de Victoria, mas ela se limitou a desviar o olhar, constrangida. Afinal, sua virgindade deveria ser o maior presente de casamento para seu marido, ou, ao menos, ela acreditara nisso a vida inteira. Portanto, não poderia oferecer a ele a menor experiência em "satisfazer um homem", qualquer que fosse o significado dessas palavras.

— Eu... sinto muito... por desapontá-lo — balbuciou. — As coisas são muito diferentes na América.

Apesar da tensão evidente na voz de Jason, suas palavras foram gentis:

— Não precisa se desculpar, nem parecer tão infeliz, Victoria. Nunca tenha medo de me dizer a verdade, por pior que possa parecer. Não só aceito, como também admiro sua coragem em dizê-la. — Acariciou-lhe a face com ternura. — Nada disso tem importância. Agora, diga-me se gostou do anel e volte para a companhia de suas amigas.

— Adorei — falou Victoria com sinceridade. — É tão lindo que já estou morrendo de medo de perdê-lo.

Jason deu de ombros com indiferença.

— Se você o perder, comprarei outro.

Com essas palavras, ele se foi, deixando Victoria a olhar para o anel, desejando que Jason não fosse tão generoso com relação a uma possível perda. Ela gostaria que aquele anel fosse mais importante para ele, algo não tão fácil de substituir. Por outro lado, como prova de afeto, era apropriado, uma vez que ela era pouco importante e igualmente fácil de ser substituída na vida de Jason.

*Ele precisa de você.* As palavras de Charles ecoaram na mente de Victoria e ela sorriu ao lembrar que, pelo menos quando estava nos braços dele, Jason realmente precisava dela. Sentindo-se melhor, voltou ao salão, onde o anel foi imediatamente notado e provocou exclamações de admiração das amigas.

Nos dias que antecederam o casamento, quase trezentas pessoas visitaram Victoria a fim de lhe desejar felicidade. Elegantes carruagens deixavam seus ocupantes à porta da mansão e voltavam para apanhá-los vinte minutos depois, obedecendo às regras de etiqueta da *ton*. Enquanto isso, Victoria permanecia no salão, ouvindo matronas sofisticadas que a cobriam de conselhos sobre a difícil tarefa de administrar uma casa e receber convidados da nobreza. As mais jovens contavam como era difícil contratar boas governantas e selecionar os melhores tutores para os filhos. E, em meio àquele alegre caos, Victoria começou a sentir que aquele era o seu lugar. Até então, ela não tivera oportunidade de conhecer melhor aquelas pessoas, nem de conversar com elas sobre assuntos que não fossem superficiais. Por isso, estivera inclinada a vê-las como mulheres ricas e mimadas, incapazes de se preocupar com qualquer coisa que não fossem joias, vestidos e festas. Agora, podia vê-las sob uma nova ótica, como esposas e mães dedicadas, sinceramente empenhadas em cumprir suas tarefas domésticas de maneira exemplar. E isso a agradava imensamente.

De todas as pessoas que conhecia, somente Jason se mantinha distante, mas ele fazia isso em nome das aparências e Victoria tinha de lhe ser grata, mesmo que esse afastamento às vezes lhe desse a impressão de estar prestes a se casar com um estranho. Charles descia com frequência, a fim de receber as visitantes e deixar bem claro que Victoria contava com sua plena aprovação e apoio. No tempo que lhe sobrava, permanecia em seu quarto, "recuperando as forças", como costumava dizer, a fim de estar em condições de levar Victoria ao altar. Ela e o Dr. Worthing foram incapazes de dissuadi-lo dessa ideia. Jason sequer tentou.

À medida que os dias iam passando, Victoria apreciava cada vez mais a companhia dos visitantes, exceto nas ocasiões em que o nome de Jason era mencionado e ela sentia a costumeira tensão tomar conta do ambiente. Era evidente que suas novas amigas e conhecidas admiravam o prestígio social que ela teria como esposa de um marquês excepcionalmente rico, mas Victoria tinha a sensação desagradável de que muitas delas ainda guardavam sérias reservas com relação a seu futuro marido. E isso a incomodava porque começava a gostar muito dessas pessoas e queria que elas gostassem de Jason também. Com relativa frequência, enquanto conversava com alguém, ouvia trechos de diálogos envolvendo Jason, em outra parte do salão. Porém, essas conversas eram abruptamente interrompidas no momento em que ela lhes dirigia a atenção. Isso a impedia de se lançar em defesa dele, pois não sabia do que deveria defendê-lo.

Um dia antes do casamento, as peças do quebra-cabeça finalmente se encaixaram, formando uma imagem sinistra que quase tirou de vez o equilíbrio de Victoria. Quando Lady Clappeston, a última visitante da tarde, se despedia de Victoria, deu-lhe um tapinha no braço e disse:

— Você é uma jovem muito sensata, minha querida. Ao contrário dessas pessoas pessimistas que temem por sua segurança, eu tenho fé de que saberá lidar com Wakefield. Você não se parece em nada com a primeira esposa dele. Na minha opinião, Lady Melissa mereceu tudo o que disse ter sofrido nas mãos dele, e muito mais! Afinal, ela não passava de uma libertina!

Dito isso, Lady Clappeston deixou Victoria no salão, sozinha com Caroline.

— Primeira esposa? — repetiu ela, chocada. — Jason já foi casado? Por que ninguém nunca me contou?

— Pensei que você soubesse — defendeu-se Caroline. — Naturalmente, supus que seu tio, ou mesmo Lorde Fielding, tivesse lhe contado. Certamente, você ouviu algo a respeito disso.

— Tudo o que ouvi foram fragmentos de conversas que se interrompiam no momento em que a minha presença era notada. — Victoria ficou em choque e muito brava. — Ouvi o nome de Lady Melissa ligado ao de Jason, mas nunca ninguém se referiu a ela como *esposa* dele. Geralmente, as pessoas falam dela com tanta reprovação que concluí se tratar de mais uma... das conquistas de Jason — finalizou, meio sem jeito. — Assim como a Srta. Sybil esteve envolvida com ele até agora.

— Esteve envolvida? — perguntou Caroline, surpresa com o uso do verbo no passado.

Então, desviou o olhar com rapidez.

— Naturalmente, agora que vamos nos casar, Jason não vai... ou vai? perguntou Victoria, como se discutisse consigo mesma.

— Não sei dizer o que ele vai fazer — admitiu Caroline. — Alguns homens, como Robert, deixam de ter casos com outras mulheres quando passam a ter uma esposa. Outros, não.

Victoria massageou as têmporas, profundamente confusa, começando uma discussão sobre amantes.

— Às vezes, a Inglaterra ainda é totalmente estranha para mim. Na América, os maridos não se envolvem com mulheres que não sejam suas esposas. Pelo menos, eu nunca ouvi falar disso. Aqui, ao contrário, pelos comentários que ouvi, é perfeitamente aceitável que um homem casado tenha amantes.

Caroline tratou de mudar logo de assunto.

— O fato de Lorde Fielding ter sido casado antes é mesmo importante para você?

— Claro! Acho que sim. Se bem que já não sei mais. O que me deixou realmente furiosa foi o fato de ninguém da família ter me contado — levantou-se de súbito, provocando um sobressalto na amiga. — Se me der licença, preciso conversar com o tio Charles.

O criado de Charles levou um dedo aos lábios quando Victoria bateu à porta do quarto e a informou de que o duque estava dormindo. Perturbada demais para esperar que ele acordasse para responder às suas perguntas, ela se dirigiu ao quarto da Srta. Flossie. Nas últimas semanas, a Srta. Flossie praticamente delegara a função de acompanhante a Caroline Collingwood, de modo que Victoria pouco via a adorável senhora de cabelos dourados, exceto durante as refeições.

A Srta. Flossie mostrou-se alegre ao vê-la e a convidou para entrar. Victoria aceitou e as duas se sentaram na confortável antessala.

— Victoria, querida, você está mesmo parecendo uma noiva radiante — disse a Srta. Flossie com seu péssimo poder de observação, uma vez que Victoria estava pálida e visivelmente perturbada.

— Srta. Flossie — começou, decidida a abordar diretamente o assunto. — Fui ao quarto do tio Charles, mas ele está dormindo. Assim, a senhora é a única pessoa que pode me ajudar. Trata-se de Jason. Algo está muito errado.

— Meu Deus! — gritou, deixando o bordado de lado. — Do que você está falando?

— Acabei de descobrir que Jason já foi casado!

— Ora, pensei que Charles tivesse lhe contado, ou mesmo o próprio Wakefield. Bem, de qualquer maneira, Jason já foi casado. Agora, você já sabe — declarou com naturalidade e voltou ao seu bordado.

— Não sei de nada! — protestou Victoria, exasperada. — Lady Clappeston disse que a esposa de Jason mereceu tudo o que ele fez a ela. O que ele fez, afinal?

— Nada até onde sei. Lady Clappeston foi, no mínimo, precipitada ao dizer isso, pois também não pode saber de nada, a menos que já tenha sido casada com ele, o que não foi. Pronto. Sente-se melhor agora?

— Não! — explodiu, histérica. — Quero saber *por que* Lady Clappeston acredita que Jason fez mal à esposa. Ela deve ter motivos para pensar assim e, a menos que eu esteja redondamente enganada, muita gente pensa o mesmo.

— Provavelmente. A esposa dele, que descanse em paz, embora eu não veja como possa ter paz depois da maneira como se comportou quando era viva, espalhou aos quatro ventos que Jason a tratava de modo abominável. Evidentemente, algumas pessoas acreditaram nela, mas o simples fato de ele não tê-la assassinado deveria ser prova suficiente de que ele é um homem de controle admirável. Se eu tivesse um marido, coisa que nunca tive, e fizesse as coisas que ela fez, que eu jamais faria, é claro, ele certamente me bateria. Portanto, se Wakefield bateu em Melissa, o que eu não tenho certeza se aconteceu, teve motivos de sobra para fazê-lo. Acredite no que estou dizendo.

Victoria lembrou-se das ocasiões em que vira Jason com raiva, e da fúria contida que reconhecera em seus olhos. Aterrorizada, imaginou uma mulher aos gritos, sendo espancada por ele, por ter cometido alguma pequena infração das regras estabelecidas por ele.

— O que, exatamente, Melissa fez? — perguntou com um fio de voz.

— Bem, não existe uma maneira suave de dizer isso. A verdade é que ela foi vista na companhia de outros homens.

Victoria estremeceu. Quase todas as mulheres casadas de Londres eram vistas na companhia de outros homens. Parecia mesmo ser perfeitamente aceitável que elas tivessem amantes.

— E Jason bateu nela por isso?

— Ninguém sabe ao certo. Pessoalmente, duvido. Uma vez, ouvi um cavalheiro criticar Jason pelas costas, claro, pois ninguém jamais teria coragem de criticá-lo frente a frente, por ele ignorar o comportamento devasso de Melissa.

Um pensamento repentino cruzou a mente de Victoria e ela perguntou:

— Quais foram, exatamente, as palavras desse cavalheiro? — indagou cuidadosamente. — *Exatamente* — enfatizou.

— Exatamente? Bem, já que você insiste... ele disse: "*Wakefield está sendo traído diante de toda a sociedade londrina, sabe disso muito bem e, ainda assim, ignora o fato e parece aceitar a traição. Está dando um péssimo exemplo às nossas esposas. Se quer saber minha opinião, acho que ele deveria trancar aquela libertina em seu castelo, na Escócia, e jogar fora a chave*".

Victoria apoiou o queixo no peito e fechou os olhos, com um misto de alívio e pesar.

— Traído — murmurou. — Então, é isso...

Pensou quanto Jason era orgulhoso e em como seu orgulho fora certamente ferido pela infidelidade pública da esposa.

— Gostaria de saber mais alguma coisa? — perguntou a Srta. Flossie.

— Sim — respondeu Victoria de pronto, embora não soubesse bem por onde começar.

A tensão em sua voz deixou a Srta. Flossie evidentemente nervosa.

— Bem, espero que não seja sobre "aquilo", porque, como a parente mais próxima, eu sei que é minha responsabilidade explicar tudo a você, mas a verdade é que sou absolutamente ignorante nesse assunto. Acalentei a esperança de que sua mãe tivesse explicado tudo, antes de morrer.

Victoria fitou-a com ar curioso.

— Não sei do que está falando — anunciou com a voz cansada.

— Estou falando "*daquilo*"... é assim que minha melhor amiga, Prudence, chama... "aquilo". Tudo o que posso fazer é repassar a informação que a mãe de Prudence deu a ela, no dia do seu casamento.

— O que está dizendo? — inquiriu Victoria, cada vez mais confusa.

— Estou dizendo que lamento não ter a informação para lhe dar, mas mulheres de respeito não conversam sobre "aquilo". Gostaria que eu lhe contasse o que a mãe de Prudence disse a ela?

— Sim, por favor — respondeu Victoria, sem fazer a menor ideia do que a Srta. Flossie estava falando.

— Muito bem. Na noite do seu casamento, seu marido vai se juntar a você em sua cama, ou talvez levá-la para a dele. Não me lembro bem dos detalhes. De qualquer maneira, você não deve, em hipótese alguma, demonstrar a sua repulsa, nem gritar ou desmaiar. Deve fechar os olhos e permitir que ele faça "aquilo", seja lá o que for. Vai doer, além de ser repugnante e, na primeira vez, você vai sangrar. Mesmo assim, deve fechar os olhos e suportar até o fim. Se não me engano, a mãe de Prudence sugeriu que, enquanto "aquilo" estivesse acontecendo, ela pensasse em outra coisa, como o lindo casaco de pele que ela poderia comprar em breve, se deixasse seu marido satisfeito. Esquisito, não?

Lágrimas de alegria e ansiedade inundaram os olhos de Victoria, e seus ombros se sacudiram com um riso impotente.

— Obrigada, Srta. Flossie — riu. — A senhora ajudou muito.

Até então, Victoria não se permitira preocupar-se com as intimidades do casamento, às quais Jason teria direito. Certamente faria uso delas, uma vez que desejava ter um filho com ela. Apesar de ser filha de um médico, seu pai sempre tivera o cuidado de evitar que ela visse determinadas partes da anatomia masculina. Ainda assim, Victoria não era completamente ignorante sobre o processo de reprodução. Sua família mantinha um galinheiro nos fundos da casa e ela havia presenciado o bater de asas e o cacarejar que acompanhavam o ato, embora fosse impossível dizer exatamente o que acontecia. Afinal, ela sempre tivera a discrição de desviar o olhar, a fim de proporcionar às galinhas a privacidade necessária para produzir seus pintinhos.

Uma vez, quando tinha 14 anos, seu pai fora chamado para cuidar da esposa de um fazendeiro, que entrara em trabalho de parto. Enquanto esperava pelo nascimento do bebê, Victoria fora passear no pequeno pasto, onde os cavalos passavam o dia. Ali, ela havia presenciado o espetáculo assustador de um garanhão cobrindo uma égua. Ele cravara os dentes enormes no pescoço da fêmea, mantendo-a cativa e indefesa, enquanto fazia as piores coisas com ela. E a pobre égua havia berrado de dor.

Visões de asas batendo, galinhas cacarejando e éguas aterrorizadas encheram a mente de Victoria e ela estremeceu.

— Minha querida, você está muito pálida e eu não posso culpá-la por isso — falou a Srta. Flossie, piorando ainda mais a situação. — No entanto, pelo que pude compreender, depois que uma esposa cumpre a sua obrigação e dá à luz um herdeiro, um marido atencioso trata de arranjar uma amante para fazer "aquilo" e deixa a esposa em paz.

— Uma amante — repetiu Victoria, pensativa.

Sabia que Jason tinha uma amante e que, segundo as fofocas, tratava-se de uma mulher muito bonita. Também ouvira dizer que ele já tivera dúzias delas, todas muito atraentes. Tratou de repensar seus sentimentos com relação aos cavalheiros da *ton* e suas amantes. Antes, sempre reprovara o fato de todos eles terem outras mulheres, sendo casados. Porém, isso talvez não fosse algo tão ruim. Ao que parecia, os cavalheiros da *ton* eram muito civilizados e tinham grande consideração por suas esposas. Em vez de usarem as esposas para satisfazer seus desejos mais primitivos, simplesmente arranjavam outra mulher, instalavam-na em uma boa casa, com criados e vestidos bonitos, e deixavam as esposas em paz. Sim, concluiu, essa era a solução ideal para o problema. Afinal, as mulheres da *ton* pareciam pensar assim e, certamente, conheciam o assunto muito melhor do que ela.

— Muito obrigada, Srta. Flossie — agradeceu com sinceridade. — A senhorita realmente ajudou muito.

A Srta. Flossie assentiu com um largo sorriso, os cachos dourados saindo por baixo da touca branca.

— Sou eu quem deve agradecer, querida, pois você fez Charles mais feliz do que nunca. E Jason também.

Victoria sorriu, embora não concordasse com a ideia de que estava realmente fazendo Jason feliz.

De volta a seu quarto, Victoria se sentou diante da lareira e se forçou a tentar desvendar suas emoções e parar de se esconder dos fatos. Na manhã seguinte, ela se casaria com Jason. Queria fazê-lo feliz... queria tanto que nem sabia como lidar com o que a invadia no momento. O fato de ele ter sido casado com uma mulher infiel fizera brotar simpatia e compaixão em seu coração, além do desejo ainda maior de compensá-lo por toda a infelicidade que tivera na vida.

Inquieta, Victoria se levantou e se pôs a andar pelo quarto, de um lado para outro. Apanhou a caixa de música de porcelana na penteadeira enquanto caminhava até a cama. Tentou se convencer de que iria se casar com Jason porque não tinha alternativa, mas, quando se sentou na beirada da cama, admitiu que isso não era totalmente verdadeiro. Uma parte dela realmente queria se *casar* com ele. Victoria gostava da figura de Jason, de seu sorriso, de seu senso de humor. Apreciava a autoridade que sua voz transmitia e a confiança disseminada por suas passadas largas e firmes. Também gostava do modo como os olhos dele brilhavam quando ele sorria para ela, bem como ardiam e se tornavam mais escuros quando a beijava. E Victoria adorava sua elegância natural e as sensações que os lábios dele provocavam...

Forçou-se a afastar os pensamentos acerca do que provocavam os lábios de Jason e olhou friamente para as cortinas de seda dourada. Gostava de muitas coisas em Jason, coisas demais. Não tinha um bom julgamento no tocante aos homens. A experiência com Andrew fora uma prova disso. Victoria havia se enganado, acreditando que Andrew a amava, mas não tinha nenhuma ilusão com relação aos sentimentos de Jason. Ele se sentia atraído por ela e queria que Victoria lhe desse um filho. Gostava dela também, mas Victoria sabia que ele não sentia nada além de pouco mais que amizade. Ela, por sua vez, corria o sério risco de se apaixonar por Jason, mesmo sabendo que ele não queria o seu amor, como havia deixado bem claro.

Durante semanas, Victoria tentara se convencer de que seus sentimentos por ele eram apenas de gratidão e amizade, mas agora sabia que iam muito além disso. Por que sentia tanta necessidade de fazê-lo feliz e de fazer com que ele a amasse ? Por que experimentara uma ira tão profunda ao ouvir a Srta. Flossie falar das infidelidades da esposa dele?

Um medo terrível a invadiu e ela esfregou as palmas úmidas no vestido de musseline cor de lima. Na manhã seguinte, Victoria entregaria sua vida nas mãos de um homem que não queria o seu amor, que poderia usar seus sentimentos por ele para magoá-la. O instinto de autopreservação advertiu-a para que não se casasse com Jason. As palavras de seu pai ecoaram em sua mente, como vinha acontecendo havia dias: "*Amar alguém e não ser correspondido é como viver no inferno... Nunca deixe que a convençam de que poderá ser feliz ao lado de alguém que não ama você... E jamais ame alguém mais do que essa pessoa a ama, Tory...*".

Victoria inclinou a cabeça, o cabelo caindo para a frente, ao redor do rosto tenso, fechou os olhos e cerrou os punhos. A razão a advertia para que não se casasse com Jason, pois ele a faria extremamente infeliz. Seu coração, entretanto, implorava que ela apostasse tudo nele, que lutasse pela felicidade pouco além do alcance de sua mão.

A razão lhe ordenava que fugisse, mas o coração suplicava que não fosse covarde.

Northrup bateu à porta e anunciou com a voz carregada de desagrado:

— Com licença, Lady Victoria. Há uma jovem lá embaixo, aparentemente descontrolada, que chegou sem acompanhante em uma carruagem alugada, alegando ser... bem, sua irmã. Como nunca fui informado de qualquer parente sua residente em Londres, sugeri a ela que partisse, mas...

— Dorothy! — gritou e, levantando-se de um salto, correu para a porta. — Onde ela está?

— Eu a instalei no salão menor — respondeu Northrup, confuso —, mas, se ela é mesmo sua irmã, é claro que devo transferi-la para...

Victoria já descia a escada.

— Tory! — respondeu Dorothy aos gritos, abraçando a irmã com força, rindo e chorando ao mesmo tempo. — Precisava ter *visto* a expressão do seu mordomo ao ver a minha carruagem alugada!

— Por que não respondeu à minha última carta? — indagou Victoria, retribuindo o abraço.

— Porque só cheguei ontem de Bath. Amanhã, partirei para a França, onde deverei ficar por dois meses, para o que a vovó chama de "retoques finais". Ela vai ficar furiosa se souber que vim até aqui, mas eu não podia simplesmente deixar você se casar com aquele homem. Tory, o que eles fizeram para obrigá-la a concordar com isso? Bateram em você? Deixaram você sem comida?

— Nada disso — garantiu Victoria com um sorriso. — Eu quero me casar com ele.

— Não acredito. Está tentando me enganar, pois não quer que eu me preocupe...

JASON RECLINOU-SE no banco da carruagem, enquanto observava as mansões da Upper Brook Street. Seu casamento seria no dia seguinte...

Depois de admitir para si mesmo que desejava Victoria e de ter tomado a decisão de se casar com ela, passara a querê-la com irracional urgência. Seu desejo crescente por ela o fazia sentir-se vulnerável e inquieto, pois sabia, por experiência própria, como o chamado "sexo frágil" podia ser perverso. Ainda assim, era tão incapaz de conter tal desejo quanto de reprimir a esperança quase infantil de que, juntos, eles poderiam encontrar a felicidade.

A vida ao lado de Victoria jamais seria plácida, pensou com um sorriso maroto. Ela o divertiria, frustraria e desafiaria o tempo todo. Tinha tanta certeza disso quanto do fato de que ela se casaria com ele por falta de opção. Sabia disso tanto quanto sabia que a virgindade dela fora entregue a Andrew.

O sorriso se desfez. Jason havia esperado que ela negasse esse fato na tarde em que lhe dera o anel, mas Victoria apenas desviara o olhar e dissera: "Sinto muito".

Ao mesmo tempo que detestara ouvir a verdade, Jason a admirara por dizê-la. No fundo de seu coração, não conseguia culpá-la por ter se entregado a Andrew, especialmente porque compreendia como isso acontecera. Era fácil imaginar como uma garota inocente, criada no campo, poderia ser convencida pelo homem mais rico da região de que seria a esposa dele. Depois de tê-la persuadido, Bainbridge certamente não encontrara dificuldade para roubar-lhe a virgindade. Victoria era uma mulher ardente e generosa, que provavelmente se entregaria ao homem a quem de fato amasse com a mesma naturalidade com que dava atenção aos criados ou afeto a Lobo.

Tendo em vista a vida libertina que Jason vivera até então, condenar Victoria por ter perdido a virgindade para o homem a quem amava seria o cúmulo da hipocrisia. E Jason detestava os hipócritas. Infelizmente, também detestava a ideia de Victoria nua nos braços de outro homem. Andrew fora um bom professor, pensou com amargura, quando a carruagem já entrava em sua propriedade. Ele a ensinara como beijar um homem e aumentar seu ardor, pressionando o corpo contra o dele...

Afastou da mente aqueles pensamentos dolorosos e saiu da carruagem. Andrew era um capítulo encerrado na vida de Victoria, disse a si mesmo. Ela o esquecera no decorrer das últimas semanas.

Bateu à porta, sentindo-se um tolo por ir procurá-la na véspera do casamento. Não tinha motivo para visitá-la, exceto o prazer que o simples fato de vê-la lhe proporcionava. Pretendia também deixá-la feliz ao informá-la sobre o pônei americano que providenciara que fosse enviado para a Inglaterra em um de seus navios. Seria um de seus presentes de casamento, e a verdade era que Jason mal podia esperar para vê-la mostrar suas habilidades em montaria. Sabia que ela ficaria linda, inclinada sobre o dorso do cavalo, os cabelos esvoaçando ao vento...

— Boa noite, Northrup. Onde está Lady Victoria?

— No salão amarelo, milorde, com a irmã.

— Com a irmã? — disse Jason, sorrindo pela surpresa. — Ao que parece, a velha bruxa suspendeu as restrições para que as duas pudessem se encontrar.

Feliz pela oportunidade de conhecer a cunhada, Jason foi diretamente até o salão e abriu a porta.

— Eu não poderia suportar — lamentava a jovem, com o rosto escondido por um lenço. — Fico *feliz* por vovó ter me proibido de assistir ao seu casamento, pois não poderia ficar ali, parada, vendo você entrar na igreja, fingindo que ele é Andrew...

— É evidente que cheguei em um mau momento — declarou Jason.

A esperança secreta que ele acalentara de que Victoria realmente quisesse se casar com ele morreu subitamente diante da descoberta de que ela teria de fingir que ele era Andrew, a fim de poder entrar na igreja.

— Jason! — exclamou Victoria, aflita ao se dar conta de que ele ouvira as bobagens que sua irmã insistia em proferir. Recuperando a compostura, estendeu a mão para ele e sorriu. — Estou tão feliz que esteja aqui. Por favor, deixe-me apresentá-lo à minha irmã. — Sabendo que não haveria um modo de suavizar a situação com uma mentira, Victoria decidiu contar a verdade: — Dorothy ouviu alguns comentários desagradáveis feitos por Lady Faulklyn, a acompanhante de nossa bisavó, e ficou com a impressão absurda de que você é um monstro cruel. — Ao ver Jason erguer uma sobrancelha, com a expressão irônica, para Dorothy, Victoria virou-se para a irmã. — Dorothy, quer fazer o favor de ser razoável e permitir que eu, ao menos, lhe apresente Lorde Fielding, para que você veja, por si mesma, que ele é um bom homem?

Cética, Dorothy ergueu os olhos para o homem cuja expressão fria pairava ameaçadoramente sobre ela. Então, ela se levantou e o fitou com ar de desafio.

— Lorde Fielding — disse em tom de desafio —, não sei se o senhor é um bom homem ou não. No entanto, quero avisá-lo de que, se ousar fazer mal à minha irmã, não terei o menor escrúpulo em matá-lo. Fui clara? — falou com a voz tremendo de raiva.

— Perfeitamente.

— Nesse caso, como não é possível convencer minha irmã a fugir desse casamento, devo voltar à casa de minha bisavó. Boa noite.

Dito isso, Dorothy saiu, seguida de perto por Victoria.

— Dorothy, como pôde ser tão grosseira?

— Prefiro que ele me considere grosseira, pois assim não vai pensar que pode abusar de você sem pagar caro por isso!

Victoria revirou os olhos, despediu-se da irmã e voltou para o salão.

— Sinto muito — lamentou, constrangida, vendo Jason parado diante da janela.

— Ela sabe atirar? — perguntou ele por cima do ombro.

Nervosa, Victoria sacudiu a cabeça.

— Dorothy tem uma imaginação muito fértil e se recusa a acreditar que não estou me casando com você só por estar furiosa com Andrew.

— Não está?

— Não.

Jason virou-se para encará-la com o olhar gélido.

— Quando entrar na igreja, amanhã, Victoria, seu precioso Andrew não vai estar à sua espera no altar. *Eu estarei*. Lembre-se disso. Se não é capaz de encarar essa realidade, não compareça ao casamento.

Jason fora até lá na intenção de contar a ela sobre o pônei, de fazê-la rir, mas saiu sem pronunciar nem mais uma palavra.

# 21

O céu estava nublado e cinzento quando a carruagem negra e envernizada de Jason cruzou as ruas de Londres, puxada por quatro magníficos cavalos castanhos em magníficos cabrestos de prata. Seis batedores, vestindo uniformes de veludo verde, lideravam a procissão e quatro outros cavaleiros uniformizados seguiam o transporte. Os dois cocheiros sentavam-se eretos e orgulhosos no banco dianteiro do veículo, enquanto dois criados imponentes ocupavam o banco traseiro.

No luxuoso interior da carruagem, Victoria, recostada em almofadas acolchoadas, fitava a janela com o olhar perdido. Usava um vestido de incrível beleza e valor exorbitante, mas os pensamentos eram tão cinzentos quanto o dia lá fora.

— Está sentindo frio, querida? — perguntou Charles, solícito, ao notar-lhe a postura encolhida.

Ela sacudiu a cabeça, perguntando-se por que Jason insistira em fazer de seu casamento um espetáculo tão grandioso.

Pouco minutos depois, Victoria aceitava a mão estendida de Charles para sair da carruagem e, lentamente, subir os degraus da enorme igreja gótica, parecendo uma criança conduzida pelo pai a um evento assustador.

De pé ao lado de Charles, nos fundos da igreja, tentava não pensar na enormidade do que estava prestes a fazer, deixando o olhar vagar por entre a multidão de convidados. Apreensiva, focalizou a atenção na enorme diferença entre os aristocratas londrinos, vestidos com seda e ricos brocados, que haviam comparecido para assistir ao seu casamento, e os camponeses simples e amigáveis que ela sempre imaginara que teria por perto no dia mais importante de sua vida. Ela mal conhecia a maioria das pessoas presentes — algumas, ela nunca vira antes. Desviando os olhos do altar, onde Jason, e não Andrew, a receberia em breve, examinou os bancos. Havia um lugar vazio na primeira fila, à direita, reservado para Charles, mas o restante já estava ocupado pelos convidados. Também na primeira fila, à esquerda, lugar normalmente reservado aos parentes próximos da noiva, estava sentada uma mulher idosa, as mãos apoiadas no cabo de uma bengala cravejada de pedras, os cabelos escondidos por um turbante de cetim roxo, que pareceu vagamente familiar a Victoria. Porém, estava nervosa demais para se lembrar onde vira aquela pessoa antes.

Charles distraiu-lhe a atenção ao apontar para Lorde Collingwood, que se aproximava.

— Jason já chegou? — perguntou Charles a Robert Collingwood.

O conde, que seria o padrinho de Jason, beijou a mão de Victoria e, depois de lhe oferecer um sorriso encorajador, respondeu:

— Já chegou e está pronto para entrar.

Os joelhos de Victoria começaram a tremer. Ela não estava pronta!

Caroline ajeitou a cauda do vestido de Victoria, uma verdadeira obra de arte, confeccionada com cetim azul-claro, ornado de brilhantes, e sorriu para o marido.

— Lorde Fielding está nervoso?

— Diz ele que não, mas quer que a cerimônia tenha início imediatamente.

Quanta frieza, pensou Victoria, sentindo o pânico crescer.

Charles não conseguia esconder a ansiedade.

— Estamos prontos — declarou. — Vamos começar.

Sentindo-se como uma marionete manipulada por todos, Victoria pousou a mão no braço de Charles e deu início à interminável e lenta caminhada pelo corredor iluminado por um grande número de velas.

Moveu-se através da luz das velas como se pequenos lumes cintilassem em seu cabelo, e em sua garganta e se espalhassem pelo véu. O coral entoava uma bela canção, mas Victoria não ouvia. Atrás dela, mais distantes a cada passo, estavam os dias alegres e despreocupados de sua juventude. À sua frente encontrava-se Jason, vestindo um espetacular traje de veludo azul-marinho. Com o rosto parcialmente escondido pelas sombras, parecia muito alto e sombrio. Tão sombrio quanto o desconhecido... quanto o futuro de Victoria.

*Por que está fazendo isso?*, gritou uma voz repleta de pânico na mente de Victoria.

*Não sei*, respondeu ela em silêncio. *Jason precisa de mim.*

*Isso não é motivo!*, argumentou a razão. *Você ainda pode fugir.*

*Não posso!*, retrucou o coração.

*Pode, sim. Basta dar meia-volta e correr. Agora, antes que seja tarde demais.*

*Não posso! Não posso simplesmente abandoná-lo.*

*Por que não?*

*Seria uma humilhação muito maior para ele do que foi aquela imposta por sua primeira esposa.*

*Lembre-se das palavras de seu pai:* nunca deixe que a convençam de que pode ser feliz ao lado de alguém que não a ama. *Lembre-se de quanto ele foi infeliz. Corra! Depressa! Saia daqui, antes que seja tarde demais!*

O coração de Victoria perdeu a batalha contra o terror no momento em que Charles depositou sua mão gelada na mão quente de Jason e, então, se afastou. Seu corpo se preparou para a fuga, sua mão livre agarrou a saia ampla, sua respiração tornou-se mais rápida. Começou a retirar a mão da de Jason, mas, no mesmo instante, os dedos dele se apertaram, como uma armadilha, em torno dos seus. Ele a encarou com dureza, como se a advertisse para que não tentasse escapar. Então, seu olhar se tornou frio e distante. Ao mesmo tempo, seus dedos soltaram a mão de Victoria, deixando-a cair. Em seguida, Jason virou-se para o arcebispo.

*Ele vai suspender o casamento!*, concluiu Victoria, aflita, ao ouvir a voz do arcebispo:

— Podemos começar, milorde?

Jason sacudiu a cabeça de leve e abriu a boca.

— Não! — sussurrou Victoria, tentando impedi-lo.

— O que disse? — indagou o arcebispo, franzindo o cenho para ela.

Victoria ergueu os olhos para os de Jason e reconheceu neles a luta para esconder a humilhação que o consumia.

— Estou apenas nervosa, milorde — disse. — Por favor, segure a minha mão.

Ele hesitou, estudando-lhe as feições e, lentamente, o alívio tomou conta de seu corpo. Sua mão tocou a dela e, um segundo depois, sua mão forte lhe transmitia toda a confiança, que era a marca registrada de Jason Fielding.

— Posso prosseguir agora? — sussurrou o arcebispo, em um tom ligeiramente indignado.

— Por favor — respondeu Jason com um leve sorriso.

Quando o arcebispo começou a cerimônia, Charles pousou o olhar feliz e satisfeito nos noivos, sentindo o peito prestes a explodir. Porém, um brilho lilás captado pelo canto do olho, além da impressão de estar sendo observado, desviou-lhe a atenção. Virou-se para o lado e teve um sobressalto quando seus olhos encontraram os da Duquesa de Claremont. Por um longo momento, Charles a encarou com uma expressão de orgulho e triunfo. Então, com um gesto de desprezo, voltou a olhar para o altar, afastando aquela presença nefasta de sua mente. Observou seu filho ao lado de Victoria, dois jovens lindos, fazendo os votos que os uniriam para sempre. Seus olhos se encheram de lágrimas quando o arcebispo entoou:

— Victoria Seaton, aceita...

— *Katherine, meu amor* — murmurou consigo mesmo —, *está vendo nossos filhos juntos? Não são lindos? Sua avó nos impediu de termos nossos filhos, minha amada... Essa vitória foi dela, mas, desta vez, nós venceremos, minha querida. Teremos nossos netos, minha doce e linda Katherine...*

Charles inclinou a cabeça sobre o peito, a fim de impedir que a mulher sentada do outro lado do corredor o visse chorar. A Duquesa de Claremont, porém, não poderia ver nada, pois as lágrimas que enchiam seus olhos turvavam-lhe a visão.

— *Katherine, minha querida* — murmurou consigo mesma —, *veja o que eu fiz. Em meu egoísmo cego e estúpido, impedi você de se casar e ter seus filhos com ele. Mas, agora, cuidei para que vocês tenham netos. Ah, Katherine, eu a amo tanto! Queria que você tivesse o mundo a seus pés e me recusei a acreditar que tudo o que você queria era ele...*

Quando o arcebispo pediu a Victoria que repetisse seus votos, ela se lembrou do acordo, segundo o qual deveria aparentar gostar sinceramente de Jason. Erguendo os olhos para ele, tentou falar em voz alta e confiante, mas, quando prometeu amá-lo, ele olhou para cima e seus lábios se curvaram em um sorriso cínico. Victoria deu-se conta de que ele estava esperando que um raio atingisse o telhado da igreja e, então, sua tensão se dissolveu em um risinho abafado, que ganhou um olhar de censura do arcebispo.

O momento de descontração, porém, desapareceu abruptamente quando a voz forte e ressonante de Jason ecoou pela igreja, dotando-a de todos os seus bens materiais. Em seguida, a cerimônia estava concluída.

— Pode beijar a noiva — autorizou o arcebispo.

Jason virou-se para ela com uma expressão de triunfo tão intensa que Victoria foi, mais uma vez, invadida pelo pânico, ao sentir os braços dele enlaçarem sua cintura. Inclinando-se para ela, ele a beijou com tamanho ardor que fez o arcebispo pigarrear de irritação e diversos convidados rirem. Então, soltou-a e ofereceu-lhe o braço.

— Milorde — sussurrou ela em tom de súplica quando atravessavam o corredor em direção à porta da igreja —, eu não consigo acompanhá-lo.

— Trate de me chamar de Jason — retrucou ele rudemente, embora diminuísse o passo. — E, da próxima vez que eu a beijar, finja gostar.

O tom de voz atingiu Victoria como um balde de água fria, mas ela conseguiu permanecer firme, entre Charles e ele, na entrada da igreja, exibindo um sorriso radiante para os oitocentos convidados que os cumprimentavam.

Charles virou-se para falar com um amigo no momento em que a última convidada saía da igreja, apoiando-se na bengala de ébano cravejada de pedras preciosas.

Ignorando Jason completamente, a duquesa se aproximou de Victoria e fitou-a diretamente em seus olhos azuis.

— Sabe quem eu sou? — perguntou sem preâmbulos quando Victoria sorria delicadamente para ela.

— Não, madame — disse Victoria. — Sinto muito, mas não sei. Acho que já nos vimos antes, pois a senhora me parece familiar, mas...

— Sou a sua bisavó.

A mão de Victoria apertou o braço de Jason. Aquela era a sua bisavó, a mulher que se recusara a lhe oferecer um teto, que destruíra a felicidade de sua mãe. Victoria empinou o queixo e declarou com fingida calma:

— Eu não tenho bisavó.

Aquela declaração surtiu um efeito estranho na duquesa, cujos olhos se acenderam em admiração, ao mesmo tempo que suas feições se suavizaram.

— Ah, tem, sim, minha querida. Você se parece muito com sua mãe, mas esse brilho de desafio em seus olhos você herdou de mim. De nada adianta negar a minha existência, pois meu sangue corre em suas veias e é a minha própria teimosia que eu vejo no modo como empina o queixo. Tem os olhos de sua mãe e a minha determinação...

— Fique longe dela! — ordenou Charles, furioso. — Saia já daqui!

A duquesa empertigou-se e lançou-lhe um olhar de desdém.

— Não se atreva a usar esse tom comigo, Atherton, ou eu vou...

— Vai o quê? — interrompeu-a. — Não adianta me ameaçar, pois, agora, eu tenho tudo o que quero.

A duquesa fitou-o com ar aristocrático, triunfante.

— Tem o que quer porque eu dei isso a você, seu tolo. — Então, ignorando o olhar confuso e furioso de Charles, voltou a encarar Victoria, com lágrimas nos olhos. Estendendo a mão frágil, colocou-a no rosto de Victoria.

— Espero que vá à mansão Claremont para visitar Dorothy quando ela voltar da França. Não foi fácil mantê-la afastada de você, mas ela teria estragado tudo com aquela história boba de antigos escândalos, ou melhor, fofocas — corrigiu, rapidamente. Então, virou-se para Jason. — Estou confiando minha bisneta aos seus cuidados, Wakefield, mas eu o responsabilizarei pessoalmente pela felicidade dela. Fui clara?

— Muito clara — respondeu ele em um tom solene, embora estudasse, achando graça, a mulher franzina que o ameaçava.

A duquesa o fitou por um instante, antes de balançar a cabeça.

— Muito bem, já que estamos entendidos, eu posso ir embora. — Ergueu a mão diante do rosto de Jason. — Pode beijar a minha mão.

Com um galante floreio, ele obedeceu.

Virando-se para Victoria, a duquesa falou, um tanto constrangida:

— Imagino que seria esperar demais...

Victoria não compreendera nada do que se passara ali nos últimos minutos, mas poderia jurar que os sentimentos que vira nos olhos da velha senhora eram amor e profundo remorso.

— Vovó — murmurou com a voz trêmula e deixou-se abraçar pela bisavó.

Logo depois, a duquesa voltava a assumir sua postura imperiosa, para anunciar:

— Wakefield, decidi não morrer enquanto não tiver segurado meu tataraneto nos braços. Como não posso viver para sempre, não vou tolerar demoras de sua parte.

— Darei atenção imediata a essa questão, Alteza — replicou Jason com a voz séria, mas com um brilho divertido no olhar.

— Também não vou tolerar vacilações de sua parte, minha querida — avisou a duquesa à bisneta, que já corava. — Decidi me retirar para a minha casa de campo. Claremont fica a bem menos de uma hora a cavalo de

Wakefield. Portanto, espero que vá me visitar de vez em quando. — Então, virou-se para o advogado, que a aguardava junto à porta. — Dê-me seu braço, Weatherford. Já vi o que queria ver e disse o que tinha a dizer.

E, com um último e triunfante olhar para um atordoado Charles, afastou-se de cabeça erguida, a bengala mal tocando o chão.

Muitos dos convidados ainda esperavam por suas carruagens quando Jason ajudou Victoria a entrar na deles. Ela sorriu de maneira automática para as pessoas que a observavam e acenavam, mas o caos resultante da torrente de emoções que haviam agitado o seu dia tomara conta de sua mente. Ela mal percebeu o que se passava à sua volta, até se ver chegando à vila perto de Wakefield. Com uma forte pontada de culpa, deu-se conta de que não trocara uma só palavra com Jason durante mais de duas horas.

Então, olhou para o homem atraente que, agora, era seu marido. Ele mantinha o rosto virado para a janela, o perfil de linhas duras e implacáveis desprovido de qualquer emoção. Ele estava zangado por ela ter tentado deixá-lo no altar. Victoria foi invadida pelo medo de uma possível vingança, o que a deixou ainda mais nervosa. Perguntou-se, aflita, se sua covardia teria criado um abismo intransponível entre eles.

— Jason — chamou com a voz tímida. — Sinto muito pelo que houve na igreja.

Ele deu de ombros, mantendo-se inexpressivo.

Seu silêncio aumentou a ansiedade de Victoria. Àquela altura, a carruagem já fazia a última curva antes dos jardins de Wakefield. Victoria abriu a boca para se desculpar mais uma vez, mas os sinos começaram a tocar e ela viu camponeses alinhados no caminho que levava à mansão, todos vestindo suas roupas de domingo.

Sorriam e acenavam à medida que a carruagem ia avançando. Crianças corriam ao lado do veículo, empunhando buquês de flores silvestres, que estendiam para Victoria.

Um garotinho de cerca de quatro anos tropeçou na raiz de uma árvore e caiu sem largar as flores.

— Jason — implorou Victoria —, peça ao cocheiro para parar, por favor!

Ele obedeceu e Victoria abriu a porta.

— Que flores lindas! — exclamou ela, enquanto o garotinho se punha de pé, ao som de risadas e zombarias dos maiores. — São para mim?

O garotinho fungou, esfregando as lágrimas com um pequeno punho encardido, antes de responder:

— Sim, milady, eram para a senhora, antes de eu cair sobre elas.

— Gostaria de tê-las assim mesmo — garantiu Victoria com um sorriso. — Ficariam lindas com o meu buquê.

Tímido, o menino lhe estendeu as flores murchas e quebradas.

— Eu mesmo as colhi — confidenciou ele, orgulhoso. — Meu nome é Billy — informou, fixando o olho esquerdo em Victoria, enquanto o outro parecia perdido no horizonte. — Moro no orfanato da vila.

— Meu nome é Victoria, mas meus amigos me chamam de Tory. Gostaria de me chamar de Tory?

O peito do garoto se encheu de orgulho, mas ele lançou um olhar cauteloso para Jason e esperou que o lorde assentisse, para balançar a cabeça em um exuberante "sim".

— Gostaria de vir me visitar em Wakefield e me ajudar a empinar pipas? — convidou Victoria, notando que Jason lhe lançava um olhar surpreso.

O sorriso de Billy se desfez.

— Não consigo correr, pois caio o tempo todo — confessou, baixando os olhos.

Victoria assentiu com um ar compreensivo.

— Talvez seja por causa do seu olho, mas eu sei de um jeito de fazê-lo voltar ao normal. Conheci um garotinho que tinha o olho igual ao seu. Um dia, quando brincávamos de índios e colonizadores, ele caiu e machucou o olho bom. Meu pai precisou cobri-lo com um tapa-olho, até que ficasse curado. Enquanto o olho bom estava coberto, o ruim começou a endireitar. Meu pai achou que foi porque o olho ruim foi obrigado a trabalhar, enquanto o bom estava coberto. Gostaria de me visitar e tentar usar o tapa-olho?

— Vou ficar esquisito, milady — argumentou ele.

— Todas as crianças acharam que Jimmy, o outro menino, se parecia com um pirata. E, logo, todos nós queríamos usar tapa-olhos. O que acha de me visitar para brincarmos de pirata?

Billy concordou e virou-se com um sorriso triunfante para as demais crianças.

— O que ela disse? — perguntaram quando Jason fez um sinal para o cocheiro prosseguir.

Billy enfiou as mãos nos bolsos, estufou o peito e declarou:

— Ela disse que *eu* posso chamá-la de Tory.

As crianças se juntaram aos adultos, que seguiam em procissão ao lado da carruagem. Victoria imaginou tratar-se de um costume local dos camponeses para comemorar o casamento de seu lorde. No momento em que os cavalos trotaram pelos enormes portões de ferro da mansão Wakefield, um pequeno exército de camponeses os seguia e mais pessoas os esperavam ao longo da avenida arborizada em torno do parque. Voltou a olhar para Jason e teve a impressão de que ele lhe escondia um sorriso.

A razão para esse sorriso tornou-se óbvia quando a carruagem parou diante da mansão. Victoria dissera a Jason que sempre sonhara em se casar em uma pequena vila, com os camponeses participando das comemorações. Com um estranho gesto de cavalheirismo, o homem enigmático com quem ela acabara de se casar estava tentando realizar ao menos parte de seu sonho. Ele havia transformado os jardins de Wakefield em um mar de flores digno de contos de fadas. Imensos arranjos de orquídeas, lírios e rosas enfeitavam enormes mesas, cobertas de porcelanas, talheres de prata e muita comida. O pavilhão na extremidade do gramado encontrava-se repleto de flores e lampiões coloridos. Tochas iluminavam diversos pontos do jardim, afastando a escuridão da noite que caía e acrescentando um brilho festivo à cena.

Em vez de ficar zangado por ter de abandonar todos os convidados do casamento em Londres, Jason gastara uma fortuna a fim de transformar a propriedade em um paraíso mágico para Victoria, além de ter convidado todos os camponeses para a festa. Até a natureza havia colaborado, pois as nuvens se haviam dissipado, permitindo que o pôr do sol tingisse o céu com cores vívidas.

A CARRUAGEM PAROU em frente à mansão e Victoria olhou em volta, considerando a evidente gentileza de Jason, que se opunha à sua indiferença e à sua frieza habituais. Olhou para o marido e, notando o sorriso que ele já não conseguia mais disfarçar, pousou a mão em seu braço.

— Jason — murmurou com a voz trêmula de emoção — muito... muito obrigada.

Lembrando-se do pedido para que lhe agradecesse com um beijo, inclinou-se e beijou-lhe os lábios com timidez e profunda ternura.

A voz alegre de um irlandês trouxe Victoria de volta à realidade.

— Jason, meu garoto! Vai sair dessa carruagem e apresentar-me sua esposa, ou terei de me apresentar por minha conta?

Jason virou-se com uma expressão de alegre surpresa e saiu da carruagem. Estendeu a mão para o irlandês grandalhão, mas o outro o envolveu em um abraço de urso.

— Vejo que finalmente encontrou uma esposa para aquecer esse seu palácio frio! — declarou o homem, sem esconder a afeição que nutria por Jason. — Poderia, ao menos, ter esperado que o navio atracasse, para que eu pudesse assistir à cerimônia!

— Eu só esperava vê-lo no mês que vem — falou Jason. — Quando chegou?

— Esperei que o navio fosse descarregado e vim para casa hoje. Cheguei há uma hora, mas, em vez de encontrá-lo mergulhado no trabalho, fui informado de que você estava muito ocupado com seu próprio casamento. E então? Não vai me apresentar sua esposa?

Jason ajudou Victoria a sair da carruagem e, então, apresentou o marujo como capitão Michael Farrell. Ela supôs que o capitão tivesse por volta de 50 anos, com seus cabelos ruivos fartos e os olhos castanhos mais alegres que ela já vira. Seu rosto estava bronzeado e desgastado, com pequenas linhas de expressão saindo do canto dos olhos, atestando a vida passada num convés de navio. Victoria gostou dele de imediato, mas o fato de ter sido chamada de "esposa" de Jason pela primeira vez deixou-a tão nervosa que ela o cumprimentou com a formalidade que lhe fora exigida desde que pusera os pés na Inglaterra.

No mesmo instante, a expressão do capitão Farrell se alterou e ele a cumprimentou com formalidade.

— É um prazer conhecê-la, Lady Fielding. Deve perdoar meus trajes, mas eu não sabia que encontraria uma festa ao chegar aqui. Agora, se me der licença, passei seis meses no mar e não vejo a hora de chegar em casa.

— Ora, mas não pode ir agora! — protestou Victoria com a simplicidade que lhe era natural. Percebera que o capitão Farrell era um grande amigo de Jason e queria muito fazê-lo se sentir bem-vindo. — Meu marido e eu é que estamos vestidos com exagero para esta hora do dia — falou com um sorriso maroto. — Além disso, depois de ter passado apenas seis semanas no mar, eu não via a hora de comer à uma mesa que não balançasse. Posso garantir que nossas mesas ficarão exatamente onde estão.

O capitão estudou-a, como se não soubesse ao certo de que maneira se comportar diante dela.

— Ao que parece, não apreciou a viagem, Lady Fielding — comentou.

Victoria sacudiu a cabeça com um sorriso contagiante.

— Tanto quanto apreciei quebrar o braço, ou ter sarampo. Nessas ocasiões, pelo menos não fiquei enjoada, como fiquei durante uma semana inteira a bordo de um navio! Receio ser uma péssima maruja, pois, quando uma tempestade se abateu sobre nós, antes mesmo que eu me recuperasse dos enjoos, quase morri de medo!

— Meu Deus! — disse o capitão Farrell, recuperando a alegria inicial. — Não se considere covarde por isso. Já vi marujos experientes terem medo de morrer em tempestades.

— Mas eu tive medo de não morrer — corrigiu-o Victoria com uma gargalhada.

Mike Farrell tomou as mãos dela nas suas e sorriu.

— Adorarei comemorar com você e Jason. Desculpe-me por ter sido tão... hesitante, há pouco.

Victoria sorriu, apanhou uma taça de uma bandeja que estava sendo servida por um criado e se dirigiu aos dois camponeses que lhe haviam dado uma carona, no dia de sua chegada a Wakefield.

Assim que ela se afastou, Mike virou-se para Jason.

— Quando a vi beijando você, na carruagem, gostei do jeito dela imediatamente — contou. — Mas, quando ela me cumprimentou com aquele ar formal, cheguei a pensar que você havia encontrado outra Melissa para se casar.

Jason observou Victoria, que já deixava os camponeses completamente à vontade.

— Victoria não se parece em nada com Melissa. Seu cachorro é metade lobo e ela é metade peixe. Meus criados são devotados a ela e Charles a adora. Além disso, todos os homens solteiros de Londres estão apaixonados por ela.

— Inclusive você?

Jason observou-a largar a taça vazia e apanhar outra. A única maneira que ela havia encontrado de se casar com ele fora fingir que Jason era Andrew. E, ainda assim, quase o deixara plantado no altar, diante de oitocentas pessoas. Como jamais a vira beber mais que um gole de vinho antes e, agora, a via beber a segunda taça, Jason concluiu que Victoria estava tentando se embriagar, a fim de suportar deitar-se com ele mais tarde.

— Você não parece, exatamente, o mais feliz dos noivos — comentou Mike Farrell, notando-lhe a expressão sombria.

— Nunca estive mais feliz — falou Jason com amargura e se afastou, a fim de cumprimentar convidados cujos nomes desconhecia, para poder apresentá-los à mulher com quem já começava a se arrepender de ter se casado.

Desempenhou seu papel de anfitrião e noivo com sorridente cortesia, embora não tirasse da cabeça que Victoria quase fugira dele na igreja. Essa lembrança humilhante e dolorosa simplesmente se recusava a deixá-lo em paz.

As estrelas brilhavam no céu e Jason observava Victoria dançar com o juiz local, com Mike Farrell e diversos camponeses. Sabia que ela o estava evitando, pois, nas raras ocasiões em que seus olhares se cruzaram, Victoria tratara de desviar depressa o dela.

Já fazia tempo que ela havia tirado o véu e a grinalda, pedindo à orquestra que tocasse músicas mais animadas. Em seguida, pediu aos camponeses que lhe ensinassem as danças locais. Quando a lua brilhou forte no céu, todos dançavam e batiam palmas, inclusive Victoria, que já bebera cinco taças de vinho. Era evidente que estava se embriagando, pensou Jason com sarcasmo, percebendo o profundo rubor em sua face. Sentiu um aperto no peito ao pensar nas esperanças que havia acalentado para aquela noite, para seu futuro. Fora tolo ao acreditar que a felicidade estava, finalmente, ao alcance de suas mãos.

Apoiado no tronco de uma árvore, Jason se perguntou por que as mulheres se sentiam tão atraídas por ele até o casamento, para, somente então, desprezá-lo. Furioso, concluiu que cometera o mesmo erro pela segunda vez. Casara-se com uma mulher que o aceitara porque queria algo dele, mas que não o queria.

Melissa desejara todos os homens que conhecera, exceto Jason. Victoria só desejava Andrew, o bom, gentil, amável e *covarde* Andrew.

A única diferença entre Melissa e Victoria era que Victoria era uma atriz muito melhor. Desde o início, Jason soubera que Melissa não passava de uma interesseira egoísta e calculista. Porém, pensara que Victoria fosse um anjo... um anjo caído do céu, graças a Andrew, mas ele não dera a devida importância a isso. Agora, dava. Ele a desprezava por ter se entregado a Andrew e, agora, por evitar entregar-se a seu marido, o que era exatamente o que Victoria estava fazendo, tentando beber até perder a consciência. Detestara o modo como ela tremera em seus braços e evitara seu olhar quando haviam dançado juntos, minutos antes. E detestara mais ainda a reação de evidente repulsa que ela não conseguia esconder quando ele sugerira que já estava na hora de os dois se retirarem da festa.

Amargurado, Jason se perguntou por que era capaz de fazer suas amantes gritarem de prazer e suas esposas não queriam sequer chegar perto dele, uma vez trocados os votos sagrados. Perguntou-se por que era tão fácil para ele ganhar dinheiro e acumular fortunas e, ao mesmo tempo, impossível conquistar a felicidade. A maldita mulher que o criara certamente tinha razão: Jason era filho do demônio, não merecia viver e, menos ainda, ser feliz.

As únicas três mulheres que haviam feito parte de sua vida, Victoria, Melissa e a mãe adotiva, haviam visto algo de maligno nele que o tornava repulsivo para elas, embora suas duas esposas houvessem sido capazes de esconder essa repulsa até estarem casadas, com plenos direitos sobre sua fortuna.

Com uma implacável determinação, Jason se aproximou de Victoria e segurou-lhe o braço. Ela se encolheu, como se o simples toque a queimasse.

— Já é tarde e está na hora de entrarmos — declarou.

Mesmo à luz do luar, o rosto de Victoria empalideceu e uma expressão de horror tomou conta de seu semblante.

— Mas... não é tão tarde ainda...

— Está na hora de irmos para a cama, Victoria — insistiu Jason, com inabalável firmeza.

— Mas eu não estou com sono!

— Ótimo — declarou ele em tom propositalmente rude e percebeu que Victoria compreendeu suas intenções ao senti-la estremecer. — Fizemos um trato — lembrou-a — e espero que cumpra a sua parte, por mais repulsivo que seja para você se deitar em minha cama.

O tom frio e autoritário congelou Victoria até os ossos. Assentindo, ela seguiu para seu novo quarto, que se comunicava com o de Jason.

Percebendo o ânimo introspectivo da patroa, Ruth se manteve em silêncio enquanto a ajudava a tirar o vestido de noiva e vestir a camisola de renda bege, criada por madame Dumosse especialmente para a noite de núpcias.

Victoria sentiu um gosto amargo na garganta e foi tomada pelo terror ao ver Ruth preparar a sua cama. O vinho que bebera na esperança de aplacar o medo a estava deixando tonta e enjoada. Em vez de acalmá-la, como fizera no início, a bebida a estava deixando vulnerável, incapaz de controlar suas emoções. Desejou tardiamente não ter tocado naquelas taças. A única vez que bebera, antes, fora logo após o enterro de seus pais, quando o Dr. Morrison insistira para que ela tomasse dois copos de vinho. Victoria havia passado mal e ele lhe dissera que, provavelmente, ela era uma dessas pessoas cujo organismo não tolera os efeitos do álcool.

Com a descrição horrenda da Srta. Flossie ecoando em sua mente, Victoria foi para a cama. Em breve, seu sangue mancharia aqueles lençóis, pensou, desesperada. Quanto sangue? Quanta dor? Começou a suar frio e sentir vertigens, enquanto Ruth ajeitava os travesseiros. Victoria deitou-se, tentando conter o pânico e a náusea. A Srta. Flossie a advertira de que não deveria gritar, nem demonstrar sua repulsa, mas, quando Jason abriu a porta que ligava os dois quartos, vestindo um robe escuro que deixava à vista boa parte do peito e das pernas nuas, Victoria perdeu o controle de tanto medo.

— Jason! — exclamou, apavorada, pressionando as costas contra os travesseiros.

— Quem você esperava ver agora? Andrew? — perguntou ele, em um tom casual, ao mesmo tempo que levava as mãos à tira de cetim que mantinha seu robe fechado.

Tomada de pânico, Victoria balbuciou:

— N-não faça... isso! Um cavalheiro não se despe diante de uma dama, mesmo que os dois *sejam* cas... casados!

— Se não me engano, já discutimos isso antes, mas, caso você tenha se esquecido, devo lembrá-la de que eu não sou um cavalheiro. No entanto, se a visão do meu corpo ofende a sua sensibilidade, pode resolver o problema fechando os olhos. A única opção seria eu me deitar debaixo das cobertas, para então tirar o robe. Infelizmente, essa opção fere a minha sensibilidade e, portanto, está fora de questão.

Com essas palavras, Jason puxou a extremidade da tira de cetim e se despiu. Os olhos de Victoria se arregalaram, horrorizados pela visão do corpo viril e musculoso.

Qualquer esperança, por menor que fosse, que Jason ainda acalentasse de que ela fosse aceitá-lo de boa vontade morreu quando Victoria fechou os olhos e virou o rosto para o lado.

Jason fitou-a por um instante e, então, com movimentos deliberadamente rudes, arrancou-lhe os lençóis das mãos, descobrindo-a. Deitou-se a seu lado e, sem pronunciar uma palavra sequer, desamarrou o laço da camisola de renda. Respirou fundo diante da perfeição do corpo nu à sua frente.

Victoria tinha seios redondos e fartos, cintura fina, quadris suavemente arredondados e pernas longas e incrivelmente bem-torneadas. À medida que o olhar de Jason ia percorrendo seu corpo, as faces de marfim de Victoria adquiriam um tom avermelhado. No momento em que ele pousou a mão sobre um dos seios, ela se encolheu, rejeitando a carícia.

Para uma mulher experiente, Victoria mostrava-se fria e inflexível como uma pedra, deitada com o rosto voltado para a parede, o semblante contorcido em repulsa. Jason pensou em seduzi-la com carícias, mas logo descartou essa ideia. Ela quase o abandonara no altar e era mais que evidente que não tinha a menor disposição de suportar seus carinhos por mais tempo.

— Não faça isso — disse Victoria, implorando, enquanto Jason continuava a acariciar-lhe um seio. — Vou passar mal! — gritou ela, tentando sair da cama.

Tais palavras atingiram Jason como uma punhalada e a ira cega explodiu dentro dele. Segurando-a pelos cabelos, posicionou-se sobre Victoria.

— Se é assim, vamos acabar com isso de uma vez! — declarou com a voz selvagem.

Visões de sangue e dor invadiram a mente de Victoria, aumentando ainda mais o seu terror e a náusea provocada pelo vinho.

— Eu não quero! — lamentou ela entre soluços.

— Fizemos um acordo e, enquanto formos casados, você vai cumprir a sua parte — sussurrou Jason ao pé do ouvido, ao mesmo tempo que lhe afastava as coxas. Victoria gemeu ao sentir a pressão implacável contra si, mas, em algum lugar de sua mente, reconheceu que ele estava certo ao lhe cobrar o cumprimento de sua parte no acordo. Assim, parou de lutar. — Trate de relaxar — ordenou ele. — Posso não ser tão gentil quanto o seu querido Andrew, mas não quero machucá-la.

A menção cruel ao nome de Andrew naquele momento acabou de partir o coração de Victoria, e toda a sua angústia se expressou em um profundo grito de dor quando Jason a penetrou. Seu corpo se contorcia sob o dele, ao mesmo tempo que lágrimas quentes, resultantes da dor e da humilhação, banhavam suas faces, enquanto seu marido a usava sem o menor cuidado ou gentileza.

No momento em que sentiu Jason retirar o peso de cima dela, Victoria virou-se de lado e enterrou o rosto no travesseiro.

— Saia daqui! — murmurou entre os soluços amargos que lhe sacudiam o corpo encolhido. — Saia!

Após um breve instante de hesitação, Jason saiu da cama, apanhou o robe e foi para seu quarto. Embora fechasse a porta, continuou ouvindo o choro de Victoria. Ainda nu, apanhou uma garrafa de conhaque e se serviu de uma dose. Bebeu de um só gole, tentando apagar da memória a lembrança da resistência de Victoria, bem como afastar o som de seus soluços.

Ah, como fora estúpido ao acreditar que sentira calor nos beijos de Victoria. Quando ele sugerira, pela primeira vez, que se casassem, ela lhe dissera que não queria se casar com ele. Muito tempo antes, quando descobrira sobre o suposto noivado anunciado por Charles, Victoria revelara seus verdadeiros sentimentos por Jason: "*Você é um monstro frio, insensível e arrogante... Qualquer mulher em seu juízo perfeito preferiria morrer a se casar com você... Você não vale um décimo do que Andrew vale*".

Era exatamente assim que ela pensava.

Fora mesmo tolo ao se convencer de que Victoria gostava dele... Jason virou-se para se servir de mais conhaque e, ao colocar o copo sobre a penteadeira, viu o próprio reflexo no espelho. Só então, notou as marcas de sangue em suas coxas.

O sangue de Victoria.

O coração dela certamente pertencera a Andrew, mas nunca seu corpo perfeito, que ela só entregara a Jason. Ele encarou fixamente o espelho, sentindo um profundo desprezo por si mesmo. Ficara tão cego pelo ciúme e pelo orgulho ferido que não percebeu que ela era virgem.

Então, fechou os olhos, tomado pelo remorso e pela angústia, incapaz de suportar a visão de si mesmo. Tratara Victoria com a consideração que um marujo bêbado dispensa a uma prostituta do cais.

Pensou no quanto ela estivera seca e rija, quanto parecera frágil e vulnerável em seus braços, lembrou-se da maneira selvagem como a possuíra... e sentiu uma onda de repulsa sacudi-lo.

Abrindo os olhos, Jason encarou a si mesmo no espelho, dando-se conta de que havia transformado a noite de núpcias de Victoria em um pesadelo. A verdade era que ela sempre fora o anjo de fibra e coragem que ele pensara desde o início. E ele... ora, ele era exatamente o que sua mãe adotiva sempre dissera: um filho do demônio.

Vestindo o robe, Jason retirou uma caixa de veludo da gaveta da penteadeira e voltou ao quarto de Victoria. Ficou parado ao lado da cama, observando-a dormir.

— Victoria — sussurrou Jason.

Ela se moveu levemente ao ouvir o som de sua voz e Jason foi imediatamente invadido pela dor do remorso. Ela parecia tão vulnerável, tão linda, com os cabelos espalhados no travesseiro, refletindo a suave luz da vela.

Jason observou-a em silêncio, sem querer perturbá-la. Após alguns instantes, puxou as cobertas sobre os ombros delicados e afastou os cabelos de seu rosto.

— Sinto muito — murmurou baixinho.

Apagou a vela e depositou a caixinha de veludo na mesa de cabeceira, onde Victoria a encontraria assim que acordasse. Os diamantes a confortariam. As mulheres eram capazes de perdoar qualquer coisa por diamantes.

# 22

Victoria abriu os olhos e fixou-os na janela, por onde podia avistar o céu nublado. Ainda atordoada pelo sono, em meio aos seus pensamentos, não reconheceu as cortinas em tons de rosa e dourado. Sentia-se cansada, como se não houvesse dormido, mas, mesmo assim, não sentia vontade de voltar a dormir, nem de permanecer acordada. Estava confusa, com os pensamentos perdidos, até que, de repente, sua mente começou a clarear.

Estava casada! Realmente casada. Era esposa de Jason.

Conteve um grito de protesto diante da constatação e se sentou na cama, ao se lembrar com clareza de tudo o que acontecera na noite anterior. Agora sabia sobre o que a Srta. Flossie tentara adverti-la. Não era de se admirar que nenhuma mulher desejasse falar a esse respeito! Começou a sair da cama, reagindo ao impulso de fugir. Porém, tratou de se controlar. Ajeitou os travesseiros e voltou a se acomodar, mordendo o lábio inferior. Os detalhes humilhantes de sua noite de núpcias voltaram a povoar sua mente, enquanto ela se lembrava da maneira rude como Jason se despira diante de seus olhos. Estremeceu ao se lembrar da crueldade com que ele zombara dela, mencionando Andrew, para, então, usá-la. Jason a usara como se ela fosse um objeto, totalmente desprovido de sentimentos, alguém que não merecia a menor ternura ou consideração.

Uma lágrima singela escorreu de seus olhos quando ela pensou na noite que viria a seguir, e na próxima, e em todas as noites à sua frente, até Jason conseguir plantar uma semente em seu ventre. Quantas vezes seriam necessárias? Uma dezena? Duas dezenas? Mais? Ah, não, por favor! Ela não suportaria muitas mais.

Secou a lágrima com a mão, furiosa consigo mesma por sucumbir ao medo e à fraqueza. Na noite anterior, Jason deixara claro que pretendia continuar fazendo aquela coisa horrível com ela, que era a sua parte no acordo. Agora que sabia o que, exatamente, o acordo envolvia, Victoria queria desfazê-lo imediatamente!

Atirou para longe as cobertas e saiu da cama quente e macia, que deveria ser a recompensa por uma vida de infelicidade, imposta por um homem cínico e sem coração. Bem, Victoria não era uma mocinha inglesa chorona, temerosa de lutar por si mesma, ou de enfrentar o mundo. Antes enfrentar um pelotão de fuzilamento a suportar outra noite como aquela! Era perfeitamente capaz de viver sem luxo, se esse fosse o preço a pagar.

Olhou em volta, tentando pensar no que fazer em seguida, mas seus olhos pousaram em uma caixinha de veludo sobre a mesa de cabeceira. Apanhou-a e abriu, para então ranger os dentes em fúria, ao deparar com o espetacular colar de diamantes em seu interior. Com cinco centímetros de largura, a joia fora desenhada para parecer um delicado arranjo de flores, com diamantes lapidados em diversos formatos, constituindo as pétalas e folhas de tulipas, rosas e orquídeas.

A ira quase a cegou quando ergueu o colar entre dois dedos, como se segurasse entre eles uma cobra venenosa, para então largá-lo numa caixa sem a menor cerimônia em uma pilha com vários outros.

Só então compreendeu o que a incomodara tanto nos presentes que Jason lhe dava, bem como em sua insistência para que ela o agradecesse a ele com beijos. Ele a estava comprando. Definitivamente, Jason acreditava que poderia comprá-la, como se ela fosse uma prostituta barata do cais. Não... nem um pouco barata. Ao contrário, extremamente cara, mas, ainda assim, uma prostituta.

Depois do que acontecera na noite anterior, Victoria já se sentia usada e abusada. O colar só serviu como mais uma ofensa na crescente lista das cometidas por Jason. Mal podia acreditar que se deixara convencer de que ele gostava dela, que precisava dela. Jason não se importava com ninguém, não precisava de ninguém. Não queria ser amado e não tinha nenhum resquício de amor para dar. Ela deveria saber... ele deixara isso bem claro.

Homens!, pensou Victoria furiosamente, sentindo o rubor tomar conta de suas faces. Não passavam de monstros! Andrew, com suas falsas declarações de amor, e Jason, pensando que podia usá-la e, então, comprá-la com um colar idiota!

Encolhendo-se pela dor aguda que sentia entre as pernas, encaminhou-se até o banheiro e entrou na banheira. Trataria de obter o divórcio. Já ouvira falar disso e comunicaria a Jason sua decisão o quanto antes.

Ruth entrou no quarto quando Victoria saía do banho.

A criada abriu um sorriso maroto, olhando em volta. O que quer que esperasse encontrar, certamente não era a patroa já de pé e banhada, envolta por uma toalha, escovando os cabelos com vigor. Nem esperava ouvir a nova esposa de Lorde Fielding, cuja fama era de uma amante irresistível, declarar com a voz gelada:

— Não precisa andar na ponta dos pés, como se tivesse medo da própria sombra, Ruth. O monstro está no quarto ao lado.

— Monstro? — disse a empregada gaguejando e rindo nervosamente, pensando estar enganada. — Oh, a senhora quis dizer "mestre". Eu pensei ter ouvido...

— Eu quis dizer "monstro". — disse Victoria, impaciente, imediatamente arrependendo-se de seu tom irascível. — Sinto muito se a assustei Ruth. Acho que estou muito cansada.

Por alguma razão, o comentário fez Ruth corar e soltar uma risadinha idiota, o que irritou Victoria, que já se encontrava à beira da histeria, apesar de seus esforços em repetir para si mesma que era uma pessoa fria, lógica e determinada. Esperou, tamborilando os dedos na penteadeira, até Ruth terminar a arrumação do quarto. Quando o relógio marcou 11 horas, ela se encaminhou para a porta pela qual Jason entrara na noite anterior. Pousou a mão no trinco e respirou fundo, tentando se recompor. Embora seu corpo inteiro tremesse diante da ideia de confrontá-lo e pedir o divórcio, era exatamente o que ela pretendia fazer, sem permitir que nada a impedisse. Assim que informasse Jason de que o casamento estava cancelado, ele não teria nenhum direito conjugal sobre ela. Mais tarde, Victoria decidiria para onde ir e o que fazer. Por enquanto, sua prioridade era fazê-lo concordar com o divórcio. Ou não seria necessário obter a permissão dele? Como não tinha certeza, concluiu que o melhor seria não irritá-lo desnecessariamente, arriscando-se a provocar sua recusa. Por outro lado, também não deveria hesitar mais.

Victoria endireitou os ombros, apertou o nó que prendia seu robe de veludo, girou o trinco e entrou no quarto de Jason.

Reprimindo o desejo de atingi-lo com a bacia de porcelana que se encontrava sobre a penteadeira, cumprimentou-o com civilidade.

— Bom dia.

Os olhos de Jason se abriram com a expressão alerta. Então, ele sorriu. E aquele sorriso radiante e sensual, que, antes, poderia ter derretido o coração de Victoria, agora a fazia ranger os dentes de raiva, mas ela conseguiu, com algum esforço, manter-se impassível.

— Bom dia — respondeu Jason com a voz sonolenta, os olhos passeando pelo corpo curvilíneo escondido pelo robe macio.

Ao se lembrar da maneira como a tratara na noite anterior, procurou desviar o olhar do decote profundo e mover o corpo, a fim de abrir espaço ao seu lado, na cama. Profundamente tocado pelo fato de ela ter se dado ao trabalho de ir lhe desejar bom dia, quando tinha todo o direito de desprezá-lo, deu um tapinha no espaço vazio.

— Não quer se sentar?

Victoria estava tão concentrada em encontrar um meio de fazer o que precisava ser feito da melhor maneira possível que aceitou o convite sem pensar.

— Obrigada — agradeceu.

— Por quê? — perguntou Jason, em um tom de provocação.

Era exatamente a abertura que ela esperava.

— Obrigada por tudo. Em muitos aspectos, você tem sido extremamente generoso comigo. Sei quanto o desagradou a minha chegada, há alguns meses, mas, mesmo não me querendo aqui, você me deixou ficar. Comprou roupas bonitas e me levou a festas, o que foi muito gentil de sua parte. Também duelou por minha causa, o que foi absolutamente desnecessário, mas muito galante, mesmo assim. Casou-se comigo na igreja, o que não desejava fazer, e providenciou uma festa maravilhosa, convidando pessoas que nem sequer conhecia, só para me agradar. Obrigada por tudo isso.

Jason ergueu a mão e acariciou-lhe a face.

— De nada — murmurou.

— Agora, eu quero o divórcio.

A mão de Jason imobilizou-se no ar.

— Quer o *quê*? — indagou ele, em um sussurro ameaçador.

— Quero o divórcio — reforçou Victoria, com fingida calma.

— Como assim? — indagou Jason com uma voz assustada e sedutora. Embora estivesse mais do que disposto a admitir que a tratara muito mal na noite anterior, não esperava por nada parecido ao que estava acontecendo. – Depois de um dia de casada, você quer o divórcio?

Ao perceber a ira que já obscurecia os olhos verdes que a haviam cativado um dia, Victoria se pôs de pé de um pulo, mas foi agarrada pelo braço e forçada a se sentar de novo.

— Não se atreva a me machucar, Jason! — advertiu-o.

Jason, que na noite anterior deixara no quarto uma criança ferida e magoada, viu-se subitamente confrontado por uma megera fria e encolerizada. Em vez de se desculpar, como havia planejado, falou entre os dentes:

— Você enlouqueceu! A Inglaterra só viu meia dúzia de divórcios até hoje e o nosso não fará parte dessa lista.

Victoria soltou seu braço com um puxão violento que quase machucou seu ombro, então recuou, bem fora do alcance dele, seu peito subindo e descendo de fúria e medo.

— Você é um animal! — acusou-o. — Eu não enlouqueci, nem serei tratada como animal outra vez!

Voltou para o seu quarto, bateu a porta atrás de si e, então, passou a chave no trinco.

Dera alguns passos quando a porta se abriu atrás dela, com um estrondo ensurdecedor, ao mesmo tempo que dobradiças e parafusos voavam pelo quarto.

Pálido de raiva, Jason apareceu, emoldurado pelos batentes, e sibilou:

— Nunca mais tranque uma porta para mim! E jamais me fale de divórcio outra vez! Aos olhos da lei, esta casa é minha propriedade, assim como você também é minha propriedade. Compreendeu?

Victoria assentiu, sobressaltada, encolhendo-se diante da fúria cega que obscurecia os olhos de Jason. Ele deu meia-volta e saiu do quarto, deixando-a trêmula de medo. Ela jamais testemunhara uma reação tão violenta em um ser humano. Jason não era um animal. Era um monstro enlouquecido.

Esperou, ouvindo as gavetas dele se abrirem e fecharem ruidosamente enquanto ele se vestia, tentando desesperadamente pensar em uma maneira de fugir daquele pesadelo em que sua vida se transformara. Quando ouviu a porta do quarto de Jason bater e se certificou de que ele descera, Victoria foi se sentar em sua cama. Ficou ali por quase uma hora, pensando, mas descobriu que não havia escapatória. Caíra em uma armadilha e estaria presa nela pelo resto da vida. Jason dissera a verdade: Victoria era sua propriedade, assim como a casa e os cavalos.

Se ele não concordasse com o divórcio, como ela poderia obter a separação? Não sabia ao certo se contava com um motivo justificado para convencer a corte a lhe conceder o divórcio, mas tinha certeza de que não poderia explicar a um grupo de juízes do sexo masculino o que Jason fizera, na noite anterior, para levá-la a desejar terminar com o casamento.

Estivera sonhando com o impossível, ao conceber a ideia de divórcio. Com um suspiro, admitiu tratar-se de uma solução extremamente radical. Seria prisioneira daquele pesadelo até dar a Jason o filho que ele tanto queria. Então, estaria presa a Wakefield pela existência da mesma criança que deveria representar sua liberdade, pois Victoria sabia que jamais seria capaz de abandonar o próprio filho.

Lançou um olhar desolado pelo quarto. Teria de encontrar um meio de se adaptar à sua nova vida, tirando o máximo de proveito das coisas, até que o destino se encarregasse de intervir em seu auxílio. Enquanto isso, teria de lutar para manter a sanidade, decidiu, e uma calma repentina a envolveu. Poderia passar seu tempo na companhia de outras pessoas, sair de casa e se dedicar a seus próprios passatempos e ocupações. Teria de encontrar atividades agradáveis que a distraíssem de seus problemas. E deveria começar imediatamente. Detestava a autopiedade e não se entregaria a ela.

Já fizera amigos na Inglaterra. Em breve, teria um filho a quem amar e que a amaria também. Faria o melhor possível para preencher sua vida vazia com o que pudesse realizar para se manter sã.

Afastou os cabelos do rosto e se levantou, determinada a fazer isso. Mesmo assim, quando tocou a sineta para chamar Ruth, sentiu-se extremamente desanimada. Por que Jason a desprezava tanto?, perguntou-se, arrasada. Precisava tanto de alguém para conversar e fazer confidências. Antes, contava sempre com o pai, a mãe e Andrew para ouvi-la e lhe dar opiniões. Conversar era sempre uma grande ajuda na solução de qualquer tipo de problema. Porém, desde que chegara à Inglaterra, não tivera ninguém. Charles tinha a saúde frágil e, por isso, Victoria era forçada a parecer forte e tranquila quando estava na companhia dele. Além disso, Jason era sobrinho dele, e ela não poderia nem de longe pensar em discutir os seus defeitos com o próprio tio. Caroline era uma boa amiga, mas estava em Londres e, de qualquer forma, Victoria duvidava de que ela seria capaz de compreender Jason, mesmo que se esforçasse para isso.

Não lhe restava nada a fazer, além de guardar seus sentimentos para si mesma e fingir-se alegre e confiante, até o dia em que pudesse se sentir assim, de verdade. Chegaria o dia, prometeu a si mesma, em que não teria medo de que Jason entrasse em seu quarto. Chegaria o dia em que ela seria capaz de olhar para ele sem sentir nada — nem medo, nem mágoa, nem humilhação. Esse dia chegaria, ah, sim, chegaria! Assim que ela concebesse uma criança, ele a deixaria em paz. Agora, só lhe restava rezar para que isso acontecesse logo.

— Ruth, por favor, peça a um dos cavalariços para atrelar um cavalo à menor carruagem que temos — falou quando viu a criada entrar. — E peça que o cavalo mais manso seja escolhido, pois não estou habituada a dirigir carruagens. Depois disso, peça à Sra. Craddock que embrulhe vários pacotes com os restos da comida da festa de ontem, para que eu possa levá-los comigo.

— Mas, milady — disse Ruth, hesitante —, dê uma olhada pela janela. Está muito frio lá fora, e uma tempestade se aproxima.

Victoria olhou pela janela, para o céu coberto de nuvens cor de chumbo.

— Não me parece que a chuva vá cair tão cedo — concluiu, um tanto desesperada. — Quero sair dentro de meia hora. Lorde Fielding saiu ou está no escritório?

— Ele saiu, milady.

— Sabe dizer se ele deixou a propriedade ou se está nos arredores? — perguntou Victoria, sem conseguir esconder a ansiedade em seu tom de voz.

Apesar da decisão de pensar em Jason como um estranho e tratá-lo da mesma maneira, não lhe agradava a ideia de confrontá-lo de novo, sentindo-se ainda tão vulnerável. Além disso, estava certa de que ele ordenaria que ficasse em casa. Jason jamais permitiria que ela saísse, sabendo que uma tempestade poderia cair a qualquer momento. E a verdade era que Victoria precisava desesperadamente passar algum tempo longe daquela casa.

— Lorde Fielding mandou selar o cavalo e saiu, dizendo que tinha algumas visitas de negócios para fazer — informou Ruth. — Eu mesma o vi atravessar os portões a galope.

Quando Victoria desceu, a pequena carruagem a esperava diante da porta, carregada de vasilhames com comida.

— O que devo dizer ao lorde? — indagou Northrup, aflito por não ter conseguido dissuadi-la de sair, apesar do temporal que se aproximava.

Victoria virou-se para que ele pusesse a capa em seus ombros.

— Diga-lhe que eu disse até breve — respondeu, evasiva.

Deu a volta na casa para soltar Lobo e voltou, seguida por ele. Um cavalariço a ajudou a subir na carruagem. Em seguida, Lobo ocupou o lugar a seu lado, parecendo muito feliz por se ver sem as correntes. Victoria sorriu e afagou-lhe os pelos macios.

— Está livre, afinal — murmurou para o animal. — Assim como eu.

# 23

Victoria tomou as rédeas com mais segurança do que de fato sentia.

— Calma — falou alto quando a égua se lançou para a frente, a toda velocidade, seu pelo acetinado brilhando na escuridão.

Ao que parecia, Jason não acreditava que cavalos mansos pudessem realizar a tarefa de puxar suas carruagens de modo satisfatório. O cavalariço garantira a Victoria que havia escolhido o animal mais manso do estábulo e, ainda assim, a égua era extremamente difícil de controlar. Empinou e dançou de um lado para outro, até Victoria sentir as mãos em brasa, na tentativa de forçá-la a um trote suave.

Quando Victoria se aproximava da vila, o vento começou a soprar com violência, ao mesmo tempo que raios iluminavam o céu, já quase tão escuro quanto a noite. Poucos minutos depois, a chuva forte teve início, batendo em seu rosto, dificultando a visão e encharcando sua capa.

Esforçando-se para ver a estrada à sua frente, Victoria afastou os cabelos molhados do rosto e estremeceu. Nunca fora ao orfanato antes, mas o capitão Farrell havia explicado o caminho, e também dissera como chegar à casa dele. Avistou uma estrada que se parecia com aquela descrita pelo capitão, saindo de uma bifurcação à sua esquerda. Puxou a rédea naquela direção sem saber ao certo se estava se dirigindo ao orfanato, ou para a residência de Farrell. No momento, isso não era importante, desde que pudesse se abrigar daquela chuva torrencial. A estrada, agora em curva, dava início a uma subida que adentrava os bosques. Mais à frente, tornava-se quase tão estreita quanto uma trilha, de terra batida, que rapidamente se transformara em um lamaçal.

A lama aderia às rodas da carruagem e a égua tinha de fazer um grande esforço para dar cada passo. Um pouco adiante, Victoria avistou uma luz entre as árvores. Aliviada, levou a carruagem até o abrigo proporcionado por alguns velhos carvalhos. Quando mais um raio iluminou o céu, ela constatou que a luz pertencia a um chalé grande suficiente para abrigar uma família, mas jamais seria um orfanato. Um trovão ensurdecedor explodiu, assustando a égua, que voltou a empinar. Victoria saltou depressa para o chão e, segurando o animal pelo cabresto, tentou acalmá-lo, antes de amarrá-lo a um tronco.

Com Lobo a seu lado, sempre alerta e protetor, Victoria subiu os degraus do chalé e bateu à porta.

Segundos depois, o capitão Farrell apareceu, o rosto iluminado pelo fogo da lareira.

— Lady Fielding! — exclamou, surpreso, puxando-a para dentro.

Lobo rosnou, mostrando os dentes, fazendo com que o capitão interrompesse o gesto.

— Quieto, Lobo! — ordenou Victoria, e o animal obedeceu de imediato.

Sem tirar os olhos do animal feroz, Farrell fechou a porta.

— Que diabo está fazendo por aqui, com essa chuva ? — perguntou, preocupado.

— Nad... nadando — tentou brincar Victoria, mas seus dentes batiam uns contra os outros e seu corpo todo tremia de frio.

O capitão tirou a capa de seus ombros e pendurou-a no encosto de uma cadeira, diante da lareira.

— Precisa livrar-se dessas roupas molhadas, ou vai acabar doente! Esse animal vai permitir que você saia de suas vistas por tempo suficiente para trocar de roupa?

Victoria passou os braços em torno do corpo e lançou um olhar firme para o cão.

— Fique onde está, Lobo!

Lobo sentou diante da lareira, apoiou o focinho nas patas e manteve os olhos fixos na porta pela qual Victoria e Farrell desapareciam.

— Vou colocar mais lenha na lareira — disse o capitão depois de entregar a Victoria uma muda de suas próprias roupas. — É o melhor que posso oferecer. — Victoria abriu a boca para falar, mas ele se antecipou. — E não me venha com bobagens sobre não ser apropriado vestir roupas masculinas, minha jovem — disse ele com autoridade. — Use a água daquela jarra para se limpar, vista minhas roupas e, então, embrulhe-se naquele cobertor. Quando estiver pronta, junte-se a mim, perto do fogo. Se está preocupada por achar que Jason não aprovaria o fato de você usar minhas roupas, fique tranquila. Eu o conheço desde que era garoto.

Victoria logo se pôs na defensiva.

— Não estou nem um pouco preocupada com o que Jason vai pensar — declarou, incapaz de esconder a rebelião que se travava em seu peito. — Não tenho a menor intenção de morrer congelada para agradá-lo. Ou a mais ninguém — acrescentou depressa ao se dar conta de que estava deixando o capitão perceber sua revolta.

Ele a fitou com um olhar estranho, mas limitou-se a comentar:

— Muito bem. Trata-se de um modo bastante sensato de pensar.

— Se eu fosse sensata, teria ficado em casa hoje — corrigiu-o Victoria com um sorriso, tentando esconder sua infelicidade.

Quando ela saiu do quarto, o capitão Farrell já havia levado a égua para o estábulo, colocado mais lenha na lareira e preparado uma xícara de chá.

— Use isso para secar os cabelos — ordenou gentilmente, estendendo-lhe uma toalha e apontando para a poltrona diante da lareira, onde ela deveria se sentar. — Importa-se se eu fumar?

— De maneira alguma.

Depois de encher o cachimbo de fumo, acendeu-o e sentou-se diante de Victoria, estudando-a com o olhar franco e, por isso mesmo, desconcertante.

— Por que fez isso? — finalmente perguntou.

— Isso, o quê?

— Por que não ficou em casa, hoje?

Perguntando a si mesma se parecia tão culpada e infeliz quanto se sentia, Victoria desconversou.

— Queria levar comida ao orfanato. Sobrou muita coisa da festa de ontem.

— Era evidente que iria chover. Você poderia ter mandado um criado levar a comida ao orfanato, que fica a menos de dois quilômetros daqui. Mesmo assim, preferiu enfrentar o mau tempo e tentar encontrar o lugar sozinha.

— Eu precisava... queria sair um pouco de casa.

— Estou surpreso com o fato de Jason não ter insistido para que você ficasse em casa.

— Não julguei necessário pedir a permissão dele.

— Ele deve estar muito preocupado agora.

— Duvido que ele se dê conta da minha ausência.

Ou que ele se importe, quando descobrir, pensou Victoria, lastimosamente.

— Lady Fielding?

Algo no modo como Farrell se dirigiu a ela a fez pensar que não gostaria de continuar aquela conversa. Ao mesmo tempo, sabia que não tinha escolha.

— O que é, capitão?

— Eu vi Jason pela manhã.

O desconforto de Victoria cresceu, pois ocorreu-lhe que Jason fora procurar o amigo para falar a respeito dela. De repente, parecia que o mundo inteiro se voltara contra ela.

— Viu?

— Jason é dono de uma grande frota de navios. Eu tenho o comando de um deles e Jason queria saber sobre o sucesso da minha última viagem.

Victoria aproveitou a oportunidade para desviar a conversa de si mesma.

— Eu não sabia que Lorde Fielding entendia de navios — declarou com um sorriso tolo.

— Estranho.

— Por quê?

— Talvez eu seja muito simples e antiquado, mas acho bastante estranho a mulher não saber que seu marido passou a maior parte de sua vida a bordo de um navio.

Victoria olhou-o, boquiaberta. Até onde sabia, Jason era um lorde inglês, um aristocrata arrogante, rico e mimado. A única coisa que o distinguia dos demais membros da nobreza era o fato de ele passar a maior parte do tempo trabalhando em seu escritório, quando a maioria dos nobres que Victoria conhecera em Londres parecia passar o tempo todo buscando apenas diversão e prazer.

— Talvez simplesmente não esteja interessada na vida de seu marido — disse o capitão com frieza. — Por que, então, se casou com ele?

Victoria arregalou os olhos, sentindo-se como um coelho preso em uma armadilha, sensação que estava começando a experimentar com muita frequência e que começava a ferir terrivelmente seu orgulho. Ergueu a cabeça e encarou o capitão, sem esconder seu ressentimento. Então, com toda a dignidade que foi capaz de reunir, respondeu, evasiva:

— Casei-me com Lorde Fielding pelas razões habituais.

— Dinheiro, poder e posição social — observou Farrell com desgosto. — Bem, agora você tem as três coisas. Parabéns.

Aquele ataque gratuito foi demais para Victoria suportar. Lágrimas escorriam pelo seu rosto, ao mesmo tempo que ela se pôs de pé, em fúria, agarrada ao cobertor que a envolvia.

— Capitão Farrell, não estou molhada o bastante, nem infeliz o bastante, ou desesperada o bastante para ficar aqui sentada, ouvindo o senhor me acusar de ser uma mercenária egoísta e...

— Por que não? Afinal, é o que você é. Ou não?

— Não me importa o que pensa de mim. Eu...

Victoria se viu incapaz de falar, com um nó apertando-lhe a garganta, encaminhou-se para o quarto, onde pretendia vestir suas roupas molhadas e ir embora. Porém, em uma fração de segundo, Farrell encontrava-se de pé, bloqueando a porta e fitando-a com um olhar furioso.

— Por que quer o divórcio? — inquiriu ele subitamente, embora suas feições tenham suavizado ao encará-la.

Mesmo embrulhada em um simples cobertor de lã, Victoria Seaton era uma visão adorável, com seus cabelos cor de fogo e magníficos olhos azuis, transparecendo impotência e ressentimento. Ela tinha muita coragem, mas as lágrimas que faziam seus olhos brilharem naquele momento mostravam que ela estava prestes a explodir.

— Esta manhã — continuou ele —, perguntei a Jason, de brincadeira, se você já o tinha abandonado. Ele respondeu que não, mas que você havia pedido o divórcio. Pensei que ele estivesse brincando, mas, quando você chegou aqui, não me pareceu a mais feliz das noivas.

Desesperada, Victoria sustentou o olhar do capitão, lutando para conter as lágrimas.

— Quer, por favor, sair da minha frente?

Em vez de obedecer, ele a segurou pelos ombros.

— Agora que tem tudo o que queria de Jason, o dinheiro, o poder e a posição social, por que quer o divórcio? — insistiu ele, implacável.

— Eu não tenho nada! — explodiu Victoria. — Agora, solte-me!

— Não até que eu entenda como pude me enganar tanto a seu respeito. Ontem, quando falou comigo, achei você maravilhosa. Vi a alegria em seus olhos e o modo como tratou os camponeses. Pensei que era uma mulher de verdade, dona de um grande coração e de muita coragem, e não uma covardezinha mimada e mercenária!

As lágrimas turvaram a visão de Victoria diante de acusações tão injustas de um estranho, amigo de Jason.

— Deixe-me em paz! — falou com o que lhe restava da voz, tentando empurrá-lo.

Para sua surpresa, os braços dele a envolveram e Farrell aconchegou-a de encontro a seu peito largo.

— Chore, Victoria! Pelo amor de Deus, chore, mulher! Dê vazão às lágrimas, criança. Se tentar conter toda a angústia que está sentindo, vai explodir.

Victoria aprendera a lidar com tragédias e adversidades. Porém, não sabia como aceitar a gentileza e a compreensão. As lágrimas vieram em uma torrente, acompanhadas por dolorosos soluços que sacudiram seu corpo violentamente. Não saberia dizer quando o capitão a fizera sentar-se no sofá em frente à lareira, nem quando começara a contar a ele sobre a morte de seus pais e a cadeia de eventos que haviam culminado com a fria proposta de casamento de Jason. Com o rosto enterrado no ombro dele, respondeu-lhe às perguntas sobre Jason e por que ela se casara com ele. E, ao terminar, sentia-se muito melhor do que se sentira em muitas semanas.

— Então — concluiu ele com um sorriso de admiração —, apesar da proposta fria de Jason, apesar de você não saber nada sobre ele, acreditou, assim mesmo, que ele precisava de você?

Constrangida, Victoria secou as lágrimas com as mãos e balançou a cabeça.

— É óbvio que eu fui uma tola ao pensar assim, mas havia momentos em que ele parecia tão sozinho... momentos em que eu o observava nos bailes, cercado de gente, especialmente de mulheres, e tinha essa estranha sensação de que Jason se sentia tão solitário quanto eu. E o tio Charles também disse que Jason precisava de mim. Mas nós dois nos enganamos. Jason só quer um filho. Não precisa de mim, nem me quer.

— Isso não é verdade — afirmou Farrell, convicto. — Jason precisa de uma mulher como você desde o dia em que nasceu. Precisa que você cure feridas muito profundas, que o ensine a amar e ser amado. Se soubesse mais sobre ele, compreenderia o que estou dizendo.

Levantando-se, o capitão pegou uma garrafa, encheu dois copos e estendeu um para Victoria.

— Vai me falar sobre Jason? — perguntou, quando ele foi até a lareira e ficou olhando para ela.

— Vou.

Victoria olhou o seu copo de uísque e começou a estender o braço para colocá-lo sobre a mesa.

— Se quer mesmo ouvir a história de Jason, sugiro que beba isso. Vai precisar.

Notando a seriedade e a amargura na voz do capitão, ela tomou um gole. Então, observou-o beber tudo de uma só vez, como se ele também fosse precisar dos efeitos daquela bebida forte.

— Vou lhe contar coisas sobre Jason que somente eu sei. Coisas que ele, obviamente, não quer que você saiba, ou já teria ele mesmo lhe contado. Ao lhe contar essas coisas, estarei traindo a confiança de Jason e, até hoje, sou uma das pouquíssimas pessoas que não o traíram, de um modo ou de outro. Ele é como um filho para mim, Victoria, e me dói muito fazer isso, mas sinto que é imperativo que você o compreenda.

Victoria sacudiu a cabeça lentamente.

— Talvez o senhor não deva me contar nada, capitão. Jason e eu não conseguimos nos entender, mas eu detestaria ver um de vocês dois magoado pelas coisas que tem a me dizer.

As feições fechadas do capitão mudaram com um breve sorriso.

— Se eu suspeitasse que você poderia usar o que vou lhe contar como arma contra Jason, guardaria segredo. Mas eu sei que não vai fazer isso. Você tem coragem, compaixão e generosidade. Vi isso no modo como se relacionou com os camponeses, ontem à noite. Quando vi você rir com eles, deixando-os à vontade, concluí que é uma mulher maravilhosa... a esposa perfeita para Jason. E estou convencido disso.

Ele respirou fundo e começou sua história:

— Vi seu marido pela primeira vez em Déli. Foi há muitos anos, quando eu trabalhava para um rico comerciante de lá, chamado Napal, que transportava produtos da Índia para o resto do mundo. Napal era dono não só dos produtos que transportava e vendia, mas também dos quatro navios que os levavam pelos mares. Eu era contramestre em uma dessas embarcações. Havia passado seis meses em uma viagem excepcionalmente lucrativa e, quando retornei ao porto, Napal convidou a mim e ao capitão para uma pequena comemoração em sua casa. O clima na Índia é sempre quente, mas aquele dia parecia mais quente do que o normal, especialmente quando me perdi, tentando encontrar a casa de Napal. Acabei em um labirinto de ruelas estreitas e, depois que finalmente consegui sair dele, vi-me em uma pequena praça, repleta de indianos imundos, vestidos com trapos. A pobreza lá é inimaginável. Bem, olhei à minha volta, na esperança de encontrar alguém que falasse inglês ou francês e que pudesse me explicar como chegar ao meu destino. Vi uma pequena multidão reunida no canto da praça, assistindo a alguma atração. Eu não podia ver o que era, mas fui até lá. Estavam parados do lado de fora de uma construção, observando o que acontecia lá dentro. Eu já ia me afastando quando percebi uma cruz de madeira pregada acima da entrada do edifício. Acreditando ser uma igreja, onde eu poderia me comunicar com alguém na minha própria língua, abri caminho por entre a multidão. Enquanto me encaminhava, ouvi uma mulher gritando como uma fanática, em inglês, coisas sobre a perdição e a ira do Todo-Poderoso. Finalmente, cheguei a um ponto de onde conseguia vê-la. E lá estava ela, sobre o palanque de madeira, com um garotinho a seu lado. Ela apontava para o menino e gritava que ele era o demônio. Acusou-o de ser a "semente da perdição" e o "produto do mal". Então, levantou a cabeça do menino pelos cabelos. E eu vi seu rosto. Fiquei chocado ao descobrir que se tratava de um garoto branco, e não de um indiano. Ela gritou: "Olhem para o demônio e vejam a vingança de Deus". Então, forçou o menino a dar meia-volta para exibir a "vingança de Deus". Quando vi as costas dele, quase vomitei.

O capitão fez uma breve pausa e respirou fundo, como se precisasse de forças para continuar.

— Victoria, as costas do garotinho estavam cobertas de hematomas, provocados provavelmente pela última surra, além de cicatrizes de... só Deus sabe quantas outras surras. Ao que parecia, ela acabara de surrá-lo diante de sua "congregação". Os indianos não se opõem a esse tipo de crueldade bárbara.

O capitão mostrava as feições endurecidas pelo desgosto:

— Enquanto eu assistia àquele espetáculo horrendo, aquela demente ordenou ao garotinho que se ajoelhasse e rezasse pelo perdão do Senhor. Ele a fitou nos olhos, sem dizer nada, mas não se moveu. Ela baixou seu chicote com força suficiente para pôr um homem adulto de joelhos. A criança caiu. "*Reze, demônio!*", gritava ela, voltando a açoitá-lo. O menino não dizia nada, limitando-se a olhar para frente. Foi quando vi seus olhos... Seus olhos estavam secos. Não havia uma única lágrima neles. Mas havia dor... Deus, quanta dor!

Victoria estremeceu de piedade por aquela criança desconhecida, perguntando-se por que o capitão estava lhe contando aquela história medonha antes de lhe falar sobre Jason.

— Nunca vou me esquecer do sofrimento que vi nos olhos daquele menino — murmurou ele com a voz rouca —, nem de como eles me pareceram tão verdes naquele momento.

O copo de Victoria caiu no chão e se espatifou. Então, ela sacudiu a cabeça, desesperada, sem acreditar no que acabara de ouvir.

— Não! — gritou, angustiada. — Ah, por favor, não...

Sem demonstrar ter percebido o seu horror, o capitão continuou, os olhos fixos em um ponto da parede, perdidos nas lembranças:

— O garotinho rezou, então. Unindo as mãos diante do peito, recitou: "Ajoelho-me diante do Senhor e imploro o seu perdão". A mulher obrigou-o a rezar mais alto, muitas e muitas vezes. Quando se deu por satisfeita, forçou-o a se levantar. Então, apontou para os indianos sujos e ordenou ao garoto que pedisse o seu perdão. Entregou-lhe uma pequena cuia. Fiquei ali, parado, observando o garoto ajoelhar-se aos pés da "congregação", beijando a bainha de suas vestes imundas e implorando o seu perdão.

— Não... — protestou Victoria, passando os braços em torno de si mesma, tentando afastar da mente a imagem de um garotinho de cabelos negros e encaracolados, e olhos verdes tão familiares, sujeitando-se a tanta humilhação por uma louca.

— Algo aconteceu dentro de mim — Farrell foi adiante. — Os indianos são muito fanáticos e eu nunca me interessei por alguns de seus costumes. Mas ver uma criança maltratada daquela maneira me deixou maluco. Além disso, havia algo naquele garotinho que parecia me obrigar a fazer alguma coisa. Embora sujo e subnutrido, o brilho de orgulho e desafio em seus olhos partiu meu coração. Esperei enquanto ele se ajoelhava e beijava a bainha das roupas dos indianos à minha volta, implorando-lhes o perdão, e recebendo as moedas que eles jogavam na cuia em suas mãos. Então, ele entregou a cuia à mulher e ela sorriu, dizendo que, agora, ele era "bom". E continuou a exibir aquele sorriso fanático e demente. Olhei para aquela criatura obscena, parada sobre o altar improvisado, empunhando uma cruz, e tive vontade de matá-la. Porém, não sabia quanto a congregação era fiel a ela e, como não tinha a menor chance de vencê-los sozinho, perguntei a ela se me venderia o garoto. Aleguei que ele precisava de um homem que o punisse da maneira adequada.

Desviando os olhos do ponto em que os fixara na parede, Farrell finalmente olhou para Victoria, com um sorriso amargo.

— Ela o vendeu a mim pelo pagamento que eu tinha recebido por seis meses de trabalho. O marido dela havia morrido um ano antes e ela precisava tanto de dinheiro quanto de um garotinho indefeso para surrar. Mas, enquanto eu saía dali, ela atirava o meu dinheiro para seus fiéis, gritando algo sobre Deus mandar presentes para eles por intermédio dela. Era uma louca. Completamente louca.

— Acha que a vida de Jason era melhor antes de o pai morrer? — observou Victoria com um fiapo de voz.

— O pai de Jason continua vivo — declarou Farrell, friamente. — Jason é filho ilegítimo de Charles.

A sala começou a girar e Victoria teve de fechar os olhos para controlar a vertigem e a náusea.

— Faz tanto mal a você saber que se casou com um bastardo? — indagou o capitão, interpretando mal a reação de Victoria.

— Como pode fazer uma pergunta tão absurda? — explodiu ela, indignada.

Farrell sorriu.

— Ótimo. Não achei que fosse se importar, mas os ingleses dão excessivo valor a essas coisas.

— O que é uma grande hipocrisia, uma vez que três duques que me vêm à cabeça, no momento, são descendentes diretos de três filhos ilegítimos do rei Charles. Além disso, eu não sou inglesa. Sou americana.

— Você é adorável.

— Por favor, conte-me o resto que sabe sobre Jason — pediu Victoria, com o coração já explodindo de compaixão.

— O resto não é tão importante. Levei Jason para a casa de Napal naquela mesma noite. Um dos criados limpou-o e o mandou para a sala onde estávamos. O menino não queria falar, mas ficou evidente que era brilhante. Contei a história a Napal. Ele ficou com pena de Jason e lhe deu emprego de... digamos, assistente. Jason não recebia dinheiro, mas tinha uma cama no escritório de Napal, roupas e comida decentes. Sozinho, aprendeu a ler e a escrever, demonstrando uma sede insaciável de aprender. Quando completou 16 anos, Jason já tinha aprendido tudo sobre os negócios de Napal. Além de ser inteligente e ter o raciocínio rápido, era dono de excelente tino comercial. Acho que isso foi consequência de ter sido obrigado a pedir esmolas na infância. Bem, de uma maneira ou de outra, o coração de Napal foi amolecendo à medida que ia envelhecendo. Como não tinha filhos, começou a pensar em

Jason mais como um filho do que como um funcionário mal remunerado, mas muito trabalhador. Jason o convenceu a deixá-lo navegar em um de seus navios mercantes para poder aprender o negócio na prática. Nessa época, eu já era capitão, e Jason navegou comigo durante cinco anos.

— Ele era um bom marinheiro? — indagou Victoria, sentindo-se orgulhosa do garotinho que se transformara em um homem tão bem-sucedido.

— O melhor. Começou como marinheiro, mas aprendeu tudo sobre navegação em seu tempo livre. Napal morreu dois dias depois de retornarmos de uma viagem. Estava sentando em seu escritório quando seu coração parou. Jason tentou de tudo para ressuscitá-lo. Chegou a fazer respiração boca a boca. As pessoas que se encontravam no escritório pensaram que Jason havia enlouquecido, mas a verdade era que ele amava aquele velho avarento. Lamentou a morte de Napal durante muitos meses, mas não derramou uma lágrima sequer. Jason é incapaz de chorar. A bruxa que o criou estava convencida de que "demônios" não podem chorar, e o espancava com maior intensidade se ele chorasse. Jason me contou isso quando tinha 9 anos. Bem, ao morrer, Napal deixou tudo o que possuía para Jason. Ao longo dos seis anos seguintes, Jason fez o que havia tentado convencer Napal a fazer: comprou uma frota de navios e acabou multiplicando a fortuna que o velho tinha lhe deixado.

Quando o capitão Farrell se levantou e ficou olhando fixamente para o fogo, Victoria falou:

— Jason já foi casado, não é? Fiquei sabendo somente há poucos dias.

— Ah, sim, ele se casou — confirmou o capitão com um ar de desgosto, enquanto se servia de outra dose de uísque. — Dois anos depois da morte de Napal, Jason já era um dos homens mais ricos de Déli. Tal poder lhe rendeu o interesse de uma mulher bonita e imoral chamada Melissa. O pai dela era inglês, mas vivia em Déli, a serviço do governo. Melissa possuía beleza, nome e estilo, tudo exceto o que mais precisava: dinheiro. Casou-se com Jason pelo que ele poderia lhe dar.

— E por que Jason se casou com *ela*? — perguntou.

Mike Farrell deu de ombros.

— Ele era mais jovem que Melissa e acho que estava *fascinado* por ela. E sou obrigado a admitir que Melissa tinha uma beleza que faria qualquer homem acreditar que encontraria muito calor em seus braços. E ela se vendeu para Jason; em troca, teria tudo o que pudesse arrancar dele. Jason foi generoso, dando-lhe joias suficientes para arrebatar uma rainha. Ela as aceitava de muito bom grado. Tinha um rosto lindo, mas, quando eu a via sorrir, eu me lembrava da bruxa demente com a cuia de madeira.

Victoria recordou-se de Jason dando-lhe pérolas e safiras, pedindo beijos em troca. Perguntou-se se ele acreditava que era necessário comprar uma mulher para obter seu afeto.

Mike bebeu um longo gole de uísque.

— Melissa era uma libertina que passou a vida pulando de cama em cama depois que se casou. O fato mais interessante foi que ela teve um ataque ao descobrir que Jason era filho ilegítimo. Eu estava na casa deles, em Déli, quando o Duque de Atherton apareceu, exigindo ver o filho. Melissa ficou enfurecida ao descobrir que Jason era filho de Charles. Ao que parecia, seus princípios haviam sido abalados ao descobrir que ela havia misturado seu sangue com o de um bastardo. Porém, não ofendia seus princípios entregar o corpo a qualquer homem da sua classe social que a convidasse para partilhar sua cama. Um código de ética um tanto estranho, não acha?

— Muito estranho! — concordou Victoria.

Farrell sorriu diante da reação de lealdade.

— Qualquer afeição que Jason tivesse por ela, quando se casaram, foi logo destruída pela vida sob o mesmo teto. Mas, como Melissa lhe deu um filho, ele a mantinha em alto estilo e ignorava suas aventuras amorosas. Para ser honesto, acho que ele não se importava nem um pouco com o que ela fazia.

Victoria, que não sabia que Jason tinha um filho, empertigou-se no sofá, encarando o capitão com a expressão chocada, enquanto ele continuava:

— Jason adorava aquela criança. Levava-o a quase todos os lugares aonde ia. Até concordou em voltar para a Inglaterra e gastar fortunas na restauração das propriedades de Charles para que Jamie pudesse herdar um verdadeiro império. E, no final, todo aquele esforço resultou em nada. Melissa fugiu com seu último amante e levou Jamie consigo, na tentativa de exigir de Jason um resgate pelo filho. O navio naufragou durante uma tempestade. Eu fui o primeiro a descobrir que Melissa tinha levado Jamie com ela. E fui eu o encarregado de contar a Jason que seu filho estava morto. Eu chorei, mas Jason, não. Nem mesmo naquele dia. Jason é incapaz de chorar.

— Capitão Farrell — disse Victoria com a voz sufocada. — Eu gostaria de voltar para casa. Está ficando tarde e Jason pode estar preocupado comigo.

O pesar abandonou o semblante do capitão, dando lugar a um sorriso.

— Concordo! Mas, antes que vá, quero lhe dizer uma coisa.

— O quê?

— Não permita que Jason a engane, ou a si mesmo, dizendo-lhe que só quer um filho de você. Conheço-o melhor do que ninguém e vi o modo como ele a observava ontem à noite. Ele já está mais do que apaixonado por você, embora eu duvide que isso o agrade.

— Não posso culpá-lo por não querer amar mulher nenhuma — falou Victoria, com tristeza. — Nem sei como ele sobreviveu a tudo isso e manteve a sanidade.

— Ele é forte. Jason é o ser humano mais forte que já conheci. E o melhor. Permita-se amá-lo, Victoria. Eu sei que é o que deseja. E trate de ensiná-lo a amar você. Jason tem muito amor para lhe dar, mas, antes disso, terá de aprender a confiar em você. Quando isso acontecer, ele vai colocar o mundo a seus pés.

Victoria se levantou.

— O que o faz pensar que tudo vai dar certo? — perguntou, os olhos turvos de ansiedade.

A voz do irlandês tornou-se muito suave, e seu olhar, distante.

— Porque conheci uma mulher igual a você, há muito tempo. Tinha a sua generosidade e a sua coragem. Ela me ensinou a confiar, a amar e a ser amado. Não tenho medo de morrer porque sei que ela está lá, à minha espera. A maioria dos homens ama muitas vezes, mas Jason é como eu. Vai amar uma única vez, para sempre.

# 24

Enquanto Victoria vestia as roupas ainda úmidas, o capitão Farrell atrelou a égua à carruagem. Depois de ajudá-la a tomar seu lugar, montou seu próprio cavalo. A chuva diminuíra, restando apenas uma garoa persistente, mas como já era noite, ele a acompanhou até Wakefield.

— Não é preciso me acompanhar até lá — protestou Victoria. — Conheço o caminho.

— Está enganada. As estradas não são seguras à noite. Na semana passada, uma carruagem foi assaltada, perto da vila, e um de seus ocupantes foi morto. Há 15 dias, uma das meninas mais velhas do orfanato saiu para um passeio à noite. No dia seguinte, encontraram seu corpo no rio. Não encontraram o culpado.

Embora ouvisse essas palavras do capitão, Victoria só conseguia pensar em Jason. Seu coração estava repleto de ternura pelo homem que lhe dera um lar e roupas bonitas quando ela chegara à Inglaterra. Ele também lhe oferecera conforto para a sua solidão e, por fim, havia se casado com ela. Era verdade que Jason também se mantinha distante na maior parte do tempo, mas, quanto mais considerava a questão, mais acreditava que o capitão Farrell tinha razão. Jason devia gostar muito dela. Do contrário, não teria se arriscado a um novo casamento.

Lembrou-se da fome de paixão nos beijos dele, antes do casamento, e ficou ainda mais convencida disso. Apesar do que sofrera na infância, em nome da religião, ele aceitara se casar na igreja, somente porque Victoria assim o pediu.

— Acho melhor o senhor não continuar, a partir daqui — falou Victoria, ao se aproximarem dos portões de Wakefield.

— Por quê?

— Porque se Jason souber que passei a tarde na sua casa, vai suspeitar de que o senhor me contou algo sobre ele assim que eu passar a agir de maneira diferente.

Farrell ergueu as sobrancelhas.

— *Você* pretende agir de maneira diferente?

Victoria assentiu.

— Prefiro pensar que sim. Acho que vou tentar domar uma pantera.

— Nesse caso, você tem razão. É melhor não contar a Jason que esteve comigo. Há dois chalés abandonados, pouco antes do meu. Diga que se abrigou em um deles. Porém, você precisa saber de uma coisa: Jason detesta mentiras. Não deixe que ele descubra.

— Também tenho aversão à mentira. E, mais ainda, de ser apanhada mentindo por Jason.

— Receio que ele esteja preocupado e furioso, se já voltou para casa e descobriu que você saiu sozinha nesse temporal.

Jason havia retornado. Estava, decididamente, preocupado e furioso. Victoria ouviu sua voz assim que entrou pelos fundos, depois de acorrentar Lobo. Sentindo-se ao mesmo tempo alarmada e ansiosa para vê-lo, foi diretamente ao escritório. Ele andava de um lado para outro, falando a um grupo de seis criados de expressões aterrorizadas. A camisa branca que usava estava encharcada e suas botas, cobertas de lama.

— Diga-me, mais uma vez, o que Lady Fielding falou — vociferou ele para Ruth. — E pare de chorar! Comece do início e repita as palavras dela, exatamente como ela falou!

A criada contorcia as mãos.

— Ela... ela pediu que um cavalariço escolhesse o cavalo mais... manso e a menor carruagem, pois não estava acostumada a conduzi-las. Então, pediu que eu dissesse à Sra. Craddock... a cozinheira... para embrulhar os restos de comida da festa de ontem e colocá-los na carruagem. Eu avisei a ela que uma tempestade estava a caminho, mas... ela disse que não choveria nas próximas horas. Então, perguntou-me se... se eu tinha certeza de que o senhor havia saído. Eu disse que sim. Então... ela partiu.

— E vocês permitiram! — explodiu Jason com os criados. — Deixaram uma mulher visivelmente nervosa, que não tem a menor experiência em conduzir carruagens sair debaixo de um terrível temporal, levando comida suficiente para um mês, e ninguém tentou impedi-la! — Virou-se para o cavalariço: — Ouviu-a dizer ao cachorro que estavam "finalmente livres" e não achou estranho?

Sem esperar pela resposta, Jason se aproximou de Northrup, que mantinha sua postura rígida e ereta, como um homem diante de um pelotão de fuzilamento, pronto a enfrentar com dignidade um destino injusto e terrível.

— Conte-me outra vez, exatamente, o que ela lhe disse.

— Perguntei a Lady Victoria o que eu deveria dizer ao senhor quando chegasse — relatou Northrup. — Ela disse: "Diga-lhe que eu disse até breve".

— E você não percebeu nada de estranho nisso? — indagou Jason, furioso. — Uma mulher recém-casada sai de casa sozinha, mandando dizer "até breve" ao marido!

Northrup corou até a raiz dos cabelos.

— Considerando outros acontecimentos, milorde, essa situação não me pareceu estranha.

Jason parou de andar de um lado para outro e encarou-o, estreitando os olhos.

— Considerando que "outros acontecimentos"? — indagou, ameaçador.

— Considerando o que o senhor me disse ao sair, uma hora antes de Lady Victoria, concluí, naturalmente, que os dois haviam tido um desentendimento e que ela estava abalada por isso.

— Considerando o que *eu* lhe disse ao sair? — insistiu Jason, parecendo mais perigoso a cada instante. — O que diabos *eu* disse?

Os lábios de Northrup começaram a tremer.

— Quando o senhor saiu, pela manhã, eu lhe desejei um bom dia.

— E?

— E o senhor respondeu que já tinha *outros planos*. Naturalmente, concluí que o senhor não pretendia ter um dia bom e, quando Lady Victoria desceu, anunciando que sairia sozinha, imaginei que havia algum problema entre os senhores.

— É uma pena que você não tenha "concluído" que ela estava me deixando e não tenha tentado impedi-la.

O coração de Victoria se apertou de remorso. Jason havia acreditado que ela o abandonara. E, para um homem como ele admitir isso diante dos criados, só poderia estar muito desesperado. Jamais ocorreria a Victoria que Jason pudesse chegar àquela conclusão. Agora, porém, sabendo do que Melissa fizera, era fácil compreender sua reação. Determinada a salvar a situação de seu marido, Victoria forçou um sorriso largo e conciliatório antes de se aproximar.

— Northrup jamais seria tolo a ponto de imaginar que eu poderia deixá-lo, milorde — falou em tom alegre, segurando o braço de Jason com um gesto afetuoso.

Jason virou-se com tamanha violência que quase a derrubou. Victoria recuperou o equilíbrio e continuou:

— Posso ser excessivamente emotiva, mas não uma completa idiota.

Os olhos de Jason se iluminaram de alívio, mas o alívio foi imediatamente substituído pela fúria.

— Onde diabos você se meteu? — inquiriu entre os dentes.

Com pena dos criados, já mortificados, Victoria murmurou:

— Tem todo o direito de se zangar comigo e vejo que pretende me dizer exatamente o que pensa de minha atitude. Só lhe peço que não o faça diante dos criados.

Jason respirou fundo, como se seu autocontrole estivesse por um fio e, então, com um leve aceno de cabeça, dispensou os criados. No silêncio pesado que se seguiu, todos eles deixaram apressadamente o escritório. O último a sair fechou a porta atrás de si. No instante seguinte, Jason deu vazão à sua fúria.

— Sua estúpida! Revirei os campos à sua procura!

Victoria olhou para o homem atraente e viril à sua frente, mas o que viu foi um garotinho sujo, sendo surrado por ser o "demônio". Um nó se formou em sua garganta e, invadida por profunda ternura, acariciou-lhe a face sem pensar.

— Sinto muito — sussurrou.

Jason se afastou com um gesto violento.

— Sente muito? — repetiu com sarcasmo. — Sente pelo quê? Pelos homens que ainda estão na chuva, à sua procura? Ou pelo cavalo que derrubei na lama?

— Sinto muito que tenha pensado que eu o havia abandonado — explicou Victoria com a voz trêmula. — Eu jamais faria isso.

Jason lançou-lhe um olhar irônico.

— Considerando que ontem você quase me abandonou no altar e que hoje me pediu o divórcio, suas palavras são surpreendentes! A que se deve todo esse arrependimento agora?

Apesar da atitude de sarcasmo e indiferença, Victoria reconheceu a mágoa na voz de Jason quando ele mencionou que ela quase o abandonara no altar. Sentiu um forte aperto no peito ao se dar conta de quanto isso o perturbara.

— Milorde...

— Ora, pelo amor de Deus! — retrucou. — Pare de me chamar de "milorde"! E não se humilhe, pois detesto isso!

— Não estou me humilhando! Só estava tentando dizer que minha intenção era levar comida para o orfanato. Lamento tê-lo deixado preocupado e prometo que isso não voltará a acontecer.

Ele a fitou com um ar cansado, a raiva lentamente se esvaindo.

— Você é livre para fazer o que quiser, Victoria. Nosso casamento foi o maior erro que já cometi na vida.

Victoria hesitou, sabendo que nada do que dissesse o faria mudar de ideia, especialmente enquanto Jason estivesse naquele estado de espírito. Após alguns instantes, pediu licença e foi para o seu quarto trocar de roupa. Jason não jantou com ela e Victoria foi se deitar, certa de que ele se juntaria a ela na cama, ao menos para forçá-la a cumprir a sua parte no acordo e lhe dar um filho.

Jason não a procurou naquela noite, nem nas três noites seguintes. Na verdade, ele fez o possível para evitá-la completamente. Passava o dia todo no escritório, ditando cartas ao seu secretário, o Sr. Benjamim, e discutindo negócios com cavalheiros que vinham de Londres. Quando a encontrava eventualmente durante uma refeição, ou pelos corredores da mansão, limitava-se a cumprimentá-la com cortesia, porém mantinha a frieza, como se ela fosse uma completa estranha. Quando terminava seu trabalho, ia para o quarto, trocava de roupa e, então, partia para Londres.

Como Caroline tinha ido para o sul da Inglaterra, a fim de visitar um irmão cuja esposa estava prestes a dar à luz, Victoria passava a maior parte do tempo no orfanato, organizando brincadeiras com as crianças e visitando os residentes da vila para que continuassem a se sentir à vontade com ela. Mas, por mais ocupada que se mantivesse, sentia muita falta de Jason. Em Londres, passavam muito tempo na companhia um do outro. Ele a acompanhava a quase todos os lugares, incluindo festas, bailes e peças de teatro, e, embora ele não permanecesse ao lado dela, ela se sentia segura por saber que ele estava ali, atento e protetor. Ela sentia falta de suas brincadeiras e até mesmo de seus momentos de irritação. Nas semanas seguintes à chegada da carta da mãe de Andrew, ele se transformara em um amigo muito especial.

Agora, Jason era um estranho que talvez até precisasse dela, mas que fazia questão de mantê-la a distância. Victoria sabia que ele já não estava zangado. Simplesmente, tentava expulsá-la do coração e da mente, como se ela não existisse.

Na quarta noite, Jason foi para Londres mais uma vez. Victoria ficou acordada, olhando para o dossel de seda cor-de-rosa acima de sua cama, perdida em fantasias tolas sobre dançar com ele como haviam dançado tantas vezes antes. Era delicioso dançar com Jason, pois ele tinha movimentos leves e...

Subitamente, uma pergunta ocorreu a Victoria: o que Jason fazia em Londres até tarde da noite? Depois de muito pensar, concluiu que ele passava o tempo jogando em um dos clubes exclusivos de cavalheiros que frequentava.

Na quinta noite, Jason nem se deu ao trabalho de voltar para casa. Na manhã seguinte, durante o café da manhã, Victoria folheava a *Gazette* quando descobriu como Jason ocupava suas noites na *haute ton* em Londres. Ele não fora jogar, nem se reunira com cavalheiros para tratar de negócios. Jason comparecera a um baile na casa de Lorde Muirfield e dançara a noite inteira com a jovem e voluptuosa esposa do velho lorde. O jornal também mencionava que, na noite anterior, Lorde Fielding fora ao teatro na companhia de uma morena, dançarina de ópera. Victoria sabia três coisas sobre a amante de Jason: seu nome era Sybil, ela era dançarina de ópera e era morena.

O ciúme tomou conta de Victoria — um sentimento encorpado, frustrante e doentio que a pegou completamente desprevenida, pois ela nunca havia experimentado tal agonia antes.

Jason escolheu justamente aquele momento inoportuno para entrar na sala de jantar, com as mesmas roupas que usara quando partira para Londres, na véspera. A diferença era que, agora, ele levava o paletó descuidadamente atirado sobre o ombro, a gravata desamarrada, pendendo do pescoço, e a camisa aberta no colarinho. Era evidente que não dormira em sua mansão, em Londres, onde contava com um guarda-roupa completo.

Limitou-se a cumprimentar Victoria com um aceno de cabeça antes de se servir de uma xícara de café.

Victoria levantou-se lentamente, tremendo de raiva.

— Jason — chamou-o com a voz fria e controlada.

Ele olhou por cima do ombro, mas, ao perceber a expressão sombria da esposa, virou-se para encará-la.

— O que foi?

— Lembra-se de como se sentia quando sua primeira esposa estava em Londres e se envolvia em casos escandalosos?

— Perfeitamente — respondeu ele, impassível.

Surpresa e até mesmo impressionada com a própria coragem, Victoria lançou um olhar significativo para o jornal, antes de erguer o queixo e declarar:

— Nesse caso, espero que não me faça sentir o mesmo de novo.

Jason olhou rapidamente para o jornal, antes de voltar a encará-la.

— Se bem me lembro, eu não dava importância ao que ela fazia.

— Pois, eu dou! — disse Victoria explodindo, incapaz de manter o controle por mais tempo. — Compreendo perfeitamente que maridos civilizados tenham... tenham amantes, mas espera-se que sejam discretos. Vocês, ingleses, têm regras para tudo, até para a discrição. Quando você sai por aí com suas... suas amigas, eu me sinto humilhada e magoada.

Com essas palavras, Victoria saiu, sentindo-se como um sapato velho deixado de lado.

Parecia uma bela e jovem rainha, com os cabelos soltos balançando às costas, o corpo movendo-se com graça inigualável. Jason a observou em silêncio, a xícara de café esquecida em sua mão. Foi invadido pelo desejo familiar de tomá-la nos braços e mergulhar o rosto naqueles cabelos de fogo, mas não se moveu. O que quer que Victoria sentisse por ele, certamente não era amor, nem desejo. Ela considerava "civilizado" da parte dele manter uma amante, discretamente, para satisfazer seus desejos repulsivos. Por outro lado, seu orgulho havia sido ferido quando Jason fora visto em público ao lado de outra mulher.

Sim, tratava-se de orgulho ferido, nada mais. Porém, ao se lembrar do duro golpe que o orgulho de Victoria sofrera com a traição de Andrew, Jason descobriu-se incapaz de magoá-la ainda mais. Compreendia os sentimentos dela, pois lembrava-se com clareza de como ele mesmo se sentira ao descobrir as traições de Melissa.

Passou no escritório para apanhar alguns documentos e, então, subiu a escada lendo os papéis e carregando o paletó.

— Bom dia, milorde — cumprimentou o valete com um olhar de reprovação para suas roupas amarrotadas.

— Bom dia, Franklin — respondeu Jason, sem tirar os olhos dos documentos recém-chegados.

Franklin separou os utensílios para Jason se barbear e, em seguida, pôs-se a escovar o paletó que o patrão acabara de lhe entregar.

— Seu traje para esta noite deverá ser formal ou informal, milorde?

Jason virou a página de um documento.

— Informal — respondeu, distraído. — Lady Fielding acha que tenho passado tempo demais fora de casa, à noite.

Encaminhou-se para o banheiro, sem perceber a expressão de prazer que iluminou as feições do valete. Franklin esperou que Jason entrasse no banho para, então, correr até o andar de baixo e dar a notícia a Northrup.

Até Lady Victoria invadir a casa, meses antes, acabando com a ordem e a disciplina tediosas ali reinantes, Franklin e Northrup haviam mantido suas posições de confiança com unhas e dentes, ardendo de ciúme um do outro. Na verdade, eles se evitavam cuidadosamente durante anos. Agora, porém, os dois antigos adversários haviam unido esforços em favor do bem-estar do patrão e da patroa.

Northrup estava no hall de entrada, encerando uma mesa. Olhando em volta a fim de se certificar de que não havia criados de menor escalão por perto que pudessem ouvi-los, Franklin se aproximou do mordomo, ansioso para partilhar as novidades do romance tumultuado do lorde, ou melhor, da *ausência* de romance. Em troca, queria ouvir qualquer novidade que Northrup tivesse para contar. Inclinou-se para o confidente, sem perceber a presença de O'Malley, que se encontrava no salão contíguo, o ouvido colado à parede.

— O lorde anunciou que jantará em casa esta noite, senhor Northrup — sussurrou o valete, em tom conspiratório. — Acredito que isso é um bom sinal.

Northrup endireitou-se, mantendo a expressão impassível.

— Trata-se de um evento incomum, considerando-se a ausência do lorde nas últimas cinco noites. Porém, não julgo a notícia assim tão encorajadora.

— Acho que não compreendeu! O lorde foi muito específico: vai ficar em casa porque Lady Victoria assim o deseja!

— Ah, isso, sim, *é* encorajador, Sr. Franklin! — Então, foi a vez de Northrup olhar em volta, a fim de se certificar que ninguém mais os ouvia —

Creio que o motivo do pedido de Lady Victoria foi um certo artigo na *Gazette* desta manhã, insinuando que Lorde Fielding tem desfrutado a companhia de uma certa dançarina de ópera, em Londres.

O'Malley tirou o ouvido da parede e, saindo pela porta lateral do salão, correu para a cozinha.

— Ela conseguiu! — anunciou, triunfante.

A Sra. Craddock parou de misturar a massa da torta que estava preparando, tão ansiosa para saber das novidades que nem se importou quando O'Malley apanhou uma das maçãs que ela deixara sobre a mesa.

— O que ela conseguiu?

— Conseguiu impor sua vontade a Lorde Fielding! Ouvi a conversa de Northrup e Franklin. Lady Victoria leu no jornal que Lorde Fielding esteve com a Srta. Sybil e disse a ele que ficasse em casa, onde é seu lugar. E é exatamente o que ele vai fazer. Eu disse a todos vocês que ela seria capaz de lidar com ele. Soube disso no momento em que ela me contou que é irlandesa! E Lady Victoria é uma dama de verdade, além de ser muito gentil e alegre.

— A pobre criança esteve muito triste nesses últimos dias — disse a Sra. Craddock, preocupada. — Mal toca na comida quando ele não está em casa. E eu tenho preparado todos os seus pratos prediletos! Ela sempre agradece com tanta gentileza que tenho vontade de chorar. Não consigo entender por que ele não tem dormido com ela, como deveria...

O'Malley sacudiu a cabeça, também preocupado.

— Ele não a procura desde a noite de núpcias. Ruth tem certeza disso. E Lady Victoria não tem dormido na cama dele, pois as criadas têm ficado de olho no quarto do lorde e garantem que, todas as manhãs, encontram um único travesseiro amarrotado.

Pensativo, O'Malley devorou sua maçã em silêncio e estendeu a mão para apanhar outra, mas, dessa vez, a Sra. Craddock o impediu.

— Pare de roubar as minhas maçãs, Daniel. Eu as separei para preparar uma torta de sobremesa. — Um súbito sorriso iluminou as feições da cozinheira. — Pensando melhor, pode comer as maçãs. Vou preparar algo mais festivo que uma torta para a sobremesa de hoje.

A mais jovem das ajudantes de cozinha, uma garota gorducha de 16 anos, decidiu participar da conversa:

— Uma das criadas da lavanderia estava me falando sobre um pó que deve ser colocado no vinho para fazer um homem desejar uma mulher, se o problema for a sua virilidade. Todas as criadas de lá concordam que o lorde deveria provar um pouco do pó... Talvez ajude.

As demais ajudantes concordaram com entusiasmo, mas O'Malley soltou uma gargalhada.

— Por Deus, garota! De onde vocês tiram essas ideias? O lorde não precisa de pó algum. Pode dizer às criadas da lavanderia que eu garanto isso. John, o cocheiro, contraiu uma gripe crônica por ter esperado na carruagem, ao relento, todas as noites do inverno passado, até o lorde deixar a cama da Srta. Hawthorne, que foi a amante do lorde antes da Srta. Sybil.

— Ele esteve com a Srta. Sybil ontem à noite? — indagou a Sra. Craddock. — Ou foi apenas fofoca de jornal?

— Ele esteve com ela, sim — disse O'Malley com seriedade. — Ouvi os cavalariços confirmarem a notícia. Só não sabemos o que aconteceu, enquanto ele estava lá. Talvez estivesse apenas terminando o caso.

A Sra. Craddock exibiu um sorriso sem muita convicção.

— Bem, ao menos ele vai jantar em casa com a esposa esta noite. Já é um bom começo.

O'Malley assentiu em concordância e se dirigiu ao estábulo, a fim de dar a notícia ao cavalariço que o informara sobre as atividades de Lorde Fielding na noite anterior.

E foi por isso que, das 140 pessoas residentes em Wakefield Park, só Victoria se surpreendeu ao ver Jason entrar na sala de jantar naquela noite.

— Ficará em casa esta noite? — perguntou, aliviada.

— Eu tive a impressão de que era isso que você queria que eu fizesse.

— E era — admitiu Victoria, perguntando-se se a escolha do vestido verde-esmeralda fora adequada e desejando que ele não houvesse se sentado tão longe, na outra ponta da mesa. — Só não esperava que você ficasse. Isto é... — parou de falar quando O'Malley entrou na sala de jantar trazendo uma bandeja com duas belíssimas taças de cristal cheias de vinho. Era impossível manter uma conversa quando Jason encontrava-se tão distante, física e emocionalmente. Ela suspirou quando O'Malley se encaminhou em sua direção, com um brilho de determinação no olhar.

— Seu vinho, milady — anunciou ele, apanhando uma das taças e colocando-a sobre a mesa com um floreio exagerado que, obviamente, resultou em um acidente.

Todo o vinho foi derramado sobre a toalha, bem diante de Victoria.

— O'Malley...! — repreendeu-o Northrup de onde estava, ao lado do aparador, local em que costumava supervisionar o serviço dos criados durante as refeições.

O'Malley lançou-lhe um olhar inocente, antes de puxar a cadeira de Victoria e conduzi-la até a outra extremidade da mesa, onde Jason estava sentado.

— Peço que me perdoe, milady — desculpou-se ele com um ar exageradamente arrependido quando a colocou à direita de Jason. — Providenciarei mais vinho imediatamente. Em seguida, limparei a toalha. O cheiro de vinho derramado é terrível, não é? Será melhor milady fazer sua refeição longe de lá. Não sei como fui fazer isso. Deve ser meu braço... Tenho sentido muitas dores. Não é nada sério, nada que deva preocupá-la. Apenas um osso que quebrei na infância.

Victoria ajeitou o guardanapo no colo e fitou-o com um sorriso de simpatia.

— Lamento saber que seu braço o incomoda, Sr. O'Malley.

O'Malley virou-se para Lorde Fielding, pronto para recitar mais desculpas falsas, mas sentiu a boca secar ao deparar com o olhar penetrante de Jason, que passava lentamente o dedo pela faca, como se testasse seu corte.

O'Malley pigarreou e murmurou apressadamente para Victoria:

— Vou providenciar outro vinho, milady.

— Lady Fielding não bebe vinho durante as refeições — reagiu Jason em um tom irônico. — Ou você mudou seus hábitos, Victoria?

Ela sacudiu a cabeça, sem compreender a comunicação que parecia ocorrer, sem a necessidade de palavras, entre Jason e o pobre O'Malley.

— Acho que vou beber um pouquinho esta noite — acrescentou, tentando resolver aquela estranha situação.

Os criados se retiraram, deixando-os sozinhos na sala de jantar. Um silêncio pesado persistiu durante toda a refeição, quebrado apenas pelo ocasional tilintar dos talheres de prata contra a porcelana. Tal silêncio tornou-se ainda mais constrangedor para Victoria quando ela pensou no sentimento de euforia e prazer que Jason poderia estar vivenciando em Londres, se não tivesse ficado em casa com ela.

Quando os pratos foram retirados da mesa e a sobremesa foi servida, a infelicidade de Victoria já se transformara em desespero. Por duas vezes, tentara quebrar o silêncio com comentários inócuos sobre o tempo e a excelência dos pratos preparados pela Sra. Craddock. As respostas de Jason, embora cordiais, haviam sido monossilábicas e nada encorajadoras.

Victoria sabia que precisava fazer alguma coisa bem depressa, pois o abismo que os separava tornava-se maior a cada instante, mais intransponível a cada dia. Em breve, não haveria meios de repará-lo.

Sua ansiedade diminuiu um pouco quando O'Malley, mal escondendo o sorriso maroto, entrou com um bolo, decorado com duas bandeiras enlaçadas: a inglesa e a americana.

Jason examinou o bolo e ergueu o olhar cínico para o chefe dos criados.

— Pelo que vejo, a Sra. Craddock está se sentindo particularmente patriota hoje. Ou a sobremesa foi preparada com o objetivo de me fazer lembrar que eu sou casado?

O criado empalideceu.

— De maneira alguma, milorde — respondeu e, assim que Jason o dispensou com ar de desagrado, desapareceu.

— Se o bolo deveria representar o nosso casamento — comentou Victoria impulsivamente —, a Sra. Craddock deveria tê-lo decorado com duas espadas, e não duas bandeiras.

— Tem razão — concordou Jason.

Ele parecia tão desinteressado pelo estado lastimável de seu casamento que Victoria finalmente tomou coragem para abordar o assunto que quisera discutir desde o início do jantar.

— Não quero ter razão, Jason. Por favor, quero que as coisas sejam diferentes entre nós.

Jason reclinou-se na cadeira, fitando-a nos olhos, sem esconder uma pontada de surpresa.

— O que, exatamente, você tem em mente?

— Bem, em primeiro lugar, gostaria que fôssemos amigos. Nós costumávamos conversar e rir juntos.

— Então, vamos conversar.

— Há algum assunto que você gostaria de discutir?

Os olhos de Jason fixaram-se nos dela, enquanto ele pensava: *Quero discutir por que você precisa se embriagar para enfrentar a ideia de ir para a cama comigo. Quero saber por que minhas carícias a fazem se sentir doente.*

— Nada em particular — respondeu ele em voz alta.

— Muito bem... Gosta do meu vestido? É um dos que madame Dumosse fez para mim.

Jason baixou os olhos para a pele alva exibida pelo decote do vestido. Victoria ficava linda de verde, pensou, mas precisava de esmeraldas para completar o traje. Se as coisas fossem diferentes, ele dispensaria os criados e a sentaria em seu colo. Então, desabotoaria o vestido, expondo os seios fartos aos seus lábios e às suas mãos. E, depois de muito beijá-la e acariciá-la, a levaria para o quarto, e eles fariam amor até esgotarem suas forças.

— É um belo vestido, mas merece um colar de esmeraldas — disse ele.

Victoria levou a mão ao pescoço, lembrando-se de que não possuía um colar de esmeraldas.

— Você também está muito bem — elogiou, admirando o paletó azul que ele vestia com uma elegância tão natural. — Você é muito bonito — acrescentou com ternura.

— Obrigado — agradeceu, aprovando o comentário, visivelmente surpreso.

— De nada — disse Victoria e, por achar que ele gostara do elogio, decidiu explorar aquele tópico da conversa. — Sabia que, quando o vi pela primeira vez, eu o achei assustador? É verdade que já escurecia e eu estava muito nervosa, mas... bem, você é tão grande que chega a ser assustador.

Jason engasgou com o vinho.

— Do que está falando?

— Do nosso primeiro encontro — esclareceu ela, inocente. — Eu estava lá fora, segurando um leitão nos braços. Então, você me arrastou para dentro, onde estava bem mais escuro e...

Jason se levantou de súbito.

— Sinto muito se não tratei você com cortesia. Agora, se me der licença, vou trabalhar um pouco.

— Não!— proclamou Victoria, levantando-se depressa. — Por favor, não vá trabalhar. Vamos fazer alguma coisa juntos... algo de que você goste.

O coração de Jason disparou. Viu o convite naqueles olhos suplicantes e, no mesmo instante, foi invadido pela esperança e pela incredulidade, que pareciam explodir em seu peito. Sem pensar, ergueu a mão e acariciou a face de Victoria, para, então, afagar-lhe os cabelos sedosos.

Victoria estremeceu de prazer, pois ele finalmente a tratava com carinho. Deveria ter tentado uma aproximação assim dias antes, em vez de sofrer em silêncio.

— Podemos jogar xadrez — sugeriu, animada. — Não sou muito boa, mas se houver algum baralho...

Imediatamente, Jason afastou a mão e seu semblante se fechou.

— Desculpe, Victoria. Tenho trabalho a fazer.

Passou por ela e se trancou no escritório, onde ficou pelo resto da noite.

Desapontada, Victoria passou o tempo tentando ler. Na hora de se deitar, estava determinada a impedir que ele voltasse a tratá-la como a uma estranha. Lembrou-se de como ele a olhara, antes de sua sugestão de jogarem xadrez. Fora igual ao modo como ele costumava olhá-la antes de beijá-la. Seu corpo reconhecera aquele olhar imediatamente e reagira daquela maneira inexplicável que sempre reagia quando Jason a tocava. Talvez ele preferisse beijá-la a jogar xadrez. Ora, talvez ele quisesse fazer aquela coisa horrível com ela, de novo...

Victoria estremeceu diante dessa ideia, mas estaria disposta até mesmo a isso, se fosse possível restaurar a harmonia. Sentiu o estômago se revirar ao pensar no modo como ele estudara seu corpo, com olhar indiferente, na noite de núpcias. Talvez não tivesse sido tão ruim se ele a houvesse tratado como a tratava quando a beijava.

Esperou até ouvir Jason entrar no quarto dele e, usando seu robe de cetim turquesa, abriu a porta de comunicação, que fora devidamente substituída, à exceção do trinco, e entrou.

— Jason, preciso falar com você — anunciou, sem preâmbulos.

— Saia daqui, Victoria — retrucou ele, irritado, enquanto tirava a camisa.

— Mas...

— Eu não quero conversar — interrompeu-a com sarcasmo. — Não quero jogar xadrez, não quero jogar cartas.

— Então, o que *você* quer fazer?

— Quero que saia daqui. Fui claro?

— Eu diria que sim — respondeu Victoria, com dignidade. — Não voltarei a incomodá-lo.

Voltou para o seu quarto e fechou a porta atrás de si, embora continuasse firmemente determinada a tornar seu casamento feliz e estável. Não fazia ideia do que Jason esperava dela. Mais precisamente, não *o* compreendia. Porém, conhecia alguém que compreendia Jason. Jason tinha 30 anos, era bem mais velho e experiente que ela, mas o capitão Farrell era mais velho que Jason e, sem dúvida, saberia aconselhá-la sobre o que fazer.

# 25

Na manhã seguinte, com passos determinados, Victoria foi até o estábulo e lá esperou enquanto o cavalariço selava um cavalo. Seu novo traje de montaria lhe caía muito bem, e o colete justo acentuava seus seios fartos e a cintura fina. A blusa branca como neve realçava sua pele clara e suas maçãs do rosto salientes, e os cabelos vermelhos estavam presos na nuca em um elegante coque. O coque a fazia se sentir mais velha e sofisticada, o que contribuíra para aumentar sua autoconfiança.

Exibiu um largo sorriso quando o cavalariço lhe trouxe um lindo alazão, cujos pelos negros cintilavam ao sol.

— É um animal muito bonito, John. Como se chama?

— Matador, pois veio da Espanha. O lorde deixou instruções para que milady use este cavalo até o seu chegar, dentro de algumas semanas.

Jason comprara um cavalo para ela, concluiu Victoria, enquanto montava com a ajuda de John. Não conseguia compreender a necessidade de ele adquirir um novo animal, quando seus estábulos eram famosos por abrigar as melhores montarias de toda a Inglaterra. Mesmo assim, tratava-se de uma atitude bastante generosa e era muito típico de Jason Fielding ele sequer ter mencionado o assunto.

Ao parar diante do chalé do capitão Farrell, Victoria suspirou aliviada ao vê-lo abrir a porta e se adiantar para ajudá-la a desmontar.

— Obrigada — agradeceu. — Estava rezando para encontrá-lo em casa.

Ele sorriu.

— Eu pretendia ir até Wakefield hoje, a fim de ver com meus próprios olhos como você e Jason estão se saindo.

— Nesse caso — comentou ela com um sorriso triste —, foi bom não ter se dado a esse trabalho.

— A situação não melhorou? — inquiriu ele, surpreso, convidando-a para entrar.

Enquanto Farrell punha água para ferver, a fim de preparar o chá, Victoria se acomodou no sofá, sacudindo a cabeça.

— Eu diria que, se a situação mudou, foi para pior. Bem, não exatamente. Pelo menos Jason ficou em casa ontem à noite, em vez de ir para Londres, visitar a sua... bem, o senhor sabe do que estou falando.

Victoria não planejava mencionar questões tão íntimas. Só queria discutir o estado de ânimo de Jason.

O capitão retirou duas xícaras do armário e lançou-lhe um olhar perplexo por cima do ombro.

— Não, eu não sei do que está falando.

Victoria corou e desviou o olhar.

— Ora, vamos, criança! Eu confiei em você. Devia saber que pode confiar em mim. Com quem mais pode conversar?

— Ninguém — respondeu ela, desolada.

— Se o que tem a dizer é tão difícil, pense em mim como se fosse seu pai, ou pai de Jason.

— Além de não ser nem uma coisa, nem outra, não sei se eu seria capaz de contar ao meu pai o que está querendo saber, capitão.

Ele pôs as xícaras na mesa e virou-se para encará-la.

— Sabe qual é a única coisa da qual eu não gosto no mar? A solidão da minha cabine. Às vezes, gosto de estar lá sozinho, mas, quando algo me preocupa, como, por exemplo, uma tempestade que se aproxima, não tenho com quem partilhar meus medos. Não posso deixar meus homens perceberem que estou temeroso, pois eles entrariam em pânico. Por isso, tenho de guardar tudo dentro de mim e, então, o medo cresce, até atingir proporções exageradas. Às vezes, eu me encontrava em alto-mar e tinha o pressentimento de que minha esposa estava doente, ou correndo algum perigo, e o sentimento me assombrava porque eu não tinha ninguém para me garantir que tudo não passava de uma tolice. Se não pode conversar com Jason e não quer conversar comigo, nunca encontrará as respostas que procura.

Victoria olhou para ele afetuosamente.

— É um dos homens mais gentis que eu já conheci, capitão Farrell.

— Então, por que não imagina que eu sou seu pai e conversa comigo?

Muita gente — incluindo mulheres — havia confiado todo tipo de problemas ao Dr. Seaton, sem o menor constrangimento ou receio. Victoria sabia disso. E, se tinha alguma esperança de compreender Jason, precisava conversar com o capitão.

— Muito bem — começou, sentindo-se grata por sua delicadeza de se fingir ocupado com a preparação do chá e lhe dar as costas, pois era muito mais fácil falar quando ele não a olhava nos olhos. — A verdade é que eu vim perguntar se o senhor tem certeza de que me contou tudo o que sabe sobre Jason. Mas, para responder à sua pergunta, ele ficou em casa ontem à noite pela primeira vez desde que estive aqui. Jason tem ido a Londres para visitar sua... bem... sua amante.

O capitão se empertigou, visivelmente chocado, mas não se virou para encará-la.

— O que a levou a concluir isso? — perguntou ele.

— Li no jornal, ontem pela manhã. Jason havia passado a noite fora e chegou justamente quando eu acabava de ler o artigo. Eu estava furiosa e...

— Posso imaginar.

— E quase perdi a calma, mas tentei me mostrar razoável. Disse a ele que compreendo o fato de um marido civilizado ter uma amante, mas acho que ele deve ser discreto e...

O capitão virou-se de súbito, boquiaberto.

— Você disse a ele que acha *civilizado* ter uma amante, mas que deve ser *discreto*?

— Sim. Não deveria?

— *Por que* disse isso? Aliás, por que *pensa* assim?

Victoria reconheceu o tom de crítica na voz do capitão e ficou imediatamente tensa.

— A Srta. Wilson... Flossie Wilson explicou que, na Inglaterra, é comum os maridos civilizados terem...

— Flossie Wilson? — repetiu ele, incrédulo. — Flossie Wilson é uma solteirona, sem mencionar que não é muito certa da cabeça! Jason costumava mantê-la em Wakefield para ajudar a cuidar de Jamie, pois só assim o garoto recebia carinho e atenção quando Jason tinha de viajar. Flossie era carinhosa e atenciosa, sem dúvida, mas um dia perdeu o bebê dentro de casa! E você foi pedir conselhos a uma mulher como *ela*?

— Não *pedi*. Ela ofereceu a informação — defendeu-se Victoria, corando.

— Desculpe se gritei com você, criança. Na Irlanda, uma esposa bate no marido com um cabo de vassoura se ele for procurar outra mulher! É mais simples, mais direto e muito mais eficiente, garanto. Por favor, prossiga em seu relato. Disse que confrontou Jason e...

— Acho melhor não continuar. Na verdade, não foi uma boa ideia ter vindo até aqui. Eu só queria saber se o senhor pode explicar por que Jason se tornou tão distante depois da noite...

— O que quer dizer com "distante"?

— Não sei como explicar.

Ele encheu as duas xícaras de chá.

— Victoria, está tentando me dizer que Jason não tem se deitado com você?

As faces de Victoria adquiriram uma tonalidade escarlate.

— A verdade é que ele não faz isso desde a nossa noite de núpcias, embora eu temesse que fosse fazê-lo quando derrubou a porta que eu tinha trancado...

Sem dizer uma palavra, o capitão colocou as xícaras de chá sobre a mesa e encheu dois copos de uísque. Então, estendeu um deles para Victoria.

— Beba isto — ordenou. — Tornará mais fácil falar e eu quero ouvir o resto da história.

— Sabe, antes de vir para a Inglaterra eu nunca tinha bebido, exceto depois do enterro de meus pais, quando tomei vinho. No entanto, desde que cheguei aqui as pessoas me dão vinho, conhaque e champanhe, dizendo que eu vou me sentir melhor, mas não me sinto melhor com a bebida.

— Beba — insistiu ele.

— No dia do casamento, eu estava tão nervosa que tentei fugir de Jason no altar. Então, quando chegamos a Wakefield, achei que um pouco de vinho me ajudaria a enfrentar o resto da noite. Bebi cinco taças na festa, mas consegui apenas ficar enjoada quando... quando fui para a cama, mais tarde.

— Está dizendo que quase abandonou Jason no altar, na frente de todas as pessoas que o conhecem?

— Sim, mas eu não me dei conta do que estava fazendo. Jason percebeu, infelizmente.

— Meu Deus!

— E, na nossa noite de núpcias, eu quase vomitei.

— Meu Deus! — repetiu ele. — E, na manhã seguinte, mandou Jason para fora do seu quarto?

Vitoria assentiu, sentindo-se horrível.

— E, ontem, disse a ele que considera *civilizado* que ele procure a amante?

Quando Victoria assentiu novamente, Farrell limitou-se a olhá-la, boquiaberto, por um longo tempo.

— Tentei compensar tudo isso ontem à noite — disse Victoria na defensiva.

— É bom ouvir isso.

— Sim, eu sugeri que fizéssemos qualquer coisa que ele tivesse vontade de fazer.

— O que deve ter melhorado um bocado o humor dele — disse o capitão com um sorriso satisfeito.

— Bem, por um momento, foi o que eu pensei. Mas, quando sugeri que jogássemos xadrez, ele se tornou...

— Sugeriu que jogassem *xadrez*? Pelo amor de Deus! Por que xadrez?

Victoria olhou para aquele homem com a expressão magoada.

— Tentei pensar nas coisas que meu pai e minha mãe costumavam fazer juntos. Pensei em sugerir um passeio pelo campo, mas estava muito frio.

Com uma expressão visivelmente entre a vontade de rir e o quase desespero, o capitão sacudiu a cabeça.

— Pobre Jason — murmurou baixinho antes de voltar a encarar Victoria com seriedade. — Garanto que seus pais faziam... outras coisas juntos.

— Como, por exemplo, o quê? — perguntou ela, inocente, pensando nas noites que seus pais passavam diante da lareira, lendo bons livros. Sua mãe também cozinhava os pratos prediletos de seu pai, mantinha a casa limpa e arrumada e cuidava das roupas dele. Jason, porém, contava com um verdadeiro exército de criados para desempenhar essas funções com perfeição. Ela olhou para Farrell com a expressão confusa. — A que tipo de coisa está se referindo? — indagou.

— Estou me referindo às coisas íntimas que seus pais faziam quando você estava na sua cama e eles, na deles — disse o capitão.

Uma lembrança antiga voltou à mente de Victoria: seus pais parados diante do quarto de sua mãe, a voz suplicante do pai, que tentava abraçar a esposa, dizendo: *Não me recuse, Katherine. Pelo amor de Deus, não...*

Só agora Victoria se dava conta de que sua mãe recusava que seu pai partilhasse sua cama. Então, lembrou-se de como ele parecera magoado e desesperado e de como ela ficara furiosa com a mãe por magoá-lo. Seus pais eram amigos, sem dúvida, mas sua mãe jamais amara seu pai. Katherine amava Charles Fielding e, por isso, se negara a dormir com o marido depois que Dorothy nascera.

Victoria pensou em como seu pai sempre parecera tão solitário. Perguntou-se se todos os homens se sentiam daquela maneira, ou, talvez, rejeitados, se suas esposas se recusassem a dormir com eles.

A mãe não amara o pai, mas eles haviam sido amigos. Amigos... Victoria deu-se conta de que estava tentando transformar Jason em seu amigo, exatamente como a mãe fizera com seu pai.

— Você é uma mulher cheia de vida e de coragem, Victoria. Esqueça os casamentos que viu na *ton*, pois são vazios, insatisfatórios e superficiais. Pense no casamento de seus pais. Eles eram felizes, não eram?

O silêncio prolongado levou o capitão a franzir o cenho e mudar o foco da conversa.

— Esqueça o casamento de seus pais também. Conheço os homens e conheço Jason. Por isso, quero que se lembre de uma coisa. Se uma mulher trancar seu marido do lado de fora do quarto, ele vai trancá-la fora de seu coração. É o que vai fazer, se tiver orgulho. E o que não falta a Jason é orgulho. Ele não vai se ajoelhar a seus pés, nem implorar pelos seus favores. Você se negou a se entregar a ele. Agora, cabe a você fazer com que Jason compreenda que não é assim que você pretende viver ao lado dele.

— E como posso fazer isso?

— Comece não sugerindo um jogo de xadrez. Nem pensando que é civilizado e correto que ele tenha uma amante. — O capitão coçou a cabeça, um tanto embaraçado. — Nunca me dei conta de quanto deve ser difícil para um homem criar uma filha. Existem coisas difíceis de discutir com o sexo oposto.

Victoria se pôs de pé.

— Vou pensar em tudo o que me disse — prometeu, tentando disfarçar o próprio constrangimento.

— Posso lhe fazer uma pergunta?

— Nada mais justo, já que eu fiz tantas — respondeu ela com um sorriso, disfarçando o pânico.

— Alguma vez, alguém conversou com você sobre o amor no casamento?

— Não é o tipo de coisa que uma mulher discuta, a não ser com sua mãe — respondeu ela, voltando a corar. — Ouvi falar de obrigações conjugais, claro, mas eu não entendi muito bem...

— Obrigações! — repetiu Farrell com desgosto. — No meu país, as mulheres mal podem esperar pela noite de núpcias. Vá para casa e trate de seduzir seu marido, menina. Ele se encarregará do resto. E, depois que vocês se entenderem, nunca mais pensará nisso como uma "obrigação". Conheço Jason o bastante para ter certeza do que estou dizendo.

— Se eu fizer o que está dizendo, ele ficará feliz comigo?

— Sim. E vai fazer você muito feliz também.

Victoria deixou o copo de uísque intocado sobre a mesa.

— Sei pouco sobre o casamento, menos ainda sobre ser uma boa esposa e absolutamente nada sobre sedução.

O capitão estudou a beldade ruiva à sua frente e teve de conter o riso.

— Não creio que vá precisar se esforçar para seduzir Jason, minha querida. Assim que perceber que você o quer em sua cama, tenho certeza de que ele não perderá tempo em atendê-la.

Victoria corou ainda mais, sorriu envergonhada e se dirigiu à porta.

Voltou para casa tão distraída com os próprios pensamentos que nem percebeu como Matador era gentil e, ao mesmo tempo, rápido. Quando puxou as rédeas diante da porta da mansão, estava certa de uma coisa: não queria que Jason tivesse um casamento que o fizesse se sentir tão solitário quanto fora o de seu pai.

Submeter-se a Jason na cama não seria tão terrível, especialmente se, em outros momentos, ele a beijasse daquele jeito ousado que fazia seu corpo tremer e amolecer. Em vez de pensar em vestidos novos, como a Srta. Flossie havia sugerido, quando Jason estivesse em sua cama, trataria de se lembrar daqueles beijos. Àquela altura, já podia até admitir que adorava os beijos de Jason. Era uma pena que os homens não fizessem aquele tipo de coisa quando estavam na cama, ela pensou. Tudo seria tão mais fácil e melhor!

— Não me importo! — falou Victoria em voz alta e determinada.

Estava decidida a fazer qualquer coisa que pudesse deixar Jason feliz e recuperar a proximidade que tinham antes. Segundo o capitão Farrell, tudo o que precisava fazer era insinuar para Jason que ela o queria em sua cama.

— Lorde Fielding está em casa? — perguntou a Northrup, assim que entrou em casa.

— Sim, milady. Está no escritório.

— Sozinho?

— Sim, milady.

Victoria agradeceu e foi até o escritório. Abriu a porta e entrou sem fazer barulho. Jason estava sentado à escrivaninha, diante de uma pilha de papéis. Victoria estudou-o, vendo o garotinho que saíra da infância pobre e miserável e se transformara em um homem rico, atraente e poderoso. Ele fizera fortuna, comprara propriedades, perdoara o pai e abrigara uma órfã que viera da América. Ainda assim, estava sozinho. Ainda trabalhava, ainda tentava.

*"Eu amo você"*, pensou ela, e seus joelhos quase cederam diante dessa constatação inesperada. Sempre amara Andrew, mas jamais sentira aquela necessidade desesperada de fazê-lo feliz. Sim, amava Jason, apesar das advertências de seu pai e das do próprio Jason, que não queria o seu amor, mas apenas o seu corpo. Era uma ironia do destino Jason ter exatamente o que não queria e, ao mesmo tempo, não ter o que queria. E Victoria estava determinada a fazê-lo querer as duas coisas.

Atravessou o escritório, seus passos abafados pelo tapete espesso, e parou atrás da cadeira de Jason.

— Por que trabalha tanto? — perguntou com a voz suave.

Ele se sobressaltou ao ouvir sua voz, mas não se virou.

— Eu gosto de trabalhar — respondeu. — Quer alguma coisa? Estou muito ocupado.

Não foi um bom começo e, por uma fração de segundo, Victoria chegou a pensar em falar com toda a objetividade que queria que ele a levasse para a cama. A verdade, porém, era que ela não tinha assim tanta ousadia, nem se sentia tão ansiosa para ir para a cama, especialmente quando Jason parecia estar com um humor bem pior do que na noite do casamento. Na esperança de melhorar seu ânimo, falou:

— Deve sentir dores nas costas, passando tanto tempo sentado.

Reuniu toda a coragem que possuía para pousar as mãos nos ombros dele e massageá-los.

O corpo de Jason retesou-se no instante em que ela o tocou.

— O que está fazendo? — perguntou ele.

— Pensei em fazer uma massagem nos seus ombros.

— Meus ombros não precisam dos seus cuidados no momento, Victoria.

— Por que está me tratando assim? — perguntou ela, dando a volta na mesa e parando diante dele.

Como ele voltara a escrever, ignorando-a por completo, Victoria sentou-se na beirada da mesa.

Jason largou a pena com a expressão contrariada, reclinou-se na cadeira e encarou-a. A coxa de Victoria estava bem ao lado de sua mão, a perna balançando, enquanto ela lia o documento sobre a mesa. Como se tivessem vontade própria, os olhos de Jason subiram até a altura dos seios fartos, moldados pela blusa, e continuaram até pousar nos lábios generosos e convidativos.

— Saia de cima da mesa e me deixe em paz — ordenou.

— Como desejar — replicou ela com um sorriso e se pôs de pé. — Só vim lhe dar um bom dia. O que gostaria de comer no jantar?

*Você*, pensou ele, mas respondeu:

— Qualquer coisa.

— E para a sobremesa, quer algo especial?

*O mesmo que gostaria no jantar*, pensou novamente.

— Não — falou em voz alta, cerrando os dentes na tentativa de controlar os impulsos que haviam tomado conta de seu corpo.

— Você é muito fácil de agradar — provocou-o Victoria, passando um dedo pelas sobrancelhas negras de Jason.

Ele lhe arrebatou a mão com um gesto ágil, segurando-a com força.

— O que pensa que está fazendo?

Embora tremesse por dentro, Victoria conseguiu dar de ombros, fingindo-se impassível.

— Há sempre uma porta entre nós. Só pensei em abrir a porta de seu escritório e ver o que você estava fazendo.

— Há muito mais do que portas nos separando — corrigiu-a, soltando-lhe a mão.

— Eu sei — concordou Victoria com tristeza, olhando-o diretamente nos olhos.

Jason desviou o olhar.

— Estou muito ocupado — declarou, antes de voltar ao documento que abandonara.

— Estou vendo — murmurou. — Ocupado demais para mim agora.

Dito isso, saiu em silêncio.

Na hora do jantar, Victoria entrou no salão usando um vestido cor de pêssego que aderia a cada curva e cavidade de seu corpo voluptuoso e era quase transparente. Jason estreitou os olhos.

— Eu paguei por isso?

Percebendo a direção do olhar dele, Victoria sorriu e respondeu:

— Claro. Eu não tenho dinheiro algum.

— Não use esse vestido fora de casa. É indecente.

— Eu sabia que você iria gostar! — comentou ela com uma risadinha.

Jason fitou-a como se não acreditasse nos próprios ouvidos.

— Aceita um cálice de licor?

— Não! Como já deve ter percebido, eu não me dou bem com álcool. Sempre que bebo, fico enjoada. Veja o que aconteceu na nossa noite de núpcias. — Sem fazer ideia da importância do que estava dizendo, Victoria virou-se para examinar um valiosíssimo vaso de porcelana chinesa e, subitamente, teve uma ideia. — Quero ir a Londres, amanhã.

— Por quê?

Ela se acomodou no braço da cadeira em que Jason acabara de se sentar.

— Para gastar o seu dinheiro, é claro.

— Não me lembro de ter lhe dado dinheiro — murmurou ele, distraído pela proximidade da perna ao lado de seu peito.

— Ainda tenho a maior parte do dinheiro que você tem me dado como mesada. Vai comigo a Londres? Quando eu terminar as compras, poderemos ir ao teatro e dormir na mansão da Upper Brook Street.

— Eu tenho uma reunião de negócios aqui, depois de amanhã.

— Sem problemas. Voltaremos amanhã à noite.

— Não posso perder tanto tempo.

— Jason... — falou Victoria com ternura, enroscando os dedos nos cabelos dele.

Ele se pôs de pé, olhando-a com ar de desprezo.

— Se quer dinheiro, diga logo, mas pare de se comportar como uma prostituta barata, ou eu vou tratá-la como tal e você vai acabar naquele sofá, com a saia acima da cabeça.

Sentindo-se humilhada, Victoria olhou, furiosa, para ele.

— Pois saiba que eu prefiro ser uma prostituta barata a ser tola e cega, como você, que interpreta mal todos os meus gestos e vai tirando conclusões precipitadas!

— O que, exatamente, você está querendo dizer?

— Descubra você mesmo! Afinal, você é ótimo para adivinhar tudo o que eu sinto e penso. É uma pena que esteja sempre *errado*! Mas eu vou lhe dizer uma coisa: se eu fosse uma prostituta, morreria de fome, se dependesse de você! E tem mais! Pode jantar sozinho e despejar o seu mau humor nos criados. Amanhã, eu irei a Londres sem você!

Em seguida, Victoria saiu do salão, deixando Jason mais confuso do que nunca. Ao chegar ao seu quarto, tirou o vestido transparente e vestiu um robe de cetim. Sentou-se à penteadeira e, à medida que sua ira ia se dissipando, um sorriso maroto brotou em seus lábios. A expressão de Jason ao ouvi-la dizer que morreria de fome se fosse uma prostituta e dependesse dele fora cômica.

# 26

Victoria partiu para Londres bem cedo, na manhã seguinte. Retornou a Wakefield ao entardecer. Trazia carinhosamente embrulhado nas mãos o objeto que vira em uma loja na primeira vez que fora a Londres. Lembrara-se de Jason assim que pusera os olhos naquela peça, mas, na ocasião, o preço lhe parecera excessivamente alto. Além disso, não teria sido apropriado comprar um presente para ele. Porém, ao longo de todas aquelas semanas, o objeto não saíra de sua mente, até ela começar a temer que, se demorasse muito para comprá-lo, outra pessoa poderia fazê-lo.

Não fazia ideia de quando daria o presente a Jason. Certamente, não agora, quando o clima entre eles era tão hostil, mas em breve. Estremeceu ao pensar no preço que pagara. Jason havia estipulado uma quantia extremamente alta para a sua mesada e Victoria mal tocara no dinheiro até então. Porém, o tal objeto lhe custara cada centavo que possuía e muito mais. Felizmente, o proprietário da loja luxuosa se mostrara mais que disposto a abrir uma conta em nome da Marquesa de Wakefield, de maneira que ela pudesse pagar o restante mais tarde.

— O lorde está no escritório — informou Northrup, ao abrir a porta.

— Ele deseja me ver? — perguntou Victoria, surpresa com a atitude do mordomo ao lhe dar uma informação que ela não pedira.

— Não sei, milady — respondeu ele, desviando o olhar. — Mas ele... andou perguntando se a senhora já se encontrava em casa.

Percebendo o constrangimento de Northrup, Victoria lembrou-se da ansiedade de Jason quando ela se ausentara por uma tarde inteira, no dia seguinte ao casamento. Como sua viagem a Londres tinha demorado o dobro do tempo necessário, simplesmente porque ela não conseguia se lembrar da localização exata da loja, calculou que o pobre mordomo fora chamado à linha de fogo mais uma vez.

— Quantas vezes ele perguntou? — quis saber Victoria.

— Três... na última hora.

— Compreendo — falou Victoria com um sorriso, sentindo-se extremamente satisfeita com a informação.

Depois de deixar Northrup tirar sua capa, Victoria foi ao escritório de Jason. Impedida de bater à porta por causa do pacote que levava nas mãos, baixou a maçaneta com o cotovelo e empurrou a porta com o ombro. Em vez de estar trabalhando, atrás da escrivaninha, como ela esperava, Jason encontrava-se de pé junto à janela, o olhar perdido nos gramados do lado de fora. Ao perceber a presença dela, ele se virou, endireitando-se.

— Você voltou — falou, enfiando as mãos nos bolsos.

— Pensou que eu não voltaria?

Ele deu de ombros, cansado.

— Para ser franco, nunca sei o que você vai fazer em seguida.

Considerando o modo como vinha agindo, Victoria admitiu para si mesma que era fácil entender por que ele a considerava a mulher mais impulsiva e imprevisível do mundo. Somente na noite anterior, flertara com ele, o tratara com ternura e, então, despejara sua fúria sobre ele, deixando-o sozinho no salão. Agora, tinha de controlar o impulso de se atirar nos braços do marido e implorar que a perdoasse. Mas, em vez de seguir tal impulso, que poderia resultar em mais uma rejeição, decidiu mudar seus planos e entregar o presente imediatamente.

— Havia uma coisa que eu precisava comprar em Londres — anunciou, exibindo o pacote. — Eu a vi há semanas, mas não tinha dinheiro para comprá-la.

— Devia ter me pedido o dinheiro necessário — disse Jason, encaminhando-se à escrivaninha, na óbvia intenção de se afundar no trabalho novamente.

Victoria sacudiu a cabeça.

— Eu não poderia lhe pedir dinheiro para comprar um presente para você! — Estendeu o pacote. — É seu.

Jason interrompeu seus passos e fixou os olhos no pacote.

— Como assim ? — inquiriu, confuso, como se não houvesse compreendido as palavras dela.

— O motivo pelo qual eu fui a Londres foi porque queria comprar isso para você — explicou Victoria, com um sorriso inquisitivo enquanto segurava o pesado pacote mais perto dele.

Ele olhou confuso para o presente, imóvel, as mãos ainda metidas nos bolsos. Com um súbito aperto no peito, Victoria se perguntou se ele já tinha recebido um presente antes. Era improvável que a primeira esposa ou mesmo a amante houvesse pensado nisso. E seria desnecessário dizer que a louca que o criara jamais lhe dera qualquer coisa.

O impulso de se atirar nos braços dele já era quase incontrolável quando Jason, finalmente, tirou as mãos dos bolsos. Ele pegou o presente e o virou em suas mãos, olhando para ele como se estivesse incerto sobre o que fazer em seguida. Disfarçando com um sorriso brilhante a profunda ternura que a invadiu, Victoria se sentou na beirada da mesa e perguntou:

— Não vai abri-lo?

— Quer que eu o abra agora? — indagou Jason, visivelmente confuso e desconcertado.

— Que momento poderia ser melhor? — brincou ela e deu um tapinha na mesa a seu lado. — Pode colocá-lo aqui, antes de abrir, mas tenha cuidado, pois é frágil.

— E pesado — comentou Jason com um sorriso hesitante, enquanto desatava cuidadosamente o cordão fino e removia o papel prateado. Então, tirou a tampa da grande caixa de couro e enfiou a mão no interior forrado de veludo.

— Fez com que eu me lembrasse de você — confessou Victoria, observando-o retirar da caixa forrada de veludo a linda pantera esculpida em ônix, com olhos de esmeraldas. A escultura parecia tão perfeita que era como se um felino vivo houvesse sido capturado em um passe de mágica e transformado em pedra. Cada linha do corpo da pantera transmitia a ideia de movimento, graça e poder. Os olhos verdes exibiam perigo e inteligência.

Jason, cuja coleção de obras de arte era tida como uma das melhores da Europa, estudou a pantera com tamanha reverência que Victoria foi obrigada a lutar contra as lágrimas. Tratava-se, sem dúvida, de uma peça belíssima, mas ele a estava tratando como se fosse um tesouro inestimável.

— É linda — finalmente murmurou ele, passando um dedo pelo dorso da pantera. Com extremo cuidado, colocou a peça sobre a escrivaninha e virou-se para Victoria. — Não sei o que dizer — admitiu com um sorriso quase infantil.

— Não precisa dizer nada... exceto "obrigado", se quiser — replicou Victoria, sentindo-se mais feliz do que nunca.

— Obrigado — murmurou Jason com a voz rouca.

*Agradeça com um beijo.* As palavras surgiram na mente de Victoria e, sem pensar, ela falou:

— Agradeça com um beijo.

Jason respirou fundo, como se estivesse se preparando para uma tarefa extremamente difícil, e, apoiando as mãos na mesa, inclinou-se e roçou os lábios nos dela. A ternura daquele beijo inocente fez Victoria perder o equilíbrio e, quando Jason ia se erguer, ela se apoiou em seus braços. Para ele, o gesto era como convidar um homem faminto para um banquete, e Jason aprofundou o beijo. Quando Victoria retribuiu, ele perdeu de vez o controle. Seus braços a enlaçaram e Jason a puxou da mesa, apertando-a contra si. Victoria deslizou as mãos pelo peito largo para enroscar os dedos nos cabelos negros e encaracolados, que a faziam se lembrar dos pelos de uma pantera. Sem pensar, Jason deslizou uma das mãos até um dos seios de Victoria, acariciando-o com reverência. Victoria tremeu com a intimidade de seu toque e, em vez de fugir ao contato, como ele esperava que ela fizesse, colou o corpo ao do marido ainda mais, tão perdida na paixão daquele beijo quanto Jason.

A voz alegre do capitão Farrell se fez ouvir no corredor, bem diante da porta do escritório.

— Não se preocupe, Northrup. Eu conheço o caminho.

A porta do escritório se abriu e Victoria se afastou de Jason de um salto.

— Jason, eu... — disse o capitão, ao mesmo tempo que entrava no escritório, mas parou ao deparar com o rubor de Victoria e a expressão fechada de Jason. — Eu deveria ter batido.

— Nós já terminamos — disse Jason, em um tom seco.

Incapaz de encarar o amigo, Victoria sorriu para Jason e balbuciou algo sobre subir para trocar de roupa.

O capitão Farrell estendeu a mão.

— Como vai, Jason?

— Não sei — respondeu Jason, distraído, observando Victoria deixar o escritório.

Mike Farrell sorriu, mas seu divertimento se transformou em preocupação quando ele viu Jason se dirigir à janela a passos lentos. Como se estivesse extremamente cansado, Jason passou a mão pelos cabelos e massageou a própria nuca.

— Algo errado? — perguntou o capitão.

Jason respondeu com uma risada amarga:

— Não há nada errado, Mike. Nada que eu não mereça. Nada que eu não possa resolver.

Quando Mike partiu, uma hora depois, Jason reclinou-se na cadeira e fechou os olhos. O desejo que Victoria lhe acendera ainda o queimava por dentro. Ele a queria tanto que doía. Desejava-a com tamanho ardor que teve de cerrar os dentes e lutar contra o impulso de subir e fazer amor com ela imediatamente. Tinha vontade de estrangulá-la por ter dito que ele deveria ser um marido "civilizado" e ter uma amante.

Sua nova esposa o estava deixando louco. Tentara jogar xadrez antes, mas, agora, estava se arriscando em um jogo bem mais perigoso: o da provocação. Victoria se tornara uma provocadora, e ela era soberba e instintivamente eficaz. Sentava-se na beirada da mesa, no braço da cadeira, dava-lhe presentes, pedia beijos... De repente, Jason se perguntou se ela fingira que ele era Andrew, uma hora antes, quando se beijavam, pois ela havia feito isso quando se casaram.

Contrariado pelo implacável desejo de seu corpo por Victoria, ele se pôs de pé e se dirigiu ao seu quarto. Soubera, desde o início, que iria se casar com uma mulher que pertencia a outro homem. O que não sabia era que tal fato lhe faria tanto mal. E era por orgulho que não pretendia ir para a cama com ela de novo. Por orgulho e pelo fato de que, quando terminasse, não se sentiria mais satisfeito do que se sentira em sua noite de núpcias.

Ao ouvi-lo no quarto, Victoria bateu à porta de comunicação. Ele respondeu que entrasse, mas o sorriso de Victoria se desfez quando ela viu Franklin arrumando uma mala, enquanto Jason guardava uma pilha de papéis em uma pasta de couro.

— Aonde você vai? — perguntou ela.

— Londres.

— Mas... por quê? — insistiu Victoria, profundamente desapontada.

Jason virou-se para o valete.

— Eu mesmo arrumarei a mala, Franklin. — Esperou que o criado saisse para, então, responder. — Lá eu consigo trabalhar melhor.

— Ontem você me disse que não poderia me acompanhar a Londres hoje porque tinha uma reunião importante *aqui* amanhã bem cedo.

Jason parou de enfiar papéis na pasta, endireitou-se e encarou-a.

— Victoria, sabe o que acontece a um homem que passa dias consecutivos sem satisfazer suas necessidades sexuais?

— Não — respondeu ela, corando.

— Então, eu vou lhe explicar.

Victoria sacudiu a cabeça, apreensiva.

— Talvez seja melhor você não fazer isso... Ao menos não agora, que está de péssimo humor.

— Eu não costumava ser mal-humorado antes de conhecer você. — Dando-lhe as costas, ele plantou as mãos no consolo da lareira e fixou os olhos no chão. — Estou avisando. Volte para o seu quarto, antes que eu me esqueça de que devo agir como um marido "civilizado" e desista de ir a Londres.

Victoria sentiu uma forte vertigem.

— Vai visitar a sua amante, não vai? — perguntou, incrédula, lembrando-se do momento de extrema ternura que haviam partilhado quando ela lhe entregou o presente.

— Está começando a falar no tom desagradável de uma esposa ciumenta — disse Jason entre os dentes.

— Acontece que eu *sou* a sua esposa!

— Ora, você tem uma ideia um tanto estranha do que significa ser esposa — retrucou ele em tom de deboche. — Agora, saia daqui.

— Será que não percebe que eu não *sei* o que é exatamente ser uma esposa? — explodiu Victoria. — Sei cozinhar, costurar e cuidar de um marido, mas você não precisa de mim para nada disso, pois tem outras pessoas para desempenhar essas tarefas. E vou lhe dizer uma coisa, Lorde Fielding. Posso não ser uma esposa muito boa, mas você é o pior marido do mundo! Quando o convido para jogar xadrez, você se zanga. Quando tento seduzi-lo, idem...

Jason ergueu a cabeça com um gesto repentino, mas Victoria estava tão furiosa que não deu a menor atenção à expressão de surpresa no rosto dele.

— E, quando lhe dou um presente, você corre para Londres, para visitar a sua amante!

— Tory, venha cá — chamou ele com a voz estrangulada.

— Ainda não terminei! — prosseguiu Victoria, furiosa e humilhada. — Vá ver a sua amante, se é isso o que você quer, mas não *me* culpe se nunca conseguir ter um filho. Posso ser ingênua e ignorante, mas não a ponto de acreditar que posso gerar um bebê sem... sem a sua cooperação!

— Tory, por favor, venha cá — disse Jason, mas, dessa vez, sua voz não passava de um sussurro rouco.

A emoção crua daquele pedido finalmente foi registrada pela mente de Victoria, dissipando sua ira no mesmo instante. Porém, ela ainda temia sofrer mais uma rejeição de seu marido.

— Jason, acho que você não *sabe* o que quer. Você afirma querer um filho, mas...

— Sei exatamente o que eu quero — corrigiu-a, abrindo os braços. — Se vier até aqui, eu vou lhe mostrar.

Hipnotizada pelo convite sedutor daqueles olhos verdes, pela voz grave, profunda e aveludada, Victoria se aproximou lentamente e, então, viu-se envolvida em um forte abraço. Os lábios de Jason pousaram nos dela com ternura, para então iniciar uma exploração ousada, que transformou seu corpo em uma fogueira em questão de segundos. Sentiu a intimidade do contato do corpo de Jason, pressionado fortemente contra o seu, ao mesmo tempo que as mãos dele deslizavam, famintas, por suas costas, ombros e seios, afastando-lhe os medos e acendendo chamas de desejo por onde passavam.

— Tory — murmurou Jason com a voz trêmula, beijando-lhe as faces e o pescoço, antes de voltar a capturar-lhe os lábios, com uma paixão crescente.

Dessa vez, beijou-a sem pressa, profundamente, deixando suas mãos continuarem o passeio fascinante por aquele corpo repleto de curvas sedutoras, deleitando-se com os pequenos gemidos do mais puro prazer que Victoria já não era mais capaz de reprimir.

Quando Jason a tomou nos braços e, com delicadeza, deitou-a na cama, Victoria teve a impressão de que o mundo girava ao seu redor. Agarrando-se àquele universo mágico, onde nada a não ser seu marido existia, ela manteve os olhos bem fechados, enquanto Jason se despia. Ao sentir o peso dele, lutou contra o pânico e esperou que ele desamarrasse a faixa que prendia seu robe em torno da cintura.

Porém, em vez de despi-la, Jason depositou beijos ternos e suaves em suas pálpebras, puxando-a para si com movimentos extremamente delicados e cuidadosos.

— Princesa — sussurrou —, por favor, abra os olhos. Prometo não me precipitar dessa vez.

Victoria engoliu em seco, respirou fundo e abriu os olhos, sentindo-se invadida por um profundo alívio ao descobrir que ele tivera o cuidado de apagar todas as velas, exceto as que se encontravam sobre o consolo da lareira, do outro lado do quarto.

Reconhecendo o medo naqueles grandes olhos azuis, Jason se apoiou em um cotovelo e afagou os cabelos de Victoria espalhados sobre o travesseiro. Homem nenhum, exceto ele mesmo, jamais a tocara, pensou com reverência, antes de ser invadido pelo orgulho de saber disso. Aquela mulher linda e corajosa se entregara a ele... somente a ele. Queria compensá-la por sua noite de núpcias, ouvi-la gemer de paixão, de êxtase.

Ignorando a tensão urgente que se acumulava em seu corpo, Jason roçou os lábios nos de Victoria, sussurrando:

— Não sei o que você está pensando, mas parece muito assustada. Nada será diferente do que foi, há alguns minutos, quando estávamos nos beijando.

— Exceto pelo fato de você estar sem roupa — lembrou Victoria, visivelmente constrangida.

Jason reprimiu um sorriso.

— Verdade, mas você continua vestida.

*Não por muito tempo*, pensou ela, e ouviu a risada sensual de Jason, que parecia ter lido seus pensamentos.

— Gostaria de continuar com o robe? — perguntou ele, beijando sua face.

A esposa, cuja virgindade ele havia tirado com brutalidade, olhou-o nos olhos, acariciou seu rosto e falou:

— Quero agradar a você. E não acho que você queira que eu continue vestida.

Com um gemido sufocado, Jason beijou-a com ternura e paixão, estremecendo quando ela retribuiu o beijo com um ardor inocente.

— Tory, se me agradar mais do que agrada quando me beija, vou acabar morrendo de prazer!

Respirando fundo, ele começou a desamarrar a faixa do robe com os dedos trêmulos, mas a mão de Victoria pousou, rígida, sobre a sua.

— Não vou abrir se você não quiser, minha querida — prometeu. — Só pensei que não haveria mais nada a nos separar, nem mal-entendidos, nem portas... nem mesmo roupas. Tirei as minhas para me mostrar a você, e não para assustá-la.

Derretendo-se diante de uma explicação tão terna, Victoria retirou sua mão sobre a dele e, para a felicidade de Jason, passou os braços em torno de seu pescoço, oferecendo-se a ele, sem pudor.

Já sem o robe, Jason voltou a beijá-la, ao mesmo tempo que lhe acariciava os seios. Em vez de simplesmente se submeter às carícias dele, Victoria puxou-o para si, retribuindo o beijo com um ardor desconhecido até mesmo para ela. Então, ele sentiu o mamilo rosado enrijecer sob seus dedos e, invadido pelo fogo da paixão, inclinou-se para beijá-lo.

Victoria sobressaltou-se e Jason deu-se conta, mais feliz e orgulhoso, de que jamais um homem a tocara como ele fazia agora.

— Não vou machucá-la, querida — garantiu, antes de voltar a beijar seu seio com suavidade, até sentir que ela relaxava.

A surpresa e o choque provocados por aquela carícia nos seios jamais imaginada por Victoria deram lugar a um gemido de intenso prazer, fazendo o mais puro deleite percorrer seu corpo inteiro. Fascinada pela descoberta de que aquele tipo de contato era extremamente prazeroso e provocava em seu corpo reações totalmente novas e agradáveis, ela se abandonou aos lábios experientes de Jason, enroscando os dedos em seus cabelos, puxando a cabeça dele contra o peito, como se não desejasse que ele parasse de fazer o que estava fazendo... até que sentiu a mão dele deslizar lentamente entre as suas pernas.

— Não! — o protesto aterrorizado deixou seus lábios, ao mesmo tempo que suas coxas se fechavam, tensas.

Em vez de irritar Jason, como ela temia, sua resistência arrancou-lhe uma risada rouca. No instante seguinte, ele beijava sua boca, mais uma vez, voltando a atordoá-la de prazer.

— Sim — murmurou ele de encontro a seus lábios. — Ah, sim...

Voltou a baixar a mão lentamente, acariciando, provocando, brincando, até sentir a tensão deixar Victoria, suas coxas se afastarem de livre e espontânea vontade, cedendo à sua persuasão gentil e insistente. Ao sentir o ardor e a umidade com que Victoria o recebia, Jason quase perdeu de vez o controle. Porém, lutou e venceu, oferecendo à sua doce esposa um vislumbre das delícias que poderiam fazer parte de seu casamento, dali em diante.

Mal podia acreditar no calor que Victoria possuía, bem como em sua facilidade natural de enlouquecê-lo de prazer. Cada vez que Victoria vencia o medo e entregava a Jason uma pequena parte de seu corpo, ela o fazia por inteiro, sem reservas nem pudores.

Ao sentir a invasão delicada dos dedos dele, ela ergueu os quadris de encontro à mão que a acariciava, como se buscasse mais, como se já mal pudesse esperar para tê-lo dentro de si.

Então, Jason se posicionou sobre ela, sem jamais deixar de beijá-la e acariciá-la de maneira sedutora.

O coração de Victoria deu um salto no peito, em um misto de prazer e terror, quando ela sentiu a virilidade de Jason pressionada entre suas pernas. Porém, em vez de penetrá-la, Jason colou os quadris aos dela, movendo-os em círculos, o que a deixou tonta de desejo, afastando o medo e substituindo-o pela necessidade desesperada de se render a ele por completo.

— Não tenha medo de mim — suplicou Jason.

Victoria abriu os olhos lentamente para o homem que estava sobre ela. O rosto de Jason exibia a paixão desesperada, seus braços e ombros se apresentavam tensos, a respiração acelerada. Fascinada, ela tocou os lábios dele com a ponta dos dedos, dando-se conta de quanto ele a desejava, bem como do esforço que fazia para se controlar e não dar vazão ao desejo urgente que o sufocava.

— Você é tão meigo — murmurou, emocionada. — Tão meigo...

Com um gemido abafado, Jason penetrou-a parcialmente, para então voltar a penetrá-la com maior profundidade, até seus corpos estarem totalmente unidos. O suor banhando sua testa, enquanto ele lutava bravamente contra as demandas urgentes de seu corpo, movendo-se lentamente dentro de Victoria, observando-lhe as feições afogueadas. Com a cabeça pressionada no travesseiro, ela ergueu os quadris, trêmula e ofegante, buscando a satisfação que ele estava determinado a lhe dar. Imediatamente, Jason aumentou o ritmo de seus movimentos.

Uma explosão de êxtase tomou conta do corpo de Victoria, arrancando-lhe um grito quase selvagem de prazer. Com um último e desesperado beijo, Jason juntou-se a ela no clímax da paixão.

Temendo que seu peso esmagasse o corpo delicado e lânguido de Victoria, Jason rolou para o lado, puxando-a consigo, seus corpos ainda unidos em profunda intimidade. Quando, finalmente, recuperaram o fôlego, beijou sua testa e afagou seus cabelos.

— Como está se sentindo? — perguntou.

Victoria abriu os olhos e fitou-o.

— Estou me sentindo como uma esposa — respondeu.

Ele riu e a abraçou com força.

— Jason — falou Victoria com a voz embargada pela emoção. — Preciso lhe dizer uma coisa.

— O que é?

— Eu te amo.

O sorriso desapareceu nos lábios de Jason.

— É verdade. Eu...

Ele pousou um dedo em seus lábios, a fim de silenciá-la, e sacudiu a cabeça.

— Não, você não me ama — declarou em voz baixa e implacável. — Nem deve. Não me dê mais do que já deu, Tory.

Victoria desviou o olhar sem dizer nada, mas a rejeição de Jason doeu muito mais do que ela jamais imaginara ser possível. Então, lembrou-se das palavras contundentes: *Não preciso do seu amor e não o quero.*

Franklin bateu à porta, a fim de verificar se Lorde Fielding precisava de ajuda com a sua mala. Como não recebeu resposta, imaginou que Jason estivesse no banheiro e, como de costume, abriu a porta.

Deu um passo no quarto mal-iluminado e, então, se deteve. Seus olhos pousaram no casal deitado na cama, antes de se desviarem, horrorizados, para a pilha de roupas que Jason estivera escolhendo para levar para Londres e, agora, estavam espalhadas pelo chão. O valete eficiente lutou contra o impulso de apanhar o elegante casaco de veludo e escová-lo. Então, recuou em silêncio e fechou a porta com cuidado.

Uma vez de volta ao corredor, o desprazer provocado pelo descuido com que Lorde Fielding tratara suas roupas deu lugar à profunda satisfação pela cena que acabara de testemunhar. Deu meia-volta e correu até o topo da escada.

— Sr. Northrup! — chamou, apoiando-se perigosamente na balaustrada, acenando para o mordomo, que se encontrava perto da porta de entrada. — Sr. Northrup, tenho uma notícia de grande importância! Aproxime-se, para que ninguém mais nos ouça...

No corredor à esquerda de Franklin, duas criadas atentas saíram dos quartos que estavam limpando, chocando-se uma com a outra e se acotovelando em sua urgência de ouvir o que Franklin tinha a dizer. À direita, um criado se materializou repentinamente e começou a limpar um espelho com grande entusiasmo, esfregando-o com cera de abelha e óleo.

— Aconteceu! — anunciou Franklin para Northrup em um sussurro, passando a informação em código, usando uma palavra tão vaga que, certamente, ninguém compreenderia, mesmo que ouvisse.

— Tem certeza?

— Claro que tenho!

Um sorriso iluminou as feições normalmente austeras de Northrup, mas ele logo recuperou a compostura e a formalidade.

— Muito obrigado, Sr. Franklin. Suponho que eu deva ordenar aos cavalariços que voltem a guardar a carruagem no estábulo.

Dito isso, Northrup virou-se e se encaminhou para fora, onde a carruagem luxuosa, contendo o brasão de Wakefield na porta, aguardava. Parando no topo dos degraus da entrada, o mordomo informou aos cocheiros:

— O lorde não vai precisar dos seus serviços esta noite. Podem guardar a carruagem e os cavalos.

— Não vai... — disse John, surpreso. — Ora, mas eu recebi ordens de estar aqui quando ele saísse.

— O lorde mudou seus planos — declarou Northrup com a voz fria e autoritária.

John suspirou, exasperado.

— Deve haver algum engano — insistiu. — Ele pretende ir a Londres...

— Idiota! Ele pretendia ir a Londres, mas já se retirou para os seus aposentos!

— Às sete e meia da noite... — Assim que Northrup lhe deu as costas e entrou na mansão, John sorriu e lançou um olhar malicioso para o companheiro. — Acho que Lady Fielding decidiu que as morenas vão ficar fora de circulação!

Então, sacudiu as rédeas, guiando os cavalos na direção do estábulo, ansioso para dar a notícia aos cavalariços.

Northrup foi até a sala de jantar, onde O'Malley assobiava alegremente enquanto retirava da mesa os pratos e talheres que havia colocado para o jantar solitário de Lady Fielding.

— Houve uma mudança de planos, O'Malley — anunciou Northrup.

— Com certeza, Sr. Northrup — concordou o criado insolente.

— Pode tirar a mesa.

— Já fiz isso.

— Porém, esteja preparado para o caso de Lorde e Lady Fielding decidirem jantar mais tarde.

— Lá em cima — completou O'Malley com um sorriso ousado.

Northrup empertigou-se e saiu.

— Irlandês insolente! — resmungou.

— Inglês pomposo! — retrucou O'Malley.

# 27

— Bom dia, milady — disse Ruth com um largo sorriso.

Victoria rolou na cama de Jason com ar sonhador.

— Bom dia. Que horas são?

— Dez horas. Quer que eu lhe traga um robe? — perguntou a criada, lançando um olhar risonho para a desordem reveladora de roupas espalhadas pelo chão.

Victoria corou, mas se sentia sensual demais, além de deliciosamente exausta, para ficar pouco mais que ligeiramente embaraçada por ter sido surpreendida na cama de Jason, totalmente nua. Haviam feito amor mais duas vezes, antes de adormecerem nos braços um do outro e mais uma vez pela manhã.

— Não se incomode, Ruth. Acho que vou dormir mais um pouco.

Assim que Ruth saiu, Victoria virou-se de bruços e enterrou o rosto no travesseiro, com um sorriso nos lábios. Os membros da *ton* acreditavam que Jason era frio, cínico e cruel, pensou, achando graça. Como ficariam surpresos se conhecessem o homem terno e apaixonado que ele era na cama. Talvez isso nem fosse segredo, pensou, um pouco perturbada. Vira com os próprios olhos a cobiça no olhar de tantas mulheres casadas que, como jamais poderiam desejá-lo para marido, só poderiam estar interessadas em tê-lo como amante.

Ao pensar nisso, lembrou-se das tantas ocasiões em que ouvira o nome de Jason ligado ao de mulheres casadas e bonitas, cujos maridos eram velhos e feios. E não havia a menor dúvida de que ele tivera muitas mulheres antes dela. Afinal, Jason soubera exatamente como beijá-la e onde tocá-la, para deixá-la louca de prazer.

Victoria tratou de afastar esses pensamentos desagradáveis da cabeça. Não importava quantas mulheres haviam desfrutado das delícias de fazer amor com Jason, pois, dali em diante, ele era seu e somente seu. Seus olhos já voltavam a se fechar quando ela finalmente notou a caixinha de veludo negro sobre a mesa de cabeceira. Sem maior interesse, estendeu o braço e abriu-a. Um magnífico colar de esmeraldas repousava em seu interior, acompanhado por um bilhete de Jason: "*Obrigado pela noite inesquecível.*"

Victoria franziu o cenho. Desejava que ele não houvesse protestado ao ouvi-la dizer que o amava. Queria que ele tivesse dito que a amava também. E, mais que tudo, queria que ele parasse de lhe dar joias toda vez que ela o agradava. Aquele presente em particular parecia um pagamento por serviços prestados...

Victoria despertou com um sobressalto. Já era quase meio-dia e Jason dissera que sua reunião estaria terminada àquela hora. Ansiosa para vê-lo e desfrutar da intimidade daquele sorriso contagiante, escolheu um vestido lilás, de mangas compridas e bufantes, e aguardou com grande impaciência, enquanto Ruth penteava seus cabelos, entremeando os cachos sedosos com fitas da cor do vestido.

Assim que ficou pronta, Victoria saiu apressada pelo corredor e, então, tratou de manter a compostura ao descer a escada. Northrup sorriu, o que era um tanto incomum, quando Victoria lhe indagou o paradeiro de Jason. E, ao passar por O'Malley, a caminho do escritório, poderia jurar tê-lo visto piscar para ela. Ainda refletia sobre isso quando bateu à porta do escritório de Jason e entrou.

— Bom dia — cumprimentou-o com um sorriso. — Achei que você gostaria de almoçar comigo, hoje.

Jason mal olhou para ela.

— Lamento, Victoria. Estou muito ocupado.

Sentindo-se como uma criança indesejada que acabara de ser posta em seu devido lugar, ela perguntou, hesitante.

— Jason, por que trabalha tanto?

— Eu gosto de trabalhar — deu a mesma resposta de sempre.

Era evidente que ele gostava mais do trabalho do que da companhia dela, concluiu Victoria, sabendo que o marido não precisava do dinheiro.

— Desculpe-me por tê-lo incomodado. Isso não voltará a acontecer.

Quando Victoria saiu, Jason chegou a abrir a boca para chamá-la e dizer que havia mudado de ideia. Porém, conteve o impulso. Queria almoçar com a esposa, mas sabia que não seria sensato passar muito tempo na companhia dela. Estava disposto a permitir que Victoria fosse uma parte agradável de sua vida, mas não deixaria que se tornasse o centro dela. Ele jamais delegaria esse poder a uma mulher.

VICTORIA RIU QUANDO o pequeno Billy empunhou a espada de madeira, nos fundos do orfanato, e ordenou a outro garoto órfão que "andasse na prancha". Com o tapa-olho negro, o garotinho parecia mesmo um adorável pirata.

— Acha que o tapa-olho vai resolver o problema? — perguntou o vigário, parando ao lado de Victoria.

— Não tenho certeza. Meu pai ficou tão surpreso quanto todos nós quando deu certo com o menino americano. Papai considerou a hipótese de que a deficiência não estivesse no olho em si, mas nos músculos que controlavam os seus movimentos. Se for assim, cobrindo-se o olho bom, os músculos do olho deficiente serão forçados a trabalhar e, em consequência, ficarão fortalecidos.

— Eu gostaria que me desse a honra de sua companhia no jantar, depois do teatro de marionetes que as crianças vão fazer. Também gostaria de dizer, milady, que as crianças deste orfanato são muito afortunadas por contarem com uma madrinha tão devotada e generosa como a senhora. Atrevo-me a dizer que não há na Inglaterra orfanato cujas crianças possuam roupas melhores e comida melhor do que aquelas que as nossas têm agora, graças à sua generosidade.

Victoria sorriu e abriu a boca para recusar gentilmente o convite, mas, então, mudou de ideia e decidiu aceitá-lo. Mandou uma das crianças mais velhas a Wakefield, com um recado para Jason, avisando-o de que ela ficaria para jantar na casa do vigário. Então, encostou-se em uma árvore e ficou a observar as crianças, que ainda brincavam de pirata, perguntando-se como Jason reagiria à sua ausência naquela noite.

A verdade era que não teria como saber se ele se importava. A vida se tornara estranha e confusa. Além das joias que Jason lhe dera antes, Victoria agora possuía um par de brincos e um bracelete de esmeraldas para combinar com o colar, outro par de brincos de brilhantes, um broche de rubis e um conjunto de grampos com brilhantes para enfeitar os cabelos: um presente para cada uma das cinco noites consecutivas em que haviam feito amor, desde aquela em que Victoria confessara estar tentando seduzi-lo.

Todas as noites, faziam amor com paixão. Pela manhã, Jason deixava uma joia cara na mesa de cabeceira e, então, afastava-a da mente por completo, até se juntar a ela novamente, para jantarem juntos e irem para a cama. Como resultado da maneira estranha como vinha sendo tratada, Victoria estava desenvolvendo um profundo ressentimento por Jason, além de uma grande aversão por joias.

Talvez fosse mais fácil aceitar a atitude de Jason se ele realmente passasse o tempo todo trabalhando, mas não era o que acontecia. Tinha tempo suficiente para cavalgar com Robert Collingwood, para visitar o juiz e fazer todo tipo de coisas. Victoria só tinha direito à sua companhia na hora do jantar e, depois, na cama. A constatação de que esta seria a sua vida a deixou triste no início, mas logo a deixou furiosa. Agora, sua fúria lhe permitia estar longe de casa, de propósito, justamente na hora do jantar.

Era óbvio que Jason queria um casamento igual àqueles da *ton*. Victoria deveria ter a sua vida e Jason, a dele. Casais sofisticados não faziam as coisas juntos; isso era considerado vulgar e comum. Também não declaravam seu amor um pelo outro, embora, nesse particular, Jason agisse de maneira muito estranha. Deixara claro que Victoria não deveria amá-lo e, ao mesmo tempo, fazia amor com ela todas as noites, durante horas, mergulhando-a no mais profundo prazer, até ela perder o controle e se declarar apaixonada por ele. Quanto mais ela se esforçava para não dizer "Eu te amo", maior era o ardor de Jason, até que suas mãos, seus lábios, seu corpo febril arrancavam dela a confissão. Somente então Jason a deixava desfrutar o êxtase glorioso que ele era capaz de lhe proporcionar ou de lhe negar.

Era como se Jason quisesse e precisasse ouvir aquelas declarações de amor. Ainda assim, nem mesmo nos momentos de clímax ele lhe dizia o mesmo. Victoria sentia o corpo e o coração escravizados por Jason. Ele a acorrentava com inteligência, deliberadamente, usando, para isso, aquele jogo de prazer. Por outro lado, continuava afetivamente desligado dela.

Depois de viver assim por uma semana, Victoria estava determinada a forçá-lo, de alguma maneira, a sentir o mesmo que ela e admitir seus sentimentos. Ela não queria, ou melhor, não podia acreditar que Jason não a amava. Afinal, sentia a ternura de suas mãos e a paixão de seus lábios. Além do mais, se ele não queria o seu amor, por que insistia em forçá-la a dizer que o amava?

Depois de ouvir tudo o que o capitão Farrell lhe contara, não era difícil compreender por que Jason se recusava a confiar nela e lhe entregar seu coração. Porém, embora compreendesse, estava determinada a mudar aquela situação. O capitão afirmara, convicto, que Jason amaria uma única vez... e seria para sempre. Victoria queria desesperadamente ser amada por ele. Talvez, se não estivesse sempre tão disponível para ele, Jason sentisse a sua falta. E talvez até admitisse tal sentimento. Ao menos, era o que ela esperava quando escrevera o bilhete para informá-lo de que não jantaria em casa.

Victoria não conseguiu se concentrar nas marionetes, nem na conversa com o vigário, durante o jantar. Não via a hora de chegar em casa e ver com os próprios olhos como Jason reagira à sua ausência. Apesar de seus protestos, o vigário acompanhou-a até Wakefield, recitando no caminho todos os perigos que poderiam atingir uma mulher que se aventurasse sozinha pela estrada à noite.

Fantasiando sobre Jason de joelhos e professando o seu amor por ela, pois sentira demais a sua falta no jantar, Victoria subiu correndo os degraus até a porta da frente da mansão.

Northrup a informou de que lorde Fielding, ao saber da intenção da esposa de jantar fora, decidira visitar alguns vizinhos e ainda não retornara.

Profundamente frustrada, Victoria subiu para o seu quarto, tomou um longo banho e lavou os cabelos. Jason ainda não havia chegado quando ela terminou e, assim, Victoria se deitou em sua cama e, sem o menor interesse, pôs-se a folhear um jornal. Se Jason pretendia ensinar-lhe uma lição, não poderia ter encontrado maneira melhor, embora ela duvidasse que ele se desse a tamanho trabalho.

Já passava das 23 horas quando Victoria finalmente o ouviu entrar no quarto. No mesmo instante, posicionou o jornal diante do rosto, como se fosse a leitura mais interessante do mundo. Poucos minutos depois, ele entrou no quarto dela. A camisa aberta até a cintura exibia parte do peito coberto de pelos negros. Victoria perdeu o fôlego diante da exposição de tamanha virilidade.

— Não jantou em casa esta noite — disse Jason com ar casual.

— Não — respondeu, tentando soar casual também.

— Por quê?

— Gosto da companhia de outras pessoas, assim como você gosta do seu trabalho — respondeu Victoria, com olhar inocente. — Achei que você não se importaria.

— E não me importei — declarou Jason, para a decepção de Victoria, e, depois de lhe dar um beijo casto na testa, voltou ao seu próprio quarto.

Olhando para o travesseiro vazio a seu lado, ela se recusou a acreditar que Jason realmente não se interessava por onde e com quem ela jantava. Também não queria acreditar que ele realmente pretendia dormir sozinho naquela noite. Assim, esperou acordada, mas Jason não se juntou a ela.

Acordou sentindo-se péssima na manhã seguinte, e ficou ainda pior quando Jason entrou em seu quarto, barbeado e exalando vitalidade. No tom casual que tanto a irritava, ele sugeriu:

— Se está sentindo falta de companhia, Victoria, por que não passa um ou dois dias em Londres?

Apesar do desespero que a invadiu, Victoria exibiu um sorriso radiante. Sem saber se Jason estava apenas lhe atirando uma isca, ou se queria mesmo se livrar dela, decidiu seguir a sua recomendação.

— Boa ideia, Jason. Farei isso. Obrigada pela sugestão.

# 28

Victoria foi para Londres e lá permaneceu por quatro dias, acalentando a esperança de que Jason se juntaria a ela e sentindo-se mais solitária a cada hora que passava, sem que ele aparecesse. Assistiu a três peças, foi à ópera e visitou amigas. Passava as noites em claro, tentando compreender como um homem podia ser tão carinhoso e apaixonado na cama, à noite, e tão frio e distante durante o dia. Não conseguia acreditar que ele a via apenas como um instrumento conveniente para a satisfação de seus desejos. Não era possível, especialmente tendo em vista que Jason parecia gostar da companhia dela durante o jantar também. Ele sempre se demorava à mesa, provocando-a com brincadeiras alegres e conversando com ela sobre todo tipo de assunto. Uma vez, chegou a elogiar sua inteligência e percepção aguçadas. Outras vezes, pediu sua opinião sobre questões diversas, como, por exemplo, o arranjo da mobília do salão e se ele deveria aposentar o administrador da propriedade para contratar outro, mais jovem.

Na quarta noite, Charles acompanhou-a ao teatro e, então, Victoria voltou à mansão da Upper Brook Street, a fim de se vestir para o baile ao qual prometera comparecer. Decidiu que voltaria para Wakefield na manhã seguinte, em um misto de irritação e resignação. Estava pronta a se render e declarar Jason o vencedor daquela batalha, deixando para retomar a luta pelo afeto dele em casa.

Usando um vestido espetacular, entrou no salão de baile, acompanhada pelo Marquês de Salle e pelo Barão Arnoff.

Todas as cabeças se voltaram em sua direção e, mais uma vez, Victoria percebeu a estranheza nos olhares que lhe eram lançados. Na noite anterior, tivera a mesma sensação desagradável. Mal podia acreditar que a *ton* reprovava o fato de ela estar em Londres sem o marido. Além disso, os olhares que recebia de mulheres elegantes, bem como de seus maridos, não eram de censura. Eles a observavam com um sentimento que lhe parecia compreensão, ou talvez, pena.

Caroline Collingwood chegou mais tarde e, na primeira oportunidade, Victoria puxou-a de lado, a fim de perguntar se ela sabia por que as pessoas estavam se comportando de maneira tão estranha. Antes mesmo de formular a pergunta, Caroline esclareceu suas dúvidas:

— Victoria, está tudo bem entre você e Lorde Fielding? — indagou a amiga, ansiosa. — Ou vocês estão separados?

— Separados? — indagou Victoria, confusa. — É isso o que as pessoas pensam? É por isso que me olham de maneira tão estranha?

— Você não está fazendo nada errado — informou Caroline. — O problema é que, devido às circunstâncias, as pessoas estão tirando conclusões... Bem, todos acreditam que você e Lorde Fielding se desentenderam e que você o abandonou.

— Eu, o quê? — sibilou Victoria, furiosa. — Ora, por que pensam um absurdo desses? Lady Calliper não está acompanhada de seu marido, assim como a Condessa de Graverton e...

— Também não estou com o meu marido — constatou a amiga —, mas nossos maridos não foram casados antes. O seu, já.

— E que diferença isso faz? — indagou Victoria, furiosa, questionando-se sobre qual convenção ela havia quebrado dessa vez.

A *ton* contava com inúmeras regras de comportamento, que, por sua vez, possuíam uma longa lista de exceções, o que tornava a vida em Londres extremamente confusa. Ainda assim, não era possível acreditar que as primeiras esposas tivessem liberdade para viver suas vidas, enquanto as segundas, não.

— Isso faz uma grande diferença — afirmou Caroline com um suspiro — porque a primeira Lady Fielding espalhou que Lorde Fielding a submetia a coisas horríveis... e muita gente acreditou nela. Você se casou há menos de duas semanas e já está em Londres, sozinha. E pior: você não parece nada feliz, Victoria. As pessoas que acreditaram em Melissa Fielding se lembraram das histórias horríveis agora. Estão repetindo o que ouviram há anos e apontando para você como confirmação.

Victoria olhou a amiga, incrédula.

— Jamais me ocorreu que isso poderia acontecer! De qualquer maneira, eu já estava decidida a voltar para casa amanhã. Se não fosse tão tarde, iria agora mesmo!

Caroline pousou a mão em seu braço.

— Se você tem algum problema que prefere não discutir, saiba que pode ficar conosco. Não vou pressioná-la.

Victoria sacudiu a cabeça e assegurou:

— Quero voltar a Wakefield amanhã. Por esta noite, não há nada que eu possa fazer.

— Exceto tentar parecer bastante feliz — sugeriu a amiga com um sorriso.

Considerando excelente o conselho, Victoria tratou de segui-lo, fazendo apenas algumas pequenas alterações. Nas duas horas seguintes, esforçou-se para conversar com o maior número de pessoas possível, cuidando de mencionar Jason, referindo-se a ele nos termos mais elogiosos. Quando Lorde Armstrong comentou que estava encontrando dificuldade em atender às necessidades dos colonos de suas propriedades, Victoria afirmou de imediato que seu marido resolvera tal problema da melhor maneira possível.

— Lorde Fielding tem excelente tato na administração de suas propriedades — declarou, em tom de devoção. — Os colonos o adoram e os criados, definitivamente, o idolatram!

— Não diga! — expressou Lorde Armstrong, surpreso e interessado ao mesmo tempo. — Acho que terei de trocar algumas palavrinhas com seu marido. Eu não sabia que Wakefield se dava tão bem com seus colonos.

Para Lady Brimworthy, que elogiou o colar de safiras de Victoria, ela disse:

— Lorde Fielding me cobre de presentes. Ah, ele é tão generoso, tão gentil! E tem muito bom gosto, não acha?

— De fato — concordou Lady Brimworthy, admirando a profusão de brilhantes e safiras que enfeitava o pescoço de Victoria. — Brimworthy tem verdadeiros ataques quando compro joias — acrescentou, com uma pontada de inveja. — Da próxima vez que me chamar de extravagante, mencionarei a generosidade de Wakefield!

Quando a idosa Condessa de Draymore lembrou Victoria do café da manhã para o qual a convidara, Victoria respondeu:

— Lamento, mas não poderei comparecer, condessa. Já passei quatro dias longe de meu marido e, para ser sincera, sinto muita falta dele. Meu marido é a bondade em pessoa!

Boquiaberta, a condessa ficou observando Victoria se afastar e, então, comentou com as amigas:

— O marido dela é a bondade em pessoa? De onde tirei a ideia de que ela havia se casado com Wakefield?

Em sua casa, na Upper Brook Street, Jason andava de um lado para outro, como um animal enjaulado, amaldiçoando o mordomo londrino por ter fornecido informações erradas sobre o paradeiro de Victoria, e também a si mesmo por ter corrido para Londres, atrás dela, como um adolescente ciumento e apaixonado. Comparecera ao baile dos Berford, onde o mordomo garantira que ele encontraria Victoria, mas Jason não a localizara entre os convidados. Assim como não a encontrara nos outros três lugares em que o mordomo acreditara que ela poderia estar.

O SUCESSO DE VICTORIA em sua tentativa de demonstrar devoção ao marido foi tamanho que, no fim da noite, todos a observavam com olhares muito mais divertidos do que preocupados. Ela ainda sorria, satisfeita consigo mesma, quando entrou em casa, pouco antes do amanhecer.

Acendeu a vela que os criados haviam deixado sobre a mesa do hall de entrada e subiu a escada. Estava acendendo as velas em seu quarto quando um ruído no aposento contíguo chamou sua atenção. Rezando para que a pessoa lá dentro fosse um criado, e não um ladrão, encaminhou-se para lá com passos hesitantes. Segurando uma vela na mão trêmula, pousou a mão livre no trinco da porta no exato instante em que ela se abriu.

— Jason! — gritou, assustada. — Meu Deus, é você! Pensei que fosse um ladrão.

Jason lançou um olhar irônico para a vela que ela empunhava.

— O que iria fazer se eu fosse um ladrão? Ameaçar atear fogo nos meus cabelos?

Victoria tratou de conter o riso ao reconhecer o brilho ameaçador nos olhos verdes de seu marido. Deu-se conta de que, por trás da ironia, ele estava tentando esconder sua fúria. Ela começou a recuar de maneira automática à medida que ele ia avançando em sua direção. Apesar da elegância de seus trajes formais, Jason jamais parecera tão perigoso.

Quando sentiu a cama de encontro às pernas, Victoria parou onde se encontrava e tentou dominar aquele medo irracional. Não fizera nada de errado, mas, mesmo assim, estava agindo como uma criança covarde! Decidiu discutir a situação de maneira civilizada e racional.

— Jason, você está zangado? — perguntou, tentando aparentar calma.

Ele parou a poucos centímetros dela, as pernas afastadas, as mãos na cintura.

— Pode-se dizer que sim — respondeu. — Onde diabo você se meteu?

— Eu fui ao baile de Lady Dunworthy.

— E ficou lá até agora?

— Sim. Você sabe que essas festas terminam muito tarde e...

— Não, eu não sei — disse com firmeza. — Que tal me dizer por que, no momento em que se vê longe de mim, você se esquece de como contar?

— Contar? — repetiu Victoria, sem fazer ideia do que ele queria dizer, mas ficando mais assustada a cada instante.

— Contar os dias — esclareceu ele, irritado. — Eu lhe dei permissão para ficar aqui por dois dias, e não quatro!

— Eu não preciso da sua permissão — protestou Victoria, sem pensar. — E não tente fingir que faz alguma diferença para você onde estou, aqui ou em Wakefield!

— Acontece que *faz* diferença, sim — falou Jason com a voz aveludada, ao mesmo tempo que tirava o paletó e começava a desabotoar a camisa. — E você precisa da minha permissão, *sim*. Está muito esquecida, minha querida. Sou seu marido, lembra-se? Tire a roupa.

Aflita, Victoria sacudiu a cabeça.

— Não me obrigue a forçá-la — advertiu ele. — Não vai gostar nada disso, acredite.

Victoria acreditava, sem a menor sombra de dúvida. Com as mãos trêmulas, ela começou a desabotoar o vestido.

— Jason, por Deus, o que está acontecendo?

— Estou com ciúme, querida — respondeu ele, desabotoando a calça. — Estou com ciúme e não gosto nem um pouco disso.

Em outras circunstâncias, Victoria teria exultado diante dessa admissão. Agora, porém, essa declaração só servira para assustá-la ainda mais, deixando-a mais tensa e mais trêmula.

Percebendo a dificuldade dela com os botões, Jason obrigou-a a virar de costas e, com um gesto rude, encarregou-se da tarefa ele mesmo, com uma facilidade que atestava sua experiência em despir mulheres.

— Deite-se — ordenou, apontando para a cama.

Victoria já estava apavorada quando Jason se deitou a seu lado e, sem a menor delicadeza ou consideração, puxou-a para si. Ao ser beijada com violência, ela cerrou os dentes.

— Abra a boca!

Victoria plantou as duas mãos no peito de Jason e virou o rosto.

— Não! Assim, não! Não permitirei que faça isso comigo!

Jason exibiu um sorriso cruel.

— Vai permitir, sim, doçura. Antes que eu termine, você vai implorar por mais.

Com uma força inesperada, gerada pelo pânico, Victoria empurrou-o e escapou dele. Já se punha de pé quando Jason agarrou-lhe o braço e puxou-a de volta para a cama. Então, ele segurou suas duas mãos acima da cabeça e passou uma perna sobre as dela, imobilizando-a.

— Não devia ter feito isso — murmurou, enquanto baixava a cabeça lentamente.

Os olhos de Victoria se encheram de lágrimas quando, impotente, ela observou os lábios de Jason se aproximarem dos seus. Porém, em vez do ataque violento que ela esperava, Jason beijou-a com ternura e paixão. Ao mesmo tempo, acariciou-lhe todo o corpo com a mão livre, passando lentamente pelos seios, pelo abdome liso, brincando com os pelos dourados na junção de suas coxas. Após algum tempo, o corpo de Victoria, como se tivesse vontade própria, começou a reagir àquelas carícias experientes.

Uma onda de calor a invadia e sua resistência foi se dissipando lentamente, até que, sem mais conseguir suportar, ela se rendeu por completo, retribuindo ao seu beijo com paixão. No mesmo instante, Jason soltou-lhe as mãos.

Os lábios de Jason acariciaram seu pescoço e percorreram lentamente os seios fartos. Após traçar pequenos círculos na pele febril da esposa, a boca de Jason envolveu o mamilo rosado, arrancando dela um gemido de prazer. Em um gesto involuntário, Victoria agarrou os cabelos negros do marido, puxando-o para si. Toda a resistência desaparecera. Com uma risada pouco característica, ele continuou suas carícias, roçando a língua pelo abdome de Victoria. Quando percebeu o que ele pretendia fazer, ela lutou para se libertar, mas já era tarde demais. As mãos dele prenderam seu quadril e ele a ergueu sem dificuldade, beijando-a intimamente apesar dos protestos, até Victoria já não ser mais capaz de raciocinar, consciente apenas da paixão que a consumia e da necessidade desesperada de aplacar o desejo.

Jason posicionou-se sobre ela. Com um gemido, Victoria ergueu os quadris. Ele a penetrou lentamente, apenas um pouco, para voltar a penetrá-la mais profundamente, e então mais ainda, até constatar que ela estava enlouquecida de desejo. Então, penetrou-a por completo, arrancando-lhe um grito do mais puro prazer para, no mesmo instante, recuar.

— Não! — protestou ela, gritando, surpresa.

— Você me quer, Victoria? — perguntou Jason com um sussurro.

Seus olhos febris se abriram, mas não pronunciou uma palavra.

— Quer? — provocou.

— Jamais o perdoarei por isso — protestou Victoria com a voz sufocada.

— Você me quer? — repetiu Jason, sem se alterar. — Diga.

A paixão fazia o corpo de Victoria arder. Jason estava com ciúme. Ele se importava com ela. Ficara magoado com sua ausência prolongada. Os lábios de Victoria moveram-se, formando um "sim", mas nem mesmo o desejo desesperado poderia obrigá-la a pronunciar a palavra.

Satisfeito, Jason lhe deu o que ela queria. E, como se quisesse compensar a humilhação que acabara de provocar, entregou-se com determinação e generosidade, ignorando as exigências do próprio desejo, buscando exclusivamente os meios de dar a Victoria o prazer máximo. E, só depois de levá-la a um clímax descontrolado, permitiu-se satisfazer seus próprios instintos.

Quando tudo acabou, o silêncio entre eles foi total. Por alguns instantes, Jason permaneceu imóvel, os olhos fixos no teto. Então, levantou-se da cama e foi para o seu quarto. Exceto pela noite de núpcias, aquela era a primeira vez que ele deixava Victoria depois de fazer amor com ela.

# 29

Victoria acordou sentindo o coração pesado. Estava cansada e confusa como se não tivesse dormido. Um nó se formou em sua garganta ao se lembrar da humilhação a que Jason a submetera na noite anterior. Afastou os cabelos do rosto e, apoiando-se em um cotovelo, lançou um olhar distraído pelo quarto. E foi então que seus olhos pousaram na caixinha de veludo sobre a mesa de cabeceira.

Uma raiva como ela jamais sentira explodiu em seu peito, suplantando todas as outras emoções. Victoria saiu da cama, vestiu o robe e apanhou a caixa.

Furiosa, abriu a porta que comunicava o seu quarto com o de Jason.

— Nunca mais me dê uma joia! — sibilou.

Ele estava parado ao lado da cama, vestindo apenas uma calça bege, sem camisa. Virou-se para Victoria a tempo de vê-la atirar a caixa em sua direção, mas não moveu um músculo sequer para escapar. A caixa passou a um centímetro de sua orelha, para então bater no chão e deslizar para baixo da cama.

— Nunca o perdoarei por ontem à noite — advertiu Victoria de punhos cerrados. — Nunca!

— Eu sei disso — falou Jason com a voz totalmente desprovida de emoção, e apanhou a camisa.

— Odeio as suas joias, odeio o modo como me trata e odeio você! Você não sabe amar ninguém, é cínico, sem coração... um bastardo!

A palavra escapou dos lábios de Victoria antes que ela pudesse impedir. Porém, a reação de Jason a pegou de surpresa.

— Tem razão — concordou ele. — É *exatamente* o que eu sou. Lamento destruir as ilusões que ainda possa ter a respeito da minha pessoa, mas a verdade é que eu sou o produto indesejado de uma breve ligação de Charles Fielding e uma dançarina, há muito esquecida, que ele conheceu na juventude.

Enquanto vestia a camisa, Victoria o observava, muda, dando-se conta de que ele pensava estar confessando algo feio e repugnante.

— Cresci em meio à sujeira, criado pela cunhada de Charles. Mais tarde, dormi em um armazém. Aprendi a ler e escrever sozinho. Não frequentei Oxford, nem fiz as coisas que seus outros refinados pretendentes fizeram. Resumindo, eu não sou nada do que você pensa. Ao menos nada de bom. Não sou um marido adequado a você. Não deveria nem sequer tocá-la. Fiz coisas que você nem mesmo suportaria ouvir.

As palavras do capitão Farrell ecoaram na mente de Victoria: *A louca obrigou-o a se ajoelhar e implorar perdão diante daqueles indianos imundos.* Victoria olhou para Jason e sentiu um forte aperto no coração. Agora, compreendia por que ele não queria, nem podia, aceitar o seu amor.

— Eu sou um bastardo — concluiu ele — no pior sentido da palavra.

— Nesse caso, está em excelente companhia — falou Victoria, com a voz embargada —, pois três filhos do rei Charles também eram, e ele os transformou em duques.

Por um momento, Jason pareceu surpreso, mas, então, deu de ombros.

— O problema é que você disse que me ama e eu não posso permitir que continue pensando assim. Você ama uma miragem, não a mim. Você sequer me conhece.

— Ah, conheço — corrigiu-o Victoria, sabendo que seu futuro dependia inteiramente do que dissesse naquele momento. — Sei tudo sobre você. O capitão Farrell me contou, há mais de uma semana. Sei o que aconteceu a você quando era um garotinho...

Jason pareceu furioso com a revelação, mas logo se controlou. Quando falou, parecia resignado:

— Ele não tinha o direito de lhe contar.

— *Você* deveria ter me contado — gritou ela, incapaz de controlar o tom de voz ou as lágrimas que cobriam seu rosto. — Mas não podia, porque se envergonha do que, na verdade, deveria se orgulhar! Teria sido melhor se ele não tivesse me contado. Antes, eu o amava apenas um pouco. Depois, quando me dei conta de quanto você é forte e corajoso, passei a amá-lo muito mais. Eu...

— O quê? — indagou Jason em um sussurro quase inaudível.

— Eu não o *admirava* antes de ouvir a sua história. Agora, admiro e não posso mais suportar o que está fazendo...

Com lágrimas nos olhos a turvar sua visão, Victoria viu Jason se mover e, em seguida, quase foi esmagada em um abraço desesperado.

— Pouco me importa quem são os seus pais — soluçou com o rosto enterrado no peito dele.

— Não chore, querida — murmurou. — Por favor, não chore.

— Detesto quando você me trata como uma boneca idiota, dando-me vestidos de baile e...

— Nunca mais comprarei outro vestido — tentou brincar, mas sua voz soou rouca e sufocada.

— E me cobrindo de joias...

— Também não comprarei mais joias.

— E, quando se cansa de brincar comigo, me deixa de lado.

— Eu sou um imbecil — concluiu, afagando-lhe os cabelos.

— Você nunca me diz o que pensa, ou sente, e eu não sou capaz de adivinhar o que se passa em sua cabeça.

— Nada se passa, pois eu a perdi há meses.

Victoria sabia que havia vencido, mas o alívio era tão grande que os soluços continuaram.

— Ah, pelo amor de Deus, não chore assim! — disse Jason, suplicando. — Juro que nunca mais farei você chorar — prometeu enquanto acariciava gentilmente seu rosto, secando as lágrimas. Em seguida, beijou-a de modo apaixonado. Vamos para a cama. Deixe-me fazê-la esquecer da noite de ontem.

Em resposta, Victoria passou os braços em torno do pescoço de seu marido e se deixou carregar até a cama, onde Jason se deitou a seu lado, beijando-a com ternura e paixão.

Quando ele se levantou para se livrar das roupas, Victoria observou-o sem pudor nem embaraço. Ao contrário, deleitou-se com a visão dos músculos fortes e bem-desenhados e de sua pele bronzeada. Então, Jason virou-se de costas e um grito escapou da garganta de Victoria.

Ao ouvi-lo, Jason imobilizou-se, tenso, sabendo o que Victoria via. As cicatrizes! Esquecera-se daquelas malditas cicatrizes. Imediatamente, lembrou-se da última vez que se esquecera de escondê-las, da repulsa e do desprezo no rosto da mulher em sua cama, ao descobrir que ele se deixara surrar como um cachorro. E fora por isso que ele sempre fora tão cuidadoso ao apagar as velas e jamais dar as costas a Victoria quando faziam amor.

— Meu Deus! — exclamou ela, estendendo a mão para tocá-las de leve. Ele recuou, parecendo ferido. — Ainda doem?

— Não — respondeu Jason, mergulhado em vergonha, esperando pela inevitável reação de repulsa diante da evidência de sua humilhação.

Para sua surpresa, Jason sentiu os braços de Victoria o enlaçarem e, em seguida, os lábios dela em suas costas.

— Você teve de ser muito forte para suportar isso — murmurou ela. — Muito forte para sobreviver e seguir adiante...

Quando Victoria começou a beijar cada cicatriz, Jason virou-se e tomou-a nos braços.

— Eu te amo — confessou. — Eu te amo tanto...

Então, seus lábios queimaram sua carne como linhas de fogo na pele de Victoria, à medida que ele cobria seu corpo de beijos.

— Por favor — pediu com a voz rouca e apaixonada —, toque-me, deixe-me sentir suas mãos em meu corpo.

Até então, jamais ocorrera a Victoria que Jason pudesse desejar ser tocado por ela como ele a tocava. A ideia era excitante. Pousou as mãos sobre o peito largo, surpresa ao sentir sua respiração acelerar. Deslizou as mãos pelo abdome liso de Jason, deliciando-se ao ver os músculos se encolherem em um reflexo. Então, sentindo-se mais ousada, acariciou-lhe um mamilo e beijou-o, exatamente como Jason fazia, deixando-a cega de prazer. Foi recompensada com um gemido abafado, que só serviu para encorajá-la ainda mais.

A descoberta de tamanho poder sobre o corpo de Jason a embriagou e ela o forçou a se deitar de costas e, depois de acariciá-lo e beijá-lo durante um longo tempo, posicionou-se sobre ele.

De modo instintivo, Victoria moveu lentamente o quadril contra Jason, em movimentos circulares que a deixaram tonta de prazer. Ansiosa para satisfazê-lo, ela lhe acariciou o peito largo e percorreu o abdome com os lábios macios, até que, subitamente, ele a segurou pelos cabelos e puxou o rosto dela para perto do seu. Nesse momento, os sentidos de Victoria tornaram-se mais aguçados do que nunca; podia sentir o pulsar de seu membro rígido, o toque ardente em sua pele quente. Seu corpo ficou alerta, e ela estava ciente da excitação de Jason, de cada ponto de contato entre seus corpos. Podia sentir o coração dele disparado contra os seios. Em vez de penetrá-la de imediato, como Victoria esperava, Jason segurou seu rosto entre as mãos e, com humildade, pronunciou as palavras que a forçara a dizer na noite anterior.

— Eu quero você... Por favor, Tory...

Sentindo o coração prestes a explodir de tanto amor, Victoria respondeu com um beijo apaixonado. Foi o suficiente para Jason segurá-la com força nos braços, ombros e quadris, puxando-a com mais força para ele, esmagando seus lábios contra os dele, enquanto sensações disparavam através dela como um frenesi e começavam a explodir por todo o seu corpo. Em seguida, seus corpos se fundiram em um só e os dois cavalgaram juntos na busca do êxtase mais completo que já haviam experimentado. Um tremor sacudiu a poderosa estrutura de Jason quando ele sentiu espasmos, o corpo estremecendo compulsivamente várias vezes enquanto Victoria drenava, extraía dele toda uma vida de amargura e desespero.

Jason foi invadido por uma felicidade que jamais imaginara existir. Depois de todos os seus triunfos financeiros e romances superficiais, ele finalmente encontrara o que sempre havia procurado, mesmo sem saber. Encontrara o seu verdadeiro lugar. Jason possuía seis propriedades na Inglaterra, dois palácios na Índia, uma frota de navios, mas nunca, em lugar algum, se sentira em casa. Agora, estava em casa, em seu lugar, nos braços daquela linda mulher.

Beijou-lhe a testa e, quando ela abriu os olhos, Jason pensou que fosse se afogar naquele azul intenso.

— Como está se sentindo? — perguntou Victoria com um sorriso, lembrando-se de que ele lhe fizera a mesma pergunta um dia.

— Estou me sentindo como um marido — respondeu ele, em tom solene. Então, beijou-a antes de voltar a olhá-la. — E pensar que eu nunca acreditei em anjos — murmurou com um suspiro. — Como fui idiota...

— Você é brilhante — corrigiu-o a esposa com lealdade.

— Não, eu não sou. Se fosse um pouquinho inteligente, teria levado você para a cama na primeira vez que tive vontade e, então, teria obrigado você a se casar comigo.

— E quando foi a primeira vez que pensou em me levar para a cama?

— No dia em que você chegou a Wakefield — admitiu ele com um sorriso maroto. — Acho que me apaixonei no momento em que vi você diante da porta, com um leitão nos braços e os cabelos ao vento.

— Ora, Jason, por favor, não vamos mentir um para o outro. Você ainda não me amava. E não me amava quando nos casamos. Não tem importância. O que importa é que você me ama agora.

Jason levantou o queixo e encontrou o seu olhar.

— Não, minha querida, eu disse a verdade. Eu me casei com você porque já a amava.

— Jason! Você se casou comigo para satisfazer o desejo de um moribundo!

— O desejo de *um moribundo* — atirou a cabeça para trás com uma gargalhada sonora. — Ah, minha adorada Tory! O "moribundo" que nos chamou à sua cabeceira tinha um baralho debaixo das cobertas!

Victoria se apoiou em um cotovelo.

— Ele o *quê*? — indagou, dividida entre o riso e a fúria. — Tem certeza?

— Absoluta. Eu as vi quando o cobertor escorregou. Ele tinha quatro rainhas.

— Por que ele faria uma coisa dessas?

Jason deu de ombros.

— Certamente, Charles achou que estávamos demorando demais para tomar uma decisão.

— Quando penso em quanto rezei para que ele melhorasse, tenho vontade de matá-lo!

— Não diga isso. Não gostou do resultado do plano dele?

— Bem, sim, mas... Por que você não me contou, ou... por que não disse a ele que sabia de tudo?

— Para quê? Estragar a brincadeira de Charles? Nunca!

Victoria lançou-lhe um olhar indignado.

— Você devia ter me contado. Não tinha o direito de me esconder a verdade.

— Tem razão.

— E por que não me contou?

— Teria se casado comigo se não acreditasse que era algo absolutamente necessário?

— Não.

— Foi por isso que não contei.

Victoria rendeu-se e encostou em seu peito, rindo, impotente, de sua determinação e da completa falta de constrangimento em relação a isso.

— Será possível que você é mesmo totalmente desprovido de princípios? — inquiriu ela, fingindo severidade.

— Aparentemente, sim — respondeu Jason com um sorriso.

# 30

Victoria estava sentada no salão, esperando por Jason, que fora resolver alguns negócios, quando o mordomo abriu a porta.

— Sua Alteza, a Duquesa de Claremont, deseja vê-la, milady. Eu disse a ela...

— Ele me disse que você não está recebendo ninguém — completou a duquesa, entrando no salão, para horror do mordomo. — Esse tolo parece não compreender que eu sou da família.

— Vovó! — exclamou Victoria, diante daquela visita inesperada.

A duquesa virou-se para o mordomo.

— Ouviu isso? *Vovó*! — repetiu com satisfação.

Murmurando desculpas, ele se retirou, fechando a porta atrás de si e deixando Victoria sozinha com a bisavó. A duquesa se sentou, apoiou as mãos na bengala e ficou estudando Victoria com atenção.

— Você me parece muito feliz — concluiu, como se isso a surpreendesse.

— Foi por isso que veio a Londres? — perguntou Victoria, sentando-se diante dela. — Para saber se estou feliz?

— Vim para falar com Wakefield.

— Ele não está aqui — explicou a bisneta, apreensiva ao ver a expressão de desagrado no rosto da senhora idosa.

— Foi o que me informaram. Todos em Londres sabem que ele não está com você! E eu estou disposta a confrontá-lo, mesmo que tenha que correr a Europa inteira para encontrá-lo!

— Acho mesmo engraçado — considerou Jason com a voz tranquila, ao entrar no salão — que quase todas as pessoas que me conhecem tenham medo de mim, exceto minha frágil esposa, minha jovem cunhada e a senhora, que tem três vezes a minha idade e um terço do meu peso. Só me resta concluir que a coragem, ou quem sabe a imprudência, seja transmitida através do sangue, assim como as semelhanças físicas. No entanto — acrescentou com um sorriso —, eu vou lhe dar permissão para me confrontar aqui mesmo, no salão de minha própria casa.

A duquesa se pôs de pé, fitando-o com um olhar penetrante.

— Ora, vejo que você finalmente se lembrou de onde mora e de que tem uma esposa! Deixei bem claro que o responsabilizaria pela felicidade de Victoria e, pelo que fiquei sabendo, você não está fazendo minha bisneta nem um pouco feliz!

Jason lançou um olhar interrogativo para Victoria, que sacudiu a cabeça e deu de ombros, como se não soubesse do que a outra estava falando. Satisfeito por constatar que sua esposa não era a responsável pela acusação da velha duquesa, ele passou um braço em torno dos ombros de Victoria e voltou a encarar a outra.

— De que maneira estou falhando com as minhas obrigações conjugais?

— De que maneira? — indagou a duquesa, chocada. — Aí está você, com o braço em torno dos ombros de sua esposa! Acontece que minhas fontes me informaram que você só esteve na cama dela seis vezes em Wakefield!

— Vovó! — protestou Victoria, profundamente constrangida.

— Quieta, Victoria — ordenou a bisavó, sem desviar os olhos de Jason. — Dois de meus criados são parentes de dois dos seus. Eles me contaram que todos em Wakefield Park estavam em alvoroço porque você se recusou a dormir com sua esposa durante uma semana, logo depois do casamento.

Victoria emitiu um gemido mortificado e Jason apertou-a contra si, a fim de confortá-la.

— Muito bem — prosseguiu a duquesa, implacável. — O que tem a dizer, meu jovem?

Jason ergueu uma sobrancelha.

— Acho que estou precisando ter uma conversa muito séria com os meus criados.

— Não se atreva a fazer piada sobre o assunto! Você, mais que todos os homens na face da Terra, deveria saber como manter uma esposa feliz ao seu lado. Deus é testemunha de que metade das mulheres de Londres passou os últimos quatro anos suspirando por você. Se você fosse um desses almofadinhas de camisa engomada, eu compreenderia, por não saber o que fazer para me dar um herdeiro...

— Pretendo fazer de seu herdeiro a minha prioridade — insinuou Jason, em tom solene.

— Não permitirei que continue vacilando! — declarou a duquesa, embora sua voz houvesse perdido parte da autoridade inicial.

— A senhora foi muito paciente até agora — disse Jason, elogiando-a.

Ignorando o deboche, ela assentiu.

— Agora que já nos entendemos, pode me convidar para jantar, embora eu não possa ficar até tarde.

Com um sorriso maroto, Jason ofereceu-lhe o braço.

— Espero que concorde em nos fazer uma visita mais prolongada, daqui a algum tempo... digamos, nove meses.

— Combinado — afirmou a duquesa com audácia, mas ao se virar para Victoria, seus olhos brilhavam de divertimento. Já na sala de jantar, ela se inclinou para a bisneta e sussurrou: — Ele é atraente como o demônio, não é, querida?

— Muito — concordou Victoria, apertando a mão da duquesa.

— E, apesar das fofocas que ouvi, você está feliz, não está?

— Mais do que a senhora pode imaginar.

— Gostaria que fosse me visitar um dia desses. A mansão Claremont fica a 15 minutos de Wakefield, seguindo pela estrada do rio.

— Farei isso — prometeu Victoria.

— Pode levar seu marido.

— Obrigada.

NOS DIAS QUE SE SEGUIRAM, o Marquês e a Marquesa de Wakefield compareceram a vários eventos sociais da *ton*. Ninguém mais falava da suposta crueldade de Jason em relação a sua primeira esposa, pois estava claro para todos que Lorde Fielding era o mais devotado e generoso dos maridos.

Bastava olhar para o casal e verificar que Lady Victoria transpirava felicidade e que seu marido tão atraente a adorava. Na verdade, as pessoas se surpreenderam ao descobrir um antes frio e austero Jason Fielding agora sorrindo, apaixonado pela esposa, enquanto dançavam, ou rindo alto durante uma peça de teatro ou por algo que ela havia sussurrado em seu ouvido.

Não demorou para que se tornasse de conhecimento geral que o marquês fora o homem mais injustiçado e incompreendido do mundo. Os nobres que o haviam temido durante tanto tempo agora buscavam sua amizade com entusiasmo.

Cinco dias depois da tentativa de Victoria acabar com as fofocas sobre seu marido ausente, falando maravilhas sobre ele, Lorde Armstrong fez uma visita a Jason, a fim de lhe pedir conselhos sobre como conquistar a confiança e a lealdade de seus criados e colonos. Passada a surpresa inicial, Lorde Fielding sorriu e sugeriu que ele conversasse com *Lady* Fielding a esse respeito.

Naquela mesma noite, no clube White's, Lorde Brimworthy acusou Jason, de bom humor, pela última compra extravagante de Lady Brimworthy: um conjunto caríssimo de colar e brincos de safiras. Lorde Fielding sorriu achando graça, apostou quinhentas libras nas cartas que tinha nas mãos e, em seguida, ganhou a mesma quantia do dito lorde em questão.

Na tarde seguinte, no Hyde Park, quando Jason ensinava Victoria a conduzir a pequena e linda carruagem que acabara de comprar para ela, outra carruagem parou subitamente e três senhoras idosas os observavam, curiosas.

— É incrível! — exclamou a Condessa de Draymore, examinando Jason através da lente de seu monóculo. — Ela é mesmo casada com Wakefield! Quando Lady Victoria descreveu o marido como "a bondade em pessoa", pensei que estivesse se referindo a outro homem!

— Ele não só é bondoso, como também muito corajoso — observou uma de suas amigas, percebendo o pequeno veículo disparar pelo parque. — Ela quase fez a carruagem capotar duas vezes!

Para Victoria, a vida se transformara em um arco-íris de prazeres. À noite, Jason fazia amor com ela e a ensinava a satisfazê-lo de todas as maneiras. Deixava-a atordoada de prazer, mergulhada em um sentimento arrasador que ela nem sabia existir. Ela, por sua vez, ensinara o marido a confiar e, agora, Jason se entregava a ela por inteiro: corpo, alma e coração. Ele lhe dava tudo: seu amor, sua atenção e todo tipo de presentes, do mais simples ao mais extravagante.

Jason mandou mudar o nome de seu iate para *Victoria* e levou-a para um passeio pelo rio Tâmisa. Quando Victoria disse que havia gostado muito mais de navegar no rio do que no mar, Jason comprou outra embarcação, para uso exclusivo da esposa, e mandou decorá-la em tons de azul e dourado, para o conforto dela e de suas amigas. Ao saber dessa extravagância, a Srta. Wilber comentou, invejosa, durante um baile:

— Vamos ver o que ele vai comprar a seguir, para superar o iate!

Robert Collingwood sorriu para a invejosa.

— Que tal o Tâmisa?

Para Jason, que nunca antes experimentara o prazer de ser amado não pelo que possuía ou pelo que parecia ser, mas pelo que realmente era, a paz interior que o invadira era como um sonho. À noite, sua paixão por Victoria era insaciável. Durante o dia, saíam juntos para piqueniques e nadavam no riacho de Wakefield Park. Mesmo enquanto trabalhava, ela ocupava parte de sua mente, fazendo-o sorrir consigo mesmo. Queria pôr o mundo aos pés da esposa, mas tudo o que Victoria parecia querer era ele, e essa certeza o preenchia de profunda ternura. Jason doou uma fortuna para a construção de um hospital nos arredores de Wakefield, ao qual deu o nome Hospital Patrick Seaton. Então, começou a tomar providências para que outro fosse construído em Portage, Nova York, também batizado com o nome do pai de Victoria.

# 31

No aniversário de um mês de casamento, Jason recebeu uma mensagem que exigia a sua presença em Portsmouth, onde um de seus navios acabara de atracar.

Na manhã de sua partida, ele beijou Victoria na entrada da mansão, com ardor suficiente para fazê-la corar e forçar o cocheiro a conter uma gargalhada.

— Gostaria que você não precisasse ir — falou Victoria, afundando o rosto no peito de Jason e enlaçando-o pela cintura. — Seis dias me parecem uma eternidade. Vou me sentir muito solitária sem você.

— Charles estará aqui para lhe fazer companhia, querida — disse Jason, confortando-a e escondendo a própria relutância em partir. — Mike Farrell mora perto e você poderá visitá-lo. Ou, então, pode visitar sua bisavó. Estarei de volta na terça-feira, antes do jantar.

Victoria assentiu e se pôs na ponta dos pés para beijar-lhe o rosto barbeado.

Com forte determinação, ela se manteve ocupada o tempo todo, durante aqueles seis dias. Trabalhava no orfanato e supervisionava a manutenção de sua casa. Mesmo assim, o tempo parecia se arrastar. As noites eram ainda mais longas. Jantava com Charles e passava algumas horas em sua companhia, mas, quando ele se retirava para seus aposentos, o relógio parecia parar.

Na noite anterior à data marcada para o retorno de Jason, Victoria ficou andando de um lado para outro, em seu quarto, tentando adiar a hora de se deitar sozinha. Entrou no quarto de Jason, sorrindo diante da diferença entre a decoração predominantemente masculina e a de seu quarto, tão suave. Sorrindo, tocou suas escovas e seus utensílios de barbear. Então, com alguma relutância, voltou para seu quarto e, finalmente, adormeceu.

No dia seguinte, despertou ao amanhecer, o coração explodindo de felicidade, e já começava a planejar um jantar especial para a chegada de Jason.

A noite chegou fria enquanto ela esperava no salão, os ouvidos apurados captando o som da carruagem de Jason se aproximando.

— Ele chegou, tio Charles! — anunciou, deliciada, espiando pela janela.

— Deve ser Mike Farrell. Jason ainda vai levar uma ou duas horas para chegar — disse Charles, corrigindo-a carinhosamente. — Sei quanto essas viagens demoram e Jason já conseguiu adiantar o retorno em um dia, para voltar hoje.

— Tem razão, tio Charles, mas ainda são 19h30 e eu convidei o capitão Farrell para jantar às 20 horas. — O sorriso abandonou os lábios de Victoria quando a carruagem parou diante da mansão e ela constatou que realmente não era Jason quem havia chegado. — Acho que devo pedir à Sra. Craddock que adie o jantar... — dizia Victoria quando Northrup abriu a porta do salão, lívido.

— Há um cavalheiro pedindo para vê-la, milady — anunciou ele com a voz tensa.

— Um cavalheiro? — perguntou ela, sem fazer ideia de quem poderia ser o visitante.

— Senhor Andrew Bainbridge, da América.

Victoria empalideceu e segurou o encosto da cadeira, buscando equilíbrio.

— Devo mandá-lo entrar?

Ela assentiu, tentando controlar a violenta onda de ressentimento que a invadiu ao se lembrar da fria rejeição de Andrew. Rezou para ser capaz de encará-lo sem demonstrar o que sentia. Abalada demais pela própria reação, Victoria não percebeu a palidez mortal que tomava conta do semblante de Charles, nem o viu se erguer lentamente da cadeira e encarar a porta, com a expressão de quem estava prestes a enfrentar um pelotão de fuzilamento.

Um minuto depois, Andrew entrou no salão a passos firmes, exibindo um rosto sorridente, tão familiar, que fez o coração de Victoria se rebelar contra tamanha traição.

Andrew parou diante dela, examinando a jovem bonita e elegante à sua frente.

— Tory — murmurou, olhando-a nos olhos. Então, tomou-a nos braços e enterrou o rosto em seus cabelos. — Já havia me esquecido de quanto você é linda! — sussurrou, apertando-a contra si.

— Isso é óbvio! — retrucou Victoria, recuperando-se do choque e empurrando Andrew. Olhou-o com uma expressão de ódio, indignada com a audácia dele em ir até lá e, pior, abraçá-la com uma paixão que jamais demonstrara antes. — Aparentemente, você se esquece facilmente das pessoas — acusou.

Para sua surpresa, ele riu.

— Está zangada porque demorei duas semanas a mais para chegar aqui além do que prometi na carta que lhe enviei, não é? — Sem esperar pela resposta, continuou: — Meu navio fez um desvio de curso, fomos apanhados por uma tempestade, uma semana depois de zarpar, e tivemos de atracar em uma ilha, para fazer os reparos necessários. — Passando um braço em torno dos ombros rígidos de Victoria, Andrew virou-se para Charles e estendeu a mão. — O senhor deve ser Charles Fielding. Não tenho palavras para agradecer-lhe por ter cuidado de Victoria até que eu pudesse vir buscá-la. É claro que pretendo reembolsá-lo de todas as despesas, inclusive pelo belíssimo vestido que está usando. — Então, virou-se para Victoria: — Detesto apressá-la, Tory, mas reservei passagens em um navio que parte dentro de dois dias. O capitão concordou em nos casar...

— Carta? — interrompeu-o Victoria, sentindo-se atordoada. — Que carta? Não recebi nenhuma carta sua desde que deixei a América.

— Escrevi várias — falou ele, franzindo o cenho. — Como expliquei na última, continuei escrevendo para a América, porque minha mãe não me mandou as suas cartas e eu não sabia que você estava na Inglaterra. Tory, expliquei tudo na última carta... aquela que enviei para a Inglaterra, por um mensageiro especial.

— Não recebi nenhuma carta! — insistiu ela, histérica.

A expressão de Andrew se tornou sombria.

— Antes de partirmos, pretendo visitar uma firma em Londres, que recebeu uma pequena fortuna para garantir que minhas cartas fossem entregues em mãos a você e a seu primo, o duque. Quero ouvir as explicações que eles têm a dar!

— Vão dizer que entregaram as cartas a mim — declarou Charles sem preâmbulos.

Descontrolada, Victoria sacudiu a cabeça. Sua mente já reconhecia o que seu coração se recusava a admitir.

— Não, tio Charles, o senhor não recebeu nenhuma carta. Está enganado. Está confuso por causa da carta que recebi da mãe de Andrew, com a informação de que ele havia se casado.

Os olhos de Andrew brilharam de fúria quando ele reconheceu a culpa no semblante de Charles. Então, segurou Victoria pelos ombros com firmeza.

— Tory, escute! Escrevi dezenas de cartas para você enquanto estive na Europa, mas enviei todas elas para a América. Só fiquei sabendo da morte de seus pais quando voltei para casa, há dois meses. Desde o dia em que eles morreram, minha mãe parou de me mandar suas cartas. Quando cheguei em casa, ela me contou que seus pais tinham morrido e que você fora trazida para a Inglaterra por um primo rico que lhe propusera casamento. Também disse que não tinha ideia de onde ou de como encontrá-la aqui. Conhecendo-a como conheço, eu sabia que você não me trocaria por outro homem só por ele ser rico e possuir um título. Demorou um pouco, mas finalmente consegui localizar o Dr. Morrison e ele me contou a verdade sobre sua vinda para cá e me deu o seu endereço. Quando informei minha mãe sobre a minha decisão de vir buscar você, ela confessou o resto da farsa que havia armado. Contou sobre a carta que mandou a você, dizendo que eu tinha me casado com Madeline, na Suíça. Então, teve um de seus "ataques". Infelizmente, esse foi verdadeiro. Como não poderia deixá-la à beira da morte, escrevi para você e para o seu primo — lançou um olhar furioso para Charles —, que, por alguma razão, não lhe falou das minhas cartas. Nelas, expliquei tudo o que havia acontecido e informei aos dois que viria assim que fosse possível.

Sua voz se tornou mais suave quando ele segurou o rosto de Victoria entre as mãos.

— Tory — murmurou com um sorriso terno —, você é o amor da minha vida desde o dia em que a vi atravessando os campos, no pônei de Rushing River. Não me casei com ninguém, minha querida.

Victoria engoliu em seco, forçando a voz, com um nó na garganta.

— Mas eu, sim.

Andrew se afastou, chocado.

— O que disse?

— Eu disse — repetiu Victoria, com dificuldade — que me casei.

O corpo de Andrew se tornou tenso, como se ele estivesse lutando para suportar um golpe físico. Então, lançou um olhar de desprezo para Charles.

— Com ele? Com esse velho? Você se vendeu por algumas joias e vestidos?

— Não!

Charles finalmente falou com a voz desprovida de emoção, parecendo extremamente cansado:

— Victoria se casou com meu sobrinho.

— Seu filho! — corrigiu-o Victoria, em tom de acusação.

Então, deu-lhe as costas, odiando Charles por tê-la enganado e a Jason por ter colaborado com ele.

Andrew voltou a segurá-la pelos ombros.

— Por quê? — inquiriu, angustiado. — Por quê?

— A culpa foi minha — declarou Charles, lançando um olhar de súplica para Victoria. — Temi este momento desde que recebi as cartas do Sr. Bainbridge, mas está sendo pior do que eu imaginava.

— Quando recebeu as cartas? — indagou Victoria, embora já soubesse a resposta, o que lhe partia o coração.

— Na noite do meu ataque.

— Do seu *suposto* ataque — voltou a corrigi-lo, a voz trêmula de amargura.

— Exatamente — confirmou Charles, arrasado, antes de se virar para Andrew: — Quando li sua carta, informando que viria tirar Victoria de nós, eu fiz a única coisa que me ocorreu. Fingi um ataque cardíaco e implorei que ela se casasse com meu filho, para que tivesse alguém que cuidasse dela.

— Seu desgraçado! — sibilou Andrew entre os dentes.

— Não espero que acredite em mim, mas eu sentia, com toda a sinceridade, que Victoria e meu filho poderiam ser muito felizes juntos.

Andrew voltou a encarar Victoria.

— Venha para casa comigo — implorou, desesperado. — Não podem obrigá-la a continuar casada com um homem a quem não ama. Deve ser ilegal... você foi coagida. Tory, por favor! Venha comigo e eu juro que encontrarei um meio de livrá-la desse compromisso. O navio parte em dois dias. Nós nos casaremos a bordo. Ninguém jamais saberá...

— Não posso! — as palavras deixaram os lábios de Victoria na forma de um sussurro atormentado.

— Por favor... — disse Andrew

Com os olhos cheios de lágrimas, Victoria sacudiu a cabeça.

— Eu não posso — repetiu.

Andrew respirou fundo e, lentamente, desviou o olhar.

A mão estendida de Victoria caiu inerte, enquanto ela o observava sair do salão, de sua casa, de sua vida.

Os minutos se arrastaram em silêncio, em constrangimento. Victoria torceu as mãos, enquanto a imagem da expressão arrasada de Andrew queimava o seu coração. Lembrou-se do que sentira ao saber que ele se casara, do desespero de ter de continuar vivendo, fingindo que sorria, enquanto, na verdade, morria por dentro.

De repente, a dor e a raiva explodiram dentro dela e Victoria virou-se para Charles, irada.

— Como pôde? — gritou. — Como pôde fazer uma coisa assim a duas pessoas que jamais fizeram nada para magoá-lo? Viu a expressão no rosto dele? Tem ideia do sofrimento que lhe causou?

— Sim — respondeu Charles com um fiapo de voz.

— Faz ideia de como eu me senti, todas aquelas semanas, quando acreditei que ele havia me traído e que eu não tinha mais ninguém no mundo? Pois eu me senti como uma mendiga na sua casa! Sabe como eu me senti, pensando que iria me casar com um homem que não me queria, porque eu não tinha escolha... — a voz ficou presa na garganta de Victoria e as lágrimas a impediram de ver a agonia que contorcia as feições de Charles.

— Victoria, não culpe Jason por isso — implorou ele com a voz embargada. — Ele não sabia que eu estava fingindo o ataque, nem sabia da carta...

— Está mentindo! — explodiu, sua voz tremendo.

— Não! Eu juro!

Victoria ficou indignada com aquele último insulto à sua inteligência.

— Se pensa que vou acreditar em mais uma palavra que qualquer um de vocês dois diga... — parou de falar, com medo da palidez que se intensificara no rosto de Charles, e saiu correndo do salão.

Subiu as escadas depressa, sem enxergar os degraus, pois as lágrimas a impediam, e se fechou em seu quarto. Lá, manteve o corpo colado à porta e os dentes cerrados. O rosto de Andrew, contorcido pela dor, voltou à sua mente. De olhos fechados, ela sentiu o coração doer de remorso.

*Você é o amor da minha vida desde o dia em que a vi atravessando os campos, no pônei de Rushing River... Tory, por favor! Venha para casa comigo...*

Victoria se deu conta de que não passava de uma marionete, manipulada por dois homens egoístas e sem coração. Durante todo aquele tempo, Jason soubera que Andrew iria buscá-la, assim como sabia que Charles estava jogando cartas na noite do suposto ataque cardíaco.

Afastou-se da porta, tirou o vestido e apanhou um traje de montaria. Se ficasse naquela casa por mais uma hora, enlouqueceria. Não poderia gritar para Charles tudo o que sentia e pensava, arriscando-se a carregar a sua morte na consciência. E Jason... deveria chegar naquela mesma noite. Ela certamente enterraria uma faca em seu peito se o visse naquele momento, pensou, histérica. Retirou uma capa de lã branca do guarda-roupa e desceu a escada.

— Victoria, espere! — disse Charles ao vê-la correr para os fundos da casa.

Victoria deu meia-volta e o encarou, sentindo o corpo inteiro tremer.

— Fique longe de mim! — gritou. — Eu vou para Claremont. Vocês já cometeram erros demais!

— O'Malley! — chamou, desesperado, o criado quando Victoria saiu pela porta dos fundos.

— Pois não, Alteza?

— Tenho certeza de que ouviu o que se passou no salão.

O'Malley balançou a cabeça com uma expressão amargurada, sem nem sequer pensar em negar que estivera ouvindo atrás das portas.

— Sabe cavalgar?

— Claro, mas...

— Vá atrás dela — ordenou Charles, aflito. — Não sei se Victoria vai levar a carruagem ou um cavalo, mas vá atrás dela. Ela gosta muito de você e lhe dará ouvidos.

— Lady Victoria não deve estar disposta a dar ouvidos a ninguém e não posso culpá-la por isso.

— Esqueça isso, homem! Se ela se recusar a voltar para casa, siga-a até Claremont e garanta que ela chegue lá sã e salva. Claremont fica a 25 quilômetros daqui, seguindo pela estrada do rio.

— E se ela tomar o caminho para Londres e tentar partir com o cavalheiro americano?

Charles passou a mão pelos cabelos e, então, sacudiu a cabeça.

— Ela não fará isso. Se pretendesse partir com ele, teria ido quando ele lhe pediu que o acompanhasse.

— Mas eu não sou tão hábil com um cavalo... não como Lady Victoria.

— Ela não vai conseguir cavalgar em alta velocidade na escuridão. Agora, corra até o estábulo e siga-a!

Victoria já saía a galope, no dorso de Matador, com Lobo correndo a seu lado, quando O'Malley chegou ao estábulo.

— Espere, por favor! — gritou ele, mas Victoria não o ouviu. — Sele o cavalo mais rápido que temos — ordenou ao cavalariço. — Depressa!

Aflito, observou a capa branca de Victoria desaparecer na curva da entrada de Wakefield Park.

Victoria já havia cavalgado por cinco quilômetros, mantendo Matador em um galope veloz, quando teve de puxar as rédeas, forçando o cavalo a diminuir a velocidade, por causa de Lobo. O imenso cachorro corria a seu lado, a cabeça baixa, disposto a segui-la, mesmo que, para isso, tivesse de morrer de cansaço. Esperou que ele recuperasse o fôlego e já estava pronta para partir a galope novamente quando ouviu o som de cascos e o grito incompreensível de um homem.

Sem saber se estava sendo seguida por um assaltante de estrada, ou por Jason, que poderia ter chegado e decidido ir atrás dela, Victoria levou Matador para dentro do bosque e disparou em zigue-zague, a fim de despistar quem quer que estivesse no seu encalço. O perseguidor também adentrou o bosque, continuando a perseguição, apesar dos esforços de Victoria em confundi-lo.

Pânico e fúria apertavam-lhe o peito quando Victoria voltou para a estrada. Se seu perseguidor fosse Jason, ela preferiria morrer a permitir que ele a alcançasse. Ele a fizera de boba muitas vezes. Não, não podia ser Jason! Victoria não passara por nenhuma carruagem desde que deixara Wakefield Park.

Sua raiva se transformou no mais puro terror. Estava se aproximando do mesmo rio onde uma garota fora encontrada morta, em circunstâncias misteriosas. Lembrou-se das histórias contadas pelo vigário sobre bandidos cruéis que atacavam viajantes solitários e lançou um olhar aterrorizado por cima do ombro, quando atravessava a ponte sobre o rio. Viu que seu perseguidor encontrava-se fora do campo de visão, mas podia ouvi-lo aproximando-se. Era como se uma luz o guiasse até ela... A capa! A capa de lã branca esvoaçava às suas costas, transformando-a em um alvo fácil na escuridão.

À sua direita, uma trilha acompanhava a margem do rio, enquanto a estrada continuava à frente. Victoria puxou as rédeas do cavalo, obrigando-o a empinar e parar. Saltou da sela e tirou a capa, rezando para que seu plano desse resultado. Então, atirou a capa sobre a sela e atingiu Matador no flanco, com seu chicote, fazendo-o seguir pela trilha ao longo do rio. Com Lobo a seu lado, correu para o bosque e se agachou atrás dos arbustos, com o coração na boca. Um minuto depois, ouviu os cascos do cavalo de seu perseguidor cruzarem a ponte. Espiou por entre os arbustos e o viu virar à direita e seguir pela trilha, mas não conseguiu ver seu rosto.

Também não viu Matador reduzir a velocidade e, então, parar para beber água no rio. Nem viu a capa cair da sela e ser levada pela correnteza, até se enroscar em galhos secos próximos à margem.

Victoria não viu nada disso, pois já corria pelo bosque, seguindo paralelamente à estrada, satisfeita consigo mesma por ter despistado o bandido usando um dos truques que Rushing River lhe ensinara. Para despistar um perseguidor, bastava mandar o cavalo em uma direção e correr em outra. A capa na sela fora um improviso genial de Victoria.

O'Malley puxou as rédeas de seu cavalo ao avistar Matador, sozinho, na margem do rio. Agitado, olhou em volta, à procura de algum sinal de Victoria, achando que o cavalo poderia tê-la atirado no chão, perto dali.

— Lady Victoria! — gritou, estreitando os olhos na direção do bosque e, então, do rio, onde finalmente avistou a capa que flutuava, presa a alguns galhos secos. — Lady Victoria! — repetiu, aterrorizado, e desmontou apressado. — O maldito cavalo a atirou no rio! — murmurou consigo mesmo, enquanto arrancava o paletó e as botas, antes de se lançar na água e mergulhar. — Lady Victoria! — gritou mais uma vez ao emergir, para mergulhar novamente.

# 32

A mansão estava toda iluminada quando a carruagem de Jason parou diante da entrada. Ansioso para ver Victoria, ele subiu os degraus em disparada.

— Boa noite, Northrup! — cumprimentou o mordomo com um sorriso, deu-lhe um tapinha no ombro e lhe entregou sua capa. — Onde está minha esposa? Todos já jantaram? Estou atrasado porque uma roda da carruagem quebrou.

O rosto de Northrup parecia petrificado e sua voz não passou de um sussurro:

— O capitão Farrell está à sua espera no salão, milorde.

— O que há de errado com a sua voz? — perguntou, de bom humor. — Se está com dor de garganta, fale com Lady Victoria. Ela é ótima para resolver esse tipo de problema.

Northrup engoliu em seco e não disse nada.

Lançando-lhe um olhar curioso, Jason virou-se e se encaminhou para o salão. Abriu a porta com um largo sorriso.

— Olá, Mike, onde está minha esposa? — Olhou em volta, esperando que Victoria se materializasse à sua frente, mas tudo o que viu foi a capa dela pendurada no encosto de uma cadeira, com uma poça de água que pingava da bainha. — Desculpe, amigo — dirigiu-se a Farrell —, mas não vejo Victoria há dias. Deixe-me encontrá-la e, então, prometo me sentar e ter uma longa conversa com você. Ela deve estar lá em...

— Jason — disse Mike Farrell com a voz tensa. — Houve um acidente...

A lembrança de uma noite como aquela atravessou a mente de Jason: uma noite em que ele chegara ansioso para ver o filho e Northrup agira de maneira estranha; uma noite em que Mike Farrell estivera à sua espera naquele mesmo salão. Como se quisesse afastar o terror e a dor que já o invadiam, ele recuou, sacudindo a cabeça.

— Não! — murmurou baixinho, para então gritar a plenos pulmões: — Não me diga...!

— Jason...

— Não se atreva a me dizer isso! — gritou ele em agonia.

Mike Farrell falou, mas Jason virou o rosto, sem querer olhar para a expressão atormentada do amigo.

— O cavalo a atirou no rio, a uns 25 quilômetros daqui. O'Malley mergulhou diversas vezes, mas não conseguiu encontrá-la. Ele...

— Saia — ordenou Jason com um fio de voz.

— Sinto muito, Jason, sinto mais do que posso dizer.

— *Saia*!

Quando Mike Farrell saiu, Jason estendeu o braço e agarrou a capa, puxando-a para si. Afundou o rosto na lã encharcada, invadido por ondas de dor lancinantes, que explodiram em uma torrente de lágrimas que ele se julgara incapaz de derramar.

— Não — soluçou, enlouquecido de agonia.

Então, gritou repetidas vezes, até não ter mais voz.

# 33

— Ora, minha querida — murmurou a Duquesa de Claremont, dando um tapinha no ombro da bisneta. — Meu coração se parte ao vê-la assim tão arrasada.

Victoria mordeu o lábio e continuou olhando pela janela, para o jardim bem-cuidado, sem dizer nada.

— Mal posso acreditar que seu marido ainda não tenha vindo se desculpar pela farsa encenada por ele e Atherton — comentou a duquesa, irritada. — Talvez ele não tenha chegado de viagem há duas noites, como era esperado. — Inquieta, caminhou pelo salão, apoiando-se na bengala e lançando olhares ansiosos pela janela, como se também esperasse que Jason Fielding chegasse a qualquer instante. — Quando ele finalmente aparecer, terei grande prazer em ver você obrigá-lo a se ajoelhar a seus pés!

Um sorriso maroto, embora triste, brotou nos lábios de Victoria.

— Vai se decepcionar, vovó, pois garanto que Jason não fará isso. É mais provável que entre e me beije e... e...

— E a seduza para fazê-la voltar para casa? — completou a duquesa.

— Exatamente.

— E acha que ele tem chance de conseguir isso?

Victoria suspirou, virou-se e se apoiou no batente da janela. Então, passou os braços em torno do próprio corpo.

— Provavelmente.

— Bem, com certeza ele está esperando você se acalmar. Tem certeza de que ele sabia das cartas de Bainbridge? Se sabia, foi mesmo uma total falta de princípios não contar a você.

— Jason não tem princípios — falou Victoria com raiva. — Ele não acredita nisso.

A duquesa voltou a andar pelo salão, mas parou ao se aproximar de Lobo, deitado diante da lareira. Ela estremeceu e mudou de direção.

— Não sei que pecado cometi para merecer ter esse animal feroz como hóspede — queixou-se.

Victoria riu.

— Quer que eu o mantenha acorrentado lá fora?

— Não! Ele arrancou um pedaço da calça de Micha Élson, quando o pobre criado tentou alimentá-lo pela manhã!

— Ele não confia em homens.

— É um animal muito sábio, embora assustador.

— Acho que ele tem uma beleza selvagem e predatória — como Jason, pensou Victoria, tratando de afastar o pensamento depressa.

— Antes que eu mandasse Dorothy para a França, ela já havia adotado dois gatos e uma andorinha com a asa quebrada. Eu também não gostava deles, mas *eles* ao menos não me olhavam com desconfiança, como este cachorro faz. Acredite, ele tem planos de me comer. Neste exato instante, ele está ansioso para saber que gosto tenho.

— Ele está observando a senhora porque pensa que a está protegendo — explicou Victoria.

— Está me protegendo para a próxima refeição! Não, não — disse a duquesa, erguendo uma das mãos em protesto quando Victoria se adiantou para Lobo, na intenção de levá-lo para fora. — Eu lhe imploro que não ponha meus criados em risco. Além do mais, não me sinto tão segura nesta casa desde que seu bisavô era vivo — admitiu com certa relutância.

— Realmente, não precisa se preocupar com ladrões — concordou Victoria, voltando a olhar pela janela.

— Ladrões? Ninguém se atreveria a entrar neste salão!

Victoria permaneceu diante da janela por alguns minutos e, então, foi apanhar um livro que deixara sobre a mesa.

— Sente-se, Victoria, ou vamos acabar nos chocando uma contra a outra! O que pode estar fazendo aquele seu marido lindo demorar tanto para aparecer?

— É bom que Jason não tenha vindo até agora — falou Victoria, sentando-se em uma poltrona. — Só agora estou começando a me acalmar.

A duquesa tomou o lugar da bisneta diante da janela.

— Acredita que ele a ama?

— Eu achava que sim.

— Ora, é claro que ele a ama! — afirmou a duquesa, convicta. — Todos em Londres só falam nisso. O homem está apaixonado por você. Sem dúvida, foi por isso que ele colaborou com a farsa de Atherton e não lhe contou sobre as cartas de Andrew. Na primeira oportunidade, eu direi a Atherton o que penso de sua atitude! Embora — acrescentou, sem desviar os olhos da janela —, eu provavelmente tivesse feito o mesmo nessas circunstâncias.

— Não acredito!

— É claro que eu faria. Se tivesse de escolher entre deixar você se casar com um colono que não conheço e no qual não confio e vê-la casada com *o melhor partido da Inglaterra*, um homem de riqueza, título e beleza, eu teria feito o mesmo que Atherton fez.

Victoria achou melhor não comentar que fora exatamente esse tipo de pensamento que fizera de sua mãe e Charles Fielding duas pessoas tão infelizes.

A duquesa empertigou-se.

— Tem certeza de que deseja retornar a Wakefield?

— Nunca tive a intenção de partir em caráter permanente. Acho que só queria punir Jason pelo modo como Andrew foi forçado a saber que eu tinha me casado. Se a senhora tivesse visto a expressão no rosto dele, compreenderia os meus sentimentos. Fomos melhores amigos quando éramos crianças. Andrew me ensinou a nadar, atirar e jogar cartas. Além disso, fiquei furiosa com Jason e Charles por terem me usado como um brinquedo, um *objeto* sem sentimentos ou importância. A senhora não faz ideia de quanto me senti infeliz e sozinha, durante muito tempo, pensando que Andrew havia me esquecido.

— Bem, minha querida — falou a duquesa, pensativa —, acho que não vai ficar sozinha por muito tempo. Wakefield acaba de chegar... não, espere... ele mandou um emissário! Quem é aquele homem?

Victoria correu para a janela.

— Ora, é o capitão Farrell, o melhor amigo de Jason.

— Ah! Ele mandou outro em seu lugar! Eu jamais esperaria uma atitude como essa de Wakefield! — Virou-se para Victoria com uma expressão de urgência: — Esconda-se no salão menor e não apareça aqui, até que eu mande chamá-la.

— O quê? Não, vovó!

— Sim! Agora! Se Wakefield pretende tratar a situação como se fosse um duelo, mandando um emissário para negociar os termos, que seja feita a sua vontade! Eu serei a sua emissária. E prometo não ceder um milímetro!

Victoria obedeceu com certa relutância, mas não permitiria que o capitão Farrell fosse embora sem falar com ela. Decidiu que, se sua bisavó não mandasse chamá-la dentro de cinco minutos, ela voltaria ao salão.

Três minutos depois, as portas do salão menor se abriram e a duquesa olhou fixamente para Victoria, com um misto de choque, divertimento e horror.

— Minha querida — falou —, ao que parece, você conseguiu, mesmo sem querer, deixar Wakefield de joelhos.

— Onde está o capitão Farrell? — indagou Victoria, aflita. — Ele já foi embora?

— Não, está no salão. O cavalheiro está sentado no sofá, esperando pelo chá que eu, generosamente, ofereci. Deve me considerar a criatura mais insensível da face da Terra, pois, quando me contou as notícias, fiquei tão atordoada que lhe ofereci chá, em vez de condolências.

— Vovó! O que está dizendo não faz sentido! Jason mandou o capitão Farrell para me pedir que volte para casa? É por isso que ele está aqui?

— Definitivamente, não. Charles Fielding o mandou com a triste notícia do seu falecimento.

— Meu *o quê*?

— Você se afogou — disse a duquesa com objetividade. — No rio. Ao menos, parece que a sua capa de lã branca estava no rio. — Olhou para Lobo. — Esta fera deve ter fugido pelo bosque, onde vivia, antes de você domesticá-lo. Os criados de Wakefield estão de luto, Charles está merecidamente acamado e seu marido se trancou em seu escritório e não permite a entrada de ninguém.

Victoria foi tomada por uma forte vertigem, mas tratou de se controlar e saiu correndo.

— Victoria! — chamou a duquesa, tentando seguir a bisneta e Lobo.

Victoria abriu a porta do salão e gritou:

— Capitão Farrell!

Ele ergueu a cabeça e olhou para Victoria como se estivesse vendo um fantasma. Então, baixou os olhos para a outra "aparição" que derrapou nas quatro patas, antes de parar ao lado dela, rosnando para o capitão.

— Capitão, eu não sabia — declarou Victoria, chocada pelo modo como ele a fitava. — Lobo, quieto!

Farrell se levantou devagar. Em seu semblante, a incredulidade deu lugar à alegria e, em seguida, à fúria.

— Isso é brincadeira que se faça, menina? Seu marido está à beira da loucura...

— Capitão Farrell! — proclamou a duquesa com a sua voz imperiosa. — Trate de baixar o tom de voz quando se dirigir à minha bisneta. Ela não sabia, até este momento, que Wakefield ignorava o fato de ela estar aqui, como deixou claro, antes de partir.

— Mas e a capa...

— Eu estava sendo seguida por alguém e achei que poderia ser um dos ladrões que o senhor mencionou. Então, atirei a capa sobre a sela do meu cavalo e mandei-o pela trilha ao longo do rio, achando que isso o despistaria.

A raiva sumiu do rosto do Capitão Farrell e então ele sacudiu a cabeça.

— Quem a perseguia era O'Malley, que quase se afogou ao tentar encontrá-la no rio, onde avistou a sua capa.

Victoria fechou os olhos, tomada pelo remorso. Então, voltou a abri-los e, frenética, abraçou a bisavó, falando apressadamente:

— Vovó, obrigada por tudo. Preciso partir. Vou para casa...

— Você não vai a lugar nenhum sem mim! — protestou a duquesa com um sorriso. — Em primeiro lugar, eu não perderia a sua chegada em casa por nada. Não vivo uma aventura como essa desde... ora, isso não vem ao caso.

— Pode me seguir de carruagem, mas eu irei a cavalo. É mais rápido — declarou Victoria.

— Você vai comigo, na carruagem — ordenou a duquesa. — Acho que não lhe ocorreu que, assim que se recuperar do choque e da alegria, seu marido vai reagir exatamente como esse seu emissário mal-educado! — Lançou um olhar de reprovação para Farrell antes de continuar: — Talvez até com maior violência. Resumindo, querida, depois de beijá-la, o que tenho certeza de que ele vai fazer, é provável que tente matá-la, por pensar que tudo não passou de uma brincadeira monstruosa de sua parte. Por isso, devo estar por perto, a fim de socorrê-la e confirmar a sua explicação. — Batendo a bengala no chão, chamou o mordomo: — Norton! Mande atrelar os cavalos imediatamente!

Virou-se para o capitão Farrell e, em aparente mudança de sua opinião sobre ele, declarou:

— Pode vir conosco, em nossa carruagem... — Então, acabou qualquer ilusão de que o havia perdoado, acrescentando: — Para que eu possa ficar de olho em você. Não vou me arriscar a deixar que Wakefield seja informado da nossa chegada com antecedência e esteja esperando por nós, furioso.

O CORAÇÃO DE VICTORIA batia descompassado quando a carruagem finalmente parou diante da mansão, em Wakefield, pouco depois do anoitecer. Nenhum criado se apresentou para abrir a porta da carruagem e apenas algumas das inúmeras janelas encontravam-se iluminadas. O lugar parecia deserto, Victoria pensou, e, com horror, avistou as faixas negras nas janelas e na porta.

— Jason detesta qualquer manifestação de luto — falou, aflita, abrindo ela mesma a porta da carruagem. — Mande Northrup tirar aquelas faixas!

Quebrando o seu silêncio ressentido pela primeira vez, Farrell segurou-a pelo braço e informou com a voz gentil:

— Foi Jason quem mandou colocá-las, Victoria. Ele está enlouquecido de tristeza. Sua bisavó tem razão. Não sei como ele pode reagir ao vê-la.

Não importava a Victoria o que Jason pudesse fazer, desde que soubesse que ela estava viva. Saltou da carruagem, deixando o capitão para trás, a fim de ajudar sua bisavó a sair. Então, subiu os degraus correndo. Como a porta estava trancada, bateu com violência. Depois do que lhe pareceu uma eternidade, Northrup abriu a porta devagar.

— Northrup! Onde está Jason?

O mordomo se limitou a fitá-la, piscando repetidas vezes.

— Por favor, não olhe para mim como se eu fosse um fantasma. Tudo não passou de um mal-entendido. Northrup, eu não estou morta! — afirmou Victoria, pousando a mão no braço dele.

— Ele... ele... — um sorriso repentino iluminou as feições de Northrup. — Ele está no escritório, milady, e eu não tenho palavras para dizer como estou feliz e...

Victoria já não ouvia mais, pois corria na direção do escritório de Jason.

— Victoria? — gritou Charles do topo da escada. — Victoria!

— Vovó lhe explicará tudo, tio Charles — falou ela, apressada.

Ao chegar ao escritório, pousou a mão no trinco da porta, momentaneamente paralisada pela gravidade da confusão que havia provocado. Então, respirou fundo e entrou, fechando a porta atrás de si.

Jason estava sentado em uma poltrona, perto da janela, os cotovelos apoiados nos joelhos e o rosto escondido nas mãos. Na mesa a seu lado, encontravam-se duas garrafas vazias de uísque e a pantera de ônix que Victoria lhe dera.

Victoria engoliu o nó na garganta e se aproximou.

— Jason — chamou com a voz suave.

Ele ergueu a cabeça lentamente e, com as feições contorcidas pela dor, olhou através dela, como se ela fosse uma aparição.

— Tory — murmurou, angustiado.

Ela ficou petrificada ao vê-lo apoiar a cabeça na poltrona e fechar os olhos.

— Jason, olhe para mim — pediu, aflita.

— Eu posso ver você, querida — falou ele, sem abrir os olhos. Então, pousou a mão sobre a pantera. — Converse comigo — suplicou. — Nunca pare de conversar comigo, Tory. Não me importo de ficar louco, desde que possa ouvir a sua voz.

— Jason! — disse Victoria aos gritos, correndo para ele e segurando-lhe os ombros. — Abra os olhos. Eu não estou morta. Eu não me afoguei! Está me ouvindo?

Ele abriu os olhos, mas continuou a falar como se ela fosse um mero produto de sua imaginação, a quem ele precisava desesperadamente dar uma explicação.

— Eu não sabia sobre as cartas de Andrew. Você sabe disso agora, não sabe, querida? Você tem de saber... — De repente, ele ergueu os olhos para o teto e arqueou o corpo, como se estivesse possuído por uma dor insuportável. — Diga a ela! Por favor, diga a ela que eu não sabia das cartas!

Victoria recuou, em pânico.

— Jason, pense! Eu sei nadar como um peixe, lembra-se? Eu percebi que alguém estava me seguindo, mas não sabia que era O'Malley. Achei que fosse um ladrão e, por isso, tirei a capa e a coloquei na sela do meu cavalo. Então, fui a pé até a casa de minha bisavó e... ah, meu Deus!

Desesperada, Victoria olhou em volta, pensando no que poderia fazer. Então, correu até a escrivaninha de Jason e acendeu o lampião. Depois, acendeu as velas sobre a lareira e... Mãos fortes seguraram seus ombros e a forçaram a se virar, apertando-a contra o peito largo de Jason. Ela reconheceu o retorno da sanidade nos olhos do marido, antes de ele a beijar com ardor, deslizando as mãos urgentes por suas costas e quadris, apertando-a contra si, como se quisesse incorporá-la ele. Victoria passou os braços em torno do pescoço de seu marido, estremecendo de prazer.

Depois de um longo instante, Jason descolou os lábios dos dela, desenroscou os braços que a enlaçavam e fitou-a nos olhos. Imediatamente, Victoria recuou um passo, reconhecendo a fúria naqueles magníficos olhos verdes.

— Agora que está tudo esclarecido — falou com sua voz enganosamente calma —, vou surrá-la até você não poder mais se sentar.

Um som que era um misto de riso e alarme escapou da garganta de Victoria e ela deu um salto para trás, no momento em que Jason estendeu a mão para agarrá-la.

— Não vai, não — declarou Victoria com a voz trêmula, tão feliz por vê-lo de volta ao seu normal que não conseguia deixar de sorrir.

— Quer apostar? — indagou ele, avançando lentamente na direção da esposa.

— Não — respondeu Victoria, colocando-se atrás da escrivaninha.

— E, quando terminar, vou acorrentá-la ao meu lado.

— Isso você pode fazer.

— E nunca mais vou deixar que saia do meu campo de visão.

— Não posso culpá-lo por querer isso — admitiu ela, lançando um olhar rápido para a porta.

— Nem pense nisso — advertiu Jason.

Ignorando a advertência, Victoria se lançou na direção da porta. Um sentimento de profunda felicidade, misturado a um forte instinto de sobrevivência, fez com que ela segurasse a saia e corresse para a escada. Jason a seguiu com suas passadas largas, quase a alcançando, mesmo sem correr.

Rindo alto, ela percorreu o corredor em disparada, passando por Charles, Farrell e sua bisavó, que haviam saído do salão, a fim de assistir ao espetáculo de perto.

Victoria continuou correndo até chegar à metade da escada. Então, virou-se e continuou subindo, degrau por degrau, de costas, os olhos fixos em Jason, que avançava sem pressa em sua direção.

— Jason, por favor, seja razoável — pediu, embora continuasse sorrindo.

— Continue subindo, minha querida. Está indo na direção certa. Pode escolher: seu quarto ou o meu.

Victoria deu meia-volta e correu para o seu quarto. Já estava no meio da suíte quando Jason abriu a porta, entrou e, então, voltou a fechar a porta e trancá-la.

Victoria o encarou com olhos cheios de amor e apreensão.

— Agora, meu anjo — murmurou ele, atento para a direção que ela tomaria.

Ela olhou para um lado e para o outro. Então, fitou o marido com olhos apaixonados e correu... diretamente para os braços dele.

Por um instante, Jason permaneceu imóvel, tentando controlar as emoções desenfreadas. De súbito, a tensão o abandonou e seus braços apertaram Victoria contra o seu corpo.

— Eu amo você — confessou ele mais uma vez. — Ah, como eu amo!

NO HALL DE ENTRADA, parados diante da escada, Charles, o capitão Farrell e a duquesa sorriam, aliviados, quando constataram que o silêncio reinava lá em cima.

A duquesa foi a primeira a falar:

— Bem, Atherton, agora você sabe como é se meter na vida dos jovens aos seus cuidados, e suportar as consequências, como eu suportei durante todos esses anos.

— Preciso conversar com Victoria — disse ele, preocupado. — Tenho de explicar a ela que fiz isso por acreditar que ela seria *mais feliz* com Jason.

Deu um passo na direção da escada, mas a duquesa o impediu, barrando seu caminho.

—Nem *pense* em interrompê-los! — ordenou ela com arrogância. — Estou ansiosa para ter um tataraneto e, a menos que eu esteja redondamente enganada, é exatamente o que eles estão providenciando neste exato instante. — Em seguida, acrescentou, magnânima: — Mas aceito a sua oferta de uma dose de licor.

Charles estudou a mulher que ele odiara por mais de duas décadas. Ele sofrera as consequências de seus atos por apenas dois dias. Ela sofrera por 22 anos. Hesitante, ofereceu-lhe o braço. Por um longo tempo, a duquesa ficou olhando para o braço à sua frente, sabendo tratar-se de uma oferta de paz. Então, pousou a mão frágil sobre a dele.

— Atherton — declarou, enquanto ele a conduzia para o salão, a fim de lhe servir o licor que jamais lhe oferecera —, Dorothy parece determinada a continuar solteira e seguir a carreira musical. Decidi que o melhor para ela seria se casar com Winston e até já tenho um plano...

Impresso no Brasil pelo
Sistema Cameron da Divisão Gráfica da
DISTRIBUIDORA RECORD DE SERVIÇOS DE IMPRENSA S.A.
Rua Argentina, 171 – Rio de Janeiro, RJ – 20921-380 – Tel.: (21)2585-2000